VINCE & JOY

Lisa Jewell est née à Londres en 1968. Après cinq ans passés à travailler dans la mode, elle décide de se consacrer à l'écriture et ses romans connaissent aussitôt un vif succès en Grande-Bretagne et aux États-Unis.

LISA JEWELL

Vince & Joy

Et si le premier amour était le bon ?

ROMAN TRADUIT DE L'ANGLAIS PAR FLORENCE BELLOT
ET VALÉRIE ROSIER

JC LATTÈS

Titre original :

VINCE AND JOY
Publié par Penguin Books, Ltd, Penguin Group

ISBN : 978-2-253-12760-4 – 1re publication LGF

À Jascha et Amelie, mon happy end.

S’il n’est pas dicté par le destin,
le mariage n’a aucun sens,
ce n’est qu’une vaste fumisterie.

Max FRISCH.

Si c’est le bon moment,
L’amour vous pourchasse
comme un missile.

Lynda BARRY.

Chez Al et Emma, dans la cuisine,
le samedi 19 septembre 2003, à 00 h 35.

Vince observait ses amis assis autour de la table. Ils avaient tous à peu près son âge, trente-cinq, trente-six ans. Un millier de foyers londoniens devaient tenir cette même conversation, au même instant. Pourtant, celle-ci sortait de l'ordinaire. Cela faisait longtemps qu'ils n'en avaient pas eu de semblable et elle lui était particulièrement destinée, comme la porcelaine de Chine qu'on ne sort que pour un invité de marque.

C'était la première fois qu'ils se réunissaient depuis sa rupture avec Jess, et tout le monde avait l'œil plus pétillant que d'habitude. On aurait dit les personnages d'une série télé à l'eau de rose. Il les avait déjà vus adopter cet entrain un peu forcé avec des petites amies arrivées depuis peu dans la bande, ou avec de vieux copains qui tombaient du ciel après avoir fait le tour du monde.

C'était une façon de lui faire savoir qu'il était toujours un des leurs, quelle que soit sa situation, de lui dire, Regarde, la vie est belle, tu as des amis formidables. Et tout en se montrant à lui sous un jour nouveau, comme repeints de frais, ils évoquaient leur histoire commune en la dépoussiérant un peu. Tu te souviens ? lui disaient-ils. Mais oui, rappelle-toi, à

Amsterdam, la nuit où Simon a enterré sa vie de garçon… Sur le ferry, pendant le trajet du retour, quand il a dégueulé en plein sur le chariot de crudités. Et ce week-end en Cornouailles, quand Al s'est retrouvé sur ce rocher au milieu de la mer à cinq heures du matin, complètement défoncé au speed. Tu te rappelles quand la vague l'a englouti et qu'on l'a tous cru mort ?

La conversation remonta jusqu'à l'époque où ils étaient à l'université, avant que Vince n'entre dans leur vie. Appuyé sur ses coudes, le visage entre les mains, il s'imprégnait de l'atmosphère tout en écoutant ses amis raconter leurs souvenirs de morsures de serpent, de crises de somnambulisme, d'incontinence, de casseroles brûlées et de mauvais trips. L'horloge du micro-ondes indiquait minuit trente-huit. D'habitude, à cette heure-ci, il était rentré chez lui, payait la baby-sitter et vérifiait si Lara dormait bien. Au lieu d'être là à cette heure tardive, sans nulle part où aller ni personne qui l'attende. Un homme marié sans femme, un père séparé de son enfant. Le fiasco. Tout dans sa vie semblait chamboulé, sens dessus dessous. Pourtant ici, chez Al et Emma, dans la cuisine chaleureuse, familière, sous l'effet bienfaisant du vin rouge et du whisky, le monde avait retrouvé un semblant d'équilibre.

Ils en étaient maintenant à l'époque du collège, quand même ceux qui étaient aujourd'hui de vieux amis ne se connaissaient pas encore, et ils parlaient de leurs béguins, de leurs flirts, quand Natalie les interrompit.

— Puisqu'on y est, dit-elle en souriant malicieusement, à quel âge avez-vous perdu votre virginité ? Et avec qui ? Al, tu commences.

Al grogna pour la forme, mais il obéit et raconta à tout le monde que c'était avec une certaine Karen, durant un voyage scolaire à Paris à l'âge de seize ans. Ils avaient fait l'amour dans un dortoir de lits superposés, sur la couchette du bas, tandis qu'au-dessus, son copain Joe faisait exprès de lâcher des pets sonores et nauséabonds.

Quant à Emma, elle avait dix-sept ans, et c'était avec un homme marié qui lui avait promis de quitter sa femme pour elle, puis ne lui avait plus jamais donné signe de vie.

Plus traditionnelle, Natalie avait perdu sa virginité à quatorze ans avec un certain Darren qui ressemblait à Steve, le guitariste de Spandau Ballet. En trente secondes, c'était fini. Il avait pleuré parce qu'elle n'avait pas saigné et qu'elle n'était donc, d'après lui, pas vraiment vierge.

Steve avait été dépucelé à quinze ans dans le petit motel de ses parents par une cliente qui l'avait attiré dans sa chambre alors qu'il allait aux toilettes au milieu de la nuit. Elle avait quarante-cinq ans, des vergetures impressionnantes et, en travers du ventre, une longue cicatrice datant d'une opération qui lui avait sauvé la vie. En le chevauchant, elle lui avait tiré les cheveux si fort (il les portait longs à l'époque) qu'elle en avait arraché une poignée et l'avait brandie après coup, tel un trophée.

Claire choqua l'assemblée en déclarant qu'elle n'avait que treize ans quand elle l'avait fait pour la première fois avec son cousin de dix-sept ans sous un buisson au bord du Coventry Canal, durant des vacances en bateau, pendant qu'à l'intérieur du bateau, leurs parents s'engueulaient, bourrés comme des coings. Elle avait découvert cinq ans plus tard que sa sœur aînée avait perdu sa virginité avec le même cousin. Il avait fini par devenir gay et se mettre en ménage avec un septuagénaire.

Pour Tom, ce fut à seize ans, à l'arrière d'une camionnette conduite par un copain qui venait de prendre deux acides. Dans son délire, il les avait pris lui et sa partenaire pour un couple de lézards géants en train de copuler. Après s'être garé sur le bas-côté, il avait arraché des touffes d'herbe et les avait jetées sur le couple à peine remis de ses ébats, persuadé qu'ils devaient avoir faim. Tom n'arrivait pas à se souvenir du prénom de la fille.

Vint le tour de Vince. Ses amis lui sourirent d'un air engageant.

— Allons, Mellon, dit Al en se frottant les mains, vas-y, et n'aie pas peur de nous choquer. Dépravé, répugnant, pervers… C'était comment ?

Vince sourit et songea un instant à mentir, juste pour faire plaisir à ses amis, mais voyant à la lueur des bougies le doux visage de Natalie, qui enlaçait tendrement son mari éméché, il décida de dire la vérité.

— Ce fut la nuit la plus merveilleuse que j'aie jamais vécue, commença-t-il.

Il y eut une seconde de silence, rompu par Tom.

— Arrête ton char, dit-il. Pour tout le monde, c'est un sale moment à passer.

— Mais non, assura Vince. Pour moi, ce fut parfait. Tout simplement parfait.

Le groupe resta coi, le temps de digérer cette déclaration peu conventionnelle. Les hommes avaient l'air un peu déçus, les femmes très pressées de savoir la suite.

— Continue, dit Claire. Raconte. Qui était-ce ?

— Une fille que j'ai rencontrée dans le Norfolk. J'avais dix-neuf ans. Elle s'appelait Joy.

Juillet 1986

FRUITS TARDIFS

1.

Vince jeta son sac sur le plus bas des lits superposés qui sentaient le renfermé, écarta les rideaux fins comme du papier où de grosses marguerites, hideuses, étaient brossées à grands traits, et la vit pour la première fois.

Assise sur une chaise longue, les genoux ramenés sous le menton, elle lisait un magazine en tripotant distraitement les ongles vernis de noir de ses orteils. Elle avait des cheveux brun foncé coupés au carré et retenus par un ruban noir effrangé, qui lui faisaient deux virgules en travers des joues, tels des copeaux de bois. Elle était toute de noir vêtue, d'une chemise sans manches et d'un short de l'armée beaucoup trop grand pour elle, venant sans doute d'un surplus.

Chris passa la tête dans l'entrebâillement de la porte en mélaminé crème et lui fit un clin d'œil.

— Vince… tu peux m'aider à installer la bouteille de gaz, s'te plaît ?

— Ouais. J'arrive, répondit Vince.

Il revint à la fenêtre et releva le rideau.

Elle feuilletait toujours le magazine en jouant avec une petite croix en argent qui pendait à une lanière de cuir autour de son cou. Changeant de position, elle étira de jolies jambes aux attaches fines et replia ses orteils autour du cadre en bois de la chaise longue.

Bang, bang, bang.

Un poing couvert de poils frappa à la fenêtre, troublant sa rêverie, et le visage de Chris surgit soudain.

— Magne-toi, mon pote.

— Ouais. J'arrive.

Vince laissa retomber le rideau.

Ça alors.

Une belle fille. Dans la caravane juste à côté. Là où depuis quatre ans venaient régulièrement trois petits garçons, deux bull-terriers Staffordshire et un couple, Geoff et Diane, qui habitait dans le Lincolnshire. Il contempla un instant son reflet dans la glace accrochée au-dessus de la cuisinière, dans la pièce commune. Il n'en revenait pas. En pensant à la quinzaine de jours qu'ils devaient passer dans ce camping d'Hunstanton, il n'avait pas imaginé un seul instant qu'il y aurait une belle fille. Il n'y en avait jamais eu. Seulement un laideron du nom de Carol et sa copine Theresa, plus ingrate encore, qui se moquaient de lui sans finesse. Elles allaient au parc d'attractions, sur la jetée promenade d'Hunstanton, pour draguer les gars aux muscles noueux qui travaillaient sur les plates-formes mouvantes du manège des *Waltzers* et lorgnaient pour de rire les mochetés dans leur genre tout en les faisant tourner avec un plaisir pervers dans des tasses géantes.

Quand Vince était venu pour la première fois à Hunstanton avec Chris et sa mère, il y avait des gosses de son âge avec qui il pouvait sortir. Ils allaient traîner en bande autour de la foire ; une fois, ils étaient même allés en boîte. Mais au fil des années, ils avaient préféré rester chez eux pour sortir avec leurs potes ou leurs petites copines, ou partir en vacances à l'étranger avec des amis, et n'étaient plus venus. Même Carol et Theresa avaient mieux à faire cette année, semblait-il. De l'autre côté du chemin, les rideaux de leur caravane étaient tirés.

Vince entendit qu'on discutait dehors. Chris avait engagé la conversation avec la mystérieuse inconnue. Il ne fallait pas rater ça, et puis il craignait que Chris en fasse trop et le mette dans l'embarras. Il passa les mains dans ses cheveux coupés à la James Dean, suivit du doigt les récentes cicatrices qui soulignaient son menton et sortit.

— Juste à l'extérieur de Londres, disait Chris. À Enfield. Et vous ?

— À Colchester, dit-elle en faisant glisser la croix d'argent sur la lanière de cuir. C'est dans l'Essex. Vous connaissez ?

— Oui, je connais, répondit Chris. Tiens, regardez qui s'amène. Vince, viens donc faire la connaissance de notre nouvelle voisine. Voici Joy.

De près, elle était encore plus belle. Une peau d'un blanc d'albâtre, avec quelque chose d'exotique dans les traits. Elle avait le nez petit, bien dessiné, les pommettes hautes, mais c'étaient surtout ses yeux qui ajoutaient cette note étrange. De grands yeux bridés, écartés, ourlés d'épais cils noirs, ceux d'une poupée chinoise en porcelaine.

— Salut, dit-il avec son sourire tout neuf, un peu raide.

— Salut, dit-elle en posant son magazine sur ses genoux et en s'appuyant sur ses mains pour se redresser.

Il vit son regard effleurer la cicatrice qu'il avait sous la mâchoire et se retint en serrant les poings de porter les mains à son visage pour la cacher.

— Alors, dit-elle, vous êtes deux copains ?

Vince regarda Chris avec une horreur feinte.

— Bon Dieu, non. Chris est mon beau-père, protesta-t-il.

— C'est vrai ? Comment ça ?

— Eh bien, il a épousé ma mère.

Chris et lui échangèrent un regard et ils se mirent à rire.

— Évidemment, convint la fille. Mais vous avez l'air d'être du même âge.

— Oui. C'est ce que tout le monde dit, remarqua Vince. Chris a dix ans de plus que moi. Ça lui en fait vingt-neuf. Et moi, presque dix-neuf.

— Bon, dit-elle en les regardant tour à tour comme si elle doutait de leur histoire. Et votre femme, enfin, votre maman, où est-elle ?

— Elle est allée à l'épicerie chercher du thé, dit Chris en tirant la bonbonne de gaz du petit placard en bois. (Il souffla dessus pour en ôter des toiles d'araignée.) Elle ne devrait pas tarder. Tiens, quand on parle du loup… La voilà.

La Mini verte de Kirsty se gara devant la caravane dans un crissement de pneus sur le gravier.

— Donnez-moi un coup de main, vous deux, dit-elle en se dirigeant vers le coffre arrière.

Chris abandonna la bonbonne et s'empressa d'aider sa femme. Vince fit un petit signe de tête à Joy et frotta ses cicatrices.

— Mon Dieu, c'est ta mère ? s'enquit Joy.

— Oui.

— Ce qu'elle est belle, lança Joy avec un regard si admiratif que Vince se retourna en s'attendant à voir Béatrice Dalle.

Mais non, c'était juste sa mère.

— Quel âge a-t-elle ? Elle semble bien trop jeune pour avoir un fils de ton âge.

— Trente-sept, je crois. Trente-huit. Quelque chose comme ça.

— Bon sang. Ma mère était plus vieille quand elle m'a eue.

Ils contemplèrent tous deux sa mère un instant, et Vince essaya de trouver quelque chose à dire. C'était officiellement le dialogue le plus long qu'il ait jamais eu avec une fille qui n'était pas dans sa classe ou ne sortait pas avec l'un de ses copains, et la conversation était comme un volant de badminton qu'il essayait de maintenir en l'air par la force de sa seule volonté. Il aurait voulu lui poser une question intéressante. À propos de musique, peut-être, ou de ses yeux bridés qui l'intriguaient. Lui demander ce que faisait une jolie fille comme elle dans cette caravane miteuse. Il songea à une dizaine de sujets, mais les balaya en une nanoseconde… Trop personnels, trop ringards, trop ennuyeux, trop tout.

Le silence s'étira, oppressant, comme une longue plongée en apnée.

Vince quitta Joy des yeux pour regarder la voiture de sa mère et revint à elle.

— Vous restez longtemps ? dit-il enfin, tandis qu'un flux de sang lui montait à la tête.

— Encore quinze jours. Hélas.

— Et Geoff et Diane, qu'est-ce qu'ils deviennent ?

— Qui ça ?

— Les proprios de votre caravane.

— Aucune idée. Maman et Papa l'ont louée à quelqu'un. Je n'en sais pas plus.

Manifestement, elle se fichait pas mal des gens à qui appartenait la caravane. Ça y est, il était passé dans le camp des emmerdeurs.

Dans le silence qui s'appesantissait, Joy froissa les pages de son magazine et Vince se sentit devenir tout rouge, tandis qu'une chaleur irradiait dans sa poitrine.

— Bon ben… dit-il en portant inconsciemment sa main à ses cicatrices. On est amenés à se revoir, j'imagine.

— Il y a des chances, répondit-elle en baissant les yeux sur son magazine.

Raté. Pour se donner une contenance, il prit à sa mère ses sacs de courses et monta les marches de la caravane. Obligé, songea Vince. Quand on s'appelle Vincent Mellon et qu'on vous a surnommé Tête de Melon à l'école, il faut être idiot pour penser qu'un peu de chirurgie esthétique peut vous sauver la mise. Avant il était laid et incapable de parler aux filles. Depuis qu'il était devenu un soi-disant « beau gosse », il n'avait pas fait de progrès.

Quand il ressortit deux minutes plus tard, la chaise longue était vide, et la dénommée Joy avait disparu.

Vincent Mellon était né avec un menton prognathe. Ce ne fut sensible que quand il eut deux ou trois ans, mais à partir de là, il ressembla à un petit bouledogue sans poil. Au fil de sa croissance, il s'avéra que Vince n'avait pas seulement une légère imperfection qui ajoutait du caractère et du charme à son visage, mais que sa mâchoire inférieure saillait tant par rapport à sa mâchoire supérieure qu'il était incapable de mastiquer normalement. Tous les aliments qu'il fallait mâcher, un kebab par exemple, ou un biscuit fourré, lui étaient interdits. Il fallait les découper en menus morceaux et les lui enfourner dans la bouche avec une fourchette ou une cuillère. En outre, à cause du mauvais alignement de ses dents du haut et du bas, deux de ses molaires avaient commencé à s'user et il lui était pratiquement devenu impossible de manger tout ce qui nécessitait plus de mastication que du blanc de poulet.

En d'autres mots, le prognathisme de Vince n'était pas qu'une grave imperfection esthétique, mais aussi un important handicap physique. C'est pourquoi après des années de traitements et d'examens, la sécurité sociale lui avait enfin accordé le droit de recourir à la chirurgie réparatrice. C'était trop tard pour remédier au désastre qu'avait été sa scolarité, et au fait qu'à bientôt dix-neuf ans, il était encore puceau, mais il pouvait désormais espérer qu'avant ses vingt et un ans, une fille lui aurait au moins roulé une pelle.

Jusqu'à présent, aucune n'avait voulu l'embrasser. Ni même lui parler, à moins d'y être vraiment obligée. Et quand il avait été opéré, il avait quitté l'école, rompant ainsi le seul contact qu'il ait jamais eu avec le sexe opposé.

L'opération elle-même avait été un cauchemar : des mois de souffrance, d'appareils orthodontiques, d'aliments réduits en purée et d'analgésiques. Il s'était retiré du monde, incapable de se confronter aux autres diminué comme il était, avec la tête du requin des *Dents de la mer*.

— Oh mon Dieu, s'était écriée sa mère quand on lui avait ôté les derniers appareils deux mois plus tôt. Mon Dieu, Vince, regarde-toi. Regarde-toi. Tu es… si beau.

Vince avait contemplé son nouveau reflet dans le miroir en essayant de comprendre ce qu'il voyait. Des yeux noisette enfoncés, un nez de boxeur légèrement épaté qu'il tenait de son défunt père. Et juste au-dessous du nez, tout un tas de nouveautés : une mâchoire carrée, une bouche dont les lèvres se rejoignaient, un menton bien formé. Ouvrant la bouche, il avait regardé avec stupeur ses dents du haut et leurs voisines du dessous faire enfin connaissance. Puis, tournant un peu la tête, il avait découvert son nouveau profil. Une belle bouche aux lèvres pleines et au pli volontaire. Maintenant c'était son nez qui saillait de son visage, au lieu de sa mâchoire inférieure. Non, il ne ressemblait plus à un bouledogue. Il ressemblait à… à…

— Tu ressembles à ton père, avait dit sa mère en ôtant enfin sa main de sa bouche. Tu es son portrait craché. C'est… troublant. C'est comme, comme…

Alors elle s'était mise à pleurer.

Kirsty était enceinte de huit mois et demi quand Max, le père de Vince, était mort dans un accident de moto. Vince ne l'avait vu qu'en photo ; c'était un grand gaillard aux cheveux longs, en jean et blouson de cuir, qui avait si peu de points communs avec lui qu'il n'aurait jamais cru lui ressembler un jour.

Ce jour-là, dans la salle de consultation, il avait bien essayé de se rappeler son visage pour le superposer au sien, sans résultat. Il avait juste vu un grand gars maigre en col roulé noir, presque un inconnu. Une image que Vince ne parviendrait jamais à concilier avec celle du macho moustachu qu'était son défunt père.

Vince s'était juré de ne jamais revenir à Hunstanton une fois qu'il aurait quitté l'école. L'année dernière, à la même époque, il savait que tous les mois à venir seraient réservés à son opération et à ses suites. Quand viendrait l'été, sa vie sexuelle serait bien trop intense pour qu'il songe à revenir ici avec Chris et sa mère. Mais ça n'avait pas tourné comme il l'espérait. Depuis l'opération, le peu qu'il avait de vie sociale s'était réduit à mesure qu'il perdait contact avec ses copains de classe. Et il se retrouvait là, à cinq jours de ses dix-neuf ans, coincé sur le lit superposé d'une vieille caravane, entre sa mère, le mari de sa mère, et des toilettes chimiques. Pourtant, si on regardait les choses du bon côté, il y avait des compensations. Il venait de s'offrir un lecteur et cinq nouveaux CD, le soleil brillait et, juste à côté, il y avait une fille. Une fille vraiment très belle.

Il ne lui restait plus qu'à devenir comme par miracle un homme intéressant, sexy, passionné, bref, irrésistible, à qui la jolie fille s'intéresserait un tout petit peu, et peut-être que ces vacances vaudraient le coup, après tout.

2.

« Merde, dit Joy en se ruant dans la caravane et en s'éventant avec son magazine, merde de merde de merde. »

Elle claqua la porte derrière elle, s'y adossa en haletant et reprit un peu son souffle avant de foncer vers le miroir.

— Merde, répéta-t-elle en scrutant avec dégoût sa peau blanchâtre et en effaçant de l'index les traces de khôl qui avaient coulé sous ses yeux.

Levant les bras, elle contempla avec horreur ses aisselles velues et se renifla. Beurk. Pourvu qu'il n'ait pas remarqué. Elle avait gardé les bras collés contre son corps tout au long de leur entretien, en regrettant amèrement de ne pas avoir mis de déodorant ce matin.

Tandis qu'elle se remémorait leur étrange conversation, un frisson d'angoisse remonta le long de son dos, gluant comme une limace.

— Merde, se dit-elle avec hargne. Merde.

Vince. Bon sang, ce qu'il était beau. C'était le plus beau mec qu'elle ait jamais vu de sa vie. Grand, décontracté, bourré de charme. Un charme rétro, avec sa mâchoire carrée, ses yeux veloutés, son air un peu las, revenu de tout, ses cicatrices. Joy adorait les cicatrices. Et ce côté fiévreux, secret, qu'avait James

Dean, Humphrey Bogart, Marlon Brando. Il était irrésistible.

Dire qu'elle avait tout gâché. Incapable de sortir un mot, elle avait juste posé cette question stupide au sujet de son beau-père. Il avait dû la prendre pour une demeurée.

Elle passa de la salle de bain à la pièce commune située sur le devant de la caravane et glissa un œil entre les rideaux orange imprégnés de l'odeur des anciens occupants. La mère verrouillait les portières de sa Mini verte. Menue et fraîche comme elle était, en short de coton, débardeur rose et tennis, on lui aurait donné vingt-cinq ans. Des traits fins, un casque brillant de cheveux blond cendré, une paire de Ray-Ban pendant à un cordon autour de son cou. Joy n'avait encore jamais vu de mère aussi jeune. Elle semblait heureuse, insouciante. Jamais on ne l'aurait crue capable d'avoir mis au monde un grand gars viril comme Vince. D'ailleurs on ne l'imaginait pas dans le rôle d'une mère. Avec ses hanches étroites, sa démarche légère, elle faisait trop gamine.

La porte de la caravane voisine s'ouvrit et le beau-père en sortit. Il avait des cheveux noirs et bouclés, un peu longs, qui lui tombaient sur le front et dans le cou, et portait une chemise en batiste fourrée dans un jean serré d'un bleu un peu plus soutenu que la chemise, avec une ceinture à grosse boucle. Sur ses bras velus, les manches relevées laissaient entrevoir un tatouage. Et sur son menton couvert d'une barbe drue de plusieurs jours, on aurait pu gratter une allumette. Grand et fort. Un macho, un beau mec. Le genre qui plaît aux femmes. Justement, songea-t-elle. Ce n'était pas son type. Trop chevelu, trop vieux, trop sûr de lui.

Elle observa la mère et le beau-père. À leur façon de se parler, de se toucher, de se tourner autour, on voyait qu'ils ne devaient pas se connaître depuis très longtemps et qu'ils étaient amoureux. Ce qui expliquait sans doute la gaieté enfantine de la mère.

Toute petite déjà, Joy était fascinée par les familles des autres. Elle aimait voir les gosses retrouver leurs parents aux grilles de l'école à la fin de la journée, s'intéressait à la tenue des mères, aux voitures qu'elles conduisaient, à leur façon d'accueillir leurs enfants. Elle comparait le style des coiffures, les vernis à ongles, la hauteur des talons. Encore aujourd'hui, elle n'avait l'impression de connaître vraiment quelqu'un qu'après avoir rencontré ses parents. Et à presque dix-huit ans, elle comparait toujours les parents des autres avec les siens.

En face, la porte d'entrée s'ouvrit sur Vince et elle releva les yeux. Bien planquée, elle l'étudia tout à loisir. C'était le genre de gars qui couche avec des Françaises et fume des cigarettes américaines, gagne un combat de boxe et écrit un poème, tout ça dans la même journée.

Joy caressa l'intérieur de ses bras et en eut la chair de poule. Elle entendit le ronronnement familier de la voiture de son père qui rebondissait sur la route défoncée et franchissait les ralentisseurs en approchant de leur caravane. Dans un soupir, elle laissa retomber le rideau.

— Coucou, ma chérie, lui lança sa mère de l'autre bout de la caravane, en ahanant avec peine.

— Coucou, maman.

— Alors, à quelle heure as-tu fini par émerger? demanda son père, qui la suivait d'un pas vif.

Émerger. Ce qu'il peut m'énerver quand il emploie ce genre de mots, songea Joy. Elle haussa les épaules et joua avec son crucifix.

— Il y a des gens à côté, dit-il avec un hochement de tête en posant sur la table à manger des paquets enveloppés de vieux papier journal qui sentait le moisi.

— Oui, confirma sa mère en s'appuyant contre le comptoir de la cuisine pour reprendre son souffle, toute transpirante. Tu as vu ? On ne saurait dire s'il s'agit d'une famille ou pas.

— Ils ont mauvais genre, remarqua son père en défaisant la corde d'un paquet pour en sortir un énième truc en cuivre qui ressemblait à un seau à charbon. Tu as raté une très bonne foire à la brocante, ce matin, dit-il en tenant l'objet en cuivre à la lumière avec un sourire satisfait. Il y a des tas de petites échoppes très chouettes au marché de Burnham. Et nous avons fait un excellent déjeuner dans un pub.

— Et toi, tu as mangé, ma chérie ? s'enquit sa mère, qui avait enfin retrouvé assez de souffle pour gagner le fond de la caravane et s'effondrer comme une masse sur le siège face à Joy.

Elle était engoncée dans une de ces robes collantes en épaisse cotonnade, ceinturées à la taille, qu'elle aimait porter en été. Les manches courtes trop serrées lui boudinaient les bras et restreignaient ses mouvements. Comme si ses rhumatismes, son asthme et sa surcharge pondérale ne suffisaient pas.

Quelle pitié, songea Joy en jetant un coup d'œil aux jambes de sa mère, à ses mollets rouges marbrés de veines bleues, à ses chevilles qui débordaient de ses chaussures du dimanche comme la croûte d'un soufflé. Pauvre maman. L'été était un cauchemar pour elle. La chaleur, la pollution, l'obligation d'exposer un corps disgracieux, gênant, qu'elle prenait soin de dissimuler le reste de l'année sous d'épaisses couches de vêtements.

Puis elle regarda son père, mince et fringant dans sa tenue d'été impeccable, polo blanc, pantalon beige. En comparaison, son physique, imperméable au temps et au climat, semblait presque se moquer de sa femme.

Ils l'avaient eue sur le tard ; Barbara, sa mère, avait quarante ans ; Alan, son père, quarante-deux.

— Alors, quels sont tes projets pour l'après-midi ? demanda son père.

Joy soupira. Des projets. Encore un mot dont son père se servait exprès et qui avait le don de l'exaspérer. À son avis, quels projets pouvait-on faire dans une caravane miteuse près d'un bled comme Hunstanton ? Elle haussa les épaules et se gratta le haut du bras.

Les autres caravanes du site ne payaient pas de mine, mais celle-ci était hideuse, piquée de rouille à l'extérieur et marron à l'intérieur ; tout y était recouvert de housses en nylon qui peluchaient. Comment avaient-ils pu s'imaginer une seconde que passer deux semaines dans cette boîte à sardines, à la pointe nord de la côte du Norfolk où la mer était toujours agitée, couvée par deux parents en plein retour d'âge qui jacassaient tout le temps l'aiderait à guérir, quand ses blessures étaient toutes récentes, encore à vif ? Mystère. À vrai dire, c'était sans doute un mystère pour eux aussi. Mais ils voulaient à tout prix rester optimistes. Profiter de ces vacances coûte que coûte, malgré le manque de confort et de charme de leur environnement. Il n'y aurait pas d'attitude négative dans cette famille, pas de pleurs ni de grincements de dents. Et elle se plierait à leur volonté, parce que tout était de sa faute, parce que après ce qu'elle leur avait fait subir, le moins qu'elle puisse faire, c'était de sourire et de faire semblant de prendre du bon temps.

Et comme elle relevait le rideau orange pour observer les ombres mouvantes de la caravane voisine, intriguée par cette drôle de famille, elle songea que peut-être, avec un peu de chance, elle n'aurait même pas besoin de faire semblant.

3.

Le *Nelson's Arms* était bondé de couples en survêtements, tous brûlés par le soleil, et son petit jardin intérieur rempli d'enfants. Les gamins escaladaient une structure multicolore pour se hisser jusqu'au toboggan qui figurait la langue en plastique rouge d'une tête de clown géante.

Chris posa leurs trois verres sur la table et s'assit.

— Santé, dit-il en levant son demi tandis que Kirsty prenait son verre de vin blanc et Vince sa chope de Guinness. À l'été, et à des vacances du tonnerre.

— Tchin ! fit Kirsty avec enthousiasme.

— Et à notre Vincent, qui va enfin tirer son coup, avec un peu de chance.

— Chris ! s'offusqua Kirsty.

— Ben quoi, après tout ce qu'il a dégusté, il y a droit, pas vrai, Vince ? Tu as presque dix-neuf ans, c'est l'été, et tu es entouré de belles nanas. Vas-y, mon gars, fonce !

Vince regarda autour de lui les couples mariés, les adolescentes boudinées dans leurs hauts qui leur arrivaient au-dessus du nombril et leurs jeans taille basse délavés. Il jeta à Chris un regard éteint.

— Où tu vois des belles nanas ?

— Attends, la soirée ne fait que commencer. Il est à peine six heures. Tout peut encore arriver.

— Hé, Chris, on n'est pas à Saint-Tropez. Sur la jetée d'Hunstanton, les belles nanas ne se bousculent pas, rétorqua Vince.

— Pas si sûr, dit Chris en faisant un clin d'œil à Kirsty. Et la petite de la caravane d'à côté ?

Sentant le feu lui monter aux joues, Vince s'abrita derrière son bock de Guinness.

— Quelle petite ?

— Tu le sais très bien. La petite pâlotte au crucifix, tout en noir, à l'air un peu cafardeux. Le style gothique, c'est ton truc, non ? Et puis elle est rudement bien gaulée. Tu l'as vue, Kirsty ? lança-t-il à sa femme, qui secoua la tête en riant.

Vince leva les yeux au ciel. Effectivement, cinq ans plus tôt, quand Chris avait rencontré sa mère, il était en pleine phase gothique, mais ça lui était passé et Chris ne se rendait pas compte qu'il avait évolué. En fait, maintenant, il était plutôt…

Plutôt quoi ? Il n'aurait su dire exactement.

— En tout cas elle est canon… Et à mon avis, elle ne se ferait pas prier, insista Chris, et Kirsty le rabroua gentiment.

— Oh, Chris, laisse-le tranquille.

— C'est ça, Chris, laisse-moi tranquille, renchérit Vince.

En vérité, ça ne le dérangeait pas que Chris le taquine. Il n'avait pas cessé depuis qu'il était entré dans sa vie, quand Vince avait quatorze ans.

*

Avant Chris, Kirsty avait eu des petits copains. Elle avait travaillé pendant des années comme réceptionniste à l'usine Belling de Ponders End où on comptait vingt hommes pour une femme, à tel point qu'elle l'avait surnommée le Baisodrome. Kirsty ne cédait pas aux avances répétées des bureaucrates mariés en costume cravate qui l'entouraient, elle était plus attirée par les manuels, les ouvriers qui travaillaient aux ateliers.

Vince avait su qu'avec Chris, ce serait du sérieux avant même de le rencontrer, car sa mère le saoulait depuis des mois à son sujet.

« Tu sais, ce gars dont je t'ai parlé, le nouveau qui vient de Sheffield, il est allé voir *Omen 3* la semaine dernière… il a trouvé ça nul. »

« Tu sais, ce gars de Sheffield, Chris, il a une nouvelle caisse, une Golf GTI. Vert vif, avec des becquets et des roues en alliage léger. »

« Ce Chris de Sheffield, il a un copain, un ancien plombier. Il va lui demander de venir faire un tour ici pour réparer la chaudière. »

« Tu sais, la petite amie de Chris s'est teint les cheveux en châtain. Quelle drôle d'idée, de se foncer les cheveux. »

« La mère de la copine de Chris va venir les voir de Sheffield. Ça n'a pas l'air de l'emballer. Il paraît que c'est une vieille mégère. »

« On dirait que ça se gâte entre Chris et sa copine. »

Quand la petite amie aux cheveux bruns et sa virago de mère eurent été écartées du chemin et que Chris fut enfin libre, Vince avait tant entendu parler de lui qu'il avait l'impression de bien le connaître.

Au début, il n'était pas sûr qu'ils s'entendraient. Chris aimait écouter du rock soft et mettre les mains dans le cambouis. Ses cheveux étaient un peu trop longs, ses pantalons trop étroits. Vince, adolescent pâle, mélancolique, affligé d'un menton prognathe, qui avait tendance à s'enfermer dans sa chambre pour écouter de la musique sordide, n'avait rien de commun avec lui. Mais ses réserves avaient vite fondu à son contact.

Il aimait le respect avec lequel Chris traitait sa mère : il ne manquait pas de l'appeler quand il le lui avait promis, la raccompagnait toujours à sa porte, la présentait à ses amis et à sa famille, ne la laissait jamais tomber. Et Vince aimait la façon dont il cherchait à s'entendre avec lui sans en faire trop. Chris n'essayait pas de se faire bien voir. Il respectait son espace et son intimité. Par exemple, s'il arrivait à la maison et que Vince était en train de regarder la télé dans le salon, il prenait un journal et attendait les pubs pour lui adresser la parole.

Oui, Chris était de ces gens qui ont le don de tout piger. Sentir le caractère, l'humeur, et faire juste ce qu'il faut au bon moment.

Demander la main de sa mère, par exemple.

Chris fréquentait Kirsty depuis six mois. Vince commençait juste à se dire que ce serait chouette si Chris demandait à sa mère de l'épouser et qu'il vienne vivre avec eux, quand Kirsty était justement rentrée un soir avec au doigt une bague de fiançailles.

Ils s'étaient mariés à la mairie six mois plus tard et avaient organisé une grosse fiesta dans un pub d'Enfield. Chris avait joué avec son groupe ringue style Status Quo. Vince était son témoin, et quand il avait fait un discours en disant à toute l'assemblée comme il était content d'avoir un nouvel homme dans sa vie, que Chris avait rendu sa mère heureuse, mais aussi toute la famille, et qu'il était fier de l'avoir comme beau-père, Chris avait éclaté en sanglots devant tout le monde.

Pendant l'opération de Vince et sa convalescence, Chris ne l'avait pas lâché ; aux pires moments, il était là, il avait réduit ses aliments en purée, l'avait aidé à garder le moral et à voir le côté positif des choses. Et alors qu'au départ ils n'avaient rien en commun, que rien ne les destinait à se rapprocher l'un de l'autre, les circonstances avaient fait que Chris était devenu le meilleur allié que Vince ait jamais eu.

« Ne regarde pas, marmonna Chris en se cachant derrière sa pinte de bière, mais devine qui vient d'entrer. »

Vince se retourna discrètement pour jeter un coup d'œil vers l'entrée du pub. C'était elle. Joy. Elle s'était peigné les cheveux, ils étaient lisses, avec une raie au milieu, et elle portait une chemise d'homme blanche, sans col, amidonnée, avec un pantacourt gris et de grosses Doc Martens. Elle avait une démarche souple, déliée, et se tenait très droite, comme si elle était tout en muscles.

Derrière suivaient deux personnes assez âgées, une grosse femme portant d'énormes lunettes noires, mal fagotée dans une robe en coton trop ajustée, et un homme svelte au bronzage prononcé, en chemise, pantalon et blazer. Ils paraissaient déplacés, comme s'ils s'étaient égarés en revenant de Stratford-upon-Avon. Vince fut surpris de voir Joy s'adresser à eux et comprit, un peu troublé, qu'il s'agissait sans doute de ses parents.

Il se détourna brusquement et découvrit que Chris et sa mère l'observaient avec un demi-sourire.

— Ben quoi ?

— Pas de doute, c'est elle, et j'ai du flair, dit Chris en se tapotant le nez. Cette fille est faite pour toi.

— Oh, arrête ton char.

— Non, je suis sérieux. Tiens, je vais les inviter à boire un verre, fit-il en se levant de sa chaise.

— Ça va pas ! souffla Vince en retenant Chris par le poignet.

— Ne t'en fais pas, Vincent, répartit Chris en se dégageant gentiment. Tout se passera bien. Fais-moi confiance.

Et il s'éloigna.

— Bon Dieu, lâcha Vince en priant fort pour que les parents de Joy déclinent l'invitation, tout en sachant qu'ils n'en feraient rien.

C'était le problème, avec Chris ; personne ne pouvait lui résister.

Comme prévu, quelques secondes plus tard, Vince faisait de la place pour ajouter des chaises tandis que Joy et ses parents pénétraient dans son champ de vision. Malgré sa panique intérieure, il se retourna, sourit à Joy, qui lui rendit son sourire, et piqua du nez aussi sec. On fit les présentations, et Joy se glissa lestement sur la chaise à côté de lui ; Vince resta les yeux fixés sur sa chope en essayant de contrôler le rouge qui lui montait aux joues.

— Alors, dit Chris en claquant des mains, qu'est-ce qui vous amène à Hunstanton ?

— Il faut bien changer un peu d'air, répondit Alan, le père. Rompre avec la routine.

— Parce que c'est la première fois que vous y venez ? demanda Chris. Eh bien vous avez fait le bon choix. À Hunstanton, on ne s'ennuie jamais, pas vrai ? lança-t-il avec un petit rire en se tournant vers Kirsty et Vince.

Assis de l'autre côté de la table, les parents de Joy semblaient raides, embarrassés. Barbara se cramponnait à son verre de jus d'orange, Alan dégustait son demi de stout en connaisseur.

La mère avait une drôle de tête, un visage rond comme une lune, des yeux bouffis d'une couleur indéfinissable, un nez un peu aquilin, le teint rougeaud. Pendant qu'Alan et Chris discutaient, elle souriait complaisamment tout en sirotant. Une fine couche de sueur ourlait sa lèvre supérieure. Avait-elle été jolie autrefois ? Vince en doutait.

Quant au père, il avait l'air d'un homme qui s'était persuadé il y a longtemps qu'il était une bonne affaire et qui ne reviendrait pas là-dessus. Certes il avait des traits fins et réguliers, pourtant ils semblaient trop petits pour son visage, comme si on les y avait enfoncés pour faire de la place à quelque chose qui ne s'était jamais concrétisé. Il donnait l'impression d'avoir vécu longtemps sous les tropiques, avec cette allure de colon habitué à être servi par des indigènes et à regarder des matches de cricket sous des parasols. Manifestement, il était convaincu d'avoir fait une faveur à la pauvre Barbara en l'épousant… cela transpirait dans son attitude et sa désinvolture envers elle.

Chris entretenait le plus gros de la conversation, tandis que la mère de Vince s'efforçait d'alléger l'ambiance, largement alourdie par le silence gêné qu'observaient Joy et sa famille.

— Et vous, demanda Alan, vous venez régulièrement à Hunstanton ?

— Oui, dit Chris, c'est le quatrième été qu'on passe ici.

— Et ça vous plaît ?

— Énormément. Cet endroit n'a rien de grandiose, mais il a un charme indéfinissable, un petit je-ne-sais-quoi. Et puis les plages sont fantastiques.

— Oui, j'en ai entendu parler et c'est ce qui nous a attirés ici, à vrai dire. Les dunes, l'air salin, les forêts de pins…

— Elles sont à la hauteur de leur réputation, Alan. Des plages, j'en ai vu dans ma vie… Mais celles-ci s'étendent à perte de vue et l'horizon est si loin. Cela donne une sensation unique de liberté, et à la fois, on se sent tout petit…

— Oui, murmura rêveusement Alan.

— C'est tentant, commenta Barbara, alors que la conversation s'étiolait.

— Mmmm, approuva Kirsty avec un sourire crispé.

— Bon ! fit Chris en rompant le silence, comme une brique jetée dans le carreau d'une fenêtre. Joy, parle-nous un peu de toi.

— De moi ? dit-elle en le regardant, médusée.

— Eh bien oui. Que fais-tu ? Quels sont tes goûts ?

— Heu, je viens juste de passer mon bac, répondit Joy avec un petit rire.

— Dans quelle section ?

— Arts, théâtre et anglais.

— Une créative, hein ?

— Oui, si on veut.

— Comme notre Vincent. N'est-ce pas, Vince ?

Vince haussa les épaules et émit un étrange gargouillis.

— Il peint, il dessine, il crée des tas de choses, renchérit Chris. Si vous aviez vu ce qu'il faisait de ses cheveux avec une bombe de laque quand il était gosse ! ajouta-t-il en riant aux éclats.

Alan regarda Vince comme s'il venait seulement de remarquer sa présence. Kirsty vint au secours de Joy.

— Alors tu vas entrer à l'université ? lui demanda-t-elle.

— Eh bien, c'est ce que j'aurais dû faire, répondit Joy en se tortillant sur son siège. J'avais une place à Bristol. Mais… j'ai dû annuler. Je pourrai la retrouver l'an prochain. Enfin je l'espère.

— Je te le souhaite, fit Kirsty d'un air encourageant.

— Merci, dit Joy.

— Mmm, acquiesça Barbara, sans qu'on sache très bien à quel propos.

Vince inspira profondément en essayant de réfréner l'angoisse qui l'envahissait. Quel cauchemar. Ils n'avaient rien en commun. Même Chris, malgré tout son entrain, son humour bon enfant, ne pouvait sauver cette conversation du naufrage.

— Et vous voilà coincés ici avec vos parents comme deux pauvres couillons, lança Chris en regardant tour à tour Joy et Vince. Vous auriez préféré partir deux semaines aux Canaries avec les copains, je parie. Ça vous ferait du bien de vous évader un peu, non ?

— Quoi ? dit Vince.

— Oui, filez, fichez le camp, disparaissez. Allez vous amuser, faites… je ne sais pas, moi, ce que font deux grands dadais comme vous quand ils réussissent à échapper à leurs parents.

Chris était un peu balourd, mais l'idée de se sortir de cette situation calamiteuse pour prendre un peu d'air frais et goûter à la douceur du soir, à la caresse du soleil sur sa peau était trop tentante. Vince se sentit soudain beaucoup mieux, excité même. Mais Alan avait d'autres projets.

— Euh, Chris, c'est gentil, mais Barbara, Joy et moi, nous avions prévu de dîner en ville ce soir, déclara-t-il avec un sourire contraint, et il croisa les bras sur sa poitrine, en homme habitué à être obéi.

C'était sans compter avec l'opiniâtreté de Chris.

— Alan, rappelez-vous vos jeunes années. Au même âge, cela vous tentait-il de dîner avec vos parents ? Sortez donc en amoureux, vous et Barbara. Ou mieux encore, pourquoi ne pas vous joindre à nous ? Il y a des fast-foods du tonnerre sur le bord de mer. Vous aimez les hamburgers, Alan ? lui lança-t-il avec un clin d'œil appuyé.

— Non, très franchement, nous ne sommes pas amateurs de fast-foods, Chris. C'est une nourriture trop riche en graisse, qui ne convient pas à ma constitution.

— Bon, et un curry, ça vous dirait ?

— Euh, oui, j'aime le curry. Mais pas Barbara. Elle est toute ballonnée quand il lui arrive de manger des plats trop épicés. Et puis, ne le prenez pas mal, mais nous avions envie de passer une soirée tranquille en famille, vous savez.

— Je comprends très bien, Alan. Mais je vais vous dire. Si pour la soirée les jeunes allaient de leur côté, vous et Barbara du vôtre en dînant quelque part, et moi et ma femme chez l'Indien du coin ? On pourrait se retrouver plus tard dans la semaine pour sortir ensemble. Quand vous aurez eu votre content de tranquillité. Hein, qu'en dites-vous ?

— Eh bien, je ne sais pas, répondit Alan en regardant sa fille assise en face avec désespoir. Et toi, Joy euh… qu'en penses-tu ?

— Je trouve que c'est une très bonne idée. De toute façon, je n'ai pas faim. Et toi, Vince ? fit-elle en se tournant vers lui.

— Euh oui. Pourquoi pas ? Il fait bon dehors. On pourrait descendre vers le bord de mer.

— D'accord. Eh bien, allons-y.

Elle se leva et prit son sac.

— Tout de suite ? s'étonna Vince.

— Ben oui.

— D'accord. Très bien.

Deux minutes plus tard, Vince quittait le *Nelsons' Arms* pour pénétrer dans l'air tiède et parfumé d'une soirée pleine de mystère, en compagnie de la plus belle femme qu'il ait jamais approchée.

*

Ils étaient sur le trottoir devant le pub, à côté d'une grande pancarte usée par les intempéries qui disait

« Bienvenue au Parc Bellevue » en grinçant sous l'effet d'une brise saline douce et caressante.

— Bon sang. Quel cauchemar ! s'exclama Joy, et Vince se mit à rire.

— Je regrette sincèrement. Chris peut être un peu lourd parfois.

— Oh non, c'est moi qui regrette pour lui et ta mère. Les voilà coincés avec eux, maintenant.

— Oh, ne t'en fais pas pour Chris. C'est un type plein de ressources. Quand il en aura marre, il trouvera une façon de s'en débarrasser.

Il y avait un petit chien attaché à l'extérieur du pub, blanc avec des taches marron, très court sur pattes. Son maître lui avait laissé un peu d'eau dans une boîte Tupperware. Il leur jeta un regard implorant et quand ils s'accroupirent pour lui dire bonjour, il tira sur sa laisse, fou de joie.

— Coucou, dit Joy en lui grattant le cou.

— Alors, saucissette, on dirait que t'aimes les caresses, hein ? lui dit Vince en lui massant l'arrière-train.

Le petit chien se tortilla d'aise et quand Vince leva les yeux, il vit que Joy lui souriait.

— J'aime bien les gens qui aiment les chiens, dit-elle.

— Ah bon ?

— Oui. Ne jamais faire confiance à quelqu'un qui n'aime pas les chiens, telle est ma devise.

— Pas mal, dit Vince.

Il contempla la main de Joy posée sur le cou du chien. Elle était longue et fine, parcourue de veines bleues qui coulaient du poignet aux jointures tels de petits cours d'eau glacés. À l'index, elle portait une bague en argent de la forme d'un dragon lové sur lui-même. Une pensée lui vint en tête, si fort qu'il dut serrer les mâchoires pour s'empêcher de l'exprimer à haute voix.

Le coup de foudre, tu y crois ?

— Bon, dit-il en se relevant, un peu étourdi, on nous a accordé la liberté. Qu'allons-nous en faire ?

Joy tapota une dernière fois le petit chien et quand elle se redressa, ses genoux claquèrent.

— Eh bien, c'est toi le grand spécialiste d'Hunstanton, à toi de décider.

— D'accord.

Vince jeta un coup d'œil sur la route, de droite à gauche. Il n'avait aucune idée. Jusqu'à présent, à Hunstanton, il n'avait jamais eu à décider d'un programme. Il faisait toujours ce que faisaient Chris et sa mère. Qu'est-ce qui pourrait bien plaire à une fille comme Joy ? Il l'imaginait lisant des romans russes, écoutant de la musique postmoderne. Elle devait parler couramment le français, savoir comment on mange des huîtres. Il passa en revue toutes les possibilités, en essayant d'en trouver une qui ait un minimum de classe ou d'intérêt.

— Il y a un cinéma sur le bord de mer, finit-il par dire. On pourrait aller voir s'il passe un bon film ?

— Si on se trouvait plutôt un pub sympa pour prendre une bonne cuite, qu'est-ce que t'en dis ?

— Ça marche, lui répondit Vince en lui souriant, en proie à un intense soulagement.

Et ils se mirent en route.

4.

Joy n'avait pas eu de petit ami depuis presque deux ans. Deux ans qu'elle n'avait pas senti une main dans la sienne, des lèvres sur sa peau, des cheveux contre sa joue. Les seuls hommes qu'elle avait approchés depuis l'âge de seize ans étaient des profs, des médecins, des conseillers d'orientation. Elle avait oublié ce que ça sent, un homme. Tous ceux qu'elle avait fréquentés ces derniers mois avaient des épouses qui raffolaient sûrement de leur odeur unique et s'en grisaient, mais Joy ne gardait de toute cette expérience aucun souvenir de senteurs, de bruits ou de sentiments, seulement des mots, un flot de mots ininterrompu.

Son dernier contact avec le sexe opposé remontait à Kieran Saunders. Encore ne s'agissait-il pas vraiment d'un homme, mais d'un adolescent boutonneux de dix-sept ans. Il était de Dangenham et elle l'avait rencontré à un arrêt d'autobus à l'âge de quatorze ans. Il était passé devant l'arrêt, vêtu d'un blouson de cuir à franges et d'un jean noir, avec des jambes filiformes et des pieds immenses chaussés d'énormes Doc Martens. Quand il avait vu Joy assise là en uniforme d'écolière, il l'avait regardée avec insistance, avait continué son chemin en se retournant plusieurs fois pour lui jeter un coup d'œil, puis était soudain revenu sur ses pas pour se laisser choir sur le siège à côté d'elle et lui offrir une cigarette.

La première impression qu'elle avait eue de lui, c'était son odeur, un mélange de tabac refroidi et de vêtements qui auraient séché, oubliés dans la machine à laver. Lors de leur première rencontre, elle n'avait pu détacher son regard du bouton qu'il avait sur le menton, rouge à tête jaune, mûr à point et près d'éclater. Elle avait accepté de lui donner son numéro de téléphone, parce qu'elle était trop polie pour refuser et trop larguée pour songer à en donner un faux.

Une semaine plus tard, il se pointait chez elle pour leur premier rendez-vous, en cuir et jean, la crête de ses cheveux décolorés repeinte en rose fuchsia. Debout sur le pas de la porte, il lui avait tendu un gros bouquet de chrysanthèmes.

Après leur troisième rendez-vous, il lui avait dit qu'il l'aimait et six mois plus tard il lui achetait une bague de fiançailles en or, avec trois petits saphirs et deux minuscules rubis incrustés dans l'anneau. Elle l'avait portée pour ne pas le froisser.

— Tu ne m'as jamais dit que tu m'aimais. Tu m'aimes, n'est-ce pas ? lui demanda-t-il un soir, avec de grands yeux avides si remplis d'amour qu'il aurait été impensable de répondre par la négative.

— Oui, avait-elle dit en souriant et en lui prenant la main. Oui, bien sûr.

Ils avaient passé des heures chez lui, sur son lit à une place, à s'embrasser et à se caresser. Joy n'aimait pas sentir sa langue visqueuse dans sa bouche, ni ses ongles rongés sur sa peau. À mesure que ses tripotages se faisaient plus audacieux, Joy appréciait de moins en moins. Elle ne lui refusait jamais rien, pourtant. Elle le laissa même guider sa main dans son pantalon par un moite après-midi, sur ses testicules humides et froids. Une fois là, ne sachant que faire, avec un Kieran trop tétanisé pour pousser les choses plus loin, elle les avait soupesés au creux de sa main en y mettant autant d'enthousiasme que possible, aussi longtemps que l'exigeait, selon elle, la politesse, avant de retirer sa main pour la poser sur un endroit moins intime.

Ce n'était pas par pitié que Joy tolérait les pelotages maladroits de Kieran. Ni par charité. Ni par timidité. Ni par une sorte de gratitude qui l'y aurait obligée. Mais uniquement parce qu'elle ne se sentait pas en droit de refuser. Dire non à Kieran à un stade ou à un autre, c'eût été suggérer qu'elle se sentait supérieure à lui. Et même si, en toute objectivité et au premier coup d'œil, il était évident pour tout le monde que Joy et Kieran étaient mal assortis et qu'elle avait bien plus de classe que lui, même si ses parents étaient visiblement écœurés à l'idée que ce garçon bien intentionné, mais répugnant, posait les doigts sur leur fille délicate, Joy ne voyait pas les choses comme ça. Elle n'avait rien de spécial, alors de quel droit aurait-elle refusé à d'autres ce dont ils avaient tellement envie ?

Heureusement pour elle, Kieran n'avait jamais cherché à la dépuceler. Quand elle lui avait avoué qu'elle n'avait jamais fait l'amour avec personne, il lui avait tenu la main, les yeux remplis de larmes. Alors que sa virginité était pour Joy un sujet de perplexité, lui la chérissait comme un trésor à préserver à tout prix. Elle ne devait la céder à personne, surtout pas à lui.

Ils avaient rompu au bout de deux ans, quand Joy, lassée des heures de tripotage frustrant sur le lit à une place de Kieran, eut compris que la seule façon d'en finir, c'était de mettre un terme à leur relation. Il avait tant chialé que des bulles de morve lui sortaient des narines, mais en fin de compte, il avait su garder une certaine dignité. Une semaine plus tard, le jour de son anniversaire, il lui avait apporté des fleurs jaunes et un ours en peluche. C'était la dernière fois qu'elle le voyait.

Quand Joy était entrée en troisième, le premier jour de classe, Miranda, une petite dure, s'était entichée d'elle. Elle lui avait fourni des cigarettes, des joints, des pilules bleues, et un soir d'automne, deux mois plus tard, alors qu'assises en bordure de l'autoroute M25 elles contemplaient le coucher du soleil après avoir descendu la moitié d'une bouteille de mauvais whisky, Miranda avait soudain plaqué Joy sur l'herbe et lui avait fourré sa langue jusque dans la gorge.

Joy avait laissé Miranda lécher tout son content ses dents et l'intérieur de sa bouche. Elle lui avait même permis de remonter son T-shirt et de lui sucer les tétons, mais comme ni l'une ni l'autre ne savait au juste comment poursuivre ce genre de rapports, c'en était resté là. Leur amitié avait tourné court quand, au milieu du trimestre, Miranda avait rencontré une vraie lesbienne adulte et avertie, et depuis lors, Joy était restée vierge de tout contact.

Les notions de sexe ou de désir restaient pour elle un mystère. À presque dix-huit ans, elle n'avait encore rencontré personne avec qui elle puisse envisager de faire l'amour ; ni senti son bas-ventre remuer, ou des pulsions étranges la tirailler. L'idée de la pénétration lui faisait un effet bizarre, comme d'avaler un œuf dur en entier, ou de faire passer une ficelle d'une oreille à l'autre dans sa tête. Elle avait eu des petits faibles pour des chanteurs en vogue, des acteurs, et pour les garçons du lycée en bas de la route, tout aussi inaccessibles, mais jamais elle n'avait éprouvé de désir charnel.

Jusqu'à maintenant.

Elle regarda Vince retraverser le pub dans sa direction, avec deux chopes de bière. Elle aimait ses cheveux épais, châtain clair, naturellement bouclés, et leur coupe presque militaire, bien ras sur la nuque et les tempes, avec une petite houppe sur le front. Il avait un cou lisse, massif, des épaules larges et musclées. Dans ses grandes mains masculines, les chopes avaient l'air de godets. L'homme avec qui elle voulait perdre sa virginité, c'était lui. Tout simplement. En plus, avec ce Vince, elle avait l'impression de pouvoir dire tout ce qui lui passait par la tête.

— Alors, dit-elle, en humant son odeur quand il s'assit à côté d'elle, ces cicatrices… Raconte-moi un peu.

Il les toucha du doigt avec un sourire.

— Ah… Tu tiens vraiment à le savoir ?

— Oui.

— Bon. Eh bien, j'ai dû me faire opérer. Il y a un an. On m'a enlevé une partie de l'os de la mâchoire et on m'a mis des broches.

— Mais pourquoi ?

— Pour me rendre un peu moins moche, dit-il.

— Comment ça, te rendre moins moche ? s'étonna Joy en riant.

— J'avais une drôle de tête. Un menton prognathe, comme ça, fit-il en avançant la mâchoire inférieure, qui me causait des difficultés pour manger et des problèmes de dents, entre autres. Alors j'ai eu recours à la chirurgie esthétique. Et c'est là qu'on m'a ouvert pour arriver jusqu'à l'os, conclut-il en montrant du doigt ses cicatrices.

— Ça t'a fait très mal ? s'enquit Joy en grimaçant.

— Oui. Un vrai cauchemar. Pendant des mois, je n'ai pas pu manger normalement. J'ai perdu beaucoup de poids. J'étais descendu en dessous de cinquante kilos quand on m'a enlevé les appareils. J'avais l'air d'un squelette. C'était l'enfer, je ne pouvais pas parler, pas avaler, pas bouger la mâchoire. Durant un an, je n'ai fait que prendre des calmants et écouter de la musique.

— Eh ben, mon pauvre vieux. Et maintenant, ça va ?

— Ouais. Enfin, à peu près. Ça fait encore un peu mal, et ça me tiraille encore quand je me réveille le matin, ou quand je bâille, par exemple.

— Et tu… tu étais laid à ce point-là ?

— Faut croire. Les gosses de l'école m'appelaient Tête de Melon.

— Tête de Melon ? Pourquoi ?

— Parce que mon nom de famille, c'est Mellon, avec deux l.

— Ça alors.

— Ouais. Remarque, ça pourrait être pire. Je pourrais être une fille avec des seins énormes.

— Moi je trouve que c'est un beau nom, Mellon.

— Ah oui ?

— Oui, c'est joli.

— Hum. J'ai jamais trouvé ça terrible. J'ai même pensé à en changer après le mariage de Chris et de maman. Prendre le nom de famille de Chris à la place.

— C'est quoi ?

— Jebb.

— Oh non, protesta-t-elle en fronçant les sourcils. Mellon est beaucoup mieux.

— Tu trouves ?

— Sans hésiter. Si tu veux, on échange.

— Pourquoi, c'est quoi, le tien ?

— Downer[1]. Chouette, hein ?

— Oh, y a pire. Et puis avec ton prénom, ça fait un équilibre.

1. Ce qui veut dire « déprime » ou « flip » en argot.

— Peut-être, dit-elle en souriant. En tout cas, les psys s'en sont donné à cœur joie.

— Les psys ?

— Oui, acquiesça Joy, et elle prit une profonde inspiration.

Elle avait envie de lui dire. Elle voulait qu'il la connaisse.

— Après tout, reprit-elle, tu as le droit de savoir toi aussi à qui tu as affaire. Eh bien tu es en compagnie d'une barjo, figure-toi.

— C'est ça.

— Je ne plaisante pas. J'ai passé quatre semaines à l'hôpital cette année. Dépression nerveuse.

Elle s'interrompit et sourit d'un air crispé en attendant sa réaction, sachant déjà qu'il comprendrait.

Alors elle lui raconta toutes ces choses qu'elle s'était promis de ne jamais raconter à personne parce qu'elles étaient tellement moches, tellement sordides. Elle lui parla du jour où elle était rentrée de l'école et avait trouvé son père assis sur une chaise dans la cuisine, le pantalon descendu sur les chevilles, avec Toni Moran, la voisine d'en face, à califourchon sur lui, et comment Toni Moran, qui lui tournait le dos, avait continué à chevaucher allégrement son père quand elle était entrée, pendant qu'il la regardait, pétrifié d'horreur.

Elle lui raconta que son père lui avait donné cinq cents livres en billets de dix tout craquants pour qu'elle n'en parle pas à sa mère, et comment elle avait tout dépensé en fringues au marché de Kensington, des fringues qu'elle avait rapportées le week-end suivant tant elle se sentait coupable. Comment ensuite elle avait caché les cinq cents livres dans une boîte à chaussures au fond de sa penderie, et comment, les semaines suivantes, elle avait dû supporter de voir sa mère faire la boniche pour son père, lui préparer à dîner, lui cirer les pompes, lui masser les pieds le soir sur le canapé, en sachant qu'il voyait toujours Toni Moran en secret. Elle aurait voulu le dire à sa mère, mais elle n'avait pas osé par crainte des conséquences, car la pauvre aurait sans doute trinqué bien plus que son père, au bout du compte. Et elle lui raconta aussi comment elle avait appris à reconnaître l'odeur de Toni Moran sur son père, quand il rentrait du terrain de golf ou d'une réunion de comité.

Elle lui parla de l'affreux sentiment de complicité que son père avait essayé d'établir entre eux, comme s'ils partageaient une grande aventure. Elle lui dit comment au lieu de devenir plus facile, c'était devenu de plus en plus dur, de garder ce secret enfermé tout au fond d'elle-même.

Tant et si bien que quand vint la période stressante où elle dut passer des entretiens pour entrer dans une université en trimballant un portfolio de dix kilos à travers tout le pays, en pleine canicule, son état empira. Assise dans des couloirs en compagnie d'une dizaine d'autres candidats dont elle savait qu'ils étaient tous meilleurs qu'elle, elle se demandait ce qu'elle fichait là, en proie à une panique permanente, de plus en plus déstabilisante. C'était comme si son corps lui était devenu étranger, comme si elle avait oublié ses fonctions les plus simples : marcher, remuer les jambes, respirer. Certaines fois, son cœur s'arrêtait, repartait sur un rythme saccadé, puis s'arrêtait encore. Elle passait tant de temps repliée sur elle-même, n'existant plus que dans une petite bulle étrange, coupée du monde, qu'elle en devint comme absente, et si distraite que c'en était comique. Elle laissait des affaires partout où elle allait, oubliait des pans entiers de conversations, des rendez-vous. Et puis vint cet après-midi de printemps où elle se pointa pour une entrevue à l'école d'art de Chelsea sans son portfolio. Elle ne se rendit compte qu'elle l'avait oublié à la maison que quand le jury d'entretien demanda à le voir. Alors elle avait fondu en larmes et s'était enfuie de la salle. À la station de Fenchurch Street, elle s'était trompée de train et s'était retrouvée à Norwich. Et comme elle n'avait pas assez de liquide pour acheter un billet de retour pour Londres, sa mère avait dû faire tout le trajet en voiture jusqu'à Colchester pour la ramener à la maison.

Le lendemain matin, au courrier, il y avait non pas une, mais trois lettres de refus venant des trois universités qu'elle avait mises en premier sur sa liste. Il valait mieux disparaître de la circulation, décida Joy. Cette révélation lui éclaircit les idées pour la première fois depuis un mois, et ce fut avec un étrange sentiment de lucidité qu'assise sur son lit, jambes croisées, elle avala vingt-trois paracétamols avec un tiers de bouteille de schnaps à la pêche.

Sa mère la trouva une demi-heure plus tard et la transporta d'urgence à l'hôpital central de Colchester, où on lui lava l'estomac avec de l'eau salée jusqu'à ce qu'elle se sente comme un linge passé dans une essoreuse.

Avec le recul, Joy savait qu'elle n'avait pas eu vraiment l'intention de se tuer. Elle se doutait que sa mère la trouverait et qu'elle n'avait pas pris une dose assez forte pour y passer. Elle voulait juste rentrer chez elle et tourner la page. Mais son entourage prit la chose très au sérieux, et le lendemain on l'admettait dans un service psychiatrique.

Le surlendemain, elle recevait une lettre de l'université de Bristol lui offrant une place dans son cursus de graphisme. Sa mère répondit en son nom en expliquant pourquoi elle ne serait pas en mesure de le suivre cette année.

Quant aux semaines qui avaient suivi, elles se perdaient dans un flou artistique de pilules et de questions. En cours de route, elle avait dû raconter à quelqu'un l'anecdote sur son père et Toni Moran, car quand enfin elle était rentrée à la maison un mois plus tard, son père était tout penaud et l'atmosphère avait changé. D'où ces vacances et cette gaieté forcée qui accompagnait le moindre de leurs faits et gestes.

C'était à cause d'Alan que Joy s'était retrouvée à l'hôpital. Il avait une dette envers elle. Et il devait s'en acquitter.

Quand le pub ferma à onze heures et demie, instinctivement ils se dirigèrent non pas vers le *Nelson's* et le parc Bellevue, mais en sens inverse, vers le bord de mer. De la musique tonitruante sortait par les fenêtres ouvertes d'un night-club minuscule situé au-dessus d'une des galeries marchandes de la promenade. Ils traversèrent la route et passèrent devant le club dont les portes étaient ouvertes sur l'extérieur. À l'entrée, des filles et des garçons fumaient en buvant du cidre ou de la bière et en se donnant des airs de petits durs gouailleurs, revenus de tout.

Ils traversèrent la pelouse de la promenade, vers un banc face à la mer. Quelques mouettes planaient en cercle au-dessus de leurs têtes et leurs criailleries se mêlaient aux échos sonores provenant du night-club. La plage était déserte.

Ils s'assirent d'un même mouvement, respirèrent l'océan, et quand les poumons de Joy se gonflèrent d'air salin, elle-même se sentit gonflée de bonheur, enveloppée d'une douceur ouatée, nimbée d'or, qu'elle n'avait jamais éprouvée. Pour la première fois de sa vie, Joy se sentait… normale.

Elle n'était plus intimidée par le physique de Vince et sa troublante aura. Vince n'était pas ce qu'il paraissait. Il n'était pas distant ni décontracté. Ce n'était pas un intellectuel, ni un coriace. Il n'était pas intimidant.

Il était intéressant, gentil, drôle.

Il était humain, généreux, attentif.

Il était gauche, mal dans sa peau.

Il avait raté en grande partie sa jeunesse.

Il était comme elle. Exactement comme elle.

Joy n'avait jamais rencontré personne qui lui ressemble à ce point. Elle avait passé sa vie à essayer de se conformer aux autres et à ce qu'ils attendaient d'elle. Pendant des années, elle s'était contorsionnée comme ces gens qui parviennent à se plier pour tenir dans une boîte, mais ce soir, en sortant du *Nelson's*, quand elle avait marché avec Vince, c'était comme si elle avait étiré ses jambes après un long voyage, ou détendu sa nuque après avoir étudié trop longtemps. Elle n'avait pas à faire semblant d'être décontractée, intelligente, intéressée, excitée ou quoi. Quel soulagement.

— Je te trouve super, dit-elle en remontant ses genoux contre sa poitrine et en se tournant vers Vince pour lui sourire.

Il tressaillit, et un sourire timide éclaira son visage.

— Moi ? dit-il. C'est vrai ?

— Oui, toi. Sincèrement.

Sans la moindre gêne, elle lui prit la main, la porta à ses lèvres et l'embrassa.

— Moi aussi je te trouve super, dit-il.

Il lui prit la main, la porta à ses lèvres, et quand elle sentit sa bouche sur sa chair, tout le corps de Joy frémit.

Alors ils se mirent à rire, rapprochèrent leurs visages et s'embrassèrent tandis que très loin, en fond sonore, des adolescentes d'Hunstanton chantaient à tue-tête sur une reprise de « Venus » par Bananarama.

5.

Vince fut réveillé le lendemain matin par le chant des ramiers qui roucoulaient dans les arbres.

Il essuya l'épaisse buée qui recouvrait la fenêtre en forme de boîte aux lettres et contempla la fenêtre de la caravane d'en face, couverte de la même buée matinale. Émanait-elle de la douce haleine de Joy Downer, de ses rêves, pensées et mouvements de la nuit ? Chacune de ces gouttelettes de rosée avait-elle coulé, comme une perle, de son sommeil ? En ce moment même, derrière la coque d'aluminium, elle murmurait peut-être en dormant, et l'une de ses jolies jambes sortait des couvertures, repliée… Ou bien elle venait juste de se réveiller, se frottait les yeux, s'étirait, ébouriffait ses cheveux soyeux…

Au moment où il essuyait la nouvelle couche de buée que sa propre haleine avait formée sur la vitre, il vit s'ouvrir le rideau d'en face et une main boudinée frotter la vitre couverte de brume opaque. Un visage bouffi apparut et cligna des yeux dans la lumière du matin.

Barbara.

Vince referma le rideau et laissa sa tête retomber sur l'oreiller en frissonnant un peu sous l'effet de cette brusque apparition.

Il se leva et gagna la pièce commune où Chris déjeunait de pain frais tartiné d'une épaisse couche de beurre de cacahuète. Kirsty était toujours en robe de chambre. Il y avait une théière de thé fumant posée sur le comptoir. Vince se versa une tasse et s'assit. Les rideaux n'étaient qu'à moitié tirés et un rai de lumière colorait d'orange la fumée qui montait de la cigarette de Kirsty. À la radio, un DJ surexcité s'extasia sur le temps et annonça « Living Doll », par Cliff Richard et les Young Ones.

— Tu veux une tartine ? lui demanda Chris.

— Nan, dit Vince en reluquant sans enthousiasme la miche de pain croustillante.

— C'est l'amour qui te coupe l'appétit ?

— Hein ?

— Je me comprends, dit Chris en hochant la tête vers Kirsty d'un air entendu.

Vince versa une cuillerée de sucre dans sa tasse en grommelant.

— Alors, à quelle heure êtes-vous rentrés hier soir ?

— Je sais pas. Vers les une ou deux heures.

— Une ou deux heures ! s'exclama Chris en rigolant. Mon cul ! Il était exactement trois heures et demie… Je me demande bien ce que vous avez fichu jusqu'à trois heures et demie du matin dans un bled comme Hunstanton. Tu me diras ça ne me regarde pas !

— On a juste parlé… c'est tout.

— Alors comme ça, vous avez parlé. Toute la nuit, dit Chris en tartinant allégrement sa tranche de pain de beurre de cacahuète. T'as raison, mec, c'est le meilleur des passeports, avec les gonzesses. Tu tiens le bon bout.

Vince regarda le beurre de cacahuète fondre sur le pain et sentit son estomac se retourner.

— Mais non, Joy n'est pas ce genre de fille. C'est juste une amie.

Chris secoua la tête en rigolant et il s'apprêtait à lui lancer une vanne quand Vince sentit le regard que Kirsty lui jeta depuis l'autre côté de la table. Chris ferma son clapet et baissa les yeux.

— Une amie, répéta-t-il. Eh ben, c'est super.

Il y eut un silence ponctué des bavardages hystériques du speaker et du bruit que faisait Kirsty en feuilletant son quotidien.

— Et ton amie, tu penses qu'elle aimerait venir à la plage avec nous aujourd'hui ? demanda Chris.

— J'en sais rien, répliqua Vince avec impatience, car il avait juste envie de s'asseoir et de se remémorer avec délices sa nuit passée sans que la réalité vienne interférer, avec ses banalités, ses détails pratiques, ses occupations programmées par ses parents ou ceux de Joy. Il voulait juste flotter dans cet état de ravissement jusqu'à se retrouver tout naturellement en sa présence. Était-ce trop demander ?

— Je vais lui proposer, si tu veux, dit Chris.

— Bon sang, Chris, laisse tomber, d'accord ?

— Allons, Vince. Ne fais pas ta prude. Tu n'as pas envie de la voir en bikini ? lui lança Chris avec un haussement de sourcils qui arracha enfin à Vince un sourire. Fais-moi confiance. Je m'occupe de tout.

Super, pensa Vince une ou deux heures plus tard en regardant dans le rétroviseur de la Mini de sa mère.

Un Alan raide comme un piquet conduisait sa Jaguar luisante en passant les dos-d'âne de la piste poussiéreuse qui menait à la plage avec de brusques coups de volant latéraux. Près de lui, dépassant à peine le tableau de bord, une Barbara rouge et ruisselante, coiffée d'un chapeau, s'épongeait le front avec un mouchoir. Et à l'arrière, coincée contre la portière par un énorme panier à pique-nique, il y avait Joy.

Un coude posé sur le panier, l'autre sur le bord de la vitre baissée, elle contemplait le paysage battu par les vents et ses cheveux volaient autour de son visage. Chaque fois qu'Alan négociait une de ses manœuvres, elle s'accrochait à la portière en grimaçant.

Le plan de Chris avait un peu foiré, car en invitant Joy à les accompagner à la plage, il avait étourdiment proposé à ses parents de se joindre à eux.

L'imbécile.

Holmes Beach faisait partie d'une réserve naturelle englobant des hectares de forêts de pins odorantes et ombreuses, des plages sans fin dessinées par les marées et des dunes de sable ondulées. Un homme rubicond dans une hutte en balsa leur prit cinquante pence par voiture pour accéder à la piste sableuse qui menait à la plage. Chaque cinq cents mètres ou presque, Chris sortait de la voiture, ouvrait une barrière et faisait signe à Alan de passer après la Mini avec un grand moulinet du bras et une révérence.

Un ciel d'un bleu saphir était ponctué de minuscules nuages en forme d'empreintes digitales. Sur les sièges en vinyle vert de la Mini, l'entrejambe de Vince dégoulinait de sueur. Il but une lampée de Coca tiède et regarda le pouce de Chris qui massait le cou mince et bronzé de sa mère.

Alors une image lui revint. Lui et Joy sur le bord de mer la veille au soir, les doigts minces de Joy dans ses cheveux, ses seins pressés contre sa poitrine, sa jambe passée autour de sa cuisse. Il se rappela la sensation étrange et saisissante de sa langue autour de la sienne et comment il s'y était vite habitué. Surtout il se souvenait de Joy, les petits halètements et gémissements qui s'échappaient de ses lèvres, l'avidité de sa bouche, le choc de leurs dents dont aucun d'eux ne se souciait. C'est elle qui avait mené la danse, guidé sa main sous sa chemise vers ses seins nus, pressé la sienne sur son aine à travers le tissu de son pantalon, elle qui s'était collée à lui avec une ardeur dévorante.

Ils s'étaient embrassés comme ça pendant presque trois heures.

Des passants leur lançaient des vannes idiotes dont ils se fichaient éperdument, liés l'un à l'autre dans un nœud de passion frénétique.

Quand enfin ils s'étaient séparés et avaient décidé de rentrer, Vince se sentait gorgé de sang de la tête aux pieds, tout son corps était tendu, gonflé, prêt à éclater. Tandis qu'ils retournaient vers le parc Bellevue main dans la main et revenaient un peu à eux, Vince avait considéré que sa première expérience sexuelle et ces trois heures passées sur un banc avec Joy Downer à presque dix-neuf ans compensaient largement tout ce qu'il avait raté jusqu'alors. Et comme il lui souhaitait bonne nuit à la porte de sa caravane, tandis que ses douces mains glissées sous son T-shirt parcouraient sa peau nue, il avait décidé que c'était elle, la fille avec laquelle il allait enfin perdre son pucelage.

Le parking étant plein, ils se retrouvèrent à une centaine de mètres du chemin qui menait à la plage. Alan se gara à côté d'eux, abaissa sa vitre et leur fit un signe.

— Je vais déposer ces dames avec les affaires et je reviens.

— Bonne idée, lui lancèrent Chris et Kirsty en lui faisant de grands sourires crispés qui s'effacèrent sitôt qu'il eut disparu.

— Décidément, ce type ne me revient pas, dit Kirsty en débouclant sa ceinture de sécurité, avec un petit frisson. Il me donne la chair de poule. Je te parie tout ce que tu veux qu'il bat sa femme. Et qu'il va chez les putes, ajouta-t-elle.

— Eh ben, fit Chris, et sur quoi te fondes-tu pour dire ça ? Sur une demi-heure de conversation ?

— Parfaitement, rétorqua-t-elle d'un air de défi. Rien qu'à sa façon de me regarder. Et à son ton quand il s'adresse à sa femme. Il me fait froid dans le dos.

Ils vidèrent le coffre de la Mini de tout leur équipement, serviettes de plage, crème solaire, sacs de chips, boîtes Tupperware, et marchèrent vers le sentier où Joy et Barbara attendaient au soleil avec leur énorme panier.

Ils attendirent qu'Alan les rejoigne, puis se dirigèrent vers la plage en un étrange convoi bardé d'un matériel disparate. Vince accéléra le pas pour rattraper Joy sur le sentier recouvert de lattes de bois. Elle avait l'air d'une baroudeuse dans son short militaire noir et sa chemise d'homme kaki, avec ses cheveux ramenés sur sa tête en une sorte de queue-de-cheval un peu hirsute.

— Qu'est-ce que tu écoutes ? dit-il en montrant le Walkman fiché dans la poche de sa chemise.

— Oh… rien de précis. Une compilation.

Elle lui sourit et fourra ses écouteurs dans sa poche.

— Désolé, dit-il en glissant ses mains moites dans les poches de son short.

— Pourquoi ?

— Eh ben, que Chris vous ait embringués dans cette histoire de pique-nique à la plage. Je t'avais prévenue. Il sait se montrer persuasif.

— Oh, ne t'en fais pas. Papa comptait venir ici, de toute façon. Et puis comme ça, on va passer la journée ensemble.

Vince lui jeta un coup d'œil pour être sûr d'avoir bien entendu ces mots qui sonnaient si doux à son oreille.

— Super, dit-il. C'est une façon positive de voir les choses. J'apprécie.

Le groupe erra un bon moment en quête de la dune parfaite que Chris avait faite sienne l'été dernier, sous le soleil de midi qui leur tapait sur la tête et dans l'herbe des dunes qui leur picotait les genoux. Enfin ils trouvèrent une dune conforme aux exigences d'Alan et au goût de Chris, et s'installèrent.

Auprès d'un patchwork de couvertures et de serviettes de plage bariolées, Alan et Barbara s'escrimèrent à planter un pare-vent rayé jaune et vert, une mission impossible dans ce genre de terrain meuble. Alors commença le délicat processus qui consiste à se dévêtir devant de parfaits inconnus.

Chris ôta son T-shirt avec toute l'assurance d'un type de vingt-neuf ans viril, velu, bronzé, qui a dans son garage un assortiment complet de poids et haltères. Kirsty se tortilla avec gêne en ôtant son short et son dos-nu, découvrant un bikini noir dont les bonnets étaient reliés entre les seins par un faux « G » Gucci doré qui étincelait au soleil.

Alan, qui la regardait à la dérobée, rentrait tant le ventre que sa cage thoracique semblait sur le point d'exploser. Il pliait chaque vêtement avec méthode et les rangeait au fur et à mesure dans un sac en plastique. Il se retrouva pour finir en short bleu marine. Le bas de ses mollets était pratiquement dépourvu de poils, remarqua Vince.

Quant à Barbara, elle se défit comme elle put de sa robe en coton et apparut dans une robe qui ressemblait fortement à la première. Mais non, en fin de compte il s'agissait bien d'un maillot, ou plutôt d'un costume de bain qui se terminait à mi-cuisses par des jarretières élastiques d'où débordait sa cellulite.

Vince se retourna pour jeter un coup d'œil à Joy. Pour l'instant, elle avait juste ôté ses Doc Martens et déboutonné sa chemise sur un maillot gris. Elle ne semblait pas vouloir aller plus loin.

Alan ôta ses sandales en cuir et les déposa côte à côte sur le sable.

— Allons, ma chérie, dit-il en regardant sa fille, déshabille-toi. Tu ne vas pas rester assise là toute la journée attifée comme un prisonnier de guerre.

— Pourquoi pas ?

— Au nom du ciel, il fait beau, le soleil brille, on est en vacances. Tu n'es pas une nonne, que je sache. Et pour ce que tu as à cacher…

— Oh, Alan, intervint Barbara, laisse-la tranquille. Si elle préfère rester habillée, ça la regarde.

— Ça m'aurait étonné !

— Alan…

— Oui, je sais, surtout ne rien dire qui risque de perturber notre petite fille en sucre, marmonna-t-il, et il continua à maugréer en s'enduisant les bras de crème solaire et en se massant vigoureusement pour la faire pénétrer. Tiens, dit-il en jetant le tube à Barbara, qui avait enfin réussi à s'installer en position assise après bien des efforts, mets-moi de la crème dans le dos, tu veux ?

Kirsty jeta à Chris un coup d'œil éloquent et un silence pesant descendit sur la dune. Joy regarda sa mère enduire patiemment les épaules d'Alan avec un dégoût à peine voilé, puis elle se leva.

— Je vais me promener un peu. Tu viens, Vince ?

— D'accord, fit-il en se relevant d'un bond.

— Faites en sorte d'être revenus dans une heure, pour le déjeuner, ordonna Alan.

— Je n'ai pas faim, dit Joy.

— Eh bien soyez là quand même, ne serait-ce que par politesse. Pourquoi faut-il que tout soit si compliqué ? Une heure. Pile. Ici, insista-t-il en tapotant sa montre.

— C'est ça, répondit-elle entre ses dents.

Ils passèrent le haut de la dune, redescendirent de l'autre côté et avancèrent vers la plage.

— Désolée, dit Joy en rajustant sa queue-de-cheval.

— Il est toujours comme ça ?

— Presque toujours. Sauf quand il fait semblant d'être gentil. Ça lui arrive rarement.

Quand ils franchirent la dernière dune, la plage apparut devant eux telle une nouvelle contrée. Elle s'étendait sur des kilomètres, jonchée çà et là de familles qui s'y éparpillaient comme des pièces de monnaie tombées d'une poche. Des chiens couraient en cercles sur le sable dur et mouillé, comme fous, tant leur espace de jeux leur semblait incroyable. Assis jambes écartées, des bambins munis de seaux en plastique construisaient des châteaux et des voitures avec du sable mouillé. Plus loin, la plage unie se ridait d'ondulations argentées qui ressemblaient à des anguilles de verre. Et bien plus loin encore, la mer n'était qu'une mince ligne bleu marine.

— Mmm, dit Joy en inspirant profondément et en croisant les bras sur sa poitrine.

Ici, après la fournaise des dunes, la brise marine rafraîchissait l'air. Ils contemplèrent la vue un instant, puis se remirent à marcher.

— Alors, dit Joy, qu'est-ce que ça fait, d'avoir des parents sympas ?

— Je ne sais pas, répondit Vince en souriant. C'est bien, j'imagine.

— Tu as de la chance, tu sais.

— Ouais... Ils sont loin d'être parfaits, mais...

— Quand j'étais petite, je croyais que j'avais été adoptée, l'interrompit-elle.

— Ah bon ?

— Oui. Je n'arrivais pas à croire que c'étaient mes vrais parents. Et pas seulement parce que je ne leur ressemble pas physiquement. Mais… je n'ai pas l'impression d'être de la même tribu, tu comprends ? Tu vois, Chris, ta maman et toi, vous avez beau être très différents, vous donnez une impression d'unité, comme si vous étiez tous les trois de la même origine. C'est peut-être parce que je ne suis pas née en Angleterre…

— Ah bon ?

— Non, je suis née à Singapour.

— C'est vrai ? s'étonna Vince.

— Oui. Mon père travaillait pour Jaguar, comme directeur des ventes de la plus grosse succursale de Singapour. Lui et ma mère sont restés là-bas une dizaine d'années. J'avais quelques semaines quand ils sont rentrés.

— C'est drôle. La première fois que je t'ai vue, j'ai trouvé que tu avais quelque chose d'exotique.

— Comment ça, exotique ? fit-elle avec ironie.

— À cause de tes yeux, dit-il en les encadrant de ses doigts. Ils ont quelque chose d'oriental.

Joy se mit à rire, plutôt flattée.

— Tu trouves ?

— Oui. Ils sont frappants.

Un instant, ils se regardèrent.

— Peut-être que tu as vraiment été adoptée, conclut-il.

Elle sourit et écarta une mèche de ses yeux.

— Nan, dit-elle, j'ai vu mon extrait de naissance. C'est écrit noir sur blanc. Manque de pot. Je suis le rejeton d'Alan et Barbara Downer. C'est officiel… Et toi alors ? Est-ce que tu ressembles à ton père ? Sais-tu au moins de quoi il avait l'air ?

— Ouais. J'ai vu deux ou trois photos de lui. Ma mère et lui ne se connaissaient pas depuis très longtemps quand il est mort. Ils n'étaient pas mariés ni rien.

— Et tu lui ressembles ?

— Il paraît. Surtout depuis que je me suis fait opérer. Moi, je ne m'en rends pas compte. C'était un rocker, tu sais. Des cheveux longs, la moustache… Rien à voir avec moi, question style.

— C'est vrai ? dit-elle en riant.

— Ouais. Ma mère aime les machos. Je me demande parfois… commença-t-il.

— Vas-y, continue.

— Je me demande quel genre d'enfance j'aurais eue, s'il avait vécu. Parfois je me dis que ça n'aurait pas été facile. Peut-être que je l'aurais déçu, qu'il m'aurait trouvé trop mou, trop fille. Les motos, le football, le trip viril, c'est pas du tout mon truc… Peut-être que ça l'aurait dérangé.

— Tu n'as peut-être pas de moustache ni de moto, mais je peux t'assurer que tu ne fais pas fille du tout.

— Ah bon ?

— Non… tu fais très homme, au contraire.

Vince rigola.

— Arrête ton char.

— Je ne me fiche pas de toi, je le pense sincèrement, dit-elle en riant.

Et comme Vince lui jetait un regard sceptique, elle ajouta :

— Allons, ne me dis pas que tu ne t'en rends pas compte…

— De quoi ?

— Que tu es super beau mec.

— Eh ben non.

— Quoi, tu veux dire qu'on ne te l'a jamais dit ?

— Qui par exemple ?

— Des petites amies.

— Eh bien, répondit Vince en se passant les doigts dans les cheveux. Je n'ai pas eu de petites amies.

Voilà. C'était dit.

— C'est vrai ?

— Enfin, j'ai eu des copines, mais jamais… Je ne suis jamais sorti avec quelqu'un. Je t'assure. C'est que toutes les filles que je côtoyais ne me voyaient pas comme ça. J'étais juste Tête de Melon. Et puis j'ai été complètement déconnecté toute cette année… Et merde. Pourquoi est-ce que je te raconte tout ça ? Tu vas me prendre pour un ringard.

— Non. Bien sûr que non. Tu sais, moi aussi j'étais un peu larguée, ces derniers temps.

— Ah bon ?

— Oui. Je n'ai eu qu'un seul petit ami. Kieran. Il avait trois ans de plus que moi. Rien de sérieux. Enfin, il m'a quand même offert une bague de fiançailles, ajouta-t-elle en riant.

— Tu as été fiancée ?

L'image d'un homme mûr offrant une bague de fiançailles surgit dans la tête de Vince. Il ressemblait à Brian Ferry.

Elle rit encore.

— J'avais quatorze ans, c'était de la blague. En plus, je n'ai jamais été amoureuse de lui.

— Ah bon ?

— Non. Kieran était un brave gars, mais c'était juste une période, tu sais, pour se débarrasser du truc.

Ah, songea Vince. Nous y voilà. Le fameux truc. Le truc qui signifiait que Joy l'avait fait. Le truc qui voulait dire qu'elle avait caressé, déshabillé, séduit quelqu'un et s'était donnée à lui.

— Je n'ai jamais été vraiment amoureuse, poursuivit-elle, jamais comme ces filles qui passent leur temps à côté du téléphone. Des filles normales, en somme.

Et elle se mit encore à rire. Mais Vince n'écoutait plus. Il était trop occupé à envisager les innombrables possibilités charnelles qu'évoquait le mot « truc ». Positions, émotions, émissions. Branler, astiquer, sucer, baiser, prendre par-derrière, par-devant, dessus, dessous… autant d'idées étranges, terrifiantes, saisissantes.

Vince savait à quoi ça ressemblait. Évidemment. Il avait lu des magazines, regardé des vidéos, vu ses copains peloter dans les coins des filles échevelées en retroussant leurs jupes. Il avait vu les autres faire le truc, mais lui ne l'avait jamais fait.

Joy si.

Évidemment.

Comme tout le monde.

Sauf les prêtres, les nonnes et les paumés comme lui.

— Tu veux qu'on aille se planquer quelque part? proposa Joy en lui souriant, la main en visière pour se protéger les yeux du soleil.

— Se planquer?

— Oui. Quelque part, dans un coin plus intime.

Il sourit.

— Où par exemple?

— Là-bas, derrière ces dunes, dit-elle en indiquant les lieux d'un mouvement de tête.

— D'accord.

Tout en revenant sur leurs pas, ils bavardèrent et, au long du chemin, Vince se sentit changer, comme s'il laissait toute une partie de sa vie derrière lui, comme si sa vraie vie allait enfin commencer.

Il marchait sur une plage avec une fille assez belle pour lui donner l'impression d'être un personnage dans un film. Une belle fille dont il avait caressé les seins, qu'il avait embrassée pendant trois heures, qui n'était pas vierge, qui le trouvait beau et tout et tout. Une belle fille qui n'avait pas connu « Tête de Melon », qui ne l'avait vu que tel qu'il était maintenant. Oui, il marchait sur une plage, pieds nus, torse nu, au soleil, en bavardant avec cette belle fille comme si c'était la chose la plus naturelle du monde. C'était ça, le plus extraordinaire. Que ça semble si normal, que ça semble aller de soi.

Et Vince sut avec la tranquille assurance d'un homme fait que dès qu'ils se retrouveraient planqués quelque part et qu'ils se coucheraient sur le sable, ils s'embrasseraient. Il sut qu'il toucherait ses seins de nouveau, que sa langue chercherait la sienne. Qu'il prendrait sa nuque dans sa main, que les plantes de ses pieds caresseraient la peau soyeuse de ses jambes et qu'il assurerait, qu'il ne se laisserait pas démonter. Parce qu'il avait attendu ça si longtemps, il y pensait depuis tant d'années, il avait vu à l'œuvre tous ceux qu'il connaissait, et maintenant, c'était son tour, il avait dix-neuf ans, il était un homme, elle une femme, oui ; c'était son tour, enfin, et il était prêt.

Complètement prêt.

Cinq minutes plus tard, Joy glissait une main timide dans son pantalon et la posait doucement sur son membre.

Deux secondes plus tard, il éjaculait sur sa main.

6.

Le lendemain Vince se réveilla, résolu à se racheter. Joy avait eu beau le rassurer, lui répéter que ça n'avait pas d'importance, que ça arrivait à tout le monde, qu'il ne fallait pas en faire un fromage, il ne se supportait plus. Ce n'était même pas qu'il en ait honte, non, il était seulement déçu.

Une belle fille s'apprêtait à lui faire une branlette et il avait trouvé le moyen de tout faire rater. Il fallait qu'il se prouve à lui-même qu'il était capable de se faire astiquer le manche sans lâcher sa purée comme un môme de quatorze ans.

Quand il sortit de sa chambre, Chris faisait la vaisselle avec des gants en caoutchouc rose en fredonnant « Dancing on the Ceiling » chanté par Lionel Richie.

— 'Jour.

— 'Jour.

— Où est maman ?

— Elle est allée chez le boucher. Ce soir, barbecue au programme. Ça te va ?

— Au poil, marmonna-t-il.

— Et la jolie Joy, tu la revois aujourd'hui ?

Vince se laissa choir sur le canapé et soupira.

— J'en sais rien. Peut-être.

Chris le regarda d'un air inquiet.

— Ça va, mon pote ?

— Ouais ouais.

— T'es sûr ?

— Oui.

— Tout se passe bien entre toi et Joy ? Sérieux ?

— Très bien.

Vince prit le *Daily Mirror* de la veille et le feuilleta distraitement, mais il était incapable de se concentrer, tant ce fâcheux épisode le perturbait. Il jeta un coup d'œil à Chris qui secouait la tête sur « Addicted to Love » et tapait en rythme sur l'eau de vaisselle avec une brosse en plastique.

Et ce macho de Chris, est-ce que ça lui était déjà arrivé ?

— Dis donc… bredouilla-t-il.

— Quoi, mec ?

— Euh… tu t'y connais en branlette ?

Chris ôta ses gants en caoutchouc en rigolant.

— Ça oui, je m'y connais, blanc-bec.

— Bon… Et quand une fille te le fait ?

— Oui ?

— Que tu ne t'y attends pas et que tu n'as pas le temps de t'y préparer, est-ce que ça t'est déjà arrivé de… et merde ! s'exclama-t-il en se tapant sur les cuisses, exaspéré.

— D'en foutre plein mon pantalon ? C'est ça ? Bon, écoute Vincent, prends ton temps et explique-moi ça en détail.

— C'est Joy. Hier soir, à la plage, elle me l'a fait sans prévenir et deux secondes plus tard, j'avais tout balancé. Elle m'a dit qu'elle s'en fichait, que ce n'était pas grave du tout, mais depuis je me sens… complètement nul, devant elle.

— Ah là là… Vincent, Vincent, Vincent, répéta Chris en lui frottant le dos affectueusement. Ne t'en fais pas une seconde. Ça arrive à tout le monde.

— Ah bon ?

— Mais oui, évidemment.

— Et à toi, ça t'est arrivé ?

— Si ça m'est arrivé ? Putain ! Plus souvent qu'à mon tour, mec. Enfin, pas depuis un moment, remarque. Mais quand j'avais ton âge, ouais. À ton âge, on est comme un ressort tendu à l'extrême, et quand on se détend d'un seul coup à cause d'une caresse, pof, ça part tout seul ! C'est la nature, mec. Les bonshommes sont sur Terre pour envoyer leur purée dans la tirelire des bonnes femmes et les foutre enceintes. Pas vrai ?

Vince acquiesça d'un hochement de tête.

— Alors quand t'en approches une de plus près, le soleil brille, tu as la trique et tu vas un peu trop vite en besogne, tu ne connais pas encore la musique, tu prends une longueur d'avance et crac… C'est naturel.

— Qu'est-ce que je peux faire pour être sûr que ça ne m'arrivera plus ?

Chris haussa les épaules.

— Il n'y a aucune garantie, surtout mûr comme tu es et prêt à éclater, mon gars. Le mieux à faire, c'est apprendre à te détendre. Sortir avec elle. Faire sa connaissance. Y aller en douceur.

— Ouais. T'as raison.

— Et n'oublie pas que ce n'est qu'une fille, hein ? Allez, va la voir maintenant. Tu te sentiras mieux après. Il faut remonter en selle aussi sec, lui fit-il en lui donnant un petit coup de coude dans les côtes, puis il se leva.

— Ouais, dit Vince, rasséréné. Merci, mec.

— De rien.

Chris retourna vers l'égouttoir, son torchon à la main, et se mit à essuyer une tasse.

— Alors comme ça, reprit-il au bout d'un moment, elle y est allée franco, tranquille, la main dans le pantalon, sans invitation ?

Vince hocha la tête.

— Eh ben, fit Chris, l'air très impressionné. C'est une sacrée nana, et il ponctua sa remarque d'un petit gloussement jubilatoire.

Vince fit tout à vitesse grand V ce matin-là tant il avait hâte de retrouver Joy. Il s'inonda de savon liquide et se rinça sans prendre le temps de se frotter. Il enfila caleçon et pantalon en une seconde, sauta dans ses baskets, avala son thé si vite qu'il manqua s'étrangler, et se regarda dans la glace dix secondes, c'est-à-dire vingt fois moins longtemps que d'habitude.

Quand il frappa dix minutes plus tard à la porte, c'est Alan qui lui ouvrit.

— Oh. Bonjour, Vincent.

— Bonjour, Alan. Monsieur euh… Downer. Joy est là, s'il vous plaît ?

— Hmm, je ne crois pas qu'elle ait encore émergé. Joy, lança-t-il par-dessus son épaule, tu es en vie ?

Vince entendit un grognement étouffé provenir de l'une des chambres.

— Une visite pour toi. Entre donc, dit-il à Vince sans enthousiasme, en lui faisant signe.

Il laissa Vince en plan dans la cuisine, alla s'asseoir à la table de la salle à manger et se mit à feuilleter le *Telegraph* d'un air absorbé. Deux secondes plus tard, la porte de la salle de bain s'ouvrit et Barbara apparut, terrifiante, en robe de chambre rose matelassée et bonnet de douche transparent. Quand elle vit Vince debout dans la cuisine, elle referma sa robe de chambre sur elle.

— Oh, Vincent. Tu m'as fait peur.

Alors la porte de la chambre s'ouvrit, Joy apparut, et un sourire s'épanouit sur son visage.

— Bonjour, fit-elle en se grattant la tête.

— Bonjour. Ça te dirait d'aller faire un tour ?

— Donne-moi dix minutes, lui dit-elle, rayonnante. Non, cinq.

Elle se hissa sur la pointe des pieds, lui effleura les lèvres et disparut dans sa chambre au parfum de jeune fille en fleur.

Ils marchèrent vers le bord de mer, puis s'aventurèrent dans le quartier crade de la ville et y traînèrent plus d'une heure, bras dessus bras dessous, sans jamais se séparer. Des couples étroitement enlacés, Vince en avait croisé des centaines dans sa vie. Il repensa à tous ces gars qu'il avait enviés, ces gars avec qui les filles s'affichaient ainsi aux yeux du monde. Maintenant qu'il en faisait partie, ça ne lui faisait pas drôle du tout, ce n'était même pas très excitant. Juste normal.

Ils achetèrent des gaufres et essuyèrent mutuellement leurs joues barbouillées de sucre glace. Ils firent tourner des présentoirs de cartes postales grinçants en s'amusant des photos en Technicolor des années 1970 aux couleurs criardes, où des ânes mélancoliques côtoyaient d'affreux bâtiments municipaux. Joy acheta une carte postale du bord de mer pour l'envoyer à son amie de San Diego à cause d'un pauvre gars qui y figurait malgré lui, immortalisé en pattes d'éléphant orange et espadrilles.

Comme le soleil approchait de son zénith, la fête foraine s'anima dans des effluves écœurants de sucre bouillant et de graisse à essieux. Ils vagabondèrent entre les stands garnis de noix de coco, de guirlandes de guimauve couleur pastel, d'énormes ours en peluche, de poupées géantes, de jeux d'anneaux, et sourirent aux bambins qui tournaient sur les manèges d'un air grave et extasié.

À l'heure du déjeuner, ils retournèrent au camping et mangèrent de la salade dans des chaises longues, avec Kirsty et Chris. Tout l'après-midi, ils lézardèrent au soleil en se levant de temps en temps pour aller pieds nus chercher des boissons fraîches au frigo de la caravane. Chris écouta un match de foot sur un transistor crépitant tandis que Kirsty se peignait les ongles des pieds en bleu électrique, après avoir séparé chaque orteil avec des boules de coton rose.

À cinq heures le marchand de glaces arriva dans sa camionnette et le calme fut brusquement rompu par les hurlements d'une trentaine de gosses qui réclamèrent de l'argent à leur mère et déferlèrent en se piétinant vers le guichet du marchand. Vince alla chercher quatre glaces à l'italienne et Chris sortit les dés. Ils s'assirent jambes croisées sur une couverture en feutre et jouèrent au quatre-cent-vingt-et-un en mangeant leurs glaces.

Barbara et Alan revinrent de leur virée de l'après-midi juste avant sept heures avec des sacs de papier brun, tous deux coiffés de chapeaux. Quand, en s'approchant, Alan vit la main de Joy posée sur la cuisse nue de Vince, il lui jeta un regard désapprobateur.

Alors suivit une brève altercation, comme Alan tentait de persuader Joy de rentrer à la caravane pour « discuter de leurs projets pour le dîner ».

— Mais je n'ai pas faim, dit-elle. Toute la journée, je n'ai fait que manger.

— Je croyais qu'on était censés passer des vacances en famille, marmonna-t-il en serrant les poings. N'est-ce pas, Barbara ? Alors à quoi ça sert tout ça, nom de Dieu ?

Joy poussa un cri d'exaspération et Alan vira au violet.

— C'est pour toi que nous sommes là, tu le sais, non ? lança-t-il, tout congestionné.

— Alan… gronda doucement Barbara.

— Quoi ? Je ne fais que dire les choses comme elles sont…

— Oui, mais Alan, nous étions convenus…

— Oui, oui… soupira-t-il avec colère.

Barbara fit un sourire d'excuse et le guida gentiment vers leur caravane en le prenant par le coude.

Ils se regardèrent tous les quatre. Chris fit une grimace à Joy comme s'il allait la mordre, et elle sourit.

— Désolée, dit-elle d'un air penaud.

— C'est dingue le temps qu'on passe à s'excuser pour nos parents, dit Vince à Joy. T'as remarqué ?

— Comment ça ? s'exclama Chris en feignant l'indignation. Je me demande bien en quoi tu aurais à excuser mon comportement. Je suis parfait. Absolument parfait, et il se mit à bourrer Vince de coups de poing, l'empoigna et lui chauffa les oreilles.

Cela le prenait de temps en temps, et Vince supportait patiemment ces témoignages d'affection un peu trop expansifs à son goût.

Joy les observa avec un sourire désabusé.

— Vous savez ce que signifie ce genre de comportement, n'est-ce pas ? lança-t-elle l'air de rien.

— Hein ? dirent Chris et Vince à l'unisson.

— Il révèle des tendances gays refoulées, déclara Joy d'un ton docte. Une homosexualité latente qui se manifeste par un fort désir de contact physique avec un membre du même sexe.

Kirsty éclata de rire et se tapa sur les cuisses, ravie.

Loin de prendre la mouche, Vince sentit un frisson de plaisir le parcourir. Il était fier d'avoir une petite amie capable, et d'une, d'utiliser des mots à rallonge, et de deux, de mettre Chris en boîte. Quant à Chris, il paraissait consterné.

— Et moi qui croyais que c'était une gentille fille, dit-il en parlant de Joy. Tu peux la garder. Je te la laisse.

Alors Vince lui tomba dessus, et en les voyant se rouler par terre, Kirsty et Joy rirent si fort que les ramiers posés sur un arbre au-dessus s'envolèrent soudain, comme un tapis de sol qu'on secoue pour enlever les miettes.

Chris remua les charbons de bois. Des gouttelettes de graisse tombèrent sur les braises qui s'enflammèrent, et il poussa sur le côté une saucisse desséchée.

— Alors, qui veut la dernière ?

Chacun déclina poliment, se déclarant repu.

Un après-midi bien arrosé avait dérivé, lentement mais sûrement, vers un barbecue improvisé. Chris avait réussi à persuader un Alan et une Barbara réticents de se joindre à eux, ainsi qu'un autre couple innocent qui était passé là par hasard au tout début des festivités. Le sol était jonché de déchets, assiettes en carton grasses, os rongés, croûtes de pommes de terre cuites à la braise. Alan ouvrit une autre bouteille de beaujolais. À chaque verre de vin, il rosissait davantage et portait un peu plus la voix.

— Alors, Kirsty, dit-il en se tournant vers la susnommée, qui était agenouillée sur une couverture et sursauta un peu. J'ai du mal à croire qu'une jeunette aussi gracile ait pu engendrer un gaillard pareil, fit-il en montrant Vince. On s'y met tôt, là d'où vous venez ?

— Alan, prévint Barbara.

— Quoi ? fit-il d'un ton mordant. Un homme ne peut plus faire de compliments à une femme ? C'est encore du sexisme, je suppose ?

— Oh, Alan…

— Pas de problème, intervint Kirsty pour calmer le jeu. Ça ne me dérange pas. En fait, je n'étais pas si jeune que ça. J'avais dix-sept ans quand j'ai eu Vince.

— Eh bien, mes compliments, s'exclama Alan d'un air ravi, vous êtes vraiment bien conservée, ma chère. On ne vous donnerait pas plus de trente ans.

— Merci, répondit Kirsty avec l'aisance d'une vraie professionnelle. Avoir un gigolo chez soi, ça entretient, dit-elle en faisant à Chris un clin d'œil appuyé.

— Oh oui, je veux bien le croire, acquiesça Alan en gloussant un peu. Ça vous active le sang et c'est excellent pour l'organisme, hein ? lança-t-il d'un air complice. Rien de tel qu'une vie sexuelle bien remplie pour se maintenir en forme.

— Alan !

— Quoi ? Je ne fais que constater les faits. C'est bien connu, une bonne activité sexuelle, c'est la meilleure des cures de jouvence. N'est-ce pas, Kirsty ?

— Absolument, Alan, confirma Kirsty sans se laisser démonter.

— D'ailleurs, il n'y a qu'à voir le résultat, c'est plus efficace que l'aérobic, insista-t-il en jetant un regard appréciateur sur les jambes galbées de Kirsty. Pas un soupçon de graisse. Un corps de jeune fille. Je vous félicite. C'est agréable de voir une femme prendre soin d'elle et vivre pleinement sa maturité sans prendre une ride.

Kirsty rit poliment, mais un silence consterné tomba sur l'assistance.

— Bon, déclara Joy en prenant Vince par la main, on va faire un tour.

Les adultes se retournèrent et les regardèrent avec surprise.

— D'accord, dit Vince en se dressant docilement, on va faire un tour.

Avant que quelqu'un ait pu protester, ils allèrent dans la caravane chercher le sac de Joy ainsi qu'une ou deux bières, souhaitèrent bien le bonsoir à tout le monde et s'éloignèrent à grands pas du théâtre des festivités, laissant l'ancienne génération cuver son vin et manger son pain noir.

7.

« Mon père est l'être le plus odieux que je connaisse, déclara Joy, hors d'elle, et elle avala une gorgée de bière. Mon Dieu. La pauvre Kirsty. Qu'est-ce que c'était gênant.

— Oh, maman sait gérer ce genre de situation, dit Vince en lui pressant la main. Elle a de l'entraînement dans ce domaine.

— Ce n'est pas la question. Tu te rends compte, se conduire comme ça devant maman, devant moi, devant Chris… c'est… inqualifiable, c'est pathétique, dit-elle en frissonnant. Comme si ta mère pouvait s'intéresser à lui, jolie comme elle est, et déjà casée avec un chouette gars comme Chris. Mais mon père est si vaniteux qu'il veut quand même tenter sa chance. Comment pourrait-elle résister à son charme ? Il est convaincu qu'elle va lui tomber toute cuite dans les bras… Oh, j'ai tellement honte ! »

Joy poussa un cri étranglé et se renversa sur l'herbe.

Ils avaient cheminé hors de la ville sur de petites routes de campagne jusqu'à un pré faiblement éclairé par la lune. Vince baissa les yeux sur Joy, prostrée, fulminante.

— Tu sais ce que j'aime le plus chez toi ? lui demanda-t-il en souriant.

— Non, bougonna-t-elle. Quoi ?

— Tout.

Elle éclata de rire.

— Et moi, tu sais ce que j'aime le plus en toi ?

— Non. Dis.

— Ça, dit-elle et, l'attrapant par le col, elle l'attira contre elle et lui fourra sa langue dans la bouche.

Vince avait la tête qui lui tournait.

Leurs baisers se faisaient de plus en plus passionnés et les mains de Joy fourrageaient sauvagement sous son T-shirt. Il lui vint enfin à l'esprit qu'elle essayait de le lui enlever et il se mit en position. Elle le lui ôta rudement pour le jeter sur le côté.

Joy était si fougueuse que Vince se laissait faire et observait tout le processus de l'extérieur, comme s'il était assis sur les branches d'un arbre au-dessus, en train de croquer une pomme. C'était une sensation agréable autant qu'étrange.

Mais quand la cuisse de Joy vint lui frôler le sexe, il changea de disposition d'esprit. Il faut se fixer des objectifs, se dit-il. Oui, j'ai besoin d'objectifs. Il se concentra sur le roulement continu de leurs langues mêlées et lui imprima un rythme régulier tout en réfléchissant. Les seins, décida-t-il. Ce serait son prochain objectif. Il défit les petits boutons nacrés de l'ample chemise de Joy et s'appliqua à lui enlever. Il s'était bêtement inquiété de l'épisode soutien-gorge, mais sitôt la chemise ôtée, Joy s'en occupa elle-même, et l'objet dégrafé glissa entre eux, inutile. Voilà, ils y étaient, un homme et une femme, torses nus, ensemble. Ils s'embrassèrent encore. Mais à l'instant précis où Vince sentit ses seins nus se dresser contre sa peau nue, il eut une trique d'enfer qui lui fit perdre tout contrôle, et le sang lui monta à la tête.

Ils se frottèrent l'un contre l'autre tandis que Joy gémissait et haletait, puis elle lui prit la main et la détacha de son sein. Alors qu'il se disait, bien vu, ma petite, on va trop vite, il faut y aller mollo maintenant, Vince sentit qu'elle guidait sa main plus bas, la faisait passer par l'ouverture de son short trop grand et glisser sur la peau douce de son ventre. Quand ses doigts touchèrent la toison de son pubis, il eut comme une décharge électrique. Ses oreilles bourdonnaient tant il était excité.

Elle amena sa main encore plus bas, jusqu'à ce qu'il la tienne là, tout entière, et ce fut comme s'il était sur le seuil d'un nouveau monde.

— Tu es sûre ? murmura-t-il à son oreille.

— Mmmmmm, acquiesça-t-elle en hochant la tête contre son épaule.

Et tandis qu'il explorait les plis et les replis de ce terrain inconnu pour lui tout en se demandant ce qu'il ferait ensuite, Joy prit cette fois encore les choses en main. Elle déboutonna la braguette de son jean, écarta le tissu et glissa la main dans son pantalon, puis dans son short. Et voilà, maintenant ils y étaient, torse nu, tous les deux la main dans la culotte, au clair de lune, loin des vivants de ce monde. Vince s'efforça de se concentrer sur la myriade de choses qu'il était censé faire, l'embrasser, lui caresser les seins, la sensation de ses doigts qui écartaient doucement les lèvres de Joy comme la chair d'un fruit juteux, celle de la main de Joy qui se refermait sur son membre en une chaude et douce caresse.

Et juste au moment où Vince se disait qu'ils n'iraient pas plus loin, qu'ils avaient atteint leurs limites, voilà qu'elle se mit à tirer sur son jean et sur son short, à les lui baisser sur les cuisses, comme dans la ferme intention de le foutre à poil pour de bon. Dans le doute, comme il n'avait pas du tout envie d'être le seul à se retrouver nu comme un ver, il s'appliqua à lui enlever son short, puis sa culotte, et ils se retrouvèrent tous deux les fesses à l'air, à rouler ensemble sur l'herbe, complètement nus.

Alors Vince sut que le moment était venu de poser certaines questions.

— Hum, murmura-t-il en essayant, non sans mal, de détacher sa bouche de la sienne, euh… attends, attends un peu.

— Quoi ?

Elle se détacha de lui et il la vit au clair de lune, avec ses cheveux en travers du visage, ses lèvres rouges et gonflées.

— Qu'est-ce qu'on est en train de faire, au juste ?

— Je sais pas, répondit-elle en haletant.

— Je veux dire, est-ce qu'on va…

— Je sais pas, répéta-t-elle.

— J'ai besoin de le savoir parce que…

— Je prends la pilule, le coupa-t-elle.

— Bon.

— À cause du syndrome prémenstruel.

— Quoi ?

— Je prends la pilule à cause de ça. Pas pour… Je suis encore vierge.

— Ah bon ? Je croyais…

— Quoi ?

— Rien. Tu es vierge, dit-il.

— Oui. Et toi ?

— Euh, ouais. Moi aussi.

— Et tu… tu en as envie ?

— Avec toi ?

Elle hocha la tête.

— Oh oui. Très envie, répondit-il. Et toi ?

— Oui, vraiment très très très envie.

— Tu en es sûre ?

— Oui. Et toi ?

— Oui, répondit-il, la gorge un peu serrée. Oh bon Dieu oui.

8.

Ils revinrent à travers les champs à l'herbe rase et sèche et par des routes de campagne écartées. Joy se sentait brûlante entre les jambes, comme après une journée de chevauchée. La peau de son visage couverte de salive séchée la tirait, sa bouche meurtrie avait doublé de volume. En cheminant, Vince la tenait par les épaules, elle par la taille.

Quand elle avait tenté de se relever, quelques minutes plus tôt, elle avait tellement les genoux en compote qu'elle s'était effondrée en riant comme une hystérique. Vince l'avait hissée et l'avait prise dans ses bras pour l'embrasser encore.

Ils l'avaient fait. Et ils avaient voulu tout essayer. Toutes les positions imaginables, par-derrière, elle sur lui, et même debout contre un arbre. Avec la bouche, aussi. Joy n'avait jamais imaginé un instant qu'elle aurait envie de prendre le sexe d'un homme dans sa bouche, mais dès l'instant où Vince l'avait suggéré avec enthousiasme, comme s'il s'agissait d'un nouveau parfum de glace, rien n'aurait pu l'arrêter. Elle n'avait pas eu d'orgasme, mais faire l'amour et perdre sa virginité avec cet homme beau et fort qui la mettait tellement à l'aise et la rendait si sûre d'elle avait été l'expérience la plus passionnante de sa vie.

— On pourra recommencer demain ? dit-elle en lui pinçant la taille.

— Ouais, dit Vince. Et après-demain ?

— Bien sûr. Et puis il faudra aussi le faire mardi, c'est ton anniversaire.

— Ben tiens. C'est la tradition.

Elle éclata de rire.

— Et puis après… après Hunstanton… on pourra le faire à Colchester ?

— Oui. Et à Enfield.

— Oh oui. À Enfield. J'ai toujours eu envie de faire ça à Enfield.

— À mon avis, on ne devrait jamais s'arrêter. Continuer, indéfiniment. Parcourir la planète et le faire partout, dans un tour du monde non-stop.

Elle hocha la tête et lui pinça encore la taille. Soudain il s'arrêta, la fit se tourner vers lui et la regarda intensément.

— Il ne m'est jamais rien arrivé de mieux, dans ma vie. Tu le sais ?

Elle sourit.

— À moi non plus.

— Je me suis demandé pendant si longtemps quand ça m'arriverait, si ça m'arrivait un jour, comment et avec qui. Des années et des années à fantasmer là-dessus, et rien de ce que j'ai pu imaginer ne ressemblait à ça. Vraiment rien.

— Pour moi, c'est pareil.

— Et quand je t'ai dit que j'avais bien l'impression de tomber amoureux de toi, là-bas, je ne l'ai pas dit seulement parce que… à cause de ce qui se passait, ou pour te faire plaisir. Je l'ai dit parce que… c'est vrai.

Joy sourit. Toute la souffrance, Kieran, Miranda, Toni Moran, l'overdose, l'hôpital, perdre sa place à Bristol, toutes ces années où elle avait vécu sans exister, tout cela alla se perdre dans le néant des choses sans importance. Dès l'instant où elle avait posé les yeux sur Vince trois jours plus tôt, elle avait commencé à dire au revoir à cette fille-là. Mais ici, plantée dans la campagne du Norfolk, les mains dans les siennes, alors que Vince lui avouait son amour et qu'elle sentait cette brûlure entre les jambes, elle lui disait adieu pour de bon et la voyait presque disparaître telle une vague nuée à l'horizon.

— C'est vrai ?

— C'est la pure vérité.

Alors Joy lui dit qu'elle l'aimait, elle aussi. Et pour la première fois de sa vie, elle était sincère.

Tout était calme et silencieux quand ils rejoignirent le parc Bellevue. Les couvertures, les assiettes en carton, les serviettes en papier, tout avait été nettoyé. Les braises du barbecue luisaient encore faiblement. Dans la caravane de Joy, toutes les lumières étaient éteintes, et dans celle de Vince vacillait la lueur bleutée d'une télé noir et blanc.

Ils s'embrassèrent et se dirent bonne nuit en chuchotant, puis Joy ôta ses chaussures et, les prenant à la main, elle monta les marches de sa caravane.

— À demain, murmura-t-elle en lui envoyant un baiser. Dors bien.

— Toi aussi, murmura-t-il. Et merci.

Elle lui sourit et disparut à l'intérieur.

Il y avait une atmosphère étrange dans la caravane ; Vince s'en rendit compte à la seconde où il y entra.

La télé était allumée, mais ni Chris ni Kirsty ne la regardaient vraiment. Ils étaient assis face à face, de chaque côté de la table, Chris tenait une tasse vide, Kirsty écrasait sa cigarette dans un cendrier plein. Elle avait un drôle d'air, comme si elle essayait de garder quelque chose pour elle. Manifestement, ils avaient discuté, et sérieusement.

— Tout va bien ? dit-il en prenant un verre sur l'étagère de la cuisine.

— Oui oui. Très bien.

— Comment se fait-il que vous soyez encore debout ?

— La soirée a fini un peu tard.

— Ah bon ?

— Ouais… impossible de se débarrasser de ces corniauds, dit Chris avec un rire un peu crispé.

Vince remplit son verre d'eau au robinet et prit place à côté de ses parents.

— Pourquoi êtes-vous si bizarres ?

— Comment ça, bizarres ?

— Ben ouais… vous avez l'air coincés. Qu'est-ce qui se passe ?

— Rien, mon trésor, dit Kirsty. On a tous trop bu, ce soir, et on a un peu dépassé la mesure.

— C'est-à-dire ?

— Oh, rien de spécial. On s'en est sortis. Et toi, comment s'est passée ta soirée ? lui demanda-t-elle, tout sourire, en lui pressant la main.

— Extra, dit-il. Super.

— Où êtes-vous allés ?

— Oh, on est juste descendus faire un tour en ville, répondit-il, et il rougit.

— Tiens, tu as de l'herbe dans les cheveux, dit Chris en grimaçant.

Vince se passa vivement la main dans les cheveux et une touffe d'herbe sèche tomba sur la table en formica.

— Oh, dit-il en la fixant.

— Oh, fit Chris en rigolant.

— Ouais, bon, dit Vince, incapable de retenir un sourire béat qui lui mangeait la moitié du visage.

Chris le frappa sur le dos en rigolant.

— Alors, tu as réussi à te retenir cette fois ? T'as pas tout balancé ?

— Chris ! s'exclama Vince en lançant un coup d'œil à sa mère, horriblement gêné.

— Allons, mec. Tu sais bien que je ne lui cache rien.

Kirsty fit un petit sourire narquois.

— Oui, eh bien, c'est le genre de détail croustillant dont je me passerais volontiers.

— Alors… c'était bien, hein ? lança Chris pour en savoir plus.

— Très bien, acquiesça Vince.

Et soudain, il eut envie qu'ils le sachent tous les deux, qu'ils apprennent cette incroyable nouvelle. Il n'était plus puceau.

— Très très bien, répéta-t-il.

— Dois-je comprendre, jeune Vincent, que toi et cette jeune donzelle, vous avez… consommé ?

Vince sourit d'un air dégagé.

— Ça se peut.

— Oh, mon salaud ! s'écria Chris et, saisissant Vince par les épaules, il lui tapa dans le dos à la façon d'un ours. Alors tu l'as fait !

— Chris, vraiment, il n'y a pas de quoi s'extasier, le reprit Kirsty affectueusement. À t'entendre, on croirait qu'il a fait l'ascension de l'Everest.

— Il y a de ça, mon cœur. Ce môme va avoir dix-neuf ans dans deux jours. C'était un défi et il l'a relevé, que Dieu le bénisse !

— Eh bien, excuse-moi de manquer de romantisme, trésor, mais j'espère que tu as pris… certaines précautions, comme on dit, insinua Kirsty.

— Elle prend la pilule, répondit Vince avec entrain.

— Oui, mais ce n'est pas seulement pour ces raisons-là, de nos jours. Et le sida ?

Vince lui sourit.

— Elle est vierge, dit-il, radieux. Enfin, elle l'était. Comme moi. On était tous les deux tout neufs.

— Aaah, dit Chris en croisant les bras sur sa poitrine et en se rengorgeant. Des fruits tardifs. C'est-y pas mignon ?

Et Vince sourit intérieurement, parce que en effet, c'était mignon. C'était même fantastique. Il avait toujours supposé qu'il perdrait son pucelage avec une femme anonyme en déshabillé vaporeux, qui l'aurait fait avec plein d'autres types et le déniaiserait en le mettant au parfum. Il avait toujours imaginé la chose comme un rite de passage obligé, classé X, à la fois excitant et embarrassant, avant d'aller vers des relations amoureuses normales.

Quant à faire l'amour avec une vierge, il n'y avait sans doute jamais pensé, ou alors comme à un truc de balourd, complètement amateur, un gars et une fille aussi manches l'un que l'autre.

Ça ne s'était pas du tout passé comme ça. C'était comme de visiter le Taj Mahal avec quelqu'un qui ne l'avait encore jamais vu ; quelqu'un qui ne se vante pas de savoir comment éviter les camelots à l'entrée, qui ne vous indique pas une place où s'asseoir pour avoir la meilleure vue, ni à quelle heure précise il vaut mieux visiter le site, quelqu'un qui arrive à la mauvaise heure, se fait arnaquer à l'entrée, prend la mauvaise file d'attente, puis reste planté à côté de vous sans rien dire, en extase, au moment où s'offre à vos yeux éblouis, et pour la première fois, une telle splendeur.

À une heure imprécise, le sommeil de Vince fut troublé un bref instant par le bruit d'une voiture qui démarrait dans la nuit en éclairant la fenêtre de ses phares éblouissants.

Quand il se réveilla le lendemain matin, la caravane de Joy était vide, la voiture de ses parents avait disparu, et il y avait une enveloppe posée sur le seuil, qui lui était adressée.

Dedans se trouvait un petit mot écrit à l'encre bleue, trempé et illisible à cause de l'averse qui était tombée sans prévenir ce matin-là, et Vince eut beau le scruter sous tous les angles, il ne parvint à déchiffrer que ces quatre mots :

« J'ai tellement honte. »

Chez Al et Emma, dans la cuisine, 1 h 03.

« C'est tout ? s'enquit Emma. Il n'y avait rien d'autre ?

— Du moins c'est tout ce que j'ai réussi à lire. L'encre avait bavé et le reste était illisible, à part un mot ou deux, "Le", ou "parce que". Rien que je puisse interpréter.

— Merde, dit Claire. C'est affreux. À ton avis, qu'est-ce qu'elle avait écrit ?

— Aucune idée, dit Vince en souriant avec gêne. J'ai supposé qu'elle avait eu des regrets. Qu'elle n'était pas très fière de s'être jetée sur moi, comme ça, au milieu d'un champ. En tout cas, elle a préféré disparaître plutôt que de se retrouver face à moi. Alors voilà.

— Mais c'est terrible. C'était ton premier amour, et tout s'est fini en moins d'une semaine.

— Je sais. Que peut-on y faire ?

— Mon Dieu, dit Natalie, songeuse, je me demande ce qui lui est arrivé.

— Je l'ai revue, environ sept ans plus tard, déclara Vince.

— C'est vrai ! Et qu'est-ce qu'elle faisait ?

— Voilà une question intéressante, dit Vince en souriant. »

Septembre 1993

CHAT PERDU SANS COLLIER

9.

Magda retira le thermomètre de la bouche de Vince et le tint à la lumière.

— Hmmm… dit-elle en l'orientant un peu vers elle, pas de fièvre. Ce serait juste un rhume, alors ?

— Donne-moi ça, lui dit Vince en lui prenant le thermomètre des mains.

Il loucha pour vérifier le niveau du mercure et le lui rendit avec un grognement.

— N'empêche, je me sens fiévreux.

— Bon, eh bien si tu te sens fiévreux, je te suggère de rester à la maison. Mais ne compte pas sur moi pour appeler à ton bureau. Tu peux le faire toi-même, déclara Magda, et elle sortit du lit en lui ébouriffant les cheveux au passage. Bon… j'y vais.

Elle rejeta ses cheveux noirs en arrière et fit cliqueter son imposant trousseau de clefs. Vince jeta un coup d'œil à l'heure incongrue qu'indiquait son radio-réveil.

— Formation du personnel, dit-elle en guise d'explication.

— Mais je suis malade, protesta Vince en faisant la moue. Tu ne peux pas rester pour t'occuper de moi ?

— Non, je ne peux pas ! J'ai des gens à former. Des vêtements à vendre. Petit veinard. Tu vas pouvoir te taper tous les programmes télé de la journée. Et puis si tu as le cafard, demande à Jeff de venir t'éponger le front.

Elle se pencha sur lui et posa sur son front un baiser enduit de rouge à lèvres.

— Tu survivras ?

— Peut-être.

— Tu veux que je passe plus tard ?

— Oui, s'il te plaît.

Elle lui sourit, lui envoya un baiser du bout des doigts et referma la porte de la chambre derrière elle.

Quand elle fut partie, Vince se retourna pour regarder par la fenêtre. Certains arbres au loin commençaient à perdre leurs feuilles, le ciel avait cet air vaporeux, indéfinissable qui annonce un changement de saison, et lui avait un rhume.

L'été était bel et bien fini.

Il erra dans la cuisine où Jeff repassait une chemise blanche, en caleçon.

— Tu étais censé être malade, marmonna son colocataire, dont les yeux allaient du journal télévisé du matin à la manche de sa chemise.

— Je suis malade, répliqua Vince en reniflant bruyamment. Je viens juste me faire une tartine.

Il sortit une miche de pain de mie du frigo.

— J'envisage de rompre avec Magda, dit-il soudain, et il en fut le premier surpris, car jusqu'à cet instant précis, il n'y avait pas vraiment pensé.

— Bon, dit Jeff en retournant sa chemise. Pourquoi ?

Vince haussa les épaules et sortit le beurre du frigo.

— Où ça nous mène tout ça ? Cinq mois qu'on est ensemble. Et alors quoi ? On emménage ? On se marie ?

— Ouais, t'as raison, dit Jeff.

— Et c'est une si gentille fille. Tu sais comment elle est.

— Gentille, acquiesça Jeff, oui, une gentille fille.

— Alors, qu'en penses-tu ? Tu crois que…

— Chuuut… dit Jeff en faisant signe à Vince de se taire, le doigt pointé sur le gars en costume trois pièces qui passait à la télé. Les cours de la Bourse.

— Pfff, soupira Vince. Je me demande pourquoi tu t'emmerdes à regarder ça. Si encore ça te rapportait quelque chose…

— Bon Dieu, tu vas la fermer, Vincent !

Vince râla, tartina son pain grillé en faisant le plus de bruit possible et se laissa tomber sur une chaise devant la table de la cuisine. Jeff et lui s'étaient connus en partageant un appartement ailleurs, à Lewisham, il y a un an, et ils s'étaient si bien entendus que lorsqu'ils en avaient eu marre de vivre dans une maison exiguë, sombre et pleine de courants d'air avec trois Sud-Africaines emmerdantes au possible, ils avaient décidé de se tirer et de prendre un appart ensemble.

Ils avaient trouvé ce logement par petites annonces ; il n'était pas exactement luxueux, mais avait assez de classe, avec ses parquets, ses hauts plafonds, ses moulures en plâtre, pour leur donner l'impression de vivre le rêve londonien dans toute sa sophistication. La cuisine était vieillotte, mal équipée, mais elle avait une immense fenêtre à guillotine qui donnait sur Blackstock Road, un énorme fourneau à l'ancienne et un plan de travail en bois de style campagnard, patiné et raviné à souhait. L'appart était calme. Jeff aussi était calme. D'un calme glacial, même. Vince avait apprécié cette froideur tant qu'il la témoignait à d'autres qu'à lui… maintenant, il était froid avec lui aussi, et il avait l'impression de partager un appart avec un glacier qui se mouvait lentement.

Vince s'assit et grignota son pain grillé pendant que Jeff glissait de pièce en pièce en se préparant pour aller au boulot. Il émergea un quart d'heure plus tard en costume croisé bleu marine, chemise blanche impeccable, bottes en buffle, avec une cravate au motif fin et discret, empestant un parfum Christian Dior et balançant son porte-documents comme s'il était vraiment impatient de partir au boulot.

— Ça t'ennuierait de passer un coup d'aspirateur, puisque tu restes ici toute la journée ? lança-t-il.

— Tu me prends pour qui ? rétorqua Vince. On n'est pas mariés.

— Bon... Je demandais juste, à tout hasard. À plus tard. Surtout ne m'attends pas pour te coucher.

Et il sortit, laissant Vince tout seul, en proie à un désarroi assez proche, finalement, de celui d'une épouse délaissée.

Quatre heures plus tard, Jeff était de retour. Sa cravate relâchée lui pendait autour du cou comme un nœud coulant. Il puait l'alcool et il avait les yeux rouges.

— Qu'est-ce qui se passe ? dit Vince en le reluquant dans le couloir.

— Bande de fumiers, répondit Jeff.

Il laissa tomber son porte-documents par terre et arracha sa cravate.

— Quoi ?

— Les fumiers, répéta-t-il. Ils m'ont licencié. Je n'ai même pas pu finir la journée. J'ai dû partir aussi sec. Bon Dieu.

— Tu plaisantes ?

— Est-ce que j'ai l'air de plaisanter ?

— Non.

— Putain de compressions. Dernier arrivé, premier viré. Bon Dieu, gémit-il en s'empoignant les cheveux, et il s'affala sur la table de cuisine. Qu'est-ce que je vais faire ?

— Trouver un autre boulot ?

— Ouais, c'est ça, vociféra-t-il. Tu crois que c'est bon signe quand une boîte comme Janssen Higham licencie les gens ? Tu crois que le boulot va courir les rues et que les autres banques vont se bousculer pour repêcher dans le caniveau de la City les résidus de chez Janssen ?

Vince haussa les épaules. Le fonctionnement de la City lui échappait complètement.

— Non, soupira Jeff, c'est foutu. Le rêve est fini. Retour à la dure réalité. Et le choc est rude, mec…

Vince se mordit l'intérieur de la joue pour se retenir de rire. Jeff se comportait toujours comme s'il était devant une caméra.

— Bon, fit Vince en renvoyant à Jeff sa propre question. Qu'est-ce que tu vas faire ?

— Je ne sais pas, dit Jeff en renversant la tête en arrière. J'en sais fichtre rien.

Il renifla et fit claquer ses mains sur ses cuisses.

— Pour l'instant, j'ai juste envie de me cuiter. Tu te sens assez bien pour m'accompagner jusqu'au pub ?

Vince mit en balance le plaisir de flemmarder en robe de chambre dans la maison en matant la télé et en mangeant du pain grillé, avec celui, rare s'il en fut, de prendre une cuite un après-midi en plein milieu de semaine, et il alla s'habiller.

Il fallut deux jours de plus et une bonne quantité d'alcool pour que Jeff décide de son futur. Il envisagea de se lancer dans diverses aventures commerciales, livraison de sandwiches haut de gamme, chaîne de boutiques de cravates haut de gamme, vente par réunions de produits haut de gamme, mais quand ses parents l'informèrent qu'ils avaient loué à Estepona pour tout l'hiver une luxueuse villa comprenant cinq chambres et qu'ils l'invitèrent à les rejoindre pour « s'éclaircir les idées » et « réfléchir à ses potentialités », il n'hésita pas une seconde. Il déposa sa prime de licenciement sur un compte bancaire à fort taux d'intérêt, mit dans sa valise sa raquette de tennis, ses lunettes de soleil, ses slips de bain, et fit route vers la Costa del Sol sans un regard en arrière. Son avenir pouvait bien attendre jusqu'à l'an prochain.

Quant à Vince, il lui fallait d'urgence trouver un nouveau colocataire.

10.

Cassandra McAfee était timbrée. Vince s'en rendit compte dès l'instant où elle franchit le seuil de chez lui en marchant à reculons, avec une demi-heure de retard, tout en s'excusant auprès de Ted, le voisin d'en face, de l'avoir dérangé par erreur en plein milieu du dîner. Comme Vince lui ouvrait la porte, elle se retourna et grimaça en tortillant des jambes, esquissant un étrange pas de danse.

— Ooh… où sont les toilettes, s'il vous plaît. Je ne peux plus me retenir.

Hébété, Vince lui indiqua la direction de la salle de bain.

— Deuxième porte en bas du couloir.

Elle laissa tomber son sac à ses pieds et s'y précipita. Quand elle en ressortit une minute plus tard, elle finissait de reboutonner son jean.

— Désolée, dit-elle en lui décochant un sourire. Cassandra. Cass.

Elle lui tendit la main et il la lui serra délicatement.

— Vince.

— Vince. Bel appart, déclara-t-elle, les mains dans les poches, en regardant autour d'elle.

Elle était grande et élancée, avec des épaules de nageuse et des cheveux miel bouclés, remontés en pompon sur le sommet du crâne. Elle avait le teint clair, avec une touche de rose sur les pommettes, et une bouche charnue, dont la lèvre supérieure un peu retroussée esquissait une jolie moue. Mais au goût de Vince, sa tenue laissait un peu à désirer. On aurait dit qu'elle s'était trempée dans de la Super Glue et roulée dans Camden Market un jour de grand déballage. Un pantalon à pattes d'éléphant en patchwork, des chaussures de sport, un épais cardigan tricoté à la main, vert mousse, avec un col rouge et des poches bleues, et une écharpe en velours multicolore cousue de paillettes, négligemment nouée autour du cou.

— Ouah, s'extasia-t-elle en contemplant les hauts plafonds et les moulures de plâtre compliquées qui en ornaient les quatre coins, il a vraiment du charme. Et tout cet espace… Ça vaut mieux, parce que je trimballe un sacré bordel, expliqua-t-elle en souriant, comme si c'était une très bonne chose.

Quand il ouvrit la porte qui donnait sur la chambre spartiate et minimaliste de Jeff une minute plus tard, l'enthousiasme de sa visiteuse retomba.

— Oh, cette pièce est triste à mourir. Une chambre comme celle-ci a besoin de couleur, de chaleur. Il lui faut… de l'âme, déclara-t-elle en se postant théâtralement au milieu de la pièce, les bras déployés à la manière d'un prophète.

Elle s'interrompit un instant et resta bouche bée, comme attendant l'inspiration.

— Je pourrai la peindre ?

— Euh… bien sûr, répondit Vince. Je suis certain que nous avons le droit d'aménager les pièces à notre guise.

— Framboise, statua-t-elle résolument en repliant les bras. Un framboise écrasée profond, intense, appétissant. À vous donner envie de lécher les murs. Mmm…

— Mmmm, dit-il. Pourquoi pas ?

Vince avait encore deux visites de prévues pour le lendemain soir, et cette foldingue parfumée au patchouli ne lui plaisait qu'à moitié, mais elle semblait intimement convaincue que cette visite n'était qu'une simple formalité, que tous ceux qu'il avait pu recevoir avant elle ne supportaient pas la comparaison, et puis elle pouvait emménager sur l'heure, et comme elle semblait au bout du compte assez inoffensive et que c'était la solution de facilité, il accepta, en se promettant de ne pas oublier d'annuler les visites du lendemain.

— Vous vous souvenez de Madeleine ? dit-elle alors qu'ils buvaient un verre de vin dans la cuisine.

— Euh, non, dit-il en s'efforçant de se rappeler tous les détails de leur conversation. Qui est Madeleine ?

— Mon chat. Je vous ai parlé d'elle au téléphone. Vous avez dit qu'il n'y avait pas de problème. Vous vous souvenez ?

— Ah oui… Votre chat.

— En fait, c'est plus qu'un simple chat. C'est ma meilleure amie. Nous avons une… relation spéciale, expliqua-t-elle en allumant la fine cigarette qu'elle venait de se rouler. J'avais une amie spirite, autrefois. Elle m'a dit que Madeleine avait été un moine dans une vie antérieure. Au XIIe siècle. Quelque part dans le Nord, semble-t-il. Sur une île. Pas n'importe quel moine. Un moine très révéré. Célèbre en son temps.

Vince lui jeta un regard sceptique.

— Je sais, ça paraît fou. Moi aussi j'ai cru qu'elle délirait. C'est vrai pourtant, assura-t-elle.

Il lui jeta de nouveau un regard sceptique.

— Non, sérieux. Elle se réveille chaque matin au lever du soleil et elle fait des sortes d'incantations. Comme ça.

Fermant les yeux, Cassandra émit un ronronnement étrange.

— Et toujours tournée vers l'ouest, précisa-t-elle. Toujours vers l'ouest.

Devant son air sérieux, Vince ne put s'empêcher de rire. Elle lui sourit et exhala un nuage de fumée.

— Oui, dit-elle. Je sais. J'en tiens une couche. Vous vous y ferez, vous verrez. Et vous adorerez Madeleine. Faites-moi confiance. Elle apportera une nouvelle dimension à votre vie. Tous ceux qui la rencontrent le disent.

Cass emménagea quatre jours plus tard. Elle arriva dans un camping-car conduit par un rouquin pâlot coiffé de dreadlocks et portant un bouc tortillé en nœud. Le camping-car était plein jusqu'à ras bord de ses affaires qui se déversèrent peu à peu sur le trottoir sous forme de cartons défoncés et de ballots de couvertures nouées qui semblaient davantage destinés à la décharge qu'à être transplantés dans un nouveau logement.

Au fil de la journée, le salon devint peu à peu une sorte de jardin intérieur peuplé de plantes toujours plus nombreuses, dont certaines paraissaient très anciennes et arboraient fièrement des cascades de nouvelles pousses accrochées à elles comme des enfants chahuteurs. Elles vinrent en pots dépareillés, dont certains étaient fendus en deux par d'énormes racines. Elles prirent place sur des appuis de fenêtre, des manteaux de cheminées, des étagères, la table basse, apportant avec elles une senteur de terre humide.

Enfin, quand tout l'espace fut occupé jusqu'au moindre recoin, Cass et son ami le rouquin apparurent sur le seuil en brandissant fièrement un panier à chat en osier.

— La voilà ! s'exclama Cass, radieuse. La reine Madeleine en personne ! Bienvenue dans ta nouvelle demeure, Madeleine.

Elle souleva le pan du panier et ladite reine en sortit.

C'était une impressionnante boule de fourrure soyeuse, d'un blond vénitien tirant sur le café au lait, avec une face aplatie, comme si elle s'était tapée contre un mur, et des yeux topaze. Un peu raide, elle s'étira au sortir du panier et se mit à déambuler très lentement dans l'appartement comme pour une tournée d'inspection, reniflant les divers objets, se retournant au moindre bruit, vérifiant les coins, passant derrière les meubles. Ses pattes sur coussinets faisaient un joli bruit sur le parquet de bois.

— Alors, fifille, dit Cass. Qu'est-ce que tu en penses, hein ? Ça te plaît ?

Au son de sa voix, la chatte se retourna et s'enroula affectueusement autour de ses jambes, comme pour l'entortiller dans un fil invisible.

— Et voici ton nouveau compagnon, présenta Cass en désignant Vince.

La chatte avança vers Vince, se frotta contre ses mollets et émit un fort miaulement.

— C'est bon, dit Cass en croisant les bras sur sa poitrine d'un air satisfait, l'appart lui plaît et vous aussi. Tout va se passer à merveille.

En voyant la grosse touffe de poils blond vénitien qui était restée accrochée à son pantalon noir préféré, Vince pria Dieu qu'elle eût raison.

11.

La petite Bethany Belle va faire ses premiers pas ! Regardez son air décidé et souriez-lui pour l'encourager alors que ses doigts potelés s'agrippent aux vôtres et qu'elle trottine bravement sur ses mignons petits petons ! Dans sa barboteuse rose (c'est celle qu'elle préfère, à cause de ses boutons en vraie nacre), cette petite fonceuse va montrer au monde qu'elle n'a pas froid aux yeux !

Vince prit un stylo et barra le mot « s'agrippent » pour le remplacer par « s'accrochent », puis il relut le texte. Il soupira et son regard vagabonda, passant de la feuille de papier posée devant lui à la fenêtre qui donnait sur la station de métro de Tottenham Hale. Alors il eut l'un de ses soudains éclairs de lucidité qui s'abattaient sur lui par intermittence : il avait le boulot le plus stupide du monde.

Il le reconnaissait volontiers. Impossible de travailler dans le service marketing de Coalford Swann Collectibles si l'on était incapable de se l'avouer une bonne fois pour toutes. Aucun de ceux qui y bossaient ne prenaient leur fonction au sérieux. Coalford Swann, une petite affaire familiale de l'Essex, produisait des horreurs en porcelaine du genre de Bethany Belle depuis quarante ans. Il y avait aussi des légions de petits marmots aux joues roses en vêtements cousus main, des reproductions de poupées victoriennes qui faisaient froid dans le dos, un assortiment de nouveau-nés aux paupières plissées et aux nombrils ressortis d'un réalisme terrifiant, ainsi que toute une ville miniature au charme désuet du nom de Blissville, conçue pour être rassemblée pièce par pièce et exposée sur un présentoir imitation acajou, qui était offert par la maison pour toute commande dépassant les cent livres.

Coalford Swann faisait sa publicité dans un minable supplément du dimanche et se considérait néanmoins comme occupant la première place du marché des « objets de collection ». D'ailleurs, Vince ne pouvait dénier aux produits eux-mêmes une réelle qualité et un soin extrême du détail. Quand on regardait les poupées de près, avec leurs petits yeux de verre, leurs robes en soie cousues à la main, leurs escarpins, leurs cheveux soyeux, on devait reconnaître qu'elles valaient largement les 59,99 livres de leur prix de vente, mais tout ce savoir-faire ne changeait rien au dégoût profond qu'elles inspiraient à tous points de vue.

Chaque semaine un gros paquet arrivait, couvert d'adhésifs marqués « Fragile » et adressé à la patronne de Vince, une jeune femme de vingt-huit ans du nom de Melanie. Chaque lundi matin, Melanie convoquait une réunion et les quatre membres du service la rejoignaient pour découvrir la nouvelle création Coalford Swann qui trônait fièrement sur son bureau. Et chaque lundi matin, lesdits quatre membres se tordaient de rire pendant cinq bonnes minutes.

Le boulot de Vince consistait à rédiger le texte qui accompagnait chaque nouveau produit dans les encarts publicitaires sortant toutes les semaines. De tous les postes de ce service, Vince avait de loin le plus bête, mais le reste de l'équipe ne manquait jamais de s'extasier sur les descriptions mignardes et sirupeuses qu'il parvenait à concocter muni de son seul Bic et d'une feuille de papier blanc.

Comment avait-il atterri ici ? Disons que les choses s'étaient enchaînées un peu malgré lui. Après avoir quitté l'université avec en poche un diplôme d'études en communication, il avait suivi un stage de six mois dans une agence de pub pour échouer dans le service de rédaction publicitaire. Quand il avait quitté l'agence, il n'avait aucune idée de ce qu'il avait envie de faire de sa vie, et comme ses six mois de rédaction publicitaire étaient le seul point positif dans le grand vide de son CV, il avait dû persévérer dans cette voie. C'est ainsi que trois ans plus tard, il se retrouvait à travailler pour la société la plus ringarde qui soit.

Toutes les deux ou trois semaines, il traversait une mini-crise existentielle, se posait des questions sur son avenir et celui de l'humanité, en se demandant comment il pourrait contribuer à son bonheur ainsi qu'à son propre épanouissement personnel. Il caressait quelques idées, travailler pour l'humanitaire ou dans le social, s'engager dans la coopération technique à l'étranger, écrire un roman, mais alors il partageait un ou deux bons fous rires au boulot et les idées allaient se terrer dans son subconscient comme des taupes éblouies par une lumière trop vive.

Cet après-midi-là, alors qu'il s'échinait à vanter les charmes de la petite Bethany Belle dans sa barboteuse rose, il avait du vague à l'âme. Cette fois, c'était surtout sa vie sentimentale qui le turlupinait. La veille, Magda et lui s'étaient disputés. De toute évidence, elle pressentait son instabilité et son ambivalence croissante : après une séance de baise initiée par elle (signe infaillible qu'elle se sentait en position précaire, car d'habitude elle ne se donnait pas cette peine), Magda s'était lovée contre lui et lui avait caressé le bras d'une façon qui ne trompait pas. Elle avait la ferme intention d'aborder un sujet critique.

— Vince.

— Oui.

— Qu'est-ce que tu éprouves pour moi ?

— Hein ? s'exclama-t-il en riant, avec un grognement intérieur.

— Qu'est-ce que tu éprouves pour moi ? Nous deux, qu'est-ce que ça représente pour toi ?

— Eh bien, je te trouve super, tu le sais.

— Non mais… Tu vois ce que je veux dire… Est-ce que tu m'aimes ?

Bon Dieu. Qu'aurait-il pu dire ? Il pouvait mentir, dire oui. Il l'avait déjà fait. Mais c'était généralement avant de baiser. Pas après, et pas avec une petite amie de longue date. Là, c'était différent. Magda était différente.

Quand une fille d'une beauté stupéfiante avec qui la plupart des hommes voudraient s'envoyer en l'air quitte à payer bonbon, une fille ferme et lisse à la peau olivâtre se pelotonne contre vous après quarante minutes de sexe débridé, vous enveloppe d'une de ses longues jambes et vous regarde avec de grands yeux bruns langoureux en vous demandant si vous l'aimez, n'importe quel mec à sa place sauterait au plafond en s'écriant « Oui oui oui ! ». Comment diable répondre non à une femme merveilleuse, qui passe prendre votre linge chez la blanchisseuse, s'entend bien avec vos potes, vous rappelle le jour d'anniversaire de votre maman et vous a fait au moins cinquante pipes épatantes ?

Tout en réfléchissant à la meilleure stratégie à adopter, Vince joua avec une mèche de ses cheveux et lui sourit tristement. En retour, elle le fixa d'un air accusateur, et il sentit son corps se crisper contre le sien.

— D'accord, dit-elle en se redressant et en remontant la couette sur ses seins.

— Magda…

— Non. Vince. Ça va.

— Mais…

— Au moins tu n'as pas menti.

— Magda, ce n'est pas que je ne t'aime pas…

— Vince… laisse tomber. Tu ne fais qu'empirer les choses.

— Au fond, je ne sais pas très bien ce que c'est que l'amour.

— Bon sang…

— Excuse-moi, dit-il en la prenant vainement par le bras. Je dois avoir quelque chose qui ne tourne pas rond.

— Les hommes ! soupira Magda en rejetant ses cheveux en arrière. Vous êtes tous si… pathétiques.

— Non, je t'assure, insista-t-il, j'ai vraiment quelque chose qui cloche. Peut-être qu'il me manque une case. Tu sais… c'est comme si je devais t'aimer. D'ailleurs, si ça se trouve, je t'aime. Seulement je suis trop barjo pour m'en rendre compte, savoir ce que j'éprouve réellement. Peut-être que ça vient du fait que je n'ai pas eu de père quand j'étais jeune…

— Vince, tu veux la fermer, s'il te plaît ?

— Chuuut.

Vince lui fit signe de se taire en indiquant la chambre de Cass à côté.

— Non je ne me tairai pas ! dit-elle en lui arrachant le reste de la couette pour s'en couvrir. Et je n'ai aucunement l'intention d'écouter ce genre de théories fumeuses…

Et là, évidemment, elle se mit à pleurer.

Ils parlèrent une heure durant sans que cela les mène nulle part.

Vince se réveilla le lendemain matin persuadé que c'était fini. Qu'ils avaient rompu. Mais Magda avait d'autres idées.

— Nous devrions passer quelque temps sans nous voir, dit-elle en reniflant. J'ai besoin de prendre du recul.

— Très bien, acquiesça-t-il. Je suis d'accord.

— Ne m'appelle pas, dit-elle.

— Promis.

— Moi je t'appellerai quand je serai prête.

— Très bien, dit-il. Ça me va.

En partant, elle l'embrassa sur la bouche d'un air pensif et se retourna sur le pas de la porte pour lui jeter un regard empreint d'une profonde tristesse.

C'en était là. Pour l'instant.

Vince soupira, conscient qu'il avait tout fait foirer. Il laissait toujours pourrir les situations comme des fruits trop mûrs pendus au bout d'une branche et qui finissent bien par tomber, avec le temps. C'était une méthode pitoyable, car en l'occurrence, il n'avait nullement l'intention de se remettre avec Magda. Il en était sûr et certain. Mais il se sentait plus à l'aise ainsi : elle n'irait pas raconter à toutes ses copines qu'il l'avait laissé choir et qu'il n'était qu'un salaud, en noyant son chagrin dans l'alcool et en maigrissant à vue d'œil. Il aimait ce côté un peu indéfini des choses. Tout en sachant que cette situation ne pouvait durer et que cette séparation à l'essai n'aurait qu'un temps, il espérait que leur relation s'épuiserait et cesserait d'elle-même, en quelque sorte, plutôt que d'en venir à une fin brutale avec des pleurs, des grincements de dents, des cœurs brisés, etc.

Affectivement, il était nul à chier, et le reconnaissait volontiers.

Il avait le boulot le plus stupide du monde.

Non, la vie ne pouvait être cette chose insignifiante, sans consistance.

Elle avait sûrement des ressources insoupçonnées, et lui aussi.

Il soupira encore et retourna à Bethany Belle en s'escrimant à décrire en termes adéquats les mignonnes fossettes qui creusaient ses joues rebondies.

12.

Quand Vince rentra le lundi soir, il trouva Cass dans le jardin des voisins. Accroupie dans le noir, elle appelait en émettant des petits kss-kss.

— Cass, c'est toi ?

— Vince ! s'écria-t-elle en se relevant d'un bond. Dieu merci. Tu es rentré.

— Pourquoi ? Que se passe-t-il ?

— Madeleine. Elle a disparu. Elle est sortie hier soir et n'est pas revenue depuis. Pourrais-tu m'aider à la chercher ?

— Euh… ouais, bien sûr, laisse-moi juste le temps de déposer mes affaires et de me changer, dit Vince en lui montrant son pack de bière et son costume.

En râlant, il monta l'escalier et sortit ses clefs de la poche de son veston. Il n'avait pas la moindre envie d'arpenter Finsbury Park dans le noir avec Cass à la recherche de son satané chat.

— Paraît que vous avez une relation à part, marmonna-t-il en montant jusqu'à l'appartement. Eh ben c'est le moment ou jamais. Envoie-lui donc un message télépathique, à ton chat…

Quand Vince ressortit quelques minutes plus tard, Cass scrutait par la fente de la boîte aux lettres du numéro 50.

— Qu'est-ce que tu fais ? dit-il en arrivant derrière elle muni d'une torche.

— Regarde, dit-elle en désignant un abattant pour chat situé en bas de la porte. Une trappe. Elle a pu entrer là par hasard et être prise au piège.

— Elle n'a pas un collier avec une plaque où est inscrite son adresse ?

— Non, et heureusement, riposta Cass d'un ton froid. C'est très dangereux de mettre un collier à un chat.

— Ah bon ?

— Oui. Ils peuvent s'étrangler. Elle a une puce.

— Une puce ?

— Oui… ces trucs électroniques de la taille d'un grain de riz. On lui en a injecté une dans le cou et elle contient toute sa fiche signalétique. Si elle se perd ou qu'elle est blessée, le véto peut la scanner avec un genre de pistolet et il obtient tous les détails sur son ordinateur.

— Extra, dit Vince, mais comment savoir à qui elle appartient à moins de l'emmener chez un véto ?

Cass parut sur le point de le traiter d'imbécile, mais elle se ravisa.

— J'en sais rien, bougonna-t-elle en se retournant vers la boîte à lettres.

— Ça lui est déjà arrivé ? s'enquit Vince en balançant sa torche le long de la haie de troènes qui bordait le numéro 50.

— Non. Enfin, pas vraiment. Elle sort et je ne sais pas ce qu'elle fabrique, mais elle rentre toujours au moins une fois pendant la nuit ou la journée. Ça n'est pas dans ses habitudes de rester dehors aussi longtemps sans revenir. Elle s'est peut-être égarée en cherchant à retourner à mon ancienne adresse. Peut-être que je l'ai laissée sortir trop tôt. Mon Dieu, ce que je n'aime pas ça…

Ce soir-là, ils fouillèrent Finsbury Park Road sur toute la longueur, ainsi que Wilberforce Road et Blackstock Road. Quand ils rentrèrent à l'appartement, il était presque neuf heures et Vince avait si froid qu'il ne sentait plus l'intérieur de ses cuisses.

En entrant dans la cuisine, Cass repéra le pack de Stella et la vidéo que Vince avait posés sur la table.

— Oh merde. Excuse-moi, dit-elle. Je t'ai gâché ta soirée. Je ne me suis pas rendu compte.

— Ne t'en fais pas, dit Vince en s'asseyant sur le radiateur de style rétro pour se décongeler en douceur les cuisses et les fesses.

— Non. Sincèrement. J'ai honte. Tu dois me prendre pour une égoïste.

— Un peu, mais ça fait partie de ton charme irrésistible.

Elle lui sourit tristement, puis sembla prise d'une soudaine inspiration.

— Laisse-moi me rattraper, lui dit-elle. Je vais te tirer les cartes.

— Oh non… geignit Vince, car Cass n'avait pas arrêté de le tanner pour lui tirer les cartes depuis le jour où elle avait emménagé.

— Allons, insista-t-elle, je me fais du mouron pour toi. Tu as l'air un peu largué. Tu as maigri…

— Maigri ?

— Oui. Et tu as les traits tirés.

— C'est à cause de tous ces trucs à base de pois chiches dont tu me nourris. J'ai besoin de manger de la viande, pas qu'on me tire les cartes.

En tant que stricte végétarienne, Cass était violemment opposée aux repas tout préparés et chaque soir, elle réquisitionnait la cuisine pour y concocter d'énormes plats de pois chiches au curry, de lentilles et d'étranges tubercules, qu'elle forçait Vince à manger avec l'autorité d'une mère juive. Cela perturbait les intestins de Vince, qui se vidait et avait à ce régime perdu plus d'un kilo.

— D'accord. Et si je nous commandais un curry ? Avec de la viande. C'est moi qui régale. Un poulet tikka, par exemple…

— Ou un vindaloo.

— Un vindaloo. Et puis je te tirerai les tarots. Tu veux ?

— Bon, allons-y.

— Chouette !

Elle ouvrit le tiroir de la table de cuisine et en sortit toute une série de cartes de traiteurs qui faisaient des plats à emporter.

— Bon, dit-elle alors qu'ils attendaient d'être livrés, où en êtes-vous, toi et Magda ?

— Je ne vais pas te le dire, s'indigna Vince.

— Pourquoi pas ? s'étonna Cass d'un air offensé.

— Parce que c'est de la triche.

— De la triche ?

— Ouais. Tu me soutires des informations sur ma vie privée avant de me tirer les cartes. C'est trop facile.

Cass secoua la tête d'un air désapprobateur.

— Ce n'est pas comme ça que ça marche. Je ne suis pas une diseuse de bonne aventure.

— Alors comment ça marche au juste ?

— Les cartes considèrent ta situation actuelle et t'aident à mieux la gérer. Elles te servent de guide, te conseillent. Et ça m'aidera à les lire si tu me décris où tu en es dans ta vie. Bon, comment ça va avec Magda ? répéta-t-elle en repartant à l'assaut.

— Ça va, dit-il. On discute.

— Et cette séparation à l'essai… elle va durer combien de temps ?

Tout en parlant, elle avait sorti les assiettes du placard et les couverts du tiroir. Il haussa les épaules.

— Je ne sais pas, dit-il. Ça n'a rien d'officiel. Je crois qu'elle attend quelque chose de moi. Un genre de déclaration. Avec proposition à l'appui.

— Ttt tt… fit Cass en arrachant deux feuilles au rouleau d'essuie-tout, elle est vraiment accro.

— Qu'est-ce que tu veux dire ?

— Je ne me verrais pas poireauter comme ça en attendant qu'un gars se décide à me dire s'il m'aime ou non. De mon point de vue, c'est tout l'un ou tout l'autre. Il n'y a pas à tortiller pendant cent sept ans.

Quand ils eurent dîné, Cass tendit à Vince un jeu de tarots et ramena un genou sous son menton.

— Bon, maintenant, pendant que tu battras les cartes, je voudrais que tu réfléchisses sérieusement à ta situation actuelle, à tes expériences passées, à tes espoirs et à tes désirs pour l'avenir. Prends ton temps. Concentre-toi bien sur ce que tu as envie de savoir. Parle aux cartes. Pose-leur des questions.

— Bon, dit-il, pas de problème.

Pendant qu'il remuait le jeu de tarots, des fragments de sa vie s'immiscèrent dans ses pensées telle une projection de diapos. Les petits doigts de Bethany Belle. Les cuisses lustrées de Magda. Un homme près duquel il s'était assis dans le métro le matin même, qui sentait l'oignon cru. L'anniversaire de son petit frère qui fêterait ses trois ans ce week-end. Rien de conséquent. Pas de grandes questions. Parfois, savoir quelle question poser est plus difficile qu'en connaître la réponse.

— Bon, dit Cass en lui prenant les cartes et en commençant à les disposer à l'envers et en petits groupes sur la table de cuisine, voyons ce qui se passe dans le petit monde de Vincent Mellon.

Elle retourna les cartes lentement, avec circonspection, tout en se tapotant les dents avec les ongles et en tirant avec distinction sur sa fine cigarette roulée.

— Hmmmm, dit-elle en ramenant son autre genou sous le menton, c'est intéressant. Tu vois cette carte, elle suggère une sorte de blocage, un obstacle. Comme si tu étais coincé dans le passé, les pieds enfoncés dans une boue aspirante. Oui, cette carte-là symbolise un regret, ou une histoire inachevée. Est-ce que cela t'évoque quelque chose ?

Il haussa les épaules et y réfléchit un instant.

— J'aurais bien aimé passer un bac A4. J'en avais envie. Je voulais faire histoire de l'art, mais mes professeurs ne m'ont pas jugé capable d'assumer la charge de travail, ils ont voulu que je me concentre sur mes trois options principales. Sans doute que ça n'aurait pas changé grand-chose à long terme, mais j'ai toujours regretté de…

— Non, non, non, le coupa Cass, c'est une broutille. Je pense à des trucs qui comptent, bon sang. Des trucs importants. Et l'amour dans tout ça ? Je sens un regret d'ordre sentimental. Bon. Combien de petites amies as-tu eues ? Je ne parle pas de petits coups d'un soir, mais d'affaires sérieuses.

— Eh bien, il y a Magda, et avant, il y a eu Helen pendant quelques mois…

— Et qu'est-ce qui n'allait pas avec Helen ?

— Rien. On s'est juste séparés.

— Pourquoi ?

— Ben… Ça ne marchait pas, c'est tout.

— Ah les hommes, soupira Cass en écrasant son mégot dans le cendrier avec humeur. Au nom du ciel, pourquoi êtes-vous si nuls dès qu'il s'agit de parler de vos émotions ?

— Mais non. En réalité, je ne sais pas pourquoi on a rompu, répliqua-t-il.

Et c'était vrai. Il l'ignorait. Il l'avait rencontrée, ils étaient sortis ensemble et ils avaient continué à se voir un certain temps, puis, cinq mois plus tard, ils avaient arrêté, sans raison précise. Ah si, il se rappelait vaguement qu'elle lui avait reproché de ne pas « s'ouvrir à elle ». À l'époque, il n'avait pas compris et aujourd'hui pas davantage. Elle semblait supposer qu'il y avait à l'intérieur de lui quelque chose qu'il ne lui montrait pas ; un peu comme un coquillage aux deux valves soudées ou une boîte cadenassée contenant un truc bien planqué à l'intérieur. Ce n'était pas le cas, en fait. Il était gentil avec elle, ils faisaient des trucs sympas ensemble, ils rigolaient, ils baisaient bien, ils avaient passé une semaine en Cornouailles, un séjour très agréable dans un B & B de Port Isaac, sans se disputer une seule fois. Ces cinq mois avec Helen avaient été absolument parfaits à tous points de vue, mais apparemment, cela ne suffisait pas.

— Elle t'a sûrement dit quelque chose ? Elle a bien dû te donner une raison ?

— Elle a dit qu'elle voulait que je m'ouvre à elle. J'ai pas bien pigé.

— Humm. Moi, oui. Ça, je peux le comprendre. Tu es quelqu'un d'assez… réservé.

— Pourtant je n'ai rien à cacher !

— Oui, mais tu en donnes l'impression. Tu as l'air… mystérieux.

— Mystérieux, moi ?

— Oui, toi… Les cicatrices, le regard ténébreux, l'imperméable. On t'imagine plein de secrets et d'angoisse.

— Moi ?

— Ouais, toi. Tu m'as tapé dans l'œil la première fois que je suis venue voir l'appart.

— Ah bon ?

— Oui oui. Mais après, je me suis rendu compte que tu étais juste… oh rien, conclut-elle en refermant d'un coup son clapet.

— Quoi ?

— Rien.

— Bon sang, Cass. Tu ne peux pas commencer à dire un truc de ce genre et t'arrêter en cours de route. Tu t'es rendu compte que j'étais quoi ?

Cass soupira et ramena de nouveau ses genoux sous son menton. C'était l'une de ces filles aux membres élastiques qui prennent toujours des postures bizarres, assise en tailleur sur le comptoir de la cuisine, ou allongée par terre, en position fœtale.

— Juste… un mec, quoi. Tu vois ce que je veux dire.

— Non, je ne vois pas. C'est péjoratif ?

— Non, non, ça n'a rien de mauvais en soi. Mais c'est risqué, les mecs comme toi, qui ont l'air si… dangereux.

— Moi, j'ai l'air dangereux ?

— Oui. Tu ne l'es pas, au fond. Tu es un gars fiable, sur qui on peut compter. Enfin, je peux comprendre que certaines filles puissent se sentir un peu flouées, alors qu'elles croyaient avec toi relever une sorte de défi.

Vince secoua la tête, incrédule.

— Bon Dieu. Alors c'est ce qu'elles veulent ? Du défi et du danger ?

— Ouais. Enfin, pas toutes. Certaines préfèrent les bonnes poires.

— Bon sang. Voilà que tu me traites de poire à présent ?

— Non. Pas du tout. Mais gentil et tendre comme tu es, tu pourrais passer pour une poire aux yeux d'une fille qui se tromperait sur ton compte.

— Eh bien, cela ne m'est pas encore arrivé, riposta Vince sur la défensive en croisant les bras avec humeur.

— Tant mieux, dit Cass d'un air peu convaincu. Je m'en réjouis. Bon, revenons-en à ton histoire romantique. Qui était-ce, avant Helen ?

Vince soupira.

— Eh bien, il y a eu Kelly, une quinzaine de jours, et avant elle Lizzie, pendant un ou deux mois, et encore avant, Jayne, pendant un an… elle est repartie en Australie. Et voilà.

— Et au collège ? Ta première petite amie ?

— Au collège je n'ai eu personne.

— Oh, allons. Tu as forcément eu un petit flirt !

— Non. J'étais trop laid pour ça. Je suis resté puceau jusqu'à l'âge de dix-neuf ans, dit-il en se rengorgeant.

— Pas possible ! s'exclama Cass en se redressant sans cacher sa joie.

— Ouais. Trois jours avant mes dix-neuf ans, pour être précis.

— Eh ben, tu t'y es mis sur le tard… Et avec qui était-ce ?

— Quoi ?

— Avec qui as-tu perdu ton pucelage ? Ton premier amour ?

— Non. Juste une fille.

— Quelle fille ?

— Une fille que j'ai rencontrée pendant les vacances.

— Comment s'appelait-elle ?

— Joy. Joy Downer.

— Alors comme ça, tu te souviens de son nom de famille, hein ? Ça n'a sûrement pas été aussi insignifiant que tu le prétends. En général, on ne se rappelle pas du nom de famille de telle ou telle passade ou aventure sans lendemain.

— Eh bien… disons que ce fut intense, mais bref.

— Un amour de vacances ?

— En quelque sorte. On est tombés amoureux, on a fait l'amour, puis elle m'a laissé une lettre de rupture et s'est tirée sans prévenir.

— Ah, fit Cass en tressaillant légèrement. C'est vache. Pourquoi t'a-t-elle laissé tomber ?

Vince haussa les épaules.

— Aucune idée. Il a plu sur la lettre. Elle était presque illisible.

— Ben alors, comment as-tu su que c'était une lettre de rupture ?

— Parce que les seuls mots que j'ai pu déchiffrer, c'était « J'ai tellement honte ». Et cette même nuit, on avait fait l'amour. Je ne vois pas comment l'interpréter autrement.

— Tu l'as toujours ?

— Quoi… la lettre ?

— Oui. La vieille lettre délavée par la pluie. Elle est là ? s'enquit Cass, toute hérissée d'excitation.

— Euh… ouais. Je crois.

Vince avait pour les papiers en général une nostalgie pathologique et il était incapable de jeter une feuille manuscrite. En conséquence, il avait un carton au fond de sa penderie rempli de cartes d'anniversaire, d'invitations et de lettres accumulées depuis cinq ans. Il gardait même les petits mots griffonnés à la hâte sur des Post-it lui rappelant de laisser de l'argent pour le laitier ou s'excusant d'avoir mangé les nouilles chinoises qu'il avait laissées dans le frigo. La lettre de Joy se trouvait donc forcément quelque part dans sa chambre.

— Va la chercher, s'il te plaît. Je veux la voir.

— Pourquoi ?

— Je vais la lire.

— Mais je t'ai dit qu'elle était illisible.

— Non, je parle de son énergie.

— Bon Dieu, fit Vince en levant les yeux au ciel.

— Allez, Vincent. Fais-moi plaisir. Regarde, les cartes t'indiquent de chercher dans ton passé des regrets et des blocages, et toi, tu me parles de cette fille dont tu es tombé amoureux et qui a mystérieusement disparu en te laissant une lettre trempée par la pluie. À mon avis, on tient le bon bout, et cela mérite d'être approfondi. Va chercher cette lettre !

Vince soupira, mais gagna sa chambre en traînant les pieds et sortit le carton de sa penderie. La lettre devait se trouver non loin de ses feuilles d'exposés et il finit par la dénicher, glissée entre les pages d'un carnet dont il s'était servi durant sa première semaine à l'université, entre une feuille photocopiée de stage d'orientation et un reçu de caisse jauni par le temps daté du 23/09/87.

— Ouaouh, s'exclama Cass en tâtant doucement la feuille, elle est bourrée d'énergie, puis elle la posa sur la table et la lissa. Cette lettre est tellement chargée de vibrations que ta copine aurait presque pu se dispenser d'écrire, ajouta-t-elle.

— Écoute, Cass… dit-il en tendant la main pour la lui reprendre, si on revenait aux tarots ?

— Ça va venir… Il y a de la tristesse dans cette lettre, poursuivit-elle en la gardant jalousement. Et des larmes.

— Cass…

Vince chercha faiblement à la récupérer, mais Cass bondit de sa chaise et alla se poster à l'autre bout de la cuisine.

— Vincent, laisse-moi faire. C'est important, lança-t-elle, et, tenant la lettre en l'air, elle ferma les yeux. Oui, des larmes de colère et de chagrin, poursuivit-elle, puis elle baissa la lettre et se tourna vers lui. Tu sais quoi ? À mon avis, ce n'est pas du tout une lettre de rupture. C'est bien plus que ça. Qu'est-ce qui s'est passé cette nuit-là ? La nuit où elle est partie ?

— Rien de spécial, répondit Vincent d'un air lugubre. Nous avions passé la journée avec maman et Chris, le soir, on a fait un barbecue avec ses parents, puis on est partis tous les deux et on a fait l'amour dans un champ.

— Et c'était comment ?

— Cass !

— Non, je veux dire… Était-ce une expérience positive ?

— Oui, merci.

— Et ensuite, quels furent les derniers mots qu'elle t'a dits ?

— Je ne sais pas. Cela fait si longtemps. Quelque chose du genre « à demain », je suppose.

— Et ?

— Et quoi ?

— Eh bien, elle t'a dit que ça lui avait plu ?

— Quoi… la baise ?

— Oui.

— Sans doute. Je ne me le rappelle pas.

— Et puis ?

— Eh ben on s'est embrassés, quoi, et on s'est serrés l'un contre l'autre.

— Et ?

— Bon sang, Cass, soupira-t-il en regardant l'heure à sa montre. Si on en restait là ? Il est minuit moins le quart. Je voudrais me coucher.

— Non, non et non ! dit-elle en bondissant vers lui. Non. Tu ne vas pas te coucher. Il faut que j'en sache plus sur cette fille. Comment était-elle ? Jolie ?

— Oui, très jolie. Très gentille, très sexy et très jolie. Cette nuit passée avec elle, c'est ce que j'ai vécu de mieux dans toute ma vie. Bon… je peux aller me coucher maintenant ?

— Ah ah ! On finit par y arriver. Cette nuit idyllique avec cette femme parfaite qui disparaît de ta vie pour toujours sans que tu saches pourquoi… Voilà, selon moi, la racine de tous tes maux. Tu as été lâché par cette fille pour je ne sais quelles mystérieuses raisons, et depuis tu es resté scotché, incapable d'aller de l'avant, accroché à ce moment idéal, incomparable. Dieu, quelle tragédie. Il faut que tu retrouves cette femme !

— Quoi ?

— Je suis sérieuse. Tu dois la retrouver et parler avec elle pour savoir pourquoi elle est partie.

— Cass, dit Vince en se levant et en se passant la main dans les cheveux, j'apprécie ton enthousiasme, sincèrement, mais il est presque minuit, cette conversation est ridicule, elle ne mène à rien et je vais me coucher.

— Non ! Il faut dresser un plan ! Nous devons retrouver Joy Downer ! Nous devons… Oh, Madeleine !

Ils se retournèrent tous les deux au bruit familier du petit abattant qui s'ouvrait.

— Madeleine ! Tu es rentrée ! s'exclama Cass.

Lâchant soudain la lettre qu'elle agitait, elle se précipita vers la porte de derrière et prit dans ses bras une Madeleine à l'air indifférent.

— Mon Dieu, où es-tu allée, méchante fille ? On s'est tellement inquiétés pour toi.

Vince, qui ne se sentait pas concerné à ce point, haussa les sourcils d'un air de doute.

— On a fouillé dans tout Finsbury Park à ta recherche, remarqua Cass. Oh… tu sens une drôle d'odeur. Tu sens…

Elle inspira profondément la fourrure abondante de la chatte.

— Beurk… *Obsession.* Bon Dieu, je déteste ce parfum. J'ai eu une colocataire qui ne lavait pas ses draps et les aspergeait de temps en temps avec *Obsession.* Depuis, cette odeur me donne la nausée. Ce que vous puez, ma chère Madeleine ! Je n'arrive pas à croire que vous vous êtes prélassée dans une maison étrangère, bien au chaud, en faisant des mamours à une sale bonne femme pendant que nous arpentions les rues à votre recherche par un froid glacial… Vraiment !

Elle reposa la chatte par terre et alla droit au placard où elle rangeait sa nourriture.

— Tu es une vilaine fille. Un bol de croquettes au thon, ça te dirait ?

Profitant de cette diversion, Vince récupéra le petit mot délavé posé au milieu de la table et s'éclipsa discrètement.

En se glissant sous sa couette quelques minutes plus tard, il se sentait complètement vidé. Si seulement ce satané chat n'avait pas disparu, il aurait pu rattraper une journée merdique en regardant une vidéo tout en descendant une ou deux bières et en se couchant tôt. Là, il avait l'impression que son ego était passé dans une essoreuse, cul par-dessus tête. Non seulement on lui avait soudain démontré qu'il était un lourdaud complet qui avait déçu les attentes de toutes les femmes qu'il avait rencontrées, mais on l'avait obligé à revivre des souvenirs qu'il aurait préféré de loin laisser en rade. Des moments horribles, où il lui avait semblé qu'on lui arrachait le cœur pour le lui planter à l'envers dans la poitrine. L'humiliation de s'être donné tout entier à quelqu'un pour la première fois de sa vie et de se retrouver en carafe le lendemain matin, comme un vêtement qu'on rend parce qu'il n'est pas de la bonne taille.

Il était allongé, en proie à ces pensées négatives, quand la porte de sa chambre s'ouvrit lentement et un rai de lumière tomba sur sa couette. Il y eut alors un son mat, la chute d'un corps étranger atterrissant sur sa couette en coton, suivi de forts ronronnements de contentement qui vibrèrent dans l'obscurité telles des bulles musicales. Et Vince avait beau ne pas partager l'engouement de Cass pour cette créature, dans l'état de détresse affective où il se trouvait, il ne put s'empêcher de puiser du réconfort dans le fait que cette nuit, pour la toute première fois, Madeleine avait choisi de l'honorer de sa présence nocturne.

13.

Cet après-midi-là, Vince se rendit chez ses parents pour l'anniversaire de Kyle. Comme toujours, il avait attendu la dernière minute pour lui trouver un cadeau. Trois ans déjà… C'était comme si c'était hier. Kyle était venu au monde le 9 septembre 1990, par l'une des journées les plus incroyables que Vince ait jamais vécues. Chris lui avait téléphoné à six heures et demie du matin pour lui dire que Kirsty en était à six centimètres de dilatation et que s'il voulait avoir la primeur, il fallait qu'il se ramène immédiatement à l'hôpital. Vince était resté hébété un court instant, en état de choc, sans être très sûr de ce qu'une dilatation de six centimètres signifiait au juste. Un orifice assez grand pour laisser passer une tête, sans doute. Alors, en proie à une violente montée d'adrénaline, il avait soudain pris conscience que dans quelques minutes, il ne serait plus enfant unique.

Quand il arriva à l'hôpital sur le coup de huit heures, on lui annonça que le bébé se présentait mal et que sa mère était en salle d'opération où on l'avait emmenée pour lui faire d'urgence une césarienne. Il attendit devant la salle d'op en faisant les cent pas comme dans les pires clichés jusqu'à ce que Chris en sorte dix minutes plus tard, vêtu de vert de la tête aux pieds et tenant au creux de ses bras un ballot blanc, qui paraissait bien trop petit pour être un bébé.

— C'est un garçon, avait-il dit, la larme à l'œil. Un beau petit garçon. Regarde.

Par la fente de la couverture qui enveloppait le bébé, Vince avait aperçu une paire d'yeux immenses qui clignaient, un nez épaté, une touffe de cheveux noirs tout mouillés. Son petit frère. Il n'avait jamais rien vu d'aussi beau.

Et voilà que Kirsty était de nouveau enceinte. Le bébé devait naître en janvier et Vince ne savait pas très bien qu'en penser. Si c'était une fille ? Il ne comprenait pas les filles de son âge, encore moins les gamines hautes comme trois pommes. Qu'est-ce que ça aime faire, des petites filles, dans un jardin, par un après-midi ensoleillé ? Tourner en l'air comme un avion jusqu'à en être malade ? Il en doutait. Elles devaient préférer de loin jouer à la dînette. En jetant un coup d'œil à sa montre, il s'aperçut qu'il risquait d'être en retard. La ponctualité n'était pas son fort, mais l'anniversaire de Kyle n'était pas un rendez-vous comme un autre. Il s'empara du premier truc en plastique de couleur vive qui lui tomba sous la main et se précipita vers la caisse.

Quand Vince entra par la porte de service à deux heures pile, Chris pilait de la glace dans l'évier et y enfouissait des boîtes de Budweiser.

— Où est-il ?

— Il vient de finir sa sieste. Kirtsy est en train de l'habiller. Il sera en bas dans une seconde.

— Merde, dit Vince en voyant une pile de paquets cadeaux sur la table de cuisine. Du papier cadeau. Tu en as ?

— Là-bas, répondit Chris, qui s'essuya les mains sur un torchon et lui indiqua un sac pendu à la porte du garde-manger.

— Extra, fit-il en sortant un rouleau imprimé de ballons. Et du scotch ?

— Il y en a aussi dans le sac. Ainsi que des ciseaux.

— Super.

Vince s'assit à la table de cuisine pour envelopper à la va-vite le cadeau de Kyle.

— Alors, dit Chris en ouvrant deux boîtes de bière blonde, quoi de neuf ?

— Pas grand-chose.

— Et la belle Magda, comment va ?

Chris avait Magda à la bonne, il l'avait décrite comme un « super-canon » la première fois qu'il l'avait vue.

— Bof, marmonna Vince.

— Y a de l'eau dans le gaz ? s'enquit Chris en tirant une chaise pour s'asseoir aussi.

— On a rompu. Enfin, provisoirement. Une séparation à l'essai.

— Putain, ce que vous pouvez vous compliquer la vie ! Et où ça vous mène ?

— J'en sais fichtre rien.

— Faudrait que tu te décides, mon pote, fit remarquer Chris, entre deux gorgées de bière.

— Ouais, eh ben, ce n'est pas si simple. D'accord, elle est belle, mais ça ne suffit pas pour qu'on s'entende bien.

— Justement, elle n'est pas seulement belle. C'est une nana super, non ?

— Ouais, je sais, marmonna Vince en essayant de couper un morceau de scotch avec les dents. Je ne peux pas expliquer pourquoi, mais ça ne marche pas, d'accord ? Voilà. Y a rien à dire de plus.

— Bon, bon. Ça va. Tu as quelqu'un en vue ?

— Non. Écoute, ce n'est pas fini avec Magda. C'est juste en suspens.

— Bon Dieu. Vous les jeunes… On ne peut pas dire que vous vous simplifiez la vie.

— À mon avis, ça n'a rien à voir avec mon âge. S'il y a un problème, il vient de moi, ajouta Vince d'une voix soudain moins assurée.

En l'entendant, Chris changea aussitôt d'attitude et laissa tomber son air bonhomme.

— De toi ? Comment ça ?

— Eh ben… pourrais-tu m'aider, s'il te plaît ? le pria-t-il en indiquant le bord du papier d'emballage, que Chris coinça avec son pouce. Je crois que j'ai quelque chose qui ne tourne pas rond.

Chris lui jeta un regard perplexe.

— Voilà… j'ai parlé de certains trucs avec Cass lundi, poursuivit Vince. Tu sais qu'elle est un peu… barrée dans tous ces trucs d'astrologie et compagnie… Elle m'a tiré les cartes, et elle estime que j'ai un problème dans mes relations amoureuses parce que pour moi, rien ni personne n'arrive à la cheville de…

Il s'interrompit et chercha une façon détournée d'aborder les choses.

— Joy, lâcha-t-il finalement.

— Joy ? Je ne pige pas.

— Tu te rappelles cette fille, à Hunstanton. Tu sais…

— Ah oui. Joy. La petite gothique qui t'a déniaisé. Je me souviens très bien d'elle. Mais qu'est-ce qu'elle vient faire là-dedans ?

— Eh bien… commença Vince.

Il batailla un instant avec un autre morceau de scotch qui se replia sur lui-même et qu'il finit par jeter après l'avoir roulé en boule, exaspéré. Il avait autant de mal à faire son paquet qu'à confier ce qu'il avait sur le cœur.

— C'était mon…

— Ton quoi, mec ?

— Mon premier amour, comme on dit.

Il rougit un peu et déroula la bande de scotch.

Chris le regarda, surpris.

— Ah bon ?

— Ouais. C'était soudain, mais oui, nous étions amoureux.

— Putain, si je m'attendais… Tu ne m'en as rien dit. J'ai cru que pour toi, elle était juste un moyen de… passer le cap, disons.

— Non, dit Vince. C'était bien plus que ça. C'était pour de vrai.

— Merde alors ! Rien que ça. Vous n'avez pas traîné.

— Oui, je sais. Ce fut aussi intense que soudain. J'ai essayé de ne pas trop y penser toutes ces années, mais maintenant que Cass m'a mis ça en tête, je ne peux pas me défaire de l'idée que si elle n'avait pas disparu, si nous étions restés en contact et qu'on soit sortis ensemble, on aurait fini par se marier ou un truc de ce genre.

— Ouaouh !

— Peut-être pas se marier, mais on serait restés un bon moment ensemble, parce que Joy, elle me faisait vraiment de l'effet. Tu comprends ce que je veux dire ?

— Non. Explique.

— Putain, je sais pas, moi. Comme si elle était… une version de moi en femme. On se comprenait, elle et moi. Et depuis, aucune autre femme ne sait me prendre comme elle faisait. Et moi aussi, je passe à côté. Je n'arrive pas à communiquer avec elles comme avec

Joy. Avec Joy, c'était si facile. Je sais, ça n'a duré que deux ou trois jours, mais c'était comme si on se connaissait depuis toujours.

— Si tu ressentais ça pour elle, pourquoi n'avez-vous pas échangé vos adresses ?

— Ben parce qu'elle a disparu ! On n'en a pas eu l'occasion.

— Ah ouais, c'est vrai, se rappela Chris en se frottant le menton. J'avais oublié. Putain, ce mec, son père, tu te souviens de lui ?

— Alan.

— Ouais. Alan. C'est ça. C'était un sacré fumier... Je lui ai cassé le nez.

— Quoi ?!

— Ouais. Comme ça ! fit Chris en tapant du poing dans la paume de sa main, et il se mit à rire.

— Tu lui as cassé le nez ?! Quand ?

— Merde... C'est vrai que tu n'en as jamais rien su, n'est-ce pas ?

— Euh, non.

— Ta mère préférait que tu ne sois pas au courant.

— Où est-ce que j'étais quand ça s'est passé ?

— Tu étais parti avec... ta copine. Tu te rappelles pas ? Cette nuit-là, on a fait un barbecue, et vous deux, vous avez disparu dans le soleil couchant. Mais oui, bien sûr ! C'était la fameuse nuit, hein ? La nuit où tous les deux vous avez... tu sais quoi.

— Non, non, non. Je ne pige pas. Comment ça, tu lui as cassé le nez ?

— Je lui ai envoyé un coup-de-poing dans la gueule et son nez s'est cassé.

— Enfin, pourquoi ?

Vince sentait son crâne sur le point d'exploser sous la pression de cette étrange révélation. Il devrait attendre pour en avoir la clef, car juste à cet instant on entendit des petits pas dévaler le couloir et, dix secondes plus tard, un petit bonhomme surexcité lui grimpait sur les genoux en lui disant que maman avait fait des gâteaux en forme de clowns, ses préférés, et en lui demandant ce qu'il y avait dans le gros paquet sur la table de cuisine. C'était pour lui ?

Trente personnes de toutes tailles et de tous âges arrivèrent sur ces entrefaites durant la demi-heure qui suivit, et la maison s'emplit de bruit et d'activité. Vince lui-même aida Kyle à déballer ses cadeaux, oubliés sitôt ouverts, puis il disposa des gâteaux et des sandwiches sur des plateaux, servit à boire aux adultes et amusa les autres enfants.

Il disparut plus tard dans l'après-midi pour aller au pub avec Chris et l'un de ses meilleurs potes, Charlie, puis revint aider sa mère à nettoyer et à ranger et alla coucher un Kyle complètement épuisé, de sorte que ce ne fut que vers huit heures du soir qu'il put enfin questionner Chris pour en avoir le cœur net.

— Je suppose que ça n'a plus d'importance, dit Kirsty après avoir grondé Chris, qui avait vendu la mèche. C'était il y a si longtemps.

— Racontez-moi, s'il vous plaît, pria Vince, excédé.

Kirsty soupira en passant machinalement la main sur son gros ventre.

— Ce soir-là, on avait tous un coup dans le nez. Tu te rappelles ? Et Alan est devenu… très entreprenant.

— Ouais, je m'en souviens, dit Vince. Joy était furieuse contre lui.

— Eh bien, une heure après votre départ, je suis rentrée dans la caravane pour aller aux toilettes, et il m'a suivie à l'intérieur. Il m'attendait devant la porte quand j'en suis sortie, expliqua Kirsty, et elle inspira profondément. Et il m'a fait du gringue.

— Du gringue ? protesta Chris, acerbe. Il l'a pelotée et a fourré la main dans son short.

— Chris !

— Quoi ? Vince n'est plus un enfant. À quoi bon tourner autour du pot ? Ce salopard s'est jeté sur toi.

— Bon Dieu, dit Vince, interloqué, mais pas si surpris que ça, au fond. Et qu'est-ce qui s'est passé ?

Kirsty ouvrit la bouche pour répondre, mais Chris la devança.

— Il l'a coincée contre la porte, tu t'imagines ? Un petit gabarit comme ta mère ? Je l'ai entendue crier et je suis entré. Il lui pourléchait la figure, elle avait de la bave sur les joues, putain. J'ai perdu le contrôle. Je l'ai sorti de la caravane et je l'ai flanqué par terre.

— Il lui a envoyé un coup de pied dans le ventre, intervint Kirsty en rosissant un peu.

— Ouais, parfaitement, mais le salaud en a redemandé. Il s'est relevé et m'a traité de péquenaud ! s'exclama Chris avec un petit rire. Puis il a dit un truc infâme sur ta mère, et j'ai aplati sa sale gueule. Quand il a vu qu'il saignait, il a reculé. Il s'est mis à parler des flics et qu'il me traînerait en justice. J'ai juste dit : « C'est ça, allez-y. En fait, je vais venir avec vous. J'ai un grave cas d'agression sexuelle à signaler. » Ça lui a cloué le bec. Alors Barbara l'a emmené en voiture aux urgences se faire soigner, et c'est la dernière fois qu'on les a vus.

— Mais... balbutia Vince en s'efforçant d'assembler les mots qui se bousculaient dans sa tête et tombaient en vrac comme les gains d'une machine à sous. Je me rappelle que vous aviez vraiment l'air bizarre tous les deux quand je suis rentré cette nuit-là... Je vous ai même demandé ce qui se passait. Pourquoi ne m'avoir rien dit ? C'est sûrement pour ça qu'elle est partie. C'est pour ça qu'elle avait honte. Pourquoi vous ne m'en avez pas parlé ? Je ne comprends pas.

— Moi, je voulais t'en parler, protesta Chris en passant un bras autour de son épaule, mais ta mère m'en a empêché… elle a eu peur que ça te perturbe.

— C'est de ne rien savoir qui m'a perturbé ! Vous auriez pu vous en douter !

— Vince, je ne veux pas jouer au plus fin, mais tu ne nous as pas dit à quel point cela te touchait. Tu étais un peu taciturne. Pour être franc, j'ai pensé que tu t'étais déniaisé avec une super jolie fille, et que tu étais soulagé qu'elle ait fichu le camp, que ça n'aille pas plus loin. J'ignorais que tu étais amoureux d'elle.

— Oui, je l'étais. Toutes ces années, j'ai cru qu'elle s'était barrée parce qu'elle avait honte de ce qui s'était passé entre nous, et maintenant, il s'avère qu'elle avait honte de son père. Si j'avais su, j'aurais pu… J'aurais…

Il s'interrompit un instant pour réfléchir à ce qu'il aurait fait exactement s'il avait connu la vraie raison de la fuite de Joy en pleine nuit.

— Je ne sais pas ce que j'aurais fait, reconnut-il, mais au moins, je n'aurais pas cru qu'elle était partie à cause de moi.

Il repensa aux quelques semaines d'été qui avaient suivi le départ des Downer. Il avait traîné son vague à l'âme, se sentant blessé et vaguement coupable. Il avait songé à s'en ouvrir à Chris, mais en avait été incapable. Il se souvenait juste d'avoir marmonné un truc stupide et macho du genre : c'est aussi bien que ça n'ait pas marché avec Joy, parce que je vais commencer la fac à l'automne, et je ne saurais plus où donner de la tête avec toutes ces nanas. « C'est bien, mon gars, avait conclu Chris avec une petite tape sur l'épaule. Quand ça ne marche pas, il faut tourner la page et aller de l'avant. »

Et c'est exactement ce qu'il avait fait. Il s'était jeté à corps perdu dans la vie d'étudiant, ravi d'être dans un nouveau milieu avec des gens qui ne connaissaient rien de lui. Il s'était mis dans la peau de celui que Joy avait cru voir en lui, un beau mec plein de charme et d'expérience, et avait eu un succès fou. Depuis, il n'avait plus repensé à Joy. Enfin, pas vraiment, seulement en passant, avec un petit pincement au cœur, un tiraillement au creux du ventre à l'idée qu'elle avait obligé ses parents à rentrer plus tôt que prévu tant elle était gênée d'avoir couché avec lui. Et ce jusqu'à lundi soir, quand Cass avait ramené l'histoire sur le tapis.

Depuis il ne cessait de penser à elle. Il était comme obsédé. Où qu'il aille, il la cherchait inconsciemment, dans le métro, dans les pubs et les bars, même dans les rues de son quartier. Il fantasmait, s'imaginait tomber sur elle quelque part, peut-être dans Soho ; il l'inviterait à prendre un pot dans un pub et ils parleraient, parleraient, jusqu'au bout de la nuit. Tout de suite ils s'apercevraient que rien n'avait changé, qu'ils éprouvaient la même attirance l'un pour l'autre, puis ils iraient chez lui ou chez elle et ils feraient l'amour… encore et encore.

Bien sûr, il y avait très très peu de chances que ça arrive. À l'heure actuelle, elle vivait peut-être en Nouvelle-Zélande, à Paris ou à Barnsley, elle était peut-être mariée ou morte, qui sait ? Cependant, il avait l'étrange impression (une sorte de picotement, il ne voyait pas comment le décrire autrement), que s'il faisait gaffe, s'il ouvrait l'œil, il réussirait à la ramener jusqu'à lui par la seule force de son énergie positive.

De toute évidence, il vivait avec Cass depuis bien trop longtemps.

Et voilà qu'il venait d'apprendre qu'elle n'avait pas pris la fuite parce qu'elle regrettait d'avoir couché avec lui. Si ça se trouve, elle avait eu envie de le revoir, elle avait attendu qu'il se manifeste en pleurant. Peut-être même qu'elle pensait à lui comme à celui qui s'était tiré. Ou comme au salopard qui lui avait enlevé sa virginité, puis l'avait laissée en rade. En fait non, elle avait dû se dire que Vince, indigné par l'inconduite de son père, avait préféré couper les ponts, et elle ne lui en voulait sûrement pas.

Quoi qu'il en soit, le destin avait foiré et Vince ne tiendrait pas en place tant qu'il ne l'aurait pas revue. Et il ne comptait pas attendre que ce même destin la remette sur son chemin ; non, il fallait qu'il prenne l'initiative.

— Je vais la chercher, dit-il en écrasant résolument sa boîte de bière vide dans son poing.

— Quoi ?! s'exclama Chris en postillonnant.

— Oui. Je vais retrouver Joy. La pister.

— Qu'est-ce que tu comptes faire exactement ?

— Je ne sais pas, moi. Downer, ce n'est pas très courant. Je trouverai bien un moyen.

Son regard alla de Chris à sa mère. Ils le contemplaient tous deux avec un mélange de pitié et de stupéfaction.

— Vince, mon gars, dit Chris en lui prenant le genou sous la table, ne le prends pas mal, mais à quoi bon, hein ? C'est un drôle de truc de revenir en arrière. On ne sait pas où on met les pieds, on se cogne. Tu connais ma devise. Mieux vaut aller de l'avant.

— Oui, je comprends bien, dit Vince. Mais imagine-toi en train de marcher dans la rue. Soudain, tu te rends compte que tu as laissé tomber une montre de grande valeur sur le trottoir trois ou quatre cents mètres plus haut. Qu'est-ce que tu fais ? Tu ne retournes pas sur tes pas pour la retrouver ?

— Je suppose que si, admit Chris en haussant les épaules.

— Eh bien Joy est cette montre de grande valeur, et je viens seulement de m'apercevoir que je l'avais laissée tomber.

Chris sourit et lui pressa le genou.

— Bon, ben dans ce cas, tu ferais mieux de te grouiller avant qu'un sale type te la fauche et aille la mettre au clou contre un billet de cinq livres.

Alors il lui fit un clin d'œil, et Vince sut qu'il comprenait.

14.

Joy déchira l'enveloppe en cellophane de son sandwich thon-mayonnaise et ouvrit le *Evening Standard* à la rubrique des colocations.

Elle s'était persuadée six mois plus tôt qu'elle pourrait se payer le luxe d'habiter seule un studio haut de plafond dans un immeuble gothique victorien d'Hammersmith pour quatre-vingt-cinq livres par semaine. Mais voilà trois mois qu'elle avait rompu avec Ally, et rentrer chez soi tous les soirs dans un appartement vide perd vite de son charme, quand il n'y a plus les longs dimanches passés à deux au lit à lire les journaux et les nuits douillettes à boire du vin en regardant la télé. Et lorsque sa carte bancaire avait été avalée par un distributeur d'Oxford Circus la veille au soir alors qu'elle ne demandait que dix livres, elle avait su qu'il était temps de renoncer à ce luxe et de trouver un autre logement à partager.

Munie d'un feutre bleu, elle se mit à encercler les annonces qui l'intéressaient.

Deux filles, un jardin et un chat à Chiswick.

Cinq jeunes étudiants offrant une chambre d'amis « spacieuse et claire » à Battersea.

Deux types à Highbury, que les fumeurs ne dérangeaient pas, au contraire.

Elle était assise dans le foyer du personnel de ColourPro Reprographics, un grand magasin de reproductions et de fournitures pour Beaux-Arts situé près de Carnaby Street. Derrière elle, Mark et Big Lee, deux montagnes de chair mal aimée, mangeaient chacun une énorme pizza en buvant du Coca dans d'énormes gobelets en carton. Un gobelet vide siffla près de son oreille pour atterrir dans la poubelle placée sous l'évier avec un bruit mat.

— But ! s'exclama Big Lee.

Joy soupira et regarda l'heure à la pendule. Midi et demi. Il lui restait encore quarante minutes de pause déjeuner. En plus, il commençait à pleuvoir. Elle voyait de grosses gouttes de pluie s'écraser sur la vitre de la petite fenêtre garnie de barreaux située au-dessus de l'évier. Une journée morne, une de plus. Une heure de libre passée à tuer le temps, sans autre compagnie qu'elle-même. Rachel, la seule employée de ColourPro avec qui elle s'était liée d'amitié, était partie la semaine précédente pour travailler dans le service graphique d'un luxueux magazine de voyage. Lundi matin, Joy s'était retrouvée aussi seule qu'à son arrivée dans la boîte.

Pourtant cela faisait presque un an qu'elle travaillait à ColourPro. Au départ, elle avait répondu à l'offre d'emploi parue par erreur dans la section médias du *Guardian* destinée aux diplômés des Beaux-Arts. Les trente-deux salariés étaient obligés de porter le T-shirt ColourPro standard, et leurs patrons élaboraient toutes sortes de programmes destinés à les motiver, du paintball au saut à l'élastique. Malgré ces efforts cherchant à promouvoir une ambiance familiale au sein de l'entreprise, le personnel ne cessait de se renouveler, et Joy se retrouvait bizarrement parmi les employés les plus anciens. Si elle n'y prenait garde, elle finirait par avoir de l'avancement.

Elle feuilleta distraitement le journal tout en méditant sur sa médiocre existence et se retrouva à regarder la rubrique des annonces personnelles, celles des dizaines, des centaines de Londoniens noirs, blancs, petits, grands, jeunes, vieux, homos, hétéros, réacs ou progressistes prêts à passer par là pour sortir de leur solitude, malgré toute la gêne et l'embarras que cela pouvait leur coûter. D'une certaine façon, elle les comprenait. C'était déjà très démoralisant pour une jeune femme comme elle, plutôt jolie et sociable. Qu'en était-il pour « une femme de 56 ans, châtain, bien roulée, à l'air romantique, cherchant âme sœur » ou « une lesbienne timide, 43 ans, cherchant des amis pour sortir et faire la fête » ?

Joy était seule depuis trois mois, depuis qu'Ally, licencié par sa société pour raisons économiques, avait décidé de dépenser ses indemnités en faisant le tour du monde. Sans elle. Depuis son départ, elle était sortie deux fois avec des hommes qui ne l'avaient pas rappelée, avait poireauté tout un vendredi soir à l'entrée du Swiss Centre à cause d'un type qui ne lui plaisait même pas et lui avait posé un lapin, et s'était laissée bécoter par un mec qui venait de prendre cinq ecstasys et pourléchait tous ceux ou celles qu'il croisait en disant *peace and love.*

Il y avait bien des mecs à ColourPro, mais ils étaient pour la plupart répugnants, et les rares qui trouvaient grâce à ses yeux disparaissaient avant qu'elle ait pu lier connaissance. Les seuls hommes qui s'intéressaient à elle ces temps-ci étaient des inconnus en baskets qui distribuaient des tracts pour des écoles de langue à Tottenham Court Road. Elle se sentait devenir invisible, comme si elle glissait hors de portée d'un radar géant nommé réalité. C'était une sensation étrange et déprimante.

Elle soupira et tourna la page. Soudain son œil fut attiré par l'une des annonces de la deuxième colonne :

Bel homme, 29 ans. Aime la cuisine thaïe, les plages désertes, les pique-niques improvisés et Twin Peaks. *Londres, la vie. Parc préféré : Battersea. Cherche une belle fille à qui faire de bons petits plats.*

Quand elle y réfléchirait, des années plus tard, et cela lui arriverait souvent, elle serait incapable de se rappeler précisément ce qui l'avait tellement attirée dans l'annonce. Peut-être était-ce la fantaisie ensoleillée des pique-niques et des plages, à côté de ce sinistre après-midi de septembre. Ou la perspective de se faire dorloter. Ou cette idée que Londres et la vie méritaient qu'on les aime pour eux-mêmes. Ou bien elle était incroyablement superficielle, et l'expression « Bel homme » avait suffi à l'accrocher. Quelle qu'en fût la raison, en un instant unique entre tous, l'annonce s'était détachée du papier blafard en lettres scintillantes, environnée de comètes dignes d'un feu d'artifice. Un frisson d'impatience remonta le long de son dos tandis qu'elle soulignait l'annonce à l'encre bleue, puis elle replia lentement le journal.

— Vous avez besoin de quelque chose ? lança-t-elle à Mark et Big Lee.

Ils la regardèrent comme si elle venait de leur proposer des rognures d'ongles de pieds.

— Euh, non merci. On n'a besoin de rien.

— Bon.

Munie du journal et d'une provision de pièces de monnaie, elle alla téléphoner à la cabine située au coin de Carnaby Street et de Great Marlborough Street et prit des rendez-vous pour visiter trois appartements le soir même : un à Highbury, un autre à Tufnell Park et un dernier à Finsbury Park. Puis elle retourna travailler et passa le reste de l'après-midi à rédiger dans sa tête une lettre à l'amateur de *Twin Peaks* et de cuisine thaïe, sans se douter de l'impact qu'elle allait ainsi provoquer sur sa destinée ce jour-là, ni des ondes de choc qui s'en-suivraient.

15.

« Oh, Joy, soupira Barbara en regardant la rue à travers le pare-brise, l'air perplexe, ce quartier ne me plaît guère. Je préférais Hammersmith. »

Pour y être venue faire du bowling, Joy connaissait assez bien Finsbury Park, mais alors, elle n'était pas sur le point d'y habiter, et elle voyait maintenant le quartier d'un autre œil. Il n'y avait pas de commerces attirants, pas de supermarchés, cafétérias, boutiques de fringues ou maisons de la presse dignes de ce nom. Aucun magasin de marque, style WH Smith, Boots ou Marks & Spencer, bref rien de ce qui constitue les fondamentaux habituels d'une grand-rue anglaise. Juste des magasins de vins et de spiritueux miteux, des fast-foods aux relents âcres, des épiceries ouvertes tard le soir exhibant des piles de poivrons flétris et de bananes noires, ainsi que des boutiques peu reluisantes qui vendaient des vêtements de sport démarqués et des mini-jupes léopard. Indubitablement, Finsbury Park ne valait pas Hammersmith, et sur ce point, elle ne contredirait pas sa mère.

L'appartement était situé au rez-de-chaussée d'une maison victorienne trapue de Wilberforce Road, une rue tranquille parallèle à Blackstock Road.

Julia, sa nouvelle colocataire, les accueillit sur le perron. Elle en imposait, à tous points de vue. Un mètre quatre-vingts, taille 46 au minimum, avec beaucoup trop de monde au balcon. Elle portait un ample T-shirt sous lequel ses énormes seins lui arrivant à la taille nageaient sans entraves, comme deux bébés hippopotames. Aux pieds, elle avait des chaussettes en angora rose fuchsia et à la main, une cigarette mauve. Ses épais cheveux cuivrés, encore aplatis par leur contact avec l'oreiller, étaient roulés sur la nuque en une sorte de nid d'oiseaux.

— Bienvenue, ma chère Joy, dit-elle, en changeant sa cigarette de main, et elle la serra contre elle en une étreinte douce, encore empreinte de tiédeur nocturne. Et voici la maman, je présume. Bienvenue, maman.

Se penchant sur une Barbara interloquée, elle lui plaqua deux baisers sonores sur les joues.

— Pardonnez-moi, je ne suis guère présentable. La soirée a été un peu rude. Bon, je vais vous faire un bon café bien fort.

Elle leur fit traverser le couloir, puis le salon jonché de bouteilles de vin vides et de verres sales, jusque dans la cuisine, qui montrait tous les restes d'une soirée agitée. Sur la plaque chauffante, il y avait une casserole contenant une mixture brunâtre et, sur une petite table, des bols pleins de miettes de chips au maïs et de sauces figées. Sur un exemplaire du *Sunday Times* étaient posés un paquet de papier à cigarettes, un ticket de métro déchiré et un cendrier plein de mégots de joints et de cigarettes multicolores.

— Eh oui, dit Julia en vidant le marc d'une cafetière italienne dans une poubelle à pédale remplie à ras bord, j'ai reçu quelques amis hier soir. Ils ont fait un barouf du diable et je n'ai pas pu m'en débarrasser avant le petit matin. D'où ce désordre.

Elle rinça la cafetière et y versa des cuillerées de café moulu. Joy jeta un coup d'œil à sa mère, qui s'efforçait tant bien que mal de paraître à son aise, comme s'il était pour elle tout à fait banal de se retrouver un samedi après-midi dans une cuisine pleine de vaisselle sale avec sur la table un attirail de fumeurs de haschisch.

— Eh bien, déclara-t-elle un instant plus tard en ouvrant le coffre de sa voiture, c'est quelqu'un.

— Elle n'était pas si... négligée quand je suis venue visiter la première fois, dit Joy. Elle portait un ensemble pantalon. Et l'appart était rangé. Elle avait dû faire un effort en prévision des visites.

— On dirait qu'elle aime s'amuser. À mon avis, tu auras du bon temps avec elle.

— Tu crois vraiment ?

— Oui. Elle te poussera à sortir un peu de toi-même, ce qui n'est pas une mauvaise chose. Par contre, elle ferait bien de perdre un ou deux kilos.

— Maman !

— Quoi ? C'est vrai. Elle a de beaux cheveux, un joli visage. Dommage qu'elle soit si grosse. Surtout à son âge.

Sa mère avait tendance à critiquer sévèrement l'embonpoint chez les autres femmes, comme si elle jugeait son cas désespéré et comptait sur elles pour mener ce combat à sa place.

Quand elles revinrent, deux tasses d'un café noir comme de l'encre et la voix de Julia chantant à tue-tête sous la douche les accueillirent. Joy fit faire à sa mère le tour de l'appart, elle lui montra sa jolie chambre avec son parquet de bois et son lit à deux places en pin décapé ; le mignon jardinet à l'arrière de la maison avec sa table, ses chaises, ses rosiers encore fleuris. Durant l'heure qui suivit, Joy fit des allers-retours entre la voiture et l'appartement pour décharger ses affaires, tandis que Barbara, avec la capacité respiratoire d'un souriceau et le tonus musculaire d'un moucheron, s'occupait de mettre un peu d'ordre.

Quand, une heure plus tard, Julia découvrit l'appartement propre et bien rangé, elle fut aux anges et dit à Barbara qu'elle était « un amour ». Joy vit sa mère, si peu habituée aux compliments, rougir de plaisir. À quatre heures, Julia, enfin coiffée et habillée, décréta qu'il était temps de prendre l'apéro.

— Allons, Barbara, dit-elle en lui tendant un grand verre, vous prendrez bien un peu de vin, n'est-ce pas ? Vous le méritez.

— Oh non, merci bien, Julia, répondit-elle en déclinant son offre. Ce n'est pas dans mes habitudes. Et puis il faut que je pense à rentrer. Je ne serai pas en état de conduire, si je prends un verre.

— Eh bien, passez la nuit ici. C'est un canapé-lit.

— Oh, je ne sais pas…

— On ira manger un plat de pâtes, il y a un endroit sensass à Stokie, dans Church Street. Avec une super ambiance. Et tous les serveurs ressemblent à Sylvester Stallone.

Barbara se mit à sourire, puis rit franchement.

— C'est très tentant, mais je ne peux pas. Mon mari m'attend à la maison.

Joy eut soudain la vision de sa mère, si raide et empotée d'ordinaire, rigolant dans une gargote italienne tout en se régalant de spaghettis et de vin rouge, entourée de beaux serveurs qui lui faisaient du gringue.

— Allons, maman, la pressa-t-elle. Papa ne t'en voudra pas. Tu n'as qu'à l'appeler.

— Oui, dit Julia en décrochant le combiné sans fil pour le tendre à Barbara. Dites-lui que la colocataire de Joy est une vraie terreur et qu'elle refuse de vous laisser partir.

Barbara regarda tour à tour Joy et Julia, et une petite lueur égrillarde que Joy ne lui avait jamais vue s'alluma dans son œil, comme une lampe Tiffany éclairant soudain le coin d'une pièce plongée dans la pénombre.

— Bon, d'accord, dit-elle en prenant le combiné que lui tendait Julia et en le regardant comme s'il allait lui sauter à la gorge. Comment ça marche ?

Julia lui ouvrit la ligne et Barbara composa son numéro en souriant nerveusement.

— Bonjour Alan, c'est moi. Je suis chez Joy, dans son nouvel appartement. Oui oui, tout va bien. Il est très agréable. Finsbury Park. C'est ça, oui, dans le Nord. Voilà, il commence à se faire tard et les filles me proposent d'aller dîner avec elles dans un petit restaurant italien du quartier. Oui… oui… Je comprends, fit Julia, dont la tête s'affaissa à mesure que son entrain déclinait. Bon. D'accord. À tout à l'heure. Oui, voyons… vers six heures, ajouta-t-elle en consultant l'heure à sa montre. Peut-être avant. D'accord, mon chéri. Au revoir…

Avec un vague sourire d'excuse, elle tendit le combiné à Julia.

— Il faut que je rentre.

— Pourquoi ? dit Joy.

— Tu connais ton père. Il n'aime pas rester seul.

— Pour une fois, maugréa Joy.

— Je sais, dit Barbara. Je sais. Peut-être une autre fois, hein ? On le prévoira un peu à l'avance, que j'aie le temps de prévenir ton père.

Elle prit son sac à main et s'apprêta à se lever.

— C'est vraiment gentil de m'avoir invitée. Ça m'a fait très plaisir, conclut-elle en pressant son sac à main contre sa poitrine, avec un sourire crispé.

Joy et Julia l'accompagnèrent et regardèrent sa voiture s'éloigner avec ses phares trouant l'obscurité de fin d'après-midi, laissant un rectangle sec, comme peint au pochoir, sur l'asphalte mouillé, là où elle était garée.

— Quel dommage, dit Julia en retournant vers la maison. On aurait passé une soirée sympa toutes les trois.

Oui, songea Joy. Sympa et sans précédent. Barbara ne faisait jamais rien sans son mari. Elle n'avait pas d'amis autres que ceux d'Alan, pas de passe-temps ni de dada particulier. Elle épousait toutes les opinions d'Alan, de la politique jusqu'à la dernière coupe de cheveux de la présentatrice du journal. Elle était son appendice, dans tous les sens du terme. De loin en loin, Joy avait entrevu fugitivement une autre Barbara que celle qu'elle connaissait, timorée et engoncée dans ses robes en nylon. Elle l'avait vue glousser après avoir bu un verre de sherry le matin de Noël, ou rougir de plaisir à la nouvelle d'une naissance ou de fiançailles. Elle l'avait vue exulter quand Björn Borg, « le magnifique », comme elle l'appelait, avait gagné la finale de Wimbledon. Et elle avait contemplé des photos de Barbara dans sa jeunesse, en minirobes de tweed découvrant ses genoux grassouillets, la peau luisante, coiffée d'un bandeau peu flatteur, ou bien boudinée dans de grandes jupes plissées, les cheveux coupés au carré. Sa mère n'avait jamais été mince ni jolie, mais peut-être avait-elle eu un certain charme autrefois, espiègle, un peu flirteuse. Peut-être était-elle sortie danser, faire du vélo, boire un café, manger des glaces. Peut-être avait-elle eu des soupirants, des jeunes hommes désireux de lui plaire. Peut-être avait-elle même couché avec un ou deux.

Comment son père avait-il réussi à en faire cette chiffe molle ? Était-ce le résultat d'un long processus qui l'avait peu à peu vidée de son courage, comme un oreiller se vide de ses plumes ? Ou s'était-il passé quelque chose, un événement précis, survenu il y a longtemps ?

Joy suivit Julia à l'intérieur en frissonnant dans l'air humide et pénétrant. Après avoir bu un verre de vin dans le salon, elle en emporta un deuxième dans la salle de bain. Quand on y regardait de plus près, les joints entre les carreaux vert menthe qui bordaient la baignoire étaient moisis. Une grosse rigole brunâtre sillonnait jusqu'à la bonde, et le savon de Julia s'étalait sur le bord de la baignoire comme une motte de beurre rance. L'odeur moite du rideau de douche gâchait un peu celle de son bain moussant à la fraise. Allongée dans la baignoire et sirotant son vin, Joy s'efforça d'oublier que son nouveau logement était loin d'être parfait et que sa nouvelle colocataire manquait singulièrement de rigueur, en matière d'hygiène domestique.

Elle s'efforça de ne pas penser à la jolie petite cabine à douche qu'elle avait à Hammersmith, avec ses carreaux blancs immaculés, dont elle seule avait l'usage. Aux défunts samedis soirs, passés à manger des plats livrés à domicile et à boire du vin sur son canapé avec un homme qui l'aimait. À la cuisante humiliation qu'elle avait ressentie après être restée plantée devant le Swiss Center pendant trois quarts d'heure, à attendre un goujat qui ne lui plaisait même pas et que la perspective de passer une nuit avec elle, ne serait-ce que par politesse, avait rebuté. Au fait que toutes ses amies de Londres avaient déménagé, et que sa vie sociale s'était lentement réduite à la taille d'un petit pois. Et pendant qu'on y était, elle évita de penser à sa mère, repartant tristement dans sa voiture tocarde, vers son petit mari tocard, qui l'attendait dans leur petite maison tocarde. À la nuit qu'elles auraient pu passer, à tout ce qu'elles auraient pu se dire, et elle essaya d'oublier combien elle s'en voulait de n'avoir pas insisté davantage pour qu'elle reste.

Au lieu de ça, elle se concentra sur le futur.

Demain, avec une bouteille d'eau de Javel et une brosse, elle pourrait récurer cette salle de bain. S'installer ici, y faire son nid. Téléphoner à sa mère et l'inviter à venir passer la nuit, tout organiser pour elles deux, penser aux questions qu'elle aurait envie de lui poser sur son père, leur union exécrable, et tous les vides mystérieux de leur vie. Elle pourrait aussi faire plus d'efforts avec ses collègues, peut-être même renouer avec ses anciennes amies de Bristol pour relancer sa vie sociale. Alors ses pensées se tournèrent vers la lettre pliée en trois qui se trouvait entre les pages de *London Fields*, dans l'un de ses cartons. Une lettre écrite en bleu outremer sur deux feuilles de papier rayé avec un stylo à encre à plume fine. Une lettre que Joy avait lue tant de fois depuis qu'elle l'avait trouvée sur son paillasson dix jours plus tôt qu'elle l'avait presque apprise par cœur. Elle était d'un certain George qui aimait les gros chiens, Catherine Deneuve, Cheech et Chong, Bill Hicks, Julian Barnes, et prétendait ne pas être le genre de type qui passe habituellement des annonces personnelles dans un journal. Un homme que le ton de sa lettre avait littéralement charmé et qui voulait la rencontrer dès que possible. Il avait inclus dans sa réponse son numéro de téléphone, ou plutôt ses deux numéros. L'un correspondait à l'appartement « confortable mais difficile à gérer » dans un groupe d'immeubles de Stockwell où il habitait seul, l'autre au bureau « stérile et déprimant » qu'il occupait dans une entreprise d'experts-comptables, au fin fond de Mitcham. Joy avait dû prendre le téléphone une bonne dizaine de fois, elle avait même composé son numéro personnel pendant la journée en sachant qu'il serait au travail et écouté avec attention sa voix chaude, bien placée, presque trop distinguée, lui annoncer qu'il n'était pas chez lui. Mais elle n'était pas allée plus loin. Elle ne savait pas ce qu'elle attendait au juste. Mais elle l'appellerait. Sans faute. Demain.

À cette idée, elle se sentit soudain un esprit constructif et vit tout de façon plus positive. Oui, elle réglerait tout ça demain, sa mère, son boulot, cette salle de bain, ses rapports d'amour et d'amitié, tout. Sa vie n'était pas si désastreuse, en fin de compte. Elle se trouvait seulement à un tournant. Tout finirait par s'arranger, elle en était sûre.

L'avenir s'ouvrait à elle comme une vallée heureuse où coulent à flots le lait et le miel.

16.

Joy regarda l'heure à sa montre : 12 h 55. En avance, comme d'habitude. Elle aurait voulu arriver à ses rendez-vous avec un léger retard, comme l'exige l'élégance, mais elle était toujours la première. En l'occurrence, c'était sans doute une bonne chose.

Plantée devant l'entrée d'un restaurant thaï de James Street, juste derrière Selfridges, elle attendait que le mystérieux George fasse son apparition. Elle lui avait enfin téléphoné la semaine passée; ils avaient parlé pendant une demi-heure et convenu d'un rendez-vous. Elle avait proposé qu'ils se retrouvent à déjeuner le dimanche; cela n'engageait à rien, et ils auraient tous deux la liberté de prendre le large si la rencontre tournait au désastre. Au téléphone, il lui avait semblé très gentil, un peu snob, mais gentil. Il s'était décrit comme ayant « une sacrée tignasse », des lunettes et un physique « assez insignifiant… mais agréable, paraît-il », avait-il ajouté alors que Joy ne trouvait rien à répondre. Elle-même s'était décrite comme petite, effacée, les traits un peu aigus. Elle n'avait pas jugé bon de se faire mousser après la charmante façon qu'avait eue George de s'autodénigrer. Il lui avait dit qu'elle avait une voix délicieuse, et qu'en fait, il avait « un faible pour les femmes aux traits aigus ». C'est lui qui avait proposé ce restaurant où il n'était encore jamais allé, mais dont on lui avait dit le plus grand bien, et elle se retrouvait là, par un dimanche ensoleillé d'octobre, vêtue de ses fringues les moins provocantes, sur le point d'embarquer pour une destination inconnue.

L'autoportrait de George n'avait pas vraiment suscité en elle d'image précise, et chaque passant ou presque pouvait être le bon. Peut-être qu'aujourd'hui il ne portait pas ses lunettes. Peut-être n'était-il pas aussi passe-partout qu'il le prétendait. Et qu'entendait-il exactement par tignasse ? Elle ignorait s'il était grand ou petit, de quelle couleur étaient ses cheveux, et il n'avait donné aucune indication sur son style vestimentaire. Un expert-comptable n'était sans doute pas habillé à la dernière mode, mais d'après ses goûts et ses centres d'intérêt, George n'entrait pas dans un cadre trop conformiste, il faisait preuve d'une certaine fantaisie.

Malgré la description peu flatteuse qu'il avait faite de lui-même au téléphone, Joy s'accrochait à l'expression « Bel homme » par laquelle l'annonce débutait, et elle imaginait un genre de prof à l'anglaise, en pull de laine, l'air studieux, un peu gamin.

Un homme un peu gamin à l'air studieux et avec des lunettes apparut au loin. Joy retint son souffle. Plus il approchait, mieux il correspondait à l'image qu'elle s'était créée. Quand il fut près d'elle à la toucher, Joy était fin prête. Mais il marcha droit devant et la dépassa sans même jeter un regard dans sa direction.

Elle reprit son souffle et chercha à se rassurer. Mais non, elle n'était pas en train de faire une grosse bêtise. Répondre à une annonce parue dans un journal et rencontrer un inconnu par un dimanche après-midi était une aventure insolite qui… qui… révélait un bon esprit d'initiative. Elle releva son menton d'un air décidé et s'arma d'optimisme.

Ce fut alors qu'elle vit un homme s'avancer vers elle d'un pas vif, et toute sa ténacité fondit pour former à ses pieds une petite flaque de déception.

Un veston démodé, un pull de ski nordique, des cheveux aplatis qui semblaient maintenus avec de la colle, des chaussures trop lustrées à semelles de crêpe, des lunettes à la John Major qui n'avaient rien de sexy et encadraient un visage disons... ni beau ni laid. Non, il ne ressemblait ni de près ni de loin à l'image qu'elle s'en était faite et il n'était pas du tout, mais alors pas du tout son type.

— Joy, je présume, dit-il en lui souriant nerveusement.

— Elle-même ! répondit-elle tout en lui rendant son sourire et en se gardant de montrer sa déception. Et vous êtes George, j'imagine.

— Exact !

Il enfonça les mains dans les poches de son jean ceinturé et son sourire s'élargit.

— Eh bien, c'est un peu étrange, non ?

— Bizarre en effet, convint-elle en riant comme lui de l'étrangeté comique de la situation.

— On entre ? fit-il en indiquant la porte du restaurant.

— Entendu.

Il se précipita pour lui tenir la porte et elle l'en remercia, peu habituée à ces marques de galanterie.

Une serveuse moulée dans une robe de soie rouge les conduisit en sous-sol et leur indiqua une table dans un coin. La salle contenait deux autres couples et un petit groupe d'amis. Pouvaient-ils deviner rien qu'en les voyant la façon dont ils s'étaient rencontrés et constater combien ils allaient mal ensemble ? Se demandaient-ils ce qu'une jeune fille en grand pull à côtes et leggins en lycra noir faisait avec un homme qui avait l'allure d'un pasteur ? Ils gagnèrent un peu de temps en dépliant leurs serviettes et en ouvrant les menus. Il avait une bouche un peu trop charnue à son goût et des yeux étrangement écartés, mais il n'était pas laid. Une belle peau, lisse, sans pores, d'un rose pâle velouté, et des yeux vert d'eau, d'une nuance assez frappante. Mais indéniablement, il n'était pas son type.

— Vous aimez les plats épicés ? lui demanda-t-il.

— Euh… oui, répondit-elle. Assez.

— Bon, dit-il, et il disparut à nouveau derrière son menu.

C'était juste l'affaire d'une ou deux heures, songea Joy en fixant la carte sans la voir. Une heure ou deux, qu'est-ce que c'est dans une vie ? Le temps d'un clin d'œil, d'un coup d'aile, d'un battement de cœur. Deux heures à tenir, et elle sortirait de sa manche l'excuse qu'elle avait en réserve (elle se rappellerait soudain avoir promis à une amie de nourrir son chat). Elle prendrait la poudre d'escampette, tout cet épisode tomberait dans les oubliettes et…

— Alors, dit George en lui souriant d'un air bienveillant, vous travaillez dans l'art ?

— Euh, non… répondit Joy avec un petit rire. Pas exactement. Je travaille pour une société de reprographie. Je m'occupe de photocomposition par ordinateur.

— C'est tout de même un travail artistique, non ?

— Si l'on veut, convint-elle avec un sourire.

— Et ça vous plaît ?

— Non, répondit-elle tout de go, je le déteste.

— Eh bien, on est deux ! dit George. Moi aussi je déteste le mien.

Leurs rires dégelèrent un peu l'atmosphère.

— Qu'est-ce qui vous déplaît tant ? s'enquit-elle.

— Oh, l'ensemble. Les gens, l'endroit, tout est horrible, répondit-il en haussant les épaules. Rien que l'odeur. Vous savez, ce mélange de formica, de machines à café, de vies gâchées au profit de quelqu'un d'autre qui s'engraisse sur votre dos. Chaque matin, dès que j'arrive au parking, je vois les places réservées au directeur général et autres gros bonnets et je sais que pour certains elles représentent le comble de la réussite. Ça me fiche le cafard pour la journée. Mon moral remonte un peu quand je reprends ma voiture pour rentrer chez moi et que je mets la radio.

— Alors vous n'avez pas envie d'être comptable, si je comprends bien ?

— Non, convint-il avec un sourire, j'ai envie d'être écrivain.

— C'est vrai ?

— Oui. C'est ridiculement prétentieux, n'est-ce pas ?

— Non, pas du tout. Quel genre d'écrivain ?

— Eh bien, j'ai tâté de la poésie. J'ai suivi un stage d'écriture. Et un jour… un jour j'aimerais écrire le roman du siècle, déclara-t-il après avoir avalé une gorgée de bière blonde. Voilà qui est d'un ridicule achevé, pour le coup, ajouta-t-il en riant. Et vous, avez-vous en tête une échappatoire ou quelque ambition démesurée, comme moi ?

— Non. Quand j'étais petite, je voulais être actrice. Puis j'ai voulu être artiste. Maintenant, je me contenterais de faire n'importe quoi, pourvu que ça change.

— Eh bien, vous êtes très jeune. À votre âge, on peut s'essayer à toutes sortes de choses, passer de l'une à l'autre. Moi, j'approche de la trentaine. C'est maintenant ou jamais. Les portes du Salon de la dernière chance vont bientôt me claquer au nez ! Tenez, portons un toast aux boulots merdiques et à la façon d'en sortir, dit-il en levant son bock.

Joy prit le sien et ils trinquèrent.

Il lui fit un sourire doux, spontané, et elle remarqua qu'il avait une petite fossette sur la joue gauche. Alors elle s'aperçut qu'elle se plaisait bien ici, dans ce restaurant, avec ce drôle de type, et qu'elle n'avait plus envie d'aller aux toilettes pour s'enfuir par la fenêtre des W.-C.

Après le déjeuner ils sortirent dans un éblouissant après-midi d'automne, et George lui proposa de trouver un marchand de glaces. Joy n'eut pas une pensée pour le chat imaginaire de son amie imaginaire et accepta immédiatement. Tandis que leurs pas les menaient doucettement vers Green Park, Joy apprit que George était verseau, que sa mère était morte, que son père n'était qu'un vague et désagréable souvenir, qu'il avait acheté l'appart de Stockwell avec l'héritage de sa mère, qu'il venait de rompre avec une petite amie de longue date « complètement névrosée », et qu'il avait une sœur aînée du nom de Mirabel, qui était morte d'une overdose d'héroïne à l'âge de dix-neuf ans.

Quand ils arrivèrent en haut des marches de Green Park, l'homme terne et insignifiant qu'elle avait rencontré trois heures plus tôt commençait à prendre forme et couleur. À mesure qu'elle découvrait la personnalité de George Edward Pole, Joy oubliait combien ils étaient mal assortis et sentait sa curiosité s'accroître.

Ils trouvèrent un marchand de glaces rescapé de l'été garé devant le parc, puis ils continuèrent à errer sans but à la façon des gens qui viennent de se rencontrer et échangent en un après-midi toute une vie de souvenirs et d'anecdotes.

Joy avait eu une dizaine de rendez-vous avec d'autres hommes qui, sous le prétexte de faire connaissance, avaient monopolisé la conversation sans lui poser une seule question sur elle, des hommes capables de parler, parler jusqu'à l'écœurement. Avec George, c'était différent. Il se racontait d'une voix douce, mélodieuse, et savait tourner ses phrases en donnant ni trop, ni trop peu de détails. Il ne lui infligeait pas son histoire comme une corvée imposée, ni en hésitant à chaque mot comme quelqu'un qui se déshabille et sait que son slip est d'une propreté douteuse. Non, il la lui révélait page par page, tel un bon livre bien écrit qu'on ne lâche qu'une fois lu de bout en bout.

Tout en l'écoutant, elle se mit inconsciemment à lui dessiner un nouveau look : des lentilles de contact au lieu de ces lunettes démodées, une bonne coupe de cheveux courte sur la nuque et sur les côtés, une nouvelle garde-robe, peut-être une veste en cuir ou un pardessus en cachemire. En pensée, elle ébouriffait ses cheveux raplapla, lui ôtait ses lunettes et les piétinait pour les réduire en miettes.

Ils s'assirent sur un banc au bord du lac, dans les jardins de Buckingham Palace, et Joy s'aperçut qu'il ne laissait que peu d'espace entre eux. Le bras de George frôlait le sien, leurs hanches étaient serrées l'une contre l'autre par l'étroitesse du banc de bois. Mais cela ne la gêna pas. Elle jeta un coup d'œil sur les mains de George, posées sur ses genoux : grandes et carrées, recouvertes de poils dorés, elles étaient son meilleur atout. On peut pardonner à un homme bien des défauts physiques pourvu qu'il ait de belles mains, décida-t-elle.

Il lui posa des questions sur elle et Joy lui raconta sa naissance à Singapour, son enfance sans histoires, ses parents peu attachants, ses trois ans à Bristol University, son boulot ringard, les épisodes les plus récents de sa vie sentimentale… Tandis qu'elle parlait, il la contemplait comme si elle était la femme la plus fascinante qu'il ait jamais rencontrée.

À la tombée du jour, ils décidèrent d'aller prendre un verre au chaud quelque part et se retrouvèrent au bar de l'ICA[1], où Joy était déjà allée deux fois, la première à quatorze ans avec Kieran, pour voir Orange Juice en concert, puis quand elle était en première année d'université durant un week-end à Londres, avec une dizaine d'étudiants surexcités et éméchés. Joy aimait revisiter des endroits de loin en loin, cela l'aidait à mettre son existence en perspective. En franchissant le seuil du bâtiment avec George Pole, elle s'efforça de se rappeler l'adolescente de quatorze ans qu'elle était, ce qu'elle portait, comment ils étaient arrivés jusque-là, ce qu'elle avait pris comme consommation, mais elle se rappela seulement qu'elle avait dévoré Edwyn Collins des yeux en souhaitant qu'il soit son petit ami au lieu du malheureux Kieran.

Ils s'assirent sur des tabourets de bar autour d'une table haute et sirotèrent des bières, entourés par les conversations animées de gens qui avaient passé leur dimanche matin à se cultiver et leur dimanche après-midi à se pinter doucement dans un bar. Ils envisagèrent de gagner le centre-ville pour voir un film, mais laissèrent filer la soirée, contents de rester assis là à bavarder.

Il lui donna plus de détails sur son ex, une certaine Tara, maniaco-dépressive et prof d'éducation physique, qui l'accusait de la tromper avec toutes les femmes de leur entourage et l'avait une fois assommé avec une batte de base-ball. En retour, Joy lui parla d'Ally et de sa décision de quitter le pays sans elle, de l'homme qui

1. Institute of Contemporary Arts, l'équivalent d'un musée d'art contemporain.

lui avait posé un lapin devant le Swiss Center un vendredi soir, de tous ceux qu'elle avait rencontrés depuis l'âge de quatorze ans et qui lui avaient tous causé, chacun à leur manière, une cuisante ou déprimante déception.

À neuf heures, ils décidèrent qu'ils avaient tous les deux assez bu pour un dimanche soir et gagnèrent doucement la plus proche station de métro. Ce ne fut que lorsque vint le moment des adieux que Joy ressentit à nouveau une impression d'étrangeté à être ainsi avec un inconnu qu'elle ne trouvait pas attirant. Essaierait-il de l'embrasser ? Et dans ce cas, comment réagirait-elle ?

— Bon, dit-il en lui souriant avec un plaisir évident, je ne m'attendais pas à vivre une journée aussi agréable. Sincèrement, j'ai passé un très bon moment.

— Moi aussi, dit-elle.

Décidément, elle n'avait pas envie de l'embrasser, et elle adopta une posture qui le dissuaderait de tous travaux d'approche.

— Surtout ne le prenez pas mal, mais permettez-moi de vous dire que vous vous êtes vraiment dénigrée au téléphone la semaine dernière, continua-t-il en la regardant intensément. Vous n'avez pas du tout les traits aigus. Non… je vous décrirais plutôt comme… très jolie, avec la finesse et la beauté d'une tasse à thé en porcelaine de Saxe. Si cela vous évoque quelque chose.

En disant ces mots, il ne rougit pas, ne rit pas, ne montra aucun signe d'embarras, il la regarda juste droit dans les yeux avec une sorte d'émerveillement, comme un collectionneur d'art tombant à l'improviste sur l'œuvre la plus précieuse d'un de ses artistes préférés.

— Eh bien merci, dit Joy en riant. C'est un charmant compliment.

— Si cela vous va, j'aimerais vous téléphoner dans la semaine. Mais seulement si vous en avez envie.

— Bien sûr ! dit-elle, habituée aux rendez-vous sans lendemain qui finissaient en queue de poisson. Vous pouvez m'appeler. J'en serais ravie.

Avec un large sourire, il lui pressa les deux mains.

— Bien, ça me fait très, très plaisir, dit-il avec une joie étrangement contagieuse. Bon, c'est d'accord, alors. Je m'en vais et je vous appellerai. Sans doute en milieu de semaine, disons mercredi, ça vous irait ?

— Parfait, dit-elle en souriant.

Il lui pressa une dernière fois les mains et lui tourna le dos.

En le regardant s'éloigner, Joy retrouva un semblant de lucidité. C'était vraiment un drôle de personnage, un contraste étonnant entre une allure gauche et démodée et un esprit très moderne. Joy ne savait absolument pas qu'en faire ni qu'en penser.

Habillée d'une ample tunique africaine, Julia était assise en tailleur sur le canapé et fumait une cigarette rose quand Joy rentra à Wilberforce Road plus tard ce soir-là.

— Dieu merci, tu es rentrée, dit-elle en pressant une main sur son énorme poitrine. Je m'apprêtais à appeler la police.

— Désolée, dit Joy en grimaçant un sourire, ça s'est mieux passé que je ne l'avais prévu.

— Ça m'en a tout l'air ! s'exclama Julia, et sa sollicitude maternelle se mua aussitôt en une jubilation sans mélange. Raconte-moi tout, exigea-t-elle en tapotant le coussin à côté d'elle.

— Mon Dieu… fit Joy en se laissant tomber sur le canapé.

— C'est un beau mec ?

— Non. Il est même plutôt moche et il a une drôle de touche.

— Ah… Quel dommage, soupira Julia.

— Pourtant, il est vraiment charmant, s'empressa d'ajouter Joy, sur la défensive. Un gentilhomme à l'ancienne. Un peu décalé, si tu vois ce que je veux dire. Un genre d'original. Très intelligent. Très intéressant. Très vif d'esprit.

— Alors ce n'est pas un cinglé ?

— Non. Pas du tout. Il m'a quand même dit que je lui faisais penser à une belle tasse à thé en porcelaine.

— Ma chère ! C'est trop mignon. Donc il est gentil, sain d'esprit, et il te dit des galanteries. Tu es sûre qu'il n'est pas beau du tout ?

— J'ai bien peur que non.

— Il t'a plu quand même ?

— Oui, acquiesça Joy. Oui. Beaucoup.

— Eh bien, alors, que demande le peuple ? C'est l'essentiel.

Joy hocha la tête, sourit, et se dit que peut-être en effet, c'était l'essentiel.

17.

Le rendez-vous avec George, loin d'augurer une passion brûlante et un amour éternel, avait au moins eu le mérite de redonner à Joy confiance en elle à un moment où elle en manquait cruellement. Aussi, trois jours après leur rencontre, galvanisée par les flatteries de George et ses allusions à la porcelaine de Saxe, elle décida d'appeler Stuart Bigmore.

C'était un ami de Bristol, et le garçon qui avait le plus compté pour elle. Grand et maigre, cheveux noir corbeau, des traits presque féminins, elle en était tombée amoureuse dès sa première semaine à Bristol, alors qu'il avait craqué pour une jolie fille tourmentée prénommée Vivica, laissant Joy endosser en coulisses le second rôle frustrant de « meilleure copine ». Ils s'entendaient comme s'ils se connaissaient depuis toujours, d'ailleurs les gens les prenaient souvent pour frère et sœur. Cependant leur amitié était assombrie par l'existence de la belle petite amie tourmentée.

Une fois diplômés, ils échangèrent leurs numéros de téléphone, se promirent de rester en contact, mais la vie s'en était mêlée et ils ne s'étaient jamais revus. Elle s'était souvent demandé ce qui se serait passé si la belle petite amie tourmentée ne lui avait pas mis le grappin dessus si tôt et avec tant d'avidité. Trop timide pour l'appeler, elle craignait qu'il s'imagine qu'elle lui courait après. En même temps, cela faisait trois ans maintenant qu'ils avaient quitté l'université. C'était peut-être le bon moment. Était-il célibataire ? Seul ? Peut-être la regarderait-il d'un œil neuf, la comparant à une délicate porcelaine de Saxe ?

Elle l'appela le mercredi après-midi.

— Ça alors, fit-il, Joy Downer. Ça fait un bail !

Il hurlait pour se faire entendre, sur fond de musique à plein volume. Il travaillait dans le département artistique d'une maison de disques à Soho Square. On se serait cru dans une boîte de nuit.

— Mon Dieu, s'étonna-t-elle, comment arrives-tu à bosser ?

— Avec des écouteurs ! cria-t-il. Je préfère mon propre bruit à celui que l'entreprise nous impose. Comment vas-tu ?

— Super. Vraiment super. Et toi ?

— Génialement bien. La vie est belle.

— Oh, bredouilla-t-elle. Bien. Où habites-tu maintenant ?

— À Clapham, répondit-il en riant.

Joy déglutit péniblement, ne sachant comment amener le sujet de Vivica, la belle angoissée, sans que cela semble trahir des arrière-pensées.

— Est-ce que tu…habites seul ou en colocation ?

— En coloc, répondit-il.

Elle soupira, ravie et soulagée, l'imaginant au milieu d'une bande de célibataires à l'hygiène douteuse, accros à *Alerte à Malibu*.

— Moi aussi, précisa-t-elle, c'est un cauchemar, tu ne trouves pas ?

— Oui, mais plus pour très longtemps. Nous déménageons la semaine prochaine.

— Nous ?
— Oui, Viv et moi.
— Oh ! s'exclama-t-elle, le cœur soudain lourd. Alors, vous êtes toujours ensemble ? reprit-elle en serrant le poing.
— Eh ouais… on s'est mariés l'été dernier.
— Non ! Mariés ! C'est vraiment…
— Adulte ?
— Oui, c'est ça.
— Je sais. Mais on s'est dit, merde après tout, on est faits l'un pour l'autre. On va rester ensemble très longtemps, peut-être même pour toujours. Alors pourquoi ne pas franchir ce dernier pas, s'engager. Tu vois ce que je veux dire.
— Oui, affirma-t-elle, même si elle ne voyait pas du tout. Bon sang, je n'arrive pas à le croire. Marié, à vingt-quatre ans. Tu es très courageux.
— Est-ce que c'est un euphémisme poli pour « complètement crétin » ? la taquina-t-il.
— Peut-être un peu, concéda-t-elle en riant.
— Je sais. Je n'aurais jamais cru que je voudrais me caser aussi jeune. Mais, bon, parfois il faut laisser filer, ne pas se poser trop de questions. Suivre ce que dicte le cœur…
— C'est on ne peut plus vrai.
— Et toi ? Tu as quelqu'un dans ta vie ?
Elle hésita, faillit lui parler de George. Il fut un temps où Stuart aurait été la première personne à savoir qu'elle avait répondu à une petite annonce, à l'aider à rédiger sa réponse, mais aujourd'hui, avec toute cette histoire de mariage, ces discours de vrais adultes, sa petite aventure du dimanche après-midi lui parut soudain pitoyable.
— Non, avoua-t-elle en haussant les épaules. Il y a eu quelqu'un. Nous nous sommes séparés il y a quelques mois.

— Bah, tu ne resteras pas seule bien longtemps, assura Stuart. Dis donc, qu'est-ce que tu fais demain soir ?

— Rien, dit-elle, s'appliquant à ce que son ton suggère qu'il s'agissait d'une heureuse coïncidence et non le constat affligeant de la nullité de sa vie sociale.

— Super. On fait une fête pour notre départ, Viv et moi.

— Votre départ ?

— Oui. Nous nous installons à l'étranger, en Espagne.

— Non ? C'est vrai ?

— Ouais, ouais. On a acheté une ruine en Andalousie. Pas d'eau courante, ni toit. On doit être complètement dingues !

Il éclata de rire, bien que Joy ne vît pas ce qu'il y avait de drôle.

— Mais qu'est-ce que vous allez faire en Andalousie ?

— Je vais bosser en freelance et Viv va créer son atelier de poterie. Nous avons envie d'un enfant, et nous ne voulons pas l'élever dans ce pays pourri, alors on a décidé de partir tant qu'il est encore temps. Pour nous construire une belle vie, par nous-mêmes.

— Mon Dieu, c'est incroyable. Quel courage !

— Un autre euphémisme ? se moqua-t-il encore.

— Non, je trouve ça vraiment inimaginable.

— Oui, je sais. C'est terrifiant. Génial aussi. Nous sommes prêts, tout est emballé. Je finis mon boulot vendredi, et nous partons le jeudi d'après. Bon sang ! À chaque fois que j'y pense, je dois me persuader que c'est vrai ! Alors, tu viens, demain soir ?

— Oui, promis. Qui y aura-t-il ?

— Oh, tout le monde.

— Tout le monde ? s'étonna-t-elle.

— Ouais. Karen, Dymphna, Toby, Jim, les jumeaux, Helena, Conor. Toute la bande.

— Non ? Ne me dis pas que tu vois toujours tous ces gens-là ?

— Si, bien sûr, on se voit tout le temps. Viv et moi habitons avec Helena et les jumeaux depuis deux ans.

— C'est dingue, je n'arrive pas à croire que vous êtes tous restés en contact. J'ai essayé, mais tout le monde avait l'air de faire ses trucs dans son coin.

— Bien sûr. Nous aussi, on a perdu des gens de vue. Et puis un jour à Sydney nous sommes tombés sur Conor, qui habitait avec Toby et Jim. Jim sortait avec Helena, qui elle-même habitait avec les jumeaux, etc., etc., et du coup tout le monde s'est retrouvé, comme avant…

Joy, la bouche sèche, sentit son pouls s'accélérer dans une sorte de rage indescriptible et injustifiée. C'étaient ses amis. Sa bande. Quand elle s'était installée à Londres trois ans plus tôt, elle avait tenté de garder le contact, mais cela s'était avéré trop difficile. Certains avaient pris une année sabbatique pour voyager, d'autres étaient rentrés chez eux, d'autres encore étaient allés suivre un second cycle à divers endroits du pays. Ils avaient finalement tous abandonné, et Joy n'en avait pas été affectée, c'était ainsi, avec les amis de fac : on était ensemble, puis on s'éparpillait, comme les perles d'un collier dont la chaîne se brise. Et aujourd'hui, elle apprenait que le cercle était toujours intact, qu'il avait parfaitement fonctionné pendant des années, sans elle.

Pourquoi ne m'as-tu pas appelée ? avait-elle envie de hurler à Stuart. Je ne t'ai pas manqué ? Je ne représente rien pour toi ? Aucun de vous n'a donc jamais pensé que ce serait vraiment sympa d'appeler cette bonne vieille Joy pour lui faire réintégrer la bande ? Puis, submergée par une nausée de dépit, elle songea qu'ils n'avaient peut-être jamais réellement voulu d'elle, qu'elle était peut-être la personne à la périphérie du cercle que l'on pouvait sacrifier sans dommages, gentillette, certes, mais pas indispensable. Soudain les souvenirs de ses trois années à Bristol devinrent confus. Elle y était arrivée si sûre d'elle, après son expérience avec Vince à Hunstanton : elle était désormais une femme, sexuellement expérimentée. Elle avait donné et reçu de l'amour. Plus jamais elle n'accepterait d'être cantonnée au rôle de la bonne copine, elle ne se coulerait plus jamais dans un moule qui ne lui correspondait pas.

Elle avait immédiatement été acceptée par des gens branchés, sans se demander une seule fois si elle était assez classe ou assez intelligente. Quand elle avait quitté l'université, cette confiance en elle l'avait accompagnée et aidée à se construire une vie à Londres. Et aujourd'hui, alors que ce sentiment était au plus bas, on lui faisait de nouveau sentir qu'elle ne faisait pas partie des élus.

— Chouette, murmura-t-elle, la gorge nouée, ce sera vraiment extra de revoir tout le monde.

— Ouais, acquiesça Stuart, ce sera sympa. Je suis impatient de te voir, tu m'as vraiment manqué.

Mais c'était trop tard pour les politesses et les banalités.

Stuart et Vivica étaient mariés. C'étaient des artistes en vogue. Ils quittaient le pays pour fonder une famille en Espagne. Ils avaient une vie sociale. Ils voyaient régulièrement tous leurs vieux copains. Ils rappelaient durement à Joy, et ça faisait mal, que sa vie n'était qu'un tas de merde.

Elle grinça des dents, écourta la conversation, puis raccrocha et pleura sans retenue.

18.

Le chat était de nouveau là lorsque Joy rentra de son travail le vendredi soir. Il avait fait son apparition le lundi soir, miaulant plaintivement à la porte de la cuisine, l'air éploré avec son museau renfrogné et son pelage d'une incroyable teinte abricot.

— Oh, regarde, s'était exclamée Julia en ouvrant la porte, on dirait Garfield !

Le chat – elles n'avaient pas réussi à déterminer son sexe ; impossible avec cet incroyable pelage – était entré sans complexes et avait exploré la cuisine tel un client capricieux dans un palace cinq étoiles, vérifiant si tous les services étaient à son goût.

— Il a l'air très snob, avait décrété Joy. Tu crois qu'il a un pedigree ?

— Hummm, médita Julia en observant l'animal par-dessus ses lunettes. Ça pourrait être un persan. Il est beaucoup plus chic que les chats de notre quartier, en tout cas. Bien, dit-elle au chat, tu es très beau et tu peux traîner un peu ici, mais tu n'auras rien à manger. Pas dans cette maison.

Le chat avait alors entrepris de suivre Joy le reste de la soirée, s'enroulant affectueusement autour de ses jambes, tout en ronronnant très fort, essayant de s'installer sur ses genoux à chaque fois qu'elle s'asseyait. Julia avait fini par le mettre dehors à minuit avant d'aller se coucher, mais il était revenu très tôt le lendemain matin. La petite boule de fourrure vaporeuse et dorée était installée devant la porte de la cuisine, comme si elle avait perdu ses clefs. L'animal passa de nouveau toute la soirée à suivre Joy avant de s'éclipser vers minuit pour disparaître dans l'obscurité.

Pas le temps pour Joy de s'attendrir sur le chat mystérieux, ce soir. Elle était pressée. Elle disposait de quarante minutes à peine pour se préparer et reprendre le métro car elle avait rendez-vous avec George pour leur première vraie sortie.

Il avait appelé le mercredi soir comme promis, trois heures après le coup de fil de Joy à Stuart Bigmore.

La jeune femme s'était certes accordé un généreux laps de temps depuis le dimanche pour réfléchir à l'invitation formelle de George, mais elle n'avait pas pris de décision lorsque le téléphone avait sonné le mercredi soir. Elle s'était donc résolue à appliquer la méthode qu'elle utilisait au restaurant lorsqu'elle n'arrivait pas à faire son choix : elle attendait jusqu'à ce que le serveur – ou, dans ce cas précis, George – soit penché vers elle, stylo prêt à entrer en action, pour commander dans l'urgence. Dans l'excitation du moment, la conversation avec Stuart Bigmore en tête, elle avait décrété que la perspective était plutôt agréable et répondu qu'elle serait ravie. Sur quoi George avait renchéri d'un ton exalté qu'il passerait le reste de la journée avec un sourire béat sur le visage.

Deux jours plus tard, elle n'était toujours pas sûre de son choix, mais il était trop tard pour reculer. Dans une demi-heure environ, George ferait les cent pas devant l'hippodrome à Leicester Square, les joues roses, la fermeture de son Barbour bien remontée jusqu'au cou. Après en avoir subi la cruelle expérience, Joy n'allait pas à son tour poser un lapin à un pauvre type. Aussi se mit-elle à arpenter l'appartement en tous sens, jetant ses vêtements à la diable au fur et à mesure qu'elle se déshabillait, puis remettant des chaussures tout en s'aspergeant d'*Obsession*, sans oublier une touche rapide de mascara. Tout cela sous l'œil indigné du chat dodu, installé sur son lit défait.

— Qu'est-ce que tu en penses, Monsieur Le Chat ? demanda-t-elle, tout en cherchant un élastique pour retenir sa queue-de-cheval. Tu crois que je suis complètement folle de sortir avec ce drôle de type qui ne me plaît même pas ?

Le chat agita sa queue en panache, ce que Joy interpréta comme un signe de désapprobation.

— Hum, tu as probablement raison. Mais c'est seulement pour une soirée. Et il est vraiment très gentil.

La queue du petit animal s'agita deux fois, mais il était déjà sept heures moins le quart et Joy n'avait pas le temps de discuter.

Elle n'avait que trois minutes de retard quand elle émergea de la station de Leicester Square au milieu de la foule du vendredi soir. Elle arrivait toujours à se débrouiller pour être à peu près à l'heure.

L'atmosphère vibrait de l'excitation des gens flânant sous les lumières vives de l'hippodrome. Il ne pleuvait plus, mais les pavés sombres et mouillés réfléchissaient les lueurs ambrées des réverbères et des néons clignotants multicolores. De la musique rock à plein volume s'échappait depuis les portes de l'hippodrome, et Joy eut soudain l'impression d'être décalée, comme si elle attendait un groupe de copains fêtards prêts à aller danser toute la nuit en buvant du mauvais vin. Elle refoula vite ces pensées et se concentra pour repérer George dans la foule.

Elle n'eut pas à chercher longtemps. Il attendait déjà, en partie dissimulé par un bouquet de fleurs de la taille d'un petit arbre de Noël, très chic finalement, en costume croisé avec cravate. Il rayonnait littéralement derrière ses chrysanthèmes, comme s'il était l'homme le plus verni de Londres.

— Joy ! Vous êtes venue !

— Bien sûr ! s'exclama-t-elle, remarquant qu'il avait l'air bien plus baraqué en costume et que ses cheveux étaient moins raplapla. Vous pensiez que je ne viendrais pas ?

— Absolument, avoua-t-il dans un sourire. J'étais persuadé de rester planté là sous la pluie avec mes fleurs en train de faner, puis de battre piteusement en retraite chez moi et me contenter d'un reste de plat à emporter, bien trop tôt à mon goût. J'avais déjà décidé ce que je ferais des fleurs…

— Et alors… ?

— J'aurais trouvé la fille la plus moche et la plus triste de Leicester Square, lui aurais tendu le bouquet et me serais éloigné en silence.

Joy se mit à rire. À chaque fois qu'elle se forgeait une opinion sur George, il disait quelque chose qui la faisait complètement changer d'avis.

— Ce n'est plus la peine, conclut-il en lui tendant l'énorme bouquet. J'espère que vous aimez les fleurs énormes et voyantes. J'ai bien peur de ne pas y être allé avec le dos de la cuiller.

Joy plongea le nez dans les corolles épanouies des lys, dahlias pompon et grosses roses doubles.

— Je raffole des fleurs énormes et voyantes, plaisanta-t-elle. Merci beaucoup. C'est la première fois qu'on m'offre des fleurs, enfin, je veux dire un vrai bouquet.

— J'ai beaucoup de mal à vous croire, lança George. Bon, je pensais qu'on pourrait aller chez Kettners. Ça vous va ?

— Kettners ?

— Ha ha ! exulta-t-il en frappant dans ses mains. J'espérais que vous ne connaîtriez pas. Je vais pouvoir vous faire croire que je vous emmène dans un endroit somptueux. Du moins pendant un petit moment !

Joy le scruta d'un air interrogateur.

— Vous verrez, continua-t-il en lui prenant le bras pour lui faire éviter une flaque d'eau. C'est le plus grand bluff de Londres ! Nous y sommes.

George s'arrêta devant un bâtiment aux allures d'hôtel branché, flanqué d'un dais vitré au-dessus de la porte d'entrée, dans le style de New York. L'intérieur était décoré de boiseries en chêne. Le toucher délicat d'un pianiste se détachait sur un fond de conversations feutrées.

— Je me suis dit qu'on pourrait commencer par une bouteille de champagne. Ça vous va ? lui demanda-t-il comme s'il proposait un banal jus de fruits.

— J'adore, assura-t-elle.

— Bien, fit-il en souriant avant de la conduire vers un petit bar bondé où les gens étaient entassés dans de petits fauteuils en cuir marron disposés autour de tables basses.

— Alors, demanda-t-elle, en quoi consiste ce super bluff ?

— Vous le comprendrez quand nous serons installés pour dîner. Donnez-moi votre manteau.

— Oh, merci.

Elle se tourna pour lui faciliter la tâche et fut soudain gênée par cette opulence, cette galanterie qui lui étaient totalement étrangères.

— Merci, répéta-t-elle tandis qu'il pliait soigneusement le manteau sur son bras.

— Et débarrassons-nous aussi de ces fleurs.

Il prit le volumineux paquet et sortit un instant du bar, puis revint les mains vides. Elle ne lui demanda pas ce qu'il en avait fait, désormais convaincue que George faisait partie des rares jeunes gens versés dans l'art secret des conventions de la vie adulte.

George consulta la carte.

— Alors, vous avez une préférence ?

— Non, du moment que ça pétille, ça me va.

Joy n'avait bu du champagne qu'à de rares occasions, et on ne lui avait jamais donné le choix. Certes, elle avait entendu parler de Bollinger, Taittinger et Perrier Jouët, mais elle n'avait jamais rien goûté d'autre que « la réserve du patron ».

George revint quelques instants plus tard avec un seau à glace ruisselant de condensation et deux flûtes pleines. Il s'assit et leva son verre, le tenant par le pied.

— Il faut que je vous le dise, c'est vraiment un plaisir de vous revoir. Vous êtes encore plus ravissante que dans mon souvenir.

Joy s'empourpra et sourit. Ces propos flatteurs la comblaient. Pourtant, à son corps défendant, ils lui évoquaient de l'enduit bouchant les trous d'un mur. Elle leva son verre en le tenant aussi par le pied, copiant inconsciemment les bonnes manières de George.

— Je suis ravie d'être ici, lui confia-t-elle.

— Comment s'est passée votre semaine ? lui demanda-t-il en tirant sur les plis de son pantalon avant de se renfoncer dans son fauteuil en cuir, entrelaçant ses mains sur ses genoux, prêt à savourer les moindres détails des six derniers jours de sa vie monotone. Il la regardait comme si elle eût été la personne la plus intéressante du monde. Elle se détendit un peu sous l'effet des bulles de champagne, et lui raconta sa semaine.

À savoir : cohabiter avec Julia, les cendriers débordants, les tas de sous-vêtements grisâtres dans un coin de la salle de bain, les serviettes de bain pas nettes, les toilettes où la chasse d'eau n'était pas tirée, les sachets de thé usagés qui traînaient et maculaient le formica de la cuisine.

Puis elle lui relata sa soirée avec ses vieux copains de fac. Elle ne lui précisa pas qu'elle se sentait mal à l'aise et parano parce qu'ils s'étaient fréquentés derrière son dos pendant deux ans, sans complexes. Ni qu'elle avait trouvé qu'ils n'avaient plus rien en commun. Encore moins qu'ils avaient décroché de meilleurs boulots, de plus beaux appartements et de meilleures relations. Au contraire, elle lui raconta combien cela avait été sympa, et à quel point ils s'étaient tous sentis vieux à cause de leurs boulots à responsabilités, leurs énormes découverts et comme leur bonne vieille vie d'étudiants leur semblait loin. George se mit à rire.

— Vous ne connaissez pas le sens du mot « vieux ». Attendez d'arriver à la trentaine.

Joy se trouva vraiment stupide, cependant George buvait littéralement ses paroles, l'encourageant ainsi à continuer son bavardage.

La bouteille de champagne terminée, ils traversèrent le restaurant comme sur un nuage. Joy était un peu pompette, et la soirée lui semblait de plus en plus surréaliste. Un serveur les conduisit à une table au fond de la salle et Joy se glissa sur la banquette en velours.

— J'adore votre haut, la complimenta George en dépliant sa serviette sur ses genoux.

— Merci, répondit Joy en lissant la laine de son pull usé jusqu'à la corde. Pourtant c'est un vieux truc, regardez, il est tout abîmé sous les aisselles, ajouta-t-elle en levant les bras pour lui montrer. Je devrais le jeter, mais j'y tiens pour des raisons sentimentales.

George la considéra en souriant d'un air chaleureux.

— C'est ça que j'aime chez vous, fit-il sans la quitter des yeux.

— Quoi ?

— Ce… ce… pas du dénigrement en tant que tel, plutôt votre capacité à vous critiquer, tout en exprimant une bonne dose de confiance en vous. C'est séduisant, vous savez.

— Vraiment ?

— Absolument. Je ne connais pas beaucoup de femmes capables de faire du charme avec leurs vieux pulls !

Joy éclata de rire. Elle n'appréciait pas la flatterie d'habitude, elle se sentait trop mise à nu et mal à l'aise, mais le petit quelque chose dans le regard sincère de George lui donnait le sentiment d'être en accord profond avec elle-même.

On leur donna la carte, et l'illusion se révéla enfin.

— Des pizzas express !

— Exact, confirma George avec un sourire. C'est la pizzeria la plus chic du monde. J'adore cet endroit. Vous ne trouvez pas que c'est complètement fantastique de manger des plats pas chers dans un décor pareil ? Vous vous rendez compte, si tous les fast-foods étaient comme ça, le monde ne serait-il pas plus beau ? Un Big Mac n'aurait-il pas meilleur goût si on le mangeait sur une banquette en velours ?

Joy acquiesça et se mit à rire. Pendant un moment elle oublia que George était un type étrange rencontré par petites annonces, toute excitée de passer enfin une soirée avec un homme. Puis son regard s'égara un instant sur les autres couples qui se souriaient au-dessus de leurs pizzas, des gens qui avaient l'air de s'être rencontrés dans des circonstances normales, des gens assortis. Qu'est-ce qu'elle fabriquait là, et dans quoi allait-elle se fourrer ?

Quand George et Joy sortirent de chez Kettners, ils avaient bu une bouteille de champagne, une autre de pinot gris et un petit verre de Chivas Regal après le dessert.

— J'ai une confession à vous faire, commença George tandis qu'il aidait Joy à remettre son manteau. J'ai pris l'initiative, j'espère que vous me croirez, en toute honnêteté, de mettre une bouteille de champagne au frais chez moi avant de partir au bureau ce matin. Je me suis dit que si nous étions encore ensemble à ce moment de la soirée et toujours contents de l'être, ce serait agréable de la poursuivre dans un cadre plus confortable. Voudriez-vous la partager avec moi ? Je ne vous mets pas la pression. Pas du tout. Rien ne vous oblige à dire oui par simple politesse. Et bien évidemment je vous appellerai un taxi à la fin de la soirée, en tout bien tout honneur…

— Oh, hésita Joy, subitement dégrisée par la proposition. Eh bien, euh… je ne sais pas trop.

Depuis la première fois qu'elle avait posé les yeux sur George, une semaine plus tôt, elle éprouvait l'étrange sensation d'être un navire qui venait de perdre ses amarres et s'éloignait lentement du port en dérivant. Jusqu'alors, les lumières scintillantes de la jetée étaient encore en vue. Si elle acceptait son invitation dans son appartement et se retrouvait encore plus ivre qu'elle ne l'était déjà, elle était persuadée d'être balayée par la marée et de ne jamais retrouver sa route.

Si elle refusait, toutefois, elle laisserait entendre que la soirée n'avait pas été aussi agréable qu'elle l'avait été, que George n'était pas aussi charmant qu'il se l'était montré, et que cette sortie parfaite n'était pas encore assez bien pour elle.

— Euh… oui, répondit-elle à son propre étonnement. Pourquoi pas ?

— Vraiment ?

Il la considérait d'un air surpris.

— Absolument, assura-t-elle. (Quelle force étrange et indéfinissable la poussait-elle à persévérer dans cette direction bizarre ?) Je ne suis jamais allée à Stockwell.

— Merveilleux ! s'exclama-t-il, rayonnant. Alors, allons voir si nous pouvons trouver un taxi, conclut-il, en lui tenant la porte.

Un taxi fit son apparition sur Romilly Street. En se glissant sur la banquette, Joy jeta un coup d'œil par la lunette arrière et fit ses adieux au port, pour toujours.

19.

De même que le visage de George n'était pas tout à fait à la hauteur de sa description dans l'annonce, celle de son appartement « confortable mais un peu désorganisé » à Stockwell s'avéra également un peu à côté de la plaque.

C'était le genre d'appartement pour lequel on s'excusait, ou qu'on désavouait. Avec des « désolé pour le désordre », « j'ai prévu de faire de la déco » ou encore « c'est provisoire », tous sans suite. La première chose qui frappa Joy fut le froid glacial. Elle espérait qu'il ferait un commentaire sur la température polaire, puis se précipiterait pour mettre le chauffage – rien ne se passa.

La moquette du couloir était d'une teinte verdâtre, avec un motif d'arabesques, et les murs d'un vert avocat brillant. Il conduisait à un salon occupé par deux canapés recouverts d'un velours gris anémique, une toute petite télévision en équilibre sur un gros carton, deux murs d'étagères en aggloméré brut. Un papier peint à rayures bleues, brillant lui aussi, complétait le tableau. La touche de « confort » était représentée par des coussins écossais, d'étranges rideaux en velours rouge et un plaid en laine verte recouvrant une table basse au milieu de la pièce. Joy scruta les lieux, à la recherche d'une source de chaleur – un poêle à gaz, un radiateur soufflant, un radiateur en fonte – en vain. Elle frissonna et partit en quête des toilettes.

Elles se trouvaient dans un espace minuscule à côté d'une salle de bain pleine de courants d'air. La cuvette blanche était flanquée d'un siège noir, surmontée d'une chasse d'eau munie d'une poignée en plastique qui pendait au bout d'une longue chaîne rouillée. Le seul décor consistait en un calendrier périmé, et le siège était si froid que Joy en eut le souffle coupé en s'asseyant. Quand elle revint dans le salon, George s'affairait sur sa bouteille de champagne, en jean, avec ceinture, et tee-shirt vert léger. Joy regretta sur-le-champ son élégant costume.

— Oh, fit-il en la regardant d'un air contrarié, laissez-moi prendre votre manteau.

— Non, non, refusa-t-elle avec un sourire en le serrant contre elle, j'ai un peu froid, je crois que je vais le garder.

Cela ne suscita pas pour autant la proposition d'allumer un quelconque chauffage, aussi enfonça-t-elle ses mains glacées dans ses poches. Elle prit place sur un canapé, répugnant à les ressortir même quand George lui tendit une grande flûte de champagne frappé.

— À des débuts plutôt calamiteux, dit-il en levant son verre vers elle.

— On peut le dire, renchérit-elle en claquant imperceptiblement des dents.

— Oh, mon Dieu ! Vous avez froid, on dirait !

— Oui, je suis absolument frigorifiée.

— Je suis vraiment désolé. L'une des raisons pour lesquelles cet appart était une si bonne affaire, c'était qu'il fallait y installer le chauffage central, mais j'ai emménagé pendant l'été. Quand l'hiver est arrivé, je m'étais habitué à m'en passer. C'est à cause de l'internat, vous savez, ça vous endurcit. Attendez, je vais essayer de mettre la main sur mon vieux radiateur. J'en ai pour une seconde.

George revint quelques minutes plus tard avec une grosse boîte métallique qui laissait supposer qu'elle prendrait feu dès sa mise en route. Une odeur âcre de poussière grillée accompagna les premiers effluves d'air chaud, mais après quelques instants la pièce commença à être moins glaciale. Un quart d'heure plus tard, Joy put retirer son manteau. George mit un CD de reggae et leur resservit du champagne. Il souleva le plaid vert sur la table basse et en sortit un petit coffret en bois.

— Je ne sais pas ce que vous pensez de ça, dit-il en montrant la boîte. Je dois avouer que cela occupe une grande place dans ma vie.

Il fit alors quelque chose d'extrêmement inattendu. Il prit un paquet de papier à rouler et se confectionna un énorme joint.

— Vous savez, dit Joy en l'observant, vous êtes vraiment quelqu'un de très surprenant.

— Ah oui ?

— Oui. Vous me déroutez tout le temps. Quand je vous ai rencontré, j'ai trouvé que vous ressembliez à un prêtre. Ce soir, vous étiez l'archétype du comptable en costume cravate, et là vous êtes en jean à écouter du reggae en roulant un joint. Je ne sais vraiment pas quoi penser de vous.

George sourit, comme s'il avait déjà entendu cela.

— Et vous seriez encore plus étonnée si je vous parlais de ma période punk ? Regardez ça.

Il sortit une autre boîte de sous la table basse et la tendit à Joy. Elle était remplie de photos, presque toutes du format carré sur papier mat en vogue dans les années soixante-dix. Elle découvrit des groupes d'élèves d'écoles privées, de la fin des années soixante-dix et des années quatre-vingt, à l'air figé, vêtus d'une débauche de pulls à manches chauve-souris, de jeans moulants, vestes de l'armée, tee-shirts aux manches découpées. Ils posaient cigarette au bec, tirant la langue, accessoirisés de talons aiguilles, boucles d'oreilles en plastique et tignasses impressionnantes, fiers de montrer leurs guitares électriques, scooters, batteries… et leurs boutons d'acné.

— Où êtes-vous sur ces photos ?

— Vous ne me reconnaissez pas ?

— Non.

— Ici, montra-t-il, pointant le doigt sur un garçon filiforme aux cheveux ramenés en arrière, avec un tee-shirt rayé et un berger allemand affublé d'un bandana.

— Non ! s'exclama-t-elle en examinant le cliché flou de plus près.

— Et ici, sur celle-là.

Il montra une autre image d'un garçon encore plus mince, avec des touffes de cheveux blonds décolorés, une adolescente boudeuse aux cheveux roses assise sur ses genoux.

— Mon Dieu, vous êtes si différent. Et qui est la fille ?

— Phoebe, ma copine quand j'étais ado.

Joy la scruta de près, essayant de trouver une raison valable à son irruption inattendue dans la vie de George, une ressemblance peut-être, avec les autres femmes qui avaient suivi le même chemin.

— Elle est très jolie.

— Oui, se rengorgea-t-il en regardant le cliché par-dessus son épaule. Je crains d'être terriblement superficiel. Je ne sors qu'avec de très jolies filles.

Il lui sourit et alluma le joint. Soudain, Joy se rendit compte que toute cette histoire d'attirance physique était complètement relative. Comparé à d'autres hommes qu'elle avait fréquentés, George n'était pas particulièrement beau. Pourtant, lui se trouvait séduisant, et même assez attirant pour oser se vanter de ne sortir qu'avec des jolies filles. Donc, dans son esprit, cela n'avait rien d'incongru que Joy eût accepté de le revoir et de boire du champagne chez lui. S'il trouvait qu'ils allaient bien ensemble, si Phoebe avait été contente de le prendre dans ses filets, alors c'était peut-être Joy, et elle seule, qui avait un problème.

Comme pour lui donner raison, le téléphone sonna et George râla.

— Oh, zut, c'est Tara, je parie.

— Tara ?

— Oui. Mon ex complètement tordue, vous vous en souvenez ? Je vais l'expédier vite fait.

Surprise, Joy écouta George congédier ce qui lui semblait être un déluge d'hystérie et de larmes à l'autre bout du fil avant de raccrocher sur un « n'appelle plus, s'il te plaît » laconique.

— Ouah, fit Joy, encore tout émue par l'intensité de l'échange, qu'est-ce que c'était ?

— Oh, mon Dieu, soupira-t-il en s'écroulant dans le canapé, se passant les doigts dans les cheveux, elle a entendu des potins, comme quoi je verrais quelqu'un, et ça l'a rendue dingue. Je savais que ça arriverait.

— Elle n'a pas encore compris que c'était fini, c'est ça ?

— Malheureusement, non. Elle s'est persuadée que nous allons nous remettre ensemble, et comme je suis resté seul très longtemps, ça l'a confortée dans cette idée. Maintenant il faut qu'elle accepte que ce soit terminé. Et si j'ai semblé un peu cruel à l'instant, c'était avant tout pour être gentil, je vous assure. Elle se fait des illusions depuis trop longtemps, ce n'est pas sain. Il faut qu'elle passe à autre chose…

Il secoua tristement la tête en pensant à l'état mental de sa pauvre ex-petite amie, et Joy songea qu'il n'y avait peut-être rien qui clochait chez George. Ses réserves à son égard n'étaient peut-être que le résultat conjugué d'une première impression négative et de son étroitesse d'esprit.

Aussi, quand George se lança et embrassa Joy sur les lèvres, elle avait déjà décidé de laisser faire, elle verrait bien. Un quart d'heure plus tard, quand ils se demandèrent comment Joy pouvait rentrer à Finsbury Park vers une heure du matin, il fut inévitable que George lui suggérât la possibilité de passer la nuit chez lui.

— Prenez mon lit, proposa-t-il, je peux m'installer sur le canapé.

Joy était convaincue qu'elle ne se mettait pas dans une situation périlleuse en acceptant de partager son lit, ne brûlant pas d'un désir fulgurant de faire l'amour avec lui sur-le-champ. Dans un futur proche éventuellement. Ainsi, dix minutes plus tard, vêtue d'un tee-shirt de George, recroquevillée sous une couette plutôt humide dans sa chambre glaciale, elle le regarda se déshabiller et réalisa, surprise, qu'il avait un très beau corps : des pectoraux bien dessinés, un soupçon de poils sur la poitrine, une jolie peau encore hâlée.

— Et vous qui vous trouvez quelconque, le taquina-t-elle. Vous êtes très bien fichu.

— Merci, roucoula-t-il, enchanté. Je fais régulièrement de la gym depuis que je suis seul. Vous êtes la première personne à en voir les résultats, et je ne voulais pas avoir l'air de me vanter. Seriez-vous plus à l'aise si je mettais aussi un tee-shirt pour dormir ?

Joy haussa les épaules.

— Comment dormez-vous d'habitude ?

— Eh bien, plutôt sans rien.

Joy contempla son caleçon et conclut qu'elle n'était pas tout à fait prête pour ça.

— En caleçon, c'est parfait, dit-elle.

Il se glissa sous la couette et tourna la tête vers elle.

— Vous savez quoi ? fit-il avec un sourire de gamin. J'ai ce fantasme depuis l'adolescence…

— Euh… oui…

— Non, pas cette sorte de fantasme. Un fantasme très chaste. À propos de la femme de ma vie. Et je sais que cela a sans doute l'air terriblement stupide, mais j'étais certain qu'elle aurait les cheveux noirs et un prénom à une seule syllabe. Depuis que j'ai reçu votre lettre, j'ai cette impression, très forte, que vous êtes cette personne…

Dieu sait pourquoi, l'idée de correspondre trait pour trait aux fantasmes d'un George adolescent lui apparut comme un immense compliment, aussi quand il la regarda de ses doux yeux verts et lui demanda de le prendre dans ses bras – « C'est purement platonique, je vous le jure » – elle accepta. Le câlin se transforma en baiser, le baiser en étreinte passionnée et avant même de comprendre ce qui se passait, elle se retrouva à fixer la nuque de George qui cherchait frénétiquement un préservatif dans le tiroir de sa table de nuit.

Joy ne regretta pas d'avoir couché avec George le lendemain matin. Elle ne regrettait jamais ce genre de choses. Selon son credo, seules les expériences sexuelles avec quelqu'un qui ne le méritait pas étaient à proscrire.

George installa le redoutable chauffage dans la chambre et lui fit une tasse de thé dans l'espoir de la réchauffer. Pourtant, même sous l'épaisse couette, Joy avait trop froid pour envisager de se lever.

— Regarde, dit-elle en formant un rond avec sa bouche avant d'expirer, ma respiration fait de la buée.

— Oh non, c'est pas vrai ! se lamenta George en se prenant la tête dans ses mains, c'est affreux ! Me voilà avec la femme la plus sublimement belle du monde, nue dans mon lit, et je suis incapable de lui offrir le minimum vital. Attends ! s'exclama-t-il, rasséréné. Que dirais-tu d'un bon bain ? Ça te réchaufferait ?

— Comment je vais faire pour aller jusque-là ?

— Je vais te chercher une couverture.

Il revint après avoir fait couler l'eau et d'un geste chevaleresque l'enveloppa dans une couverture toute rêche, puis la conduisit dans la salle de bain pleine de vapeur.

— Il n'y a pas de mousse ?

— Oh, bon sang ! Je suis vraiment en dessous de tout ! s'écria-t-il en se donnant une grande claque sur le front. Comment ai-je pu oublier le bain moussant ?

— Ça ne fait rien, dit-elle avec un petit sourire en se plongeant dans le bain brûlant, soulagée de sentir immédiatement la chaleur bienfaitrice se répandre dans tout son corps.

— J'ai mis une serviette au sèche-linge pour qu'elle soit bien chaude, expliqua-t-il. Dis-moi quand tu voudras sortir et je te l'apporterai.

Il se tut et croisa les bras, un immense sourire sur le visage tandis qu'il la contemplait.

— Tu es vraiment tout à fait ravissante. La créature la plus parfaite que j'aie jamais vue.

Il lui sourit encore, puis sortit de sa rêverie.

— Tu veux une autre tasse de thé ?

Joy marina pratiquement une heure, durant laquelle George lui apporta des tasses de thé et des toasts, tout en l'inondant de compliments. Puis ils passèrent le reste de la journée au lit, parlant, faisant l'amour, parlant encore et refaisant l'amour jusqu'à ce que l'éclairage public s'allume vers quatre heures et projette des ombres orangées sur les draps.

Le monde s'était rétréci durant ces dernières vingt-quatre heures. D'une ville trépidante fourmillant de millions de créatures, on était passé à deux êtres blottis l'un contre l'autre sous une couette dans une petite pièce sombre au fond d'un appartement, flottant isolés dans la noirceur du cosmos.

Désorientée, Joy ne savait plus où elle allait. Un semblant d'objectivité lui revint quand leurs estomacs commencèrent à crier famine vers huit heures, et qu'elle remit ses vêtements éparpillés la veille pour chercher quelque chose à manger. Elle se rappela soudain que malgré deux rendez-vous avec George, douze heures au lit avec lui et après avoir fait l'amour quatre fois, elle ne le trouvait toujours pas le moins du monde attirant.

20.

Bella, l'étrange amie de Julia, était encore là samedi soir quand Joy rentra de chez George. Bella était étrange à bien des égards, mais le plus étrange, de loin, était qu'elle était un homme.

Joy avait rencontré Bella (dont le vrai nom était Barry, semblait-il) le lendemain de son installation. Il était en train de regarder un feuilleton à la télé quand elle avait traversé le salon pour aller se faire son thé du matin dans la cuisine. C'était une petite créature émaciée, en pantalon noir moulant avec un pull-over géant qu'on aurait dit prêt à l'engloutir. Ses cheveux châtains tout fins étaient coiffés en carré dégradé à hauteur d'épaule, et ses sourcils épilés à l'extrême en devenaient presque invisibles. Son visage trop récuré, comme dénudé, trahissait celui d'un homme habitué à porter fards et fonds de teint en permanence.

Il avait fait tout un cinéma quand Joy était entrée, bondissant avec exagération en portant sa main à son cœur et s'était exclamé à quel point elle lui avait fait peur. Puis il s'était déroulé du canapé comme un petit serpent et s'était présenté.

— Je suis Bella, la petite sœur de Julia.

Joy était restée sans voix.

— Je sais, avait-il continué, nous ne nous ressemblons absolument pas.

Il s'avéra bien sûr par la suite qu'il n'était ni le frère et encore moins la sœur de Julia, mais, en fait, « sa meilleure amie au monde ».

Julia lui vouait une adoration sans bornes, Joy, pour sa part, le trouvait superficiel, névrosé et complètement barré. Dans sa tête il se voyait comme une reine glamour fascinante, avec un léger penchant pour le tragique, qui vivait à fond le rêve homo branché. Dans les faits, il passait son temps à traîner avec Julia, à manger des biscuits dans son canapé en débitant des horreurs sur tout ce qui passait à la télé. Apparemment, il se produisait dans un show de drag-queens – *Bella Bella* – mais s'était fait virer par la direction de la boîte de nuit où il travaillait et personne n'avait jugé bon de lui proposer quoi que ce soit depuis. Selon Julia, il n'avait jamais eu de petit ami parce qu'il détestait les gays. C'était la personne la plus pathétique que Joy eût jamais rencontrée.

— Voyez-vous ça, roucoula-t-il au-dessus de sa canette de bière lorsque Joy rentra ce soir-là, le petit oiseau revient au nid.

Une autre spécialité de Bella : les clichés et expressions toutes faites.

— Ma chérie ! s'exclama Julia en bondissant du canapé. Dieu merci ! Je commençais à croire qu'on t'avait enlevée ! Tu aurais dû téléphoner !

— Je suis désolée, s'excusa-t-elle, retirant son manteau avant de s'écrouler dans le canapé, je n'y ai pas pensé.

— Je veux bien le croire… susurra Bella entre ses lèvres en cul-de-poule, d'un air faussement dégoûté.

Julia s'installa sur l'accoudoir du canapé et alluma une cigarette bleu ciel.

— Ma chérie, je veux que tu me racontes tout. Jusque dans les moindres détails cochons… commença-t-elle.

— Oh, je t'en prie, la rabroua Bella en se détournant, pour bien montrer que la seule évocation d'une relation hétérosexuelle le répugnait.

Joy raconta tout, en commençant par les énormes fleurs et la pizzeria faussement luxueuse. En relatant son histoire, elle se mit à la voir par les yeux de son public. Soudain elle ne lui parut plus si étrange ni décalée. Un homme charmant qu'elle avait rencontré dans des circonstances peu conventionnelles l'avait invitée à dîner et traitée comme une reine. Ils se trouvaient si bien ensemble qu'ils avaient prolongé la soirée dans l'appartement de cet homme, bu du champagne et couché ensemble. Sur le papier, cela semblait parfait, à raconter cela semblait merveilleux, et en réalité ? Eh bien, elle ne savait encore trop qu'en penser.

— L'apparence ne fait pas tout, dit Bella. C'est l'intérieur qui compte.

— Oui, je sais, fit Joy, qui n'en pensait pas un mot : l'apparence ne faisait pas tout, mais ça comptait quand même. Ce n'est pas uniquement son apparence, c'est juste que… tout semble… je ne sais pas trop…

— Invite-le donc ici, proposa Julia. Qu'il vienne dîner, on verra de quoi il a l'air. On te dira s'il est beau mec ou pas.

— Oh, je ne sais pas, bredouilla Joy. À vrai dire, je n'ai même pas décidé si j'ai envie de le revoir ou pas.

— Comment ? couina Bella avec tant de véhémence qu'il sembla s'en décrocher la mâchoire, en pressant ses mains sur sa poitrine. Tu viens de passer vingt-quatre heures à baiser ce pauvre type en étant à deux doigts de le faire crever et tu n'es pas sûre de vouloir le revoir ? Il y a un nom pour les filles comme toi, tu sais…

Joy était trop fatiguée et troublée pour trouver à quel nom il pensait, et décida de se montrer un peu plus positive.

— Tout cela est peut-être complètement lié à ce que l'on s'imagine avant, expliqua-t-elle. S'il avait écrit dans sa lettre qu'il était laid comme un pou, j'aurais peut-être été agréablement surprise en le voyant pour la première fois, et je l'aurais perçu tout à fait différemment. J'attendais un « bel homme » et cela représente pour moi une image très précise. Quand j'ai vu qu'il n'y correspondait pas, cela a forcément eu un effet très négatif sur tout ça.

— Oui, la conforta Julia, consumée du désir que la liaison romantique de Joy marche bien. Ça doit être ça. Il faut que tu le considères d'un œil neuf, c'est tout. Il ne peut quand même pas être si nul que ça si tu as fait l'amour quatre fois avec lui, hein ?

Joy acquiesça, mais repensa ensuite aux deux années passées à se faire tripoter dans la chambre de Kieran, en portant une bague de fiançailles, puis aux deux mois avec Miranda, à s'embrasser et se faire caresser les nichons. Et ce type, celui qui l'avait plantée devant le Swiss Center un mercredi soir. Il ne lui plaisait pas du tout, et pourtant elle avait accepté le rendez-vous parce qu'il le lui avait demandé d'une façon adorable. Elle repensa à presque tous les hommes avec qui elle avait couché, avec qui elle était sortie, et se rendit compte qu'à part Vince et Ally, ce n'était qu'une longue et pénible litanie de moments intimes partagés avec des gens qu'elle n'avait pas désirés. Ses rapports avec George ne reflétaient pas pour autant une attirance sexuelle. Ils prouvaient simplement qu'elle était une pauvre crétine affligée d'une incapacité pathologique à dire non.

— Considérons les choses de cette façon, reprit Julia. Quand j'ai visité cet appartement, instinctivement je me suis dit qu'il n'était pas fait pour moi. Je m'étais toujours convaincue que le jour où je trouverais le bon appartement, je le saurais tout de suite : j'y entrerais et aurais le coup de foudre. Et puis, on m'a fait une offre intéressante pour mon appart à Cambridge, il fallait que je déménage vite, alors je me suis dit, et merde, achète ce putain d'appart, tu verras bien. Il m'a fallu quelques mois pour y prendre mes marques, et maintenant je l'adore, je ne me vois pas vivre ailleurs. C'est ce qu'il faut que tu fasses avec ce pauvre vieux George. Pose ta touche personnelle sur lui. Personnalise-le. Les hommes sont très influençables en ce qui concerne les vêtements, les accessoires, tu vois. Ils en bavent d'envie, qu'une femme les prenne en main et leur dise comment s'habiller, quelle coupe de cheveux leur va le mieux.

— C'est vrai, approuva Bella. Les hétéros, il leur manque un gène. Le gène de la classe ! Les pauvres chéris. C'est tragique.

Joy considéra Bella, vêtu d'un jean trompette rouge, d'un col roulé gris moulant mettant en valeur chaque côte de sa cage thoracique, avec un bandana rouge portant des signes de pirates. Elle faillit répliquer, mais se retint.

— Et je te le garantis, ma chérie, une fois qu'il correspondra exactement à ce que tu veux, tu tomberas amoureuse de lui sur-le-champ et tu l'épouseras. Il est divin, d'après ce que tu en dis, non ?

Divin, en effet. Il était doux, poli et vieux jeu. Drôle, excentrique et intelligent. Mais aussi galant, intéressant, il lui donnait l'impression d'être non seulement la femme de ses rêves, mais celle de tous les hommes sur Terre.

Après des mois où elle s'était comparée à un vieux Polaroïd en train de s'effacer au fond d'une boîte à chaussures, les attentions outrées, ferventes de George, mêlées dans un flou artistique, étaient exactement ce dont elle avait besoin.

21.

Au cours des deux semaines suivantes, George invita Joy dans un restaurant snob et ridicule d'une petite rue de Chelsea où tous les couples avaient une bonne vingtaine d'années de plus qu'eux, au Renoir pour voir un film tchèque en version originale, au théâtre pour *Arcadia* et au Café Royal pour un thé traditionnel.

Il lui offrit une paire de boucles d'oreilles anciennes en strass, un bracelet Art déco en marcassite et un pendentif en argent de la période édouardienne. Il lui envoya des fleurs à son travail, à trois reprises.

Après leur second rendez-vous formel ils retournèrent à l'appartement de George, et Joy découvrit qu'il lui avait acheté un radiateur flambant neuf. Il insista pour qu'elle se sentît libre de l'allumer chaque fois qu'elle en avait envie, dans n'importe quelle pièce de l'appartement.

— Je me fiche de ce que ça coûte, je ne supporte pas l'idée que tu aies froid, avait-il affirmé quand elle avait évoqué sa facture d'électricité.

À leur troisième rendez-vous, il avait apporté un éventail d'échantillons de peintures et lui avait dit qu'elle pouvait redécorer l'appartement selon ses envies, même si cela passait par des pois roses et des motifs léopard.

— Tu as un goût exquis, c'est évident. Moi, je n'en ai aucun. Je te fais confiance les yeux fermés.

À leur quatrième rendez-vous, la question des vêtements avait surgi et George s'était offert à elle sur un plateau.

— Je n'ai rien acheté depuis quatre ans. Je n'ai pas la moindre idée de la mode, depuis ma période punk. Toi, tu es très branchée, aussi si tu veux me suggérer une chemise ou un pantalon, loin de moi l'idée de te contredire.

George affirmait qu'il envisageait la vie de manière complètement différente depuis qu'il avait rencontré Joy.

— Mon sens esthétique a été totalement transformé. Je n'ai qu'à te regarder pour avoir soudain envie d'acheter de nouveaux rideaux ! s'émerveillait-il.

En trois semaines, George avait promptement et efficacement éliminé les doutes de Joy à son sujet. Un seul et non des moindres continuait à la tarauder : elle ne ressentait aucune attirance pour lui. Cependant ils passaient tant de bons moments ensemble qu'elle en avait presque oublié ce léger inconvénient et se laissait vivre.

Tout le monde à son travail était désormais au courant pour George.

Joy l'avait dit à l'une de ses fidèles clientes, une fille bavarde prénommée Mimi qui travaillait en face chez Sony, et en deux jours tout le monde à ColourPro savait que Joy avait rencontré un homme par petites annonces, et que celui-ci lui faisait complètement tourner la tête. En fait, cela ne la dérangeait pas que tout le monde fût au courant de sa vie, elle n'était ni cachottière ni mystérieuse. Simplement, plus les gens connaissaient son histoire, plus celle-ci lui semblait réelle.

Si les hommes en général paraissaient un peu perplexes qu'une fille parfaitement normale et présentable comme Joy eût été réduite à faire les petites annonces pour trouver un mec, les femmes étaient tourneboulées par l'idée de trouver l'amour de cette manière. Des filles qui ne s'étaient jamais beaucoup intéressées à Joy auparavant la coinçaient dans la salle du personnel pour lui poser des questions.

Qu'est-ce qui l'avait attirée dans l'annonce, qu'avait-elle pensé la première fois qu'elle l'avait vu, dans quels restaurants l'avait-il invitée, quelles pièces avaient-ils vues ?

Jacquie et Roz étaient précisément en train de l'entreprendre, leurs yeux incrédules exorbités par-dessus leurs gros sandwiches poulet-mayonnaise.

— Alors, il t'a déjà dit qu'il t'aimait ? demanda Roz.

— Non, pas officiellement.

— Il va le faire, c'est sûr, très bientôt je parie. Bon Dieu, c'est si romantique, j'y crois pas ! Je ne connaissais encore personne qui avait rencontré quelqu'un par petites annonces.

— Qu'est-ce qu'il fait, dans la vie ?

— Il est comptable.

— Oh, la vache, un comptable ! couina Jacquie. Il est riche, alors ?

— Bof, si on veut.

— Qu'est-ce qu'il a comme voiture ?

— Oh, une voiture de sa société. Une Ford quelconque.

— Grosse ?

— Oui.

— Bon sang !

Les deux filles se turent et la regardèrent pendant un moment, digérant l'idée de la grosse voiture de société.

— Il a l'air de quoi ? demanda Jacquie.

— Oh, il est assez quelconque. Tu vois…

— Tu as une photo de lui ? demanda Roz.

— Non.

— Tu devrais en récupérer une !

— Oui, renchérit Jacquie. Qu'on puisse voir à quoi il ressemble.

— Je verrai ce que je peux faire.

— Il a un bel appart ?

— Ça peut aller. Il aurait besoin d'un peu de travaux.

— D'accord, mais c'est à lui. Il en est propriétaire. C'est ça l'important. Pas de colocataires. Dis donc, Roz, tu te vois sortir avec un mec qui a son propre appart ?

— Ben, non, déplora Roz. Ni avec un mec qui t'emmène dans des restos chics. Ou qui t'offre des bijoux anciens. Qui t'envoie des fleurs au boulot, comme ça, pour rien. La vache !

— Ouais, dit Jacquie, tu as trop de chance !

Elles la considéraient toutes deux d'un air impressionné.

— Tu l'aimes ? demanda Roz.

— Non ! se récria-t-elle. Bien sûr que non. Nous ne sommes sortis ensemble que cinq fois !

— Ça veut rien dire. Ma cousine a rencontré son mari un mardi, et s'est retrouvée en lune de miel à Lanzarote le week-end suivant, expliqua Roz avec une expression qui sous-entendait que ce genre de témérité avait des vertus. Aujourd'hui ils ont quatre enfants et ils s'aiment toujours.

— Eh bien, c'est charmant, mais je ne crois pas être engagée sur ce genre de chemin.

— Bon sang, ça donne envie de répondre à une petite annonce, tu ne trouves pas, Roz ?

— Ouais, approuva Roz, je te crois !

Et puis l'inimaginable se produisit. Big Lee lui adressa la parole.

— Euh, salut, euh… Joy.

Il éructa son nom avec peine comme s'il venait d'apprendre à le prononcer.

— Il y a… euh… un coup de fil pour toi. Urgent. Euh… bredouilla-t-il avant de disparaître.

Elle s'enferma dans le petit bureau de la salle de stockage du petit matériel et prit l'écouteur.

— Allô ?

— Joy, ma chérie, c'est maman.

— Maman ? Qu'est-ce qui se passe ?

Sa mère ne l'appelait jamais au travail.

— Oh, ma chérie…

— Mon Dieu, dit Joy, sentant l'adrénaline monter en elle, qu'y a-t-il ?

— C'est ton papa…

— Qu'est-ce qu'il a ?

— Il est parti.

— Où ça ?

— Il est parti. Avec Toni Moran.

— Quoi ?

— Il m'a quittée, Joy.

— Mais quand ? Où ? Je n'y comprends rien.

— Là, à l'instant. Je lui faisais réchauffer de la soupe au micro-ondes. Ça venait de sonner et il est entré dans la cuisine avec une valise. Il m'a dit qu'il s'en allait, expliqua-t-elle sur un ton monocorde, comme si on lui appuyait sur le larynx. Ça n'a jamais cessé, toutes ces années. Jamais. Ils l'ont… fait, tout le temps.

Joy pouvait presque l'entendre secouer la tête d'incrédulité.

— Ne bouge pas, maman, j'arrive tout de suite.

22.

À la lueur déclinante de la fin d'après-midi, Joy et Barbara, sirotant du sherry dans des verres en cristal qui sentaient le moisi, prenaient lentement conscience des événements de la journée.

Alan était parti.

Il voulait un divorce « express ».

Il aimait quelqu'un d'autre.

Il avait menti pendant des années.

Barbara se retrouvait seule à l'âge de soixante-cinq ans.

— Maman, se lança Joy, soudain pressée par un besoin irrépressible de confidences et de réponses, pourquoi as-tu choisi papa ?

— Qu'est-ce que tu veux dire ?

— Qu'est-ce qu'il avait de spécial ? Pourquoi est-ce qu'il t'a plu ? Pourquoi es-tu tombée amoureuse de lui ?

— Pourquoi est-ce qu'il m'a plu ? répéta-t-elle en éclatant de rire.

— Oui.

— Eh bien, ton père était l'homme le plus séduisant que j'avais jamais rencontré. Tu ferais mieux de lui demander pourquoi lui, il m'a choisie.

— Maman ! C'est affreux ! Comment peux-tu dire une chose pareille ?

— C'est la vérité pourtant. J'avais trente-cinq ans. À cette époque, c'était un âge avancé. J'étais naïve, inexpérimentée. Pas vraiment une beauté. Et puis ton père… il m'a complètement tourneboulée.

— Vraiment ? s'étonna Joy, incrédule.

— Oui. Avec des fleurs, des cadeaux, des compliments. Je n'avais jamais rien connu de tel.

— Non !

— Mais si. En ce temps-là, c'était un grand romantique. Il n'a pas toujours été ce… oh, tu sais bien, soupira-t-elle. Puis nous nous sommes mariés, il a eu ce poste à Singapour et… il a changé. Nous avons tous les deux changé, d'ailleurs, je pense, conclut-elle, les yeux dans le vague.

— Pourquoi ?

Elle haussa les épaules et tira machinalement sur quelques fils de sa jupe en tweed.

— Singapour était un endroit très stressant, dans les années soixante. Il travaillait douze heures par jour, parfois quatorze. Il y avait tellement d'argent qui circulait ! Et puis l'alcool, les drogues, les fêtards. Tout le monde voulait être dans l'action, dans le coup, en permanence. On pouvait avoir tout ce qu'on désirait à Singapour, sur un plateau. Honnêtement, je crois que ça lui est monté à la tête.

— Et il avait des liaisons, là-bas ?

Barbara prit soudain un air mélancolique, et pinça les lèvres.

— Oh, je ne sais pas, fit-elle d'un air dégagé. Sans doute. J'en suis sûre. Toutes ces belles femmes. Le stress au travail. Tous les problèmes que nous avions pour concevoir, tu vois. Oui, je suis sûre qu'il en avait.

— Tu n'as jamais pensé le quitter ? Tu n'as jamais pensé que tu méritais mieux ?

Barbara se déplaça sur son siège et regarda Joy un moment, l'air soudain désespéré.

— Si, avoua-t-elle lentement, à de nombreuses reprises. Mais je n'ai pas pu.

— Pourquoi ?

— Eh bien, je ne voulais pas le faire souffrir, dit-elle en se retournant vers la fenêtre, plongeant son regard dans l'obscurité.

— Le faire souffrir ? s'étonna Joy. Après toutes ses aventures ? Après ce qui s'est passé à Hunstanton ? Après la manière dont il t'a traitée ?

— Ce n'était pas si simple.

— Ah non ?

— Non. Ton père… avait ses raisons. Je n'étais pas parfaite.

— Si, tu l'étais. Tu l'es toujours.

— Non, ma chérie, je ne l'étais pas. Personne ne l'est. Il y a toujours un revers à la médaille.

Joy fut un peu effrayée. Derrière cette conversation elle subodorait l'existence de quelque chose qu'elle n'était pas sûre de vouloir entendre.

— Qu'est-ce que tu essayes de dire, maman ? Y a-t-il quelque chose que tu me caches ?

— Non, la rassura sa mère en souriant, en lui caressant le dos de la main. Non, bien sûr que non. Je ne veux pas que tu tiennes ton père pour responsable de tout, voilà. Encore un peu de sherry ? proposa-t-elle en se levant.

Joy hocha la tête et regarda sa mère de dos. Ses boucles en rouleaux réguliers trahissant la mise en plis maison, gorgées de teinture acajou, pendouillaient légèrement à la fin de cette longue et dure journée. Elle se sentit submergée d'une vague d'affection.

— Tu sais que je t'aime, maman ?

— Bien sûr que je le sais, fit-elle en lui souriant tristement. J'espère que tu m'aimeras toujours. Quoi qu'il arrive…

Le lendemain matin, laissant sa mère qui épluchait les dernières pommes de la saison pour faire de la compote, Joy enfila sa veste, sortit dans la rue et se dirigea vers le numéro dix-huit. Toni Moran lui ouvrit la porte. Les cheveux courts et brillants, elle arborait un col roulé couleur prune et un pantalon beige. Ses yeux turquoise étaient soulignés de kohl noir, et elle portait des bracelets en or qui mettaient en valeur ses poignets fins. Elle exhalait des effluves de *Poison*. Grande et mince, à cinquante et un ans, elle était l'opposé de la mère de Joy.

— Joy ! s'exclama-t-elle, ses lèvres d'une teinte rubis s'étirant en un sourire de plaisir sincère. Je suis ravie de te voir. Tu es superbe ! Entre, entre donc.

Elle conduisit Joy dans une entrée qui sentait la cigarette, le chien mouillé et le linge propre. Un setter roux haut sur pattes vint à sa rencontre en remuant paresseusement la queue. Joy tendit la main pour le caresser, mais se ravisa. Elle ne pouvait pas rentrer chez sa mère en sentant le chien de Toni Moran.

— Est-ce qu'il est là ? demanda-t-elle avec raideur.

— Oui. Bien sûr, répondit Toni en lui adressant un regard amical, comme si toute cette histoire immonde n'avait aucun rapport avec elle. Al ! appela-t-elle dans l'escalier, Joy est là.

Elle fit entrer Joy dans le salon. Sa maison avait exactement la même configuration que celle des parents de Joy mais offrait une atmosphère complètement différente. Au lieu de rideaux en filet nylon qui avaient tendance à s'agglutiner en petits paquets humides, elle avait choisi un tissu jacquard ivoire plissé avec un liséré. À la place des vieilles moquettes à motifs d'arabesques elle avait posé un parquet brillant imitation hêtre. Pas de malheureuse ampoule au plafond cachée par une boule en papier, mais une rangée de luminaires halogènes scintillants encastrés dans le plafond.

Joy s'assit dans un sofa rebondi rayé vert et blanc et entendit les pas lourds de son père dans l'escalier. Il chuchota avec Toni dans le couloir. Elle se força à respirer profondément. Elle savait ce qu'elle allait lui dire. Elle n'avait qu'une envie, le faire et s'en aller tout de suite.

— Joy !

Son père se tenait sur le seuil. Il portait un tee-shirt bleu avec un logo quelconque. Elle ne l'avait jamais vu en tee-shirt.

— Papa, dit-elle en se levant.

— J'espère que tu n'es pas venue pour faire un scandale, la prévint-il, tendu et sur la défensive.

— Non, lança-t-elle, je ne suis pas venue pour ça. Je suis venue te dire quelque chose, et puis je m'en irai.

— Parfait, dit-il en croisant ses bras, baissant les yeux.

— Maman est là-bas, fit-elle en pointant son doigt vers l'autre côté de la rue, le cœur brisé. Elle n'a jamais rien fait que t'aimer et prendre soin de toi. Toi, tu l'as toujours traitée comme de la merde.

Alan ouvrit la bouche pour parler, mais Joy était lancée.

— Je me suis retrouvée en hôpital psychiatrique à cause de toi et de ton histoire avec cette femme. Tu as juré à maman que tu ne la reverrais plus, et il s'avère que tu as menti tout le temps. Et puis il y a eu Hunstanton. Tu m'as humiliée et m'as fait perdre la seule personne qui m'ait jamais rendue heureuse. J'ai fait tout mon possible pour te pardonner ça, mais je n'y arrive pas.

Maman mérite un meilleur mari que toi et je mérite un meilleur père. Je ne veux plus jamais te revoir. Je ne veux pas que tu m'appelles, ni que tu m'écrives ou que tu viennes me voir. En ce qui me concerne, tu n'existes plus. Je n'ai plus de père.

Joy s'arrêta pour reprendre son souffle. Elle sentait l'adrénaline pulser dans ses veines, et sa paupière gauche clignait toute seule. Elle dévisagea Alan, attendant sa réponse.

Il hocha lentement la tête et cessa de fixer le sol.

— Parfait, répéta-t-il. Je comprends. Va-t'en, maintenant.

— Quoi ?

— J'ai dit va-t'en.

— C'est tout ? C'est tout ce que tu as à dire ?

— Tu m'as bien entendu.

Joy considéra la porte, perplexe, convaincue que son père allait dire quelque chose à tout moment, montrer de l'émotion, supplier son pardon. Il n'en fit rien. Au lieu de cela, il lui tint la porte.

— Tu as dit que tu ne voulais pas de moi, dit-il avec raideur quand elle le croisa dans le couloir. Eh bien, c'est parfait parce que je ne veux pas de toi non plus. Je n'ai jamais voulu de toi. Je te souhaite une belle vie.

Joy se retourna sur ces paroles et scruta son père, guettant le moindre signe de souffrance, mais ses yeux restaient sans expression. Elle ouvrit la bouche pour parler, mais ne trouva rien à la hauteur de ce qu'elle ressentait, aussi resta-t-elle coite.

Puis elle tourna le dos à la maison de Toni Moran et sortit pour toujours de la vie de son père.

23.

Joy était perchée sur un escabeau, vêtue d'un vieux survêtement de George deux fois trop grand pour elle, un rouleau dans une main, un pot de peinture dans l'autre.

George préparait du thé dans la cuisine et s'apprêtait à faire quelque chose de tout à fait extraordinaire. Il allait se décider, il en était certain. Il l'avait su du moment où il avait posé les yeux sur elle pour la première fois. Il avait voulu le faire la veille au soir, mais s'était dégonflé à la dernière minute. Peut-être était-ce mieux de renoncer ? Mais à l'instant, quand il lui avait demandé si elle voulait une tasse de thé et qu'elle lui avait répondu, radieuse « oooh, oui, s'il te plaît », la joue maculée de gouttelettes de peinture vert menthe, alors qu'elle était en train de peindre son appartement, dans son propre survêtement, et ce un samedi après-midi, il n'eut plus aucune hésitation.

Joy le savait aussi. Elle sentait ses intentions flotter dans l'appartement telles des particules incandescentes, un peu comme de petites lucioles. Tout le week-end avait été chargé de cette atmosphère.

Il était venu la chercher en voiture le vendredi soir à son travail et l'avait dévorée des yeux une bonne minute avant de mettre le contact.

— Ça ne te dérange pas, j'espère ? avait-il demandé. J'avais juste envie de te regarder un moment.

— Non, ne te gêne pas.

Il avait alors semblé sur le point de lui dire quelque chose, mais finalement il avait démarré et ils étaient partis.

Ils allèrent dîner dans un petit restaurant français derrière l'opéra à Covent Garden, où ils mangèrent de gros escargots dégoulinant de beurre d'ail, de pleines cuillerées de tarama et des cuisses de canard incroyablement tendres avec des amandes grillées effilées. Ils évoquèrent le gâchis déprimant de leurs précédentes relations.

— Tu sais, avait confié Joy, si ça ne marche pas, ce coup-ci je crois que je me ferai bonne sœur.

— Tu le penses vraiment ?

— Oui. Notre relation est la meilleure que j'aie jamais vécue.

Et c'était exact. George n'était pas le grand amour de sa vie, mais elle ne savait plus très bien ce que cela voulait dire, de toute façon. En revanche, elle appréciait le moindre des instants en sa compagnie, qu'il téléphone quand il avait dit qu'il appellerait, qu'il la traite avec un respect confinant à la révérence, et de savoir exactement où elle en était avec lui. Elle avait aussi découvert qu'un manque d'attirance physique n'était pas un obstacle à une vie sexuelle satisfaisante, la preuve indiscutable étant que George lui avait offert son premier orgasme vaginal la nuit précédente.

— Je n'en reviens pas d'avoir mis sept ans à atteindre ça, avait-elle avoué après, tout essoufflée. Ça a l'air tellement simple au cinéma.

— Pour être honnête, avait confié George, vexé, je croyais que tu en avais tout le temps.

— Oh non, celui-là, c'était le premier. Tu n'as pas senti la différence ?

— Pas vraiment, avait-il admis. Tu es toujours plutôt, euh… bruyante.

— Vraiment ?

— Oui, mais pas dans le mauvais sens. Au contraire.

— Oh, non, je ressemble à une star du porno ?

— Non, se récria George en éclatant de rire. Tu es juste très enthousiaste. Ce qui est bien. Ce qui est adorable. Et encore une chose que j'aime chez toi.

C'était encore là une des allusions détournées à l'amour avec un grand « A » ce week-end, allusions qui la rendaient heureuse parce que même si Joy n'était pas amoureuse de George, c'était clair, elle ne pouvait pas non plus dire qu'elle ne l'aimait pas. Elle aimait être avec lui, la façon dont il la regardait. Elle aimait ce qu'il ressentait pour elle et sa manière de se comporter avec elle. Plus précisément, elle se disait qu'un jour, si chez lui tout basculait d'un degré ou deux dans une autre direction, elle pourrait apprendre à l'aimer.

George lui apprenait à devenir adulte à un moment de sa vie où elle en avait vraiment besoin. Il semblait ne pas avoir remarqué que Joy était encore une enfant, et avoir perçu en elle une maturité implicite, l'accueillant dans son monde d'adultes sans douter un instant qu'elle serait capable de bien s'y conduire. Ils avaient ensemble une vie d'adultes, conduisaient une grosse voiture d'adultes pour aller faire des choses d'adultes. Ils parlaient de politique, de philosophie, de sentiments, de la vie. Ils se faisaient la cuisine avec des livres de recettes, des repas avec entrées, crevettes, pinces de crabes et sauces compliquées qu'ils mangeaient à la lumière des bougies, avec musique en fond sonore. Ils pouvaient rester une demi-heure chez un épicier de luxe à choisir des vins en fonction de leurs millésimes plutôt que de leurs prix. Ils partaient à la campagne le dimanche après-midi et photographiaient les paysages avec le gros Nikon de George.

George avait des amis adultes, avec des enfants et des crédits immobiliers, qui s'étaient mariés dans les villages de leurs parents, avec de grandes réceptions sous des chapiteaux dans leurs jardins.

Même son habitude de fumer des joints lui semblait adulte. Une femme toute maigre d'une quarantaine d'années prénommée Marian lui apportait une petite plaquette tous les quinze jours. Elle se coiffait avec un chignon, et parlait de ses enfants et de ses vacances pendant qu'ils partageaient un joint. Au bout d'une demi-heure, elle rangeait soigneusement les vingt livres de George dans la banane qu'elle portait à la taille, remontait dans sa Toyota Corolla flambant neuve et rentrait dans sa maison mitoyenne à Catford.

Joy n'avait plus l'impression d'être une éternelle ado. Elle était prête à tirer un trait sur cette époque. Elle voulait lire de gros romans russes compliqués, faire son pâté elle-même, apprendre à jouer aux échecs, investir son argent, lire des journaux intellos et utiliser des mots complexes et raffinés dans ses conversations.

Elle ne voulait pas replonger dans le manège des bars et boîtes de nuit où il fallait être charmante avec des crétins qui puaient la cigarette et ne s'intéressaient qu'au sexe tout en prétendant le contraire. Elle ne voulait plus de ces soirées où elle échouait invariablement dans la cuisine avec le mec ennuyeux à mourir que tout le monde évitait, trop polie pour prétexter devoir aller aux toilettes, consciente qu'il ne serait pas dupe. Elle ne voulait plus jamais qu'on lui pose un lapin tant qu'elle serait en vie. Et elle ne voulait pas se retrouver dans un pub avec ses amis en train de se demander si l'homme de sa vie n'allait pas tourner au coin de la rue.

Elle voulait de la stabilité. Elle voulait un engagement.

Et George allait purement et simplement les lui offrir.

****

— Tu es trop mignonne, là-haut, dit-il en posant son thé sur la dernière marche de l'escabeau.

— Hmmm, ironisa Joy en chassant les cheveux devant son visage du dos de la main. J'en suis sûre. Les survêtements pleins de peinture ont toujours spectaculairement rehaussé ma beauté.

— Pince-sans-rire en plus…, quel mâle britannique pourrait te résister ?

Il lui sourit et lui tendit la main pour l'aider à descendre.

— En tout cas, moi je ne peux pas. Écoute, fit-il en la tournant vers lui, je vais dire ça très vite au cas où je perdrais mon culot, mais tu le pensais vraiment, ce que tu as dit hier soir, que tu te ferais bonne sœur si ça ne marche pas entre nous ?

— Oui, assura-t-elle, sentant soudain le souffle lui manquer.

— Je ressens la même chose. Sans la partie bonne sœur, bien sûr, parce que pour moi, ce serait moine. Enfin, moine agnostique. Ça y est, je repars dans tous les sens, alors que tout ce que je veux dire, c'est : – il respira un grand coup – veux-tu te marier ? Avec moi ?

Et alors même que Joy avait toujours soutenu qu'elle ne se marierait jamais avant son trentième anniversaire, alors qu'elle ne connaissait George que depuis huit semaines, n'était pas entièrement sûre de vouloir passer le reste de sa vie avec lui, elle le regarda au fond de ses yeux verts et s'imprégna de chaque particule de son amour total et inconditionnel pour elle, comprenant qu'il ne la quitterait jamais, la désirerait toujours, qu'elle serait toujours à ses yeux la femme de ses rêves… et répondit oui.

24.

Cass s'extirpa d'une moumoute afghane toute râpée et déposa un sac en plastique sur la table basse devant Vince.

— Regarde, j'ai un cadeau pour toi. Bouge-toi un peu, fit-elle en le poussant sur le canapé, d'un coup de son imposant postérieur.

Vince sortit l'objet du sac et le contempla quelques instants, désemparé, incapable de l'identifier.

— C'est ravissant, dit-il en le prenant dans ses mains, est-ce que c'est… euh… qu'est-ce que c'est, en fait ?

— C'est une boule de cristal, andouille ! Une boule de cristal très, très chère.

Elle la déposa sur un support en bois sculpté et la caressa avec amour.

— J'ai toujours voulu en avoir une, alors tant qu'à faire, je me suis dit que j'allais prendre du haut de gamme.

— Je croyais que tu l'avais achetée pour moi ?

— Ouais, bon, en quelque sorte. C'est pour moi, pour que je t'aide. À trouver Joy.

— Oh, pour l'amour du ciel !

Il la regarda d'un air de dire : « Cass, tu es complètement barrée » et s'écroula de nouveau dans le canapé.

— Non, sérieusement, continua-t-elle en caressant la boule, cette petite merveille nous dira où chercher. Je te le promets.

Il haussa les sourcils et ouvrit un magazine.

— Vince, coopère, enfin ! Sois positif. Ça va marcher.

— Fais ce que tu veux, Cass. Ne me demande pas de participer, c'est tout ce que je désire.

— T'inquiète pas, c'est pas la peine. Donne-moi simplement la lettre qu'elle t'a écrite. C'est tout ce dont j'ai besoin.

Vince râla, mais se leva et alla chercher la lettre. Quand il revint, Cass se roulait une cigarette en lisant *La boule de cristal pour les débutants : comment pénétrer les pouvoirs supra-sensoriels de votre inconscient*.

— Il ne faut pas des années d'expérience pour faire ce genre de truc ? demanda-t-il, sceptique, en lui tendant le petit mot.

— Non, rétorqua-t-elle, sur la défensive, si tu es doté du pouvoir, que tu as le don, ces choses – elle indiqua la boule – ne sont que des véhicules.

Vince émit un reniflement de dérision et reprit son magazine.

— Cassandra McAfee, tu es complètement dingo.

Elle soupira et le regarda d'un air mortifié.

— Et si je la trouve, que veux-tu que je fasse ? Que je le garde pour moi ?

— Cass, mon adorable petite sorcière fofolle, la taquina-t-il en passant son bras autour de son épaule, si tu la trouves dans ce morceau de verre, je te donnerai cent livres et te choisirai comme marraine de notre premier enfant.

— Vraiment ? fit-elle avec un sourire.

— Oui, sérieux.

— Chouette, conclut-elle.

Puis elle éteignit toutes les lumières, alluma une bougie et commença son cinéma.

Au bout d'une demi-heure de frottements frénétiques sur la boule et d'intense concentration, Cass avait en tout et pour tout réussi à découvrir que Joy vivait près d'une rivière, un fleuve peut-être, portait un vêtement vert et était en relation avec des chevaux, ou des vaches. Elle avait vu également des chaussures rouges, une petite chaise et un paquet de cigarettes blondes.

— Bien, ironisa Vince, il semblerait que Joy soit une fermière accro à la cigarette…

— Oh, arrête de te foutre de moi.

— Non, je suis sérieux. Si je dois la trouver, il me faut vraiment une description précise. Est-ce qu'elle était précisément en train de traire une vache, quand tu l'as vue ? insista-t-il en montrant la boule.

— Non, Vincent, elle n'était pas en train de traire une vache. Je ne l'ai pas vue, en fait. Cet objet n'est pas un écran vidéo, s'indigna-t-elle.

— Alors qu'est-ce que tu as vu ?

— Des trucs, c'est tout. Fugitifs. Comme des sensations, flottant autour de moi.

Vince savait pertinemment que Cass pataugeait, hors du confort de ses cartes de tarot, et qu'elle était dépassée. Il la sentait même un peu paniquée.

— Quand bien même ce serait vrai, si elle est fermière et vit près d'un cours d'eau, en quoi cela m'aidera-t-il à retrouver sa trace ? Elle pourrait être n'importe où, peut-être même pas dans ce pays. À traire des vaches en Yougoslavie ou en Argentine, d'après ce que nous savons.

— C'était l'Angleterre, sans ambiguïté, affirma Cass en hochant la tête avec un air de défi.

— Et tu sais ça comment ?

— Je le sais, c'est tout, marmonna-t-elle, morose.

— C'est ça, bien sûr, soupira Vince.

— Écoute. Bon, d'accord, peut-être que la boule n'a pas été d'un grand secours, concéda Cass, mais je crois quand même que tu devrais continuer à chercher. Plus vite tu t'y mettras, plus vous passerez de temps ensemble. Tu dis que tu veux retrouver cette fille, mais qu'est-ce que tu as fait pour ça, en fait ? Rien de rien. Et tu sors toujours avec Magda, bon sang ! Qu'est-ce que ça veut dire, ce merdier ?

— Oh, Cass, je t'en prie, lâche-moi un peu, s'il te plaît. Tu me prends la tête !

— Non, je suis sérieuse. Qu'est-ce que tu fous, à sortir avec Magda alors que tu ne l'aimes pas et que tu aimes quelqu'un d'autre ?

— Je ne sais pas, répondit-il sans conviction. Ce n'est pas le moment d'y mettre un terme. Quand le jour sera venu, je romprai, et là je commencerai à chercher Joy. Une chose à la fois…

— Oui, mais…

— Pas de « oui mais ». Non, c'est non. OK ? Quand je serai prêt, je me mettrai à chercher Joy.

Cass allait répliquer, quand le bruit familier des griffes de Madeleine sur le parquet la détourna de la conversation.

— Oh, c'est toi, fit-elle à la chatte.

La relation entre Cass et Madeleine s'était quelque peu détériorée ces dernières semaines, à mesure que les absences de cette dernière se faisaient de plus en plus longues et de plus en plus fréquentes. Cass ne doutait plus désormais que Madeleine menait une double vie. Cette dernière avait instauré une copropriété illégale avec une femme du proche voisinage qui s'inondait de parfum, et semblait ouvertement satisfaite de cette situation.

Pour sa part, Cass était profondément blessée et très perturbée.

— Ça ne se fait pas, un point c'est tout, se lamenta-t-elle. Quiconque s'intéresse aux chats sait qu'on ne nourrit pas celui de quelqu'un d'autre. C'est mal élevé.

— Comment sais-tu qu'ils lui donnent à manger ?

— Oh, j'en suis sûre. Sinon pourquoi passerait-elle tout son temps là-bas ? En fin de journée, les chats sont des créatures mercenaires, qui vont là où est la nourriture.

— Tu devrais alors peut-être essayer de lui donner autre chose à manger.

— Bon sang, s'énerva Cass en levant les bras au ciel d'exaspération, elle a déjà des miettes de thon et du poulet rôti, qu'est-ce qu'elle pourrait vouloir d'autre, cette petite saleté ?

— As-tu essayé le Whiskas ?

— Je ne donne pas de cette cochonnerie industrielle à mon chat, ce ne sont que des céréales et des additifs mixés avec un peu de jus de viande.

Plantée au beau milieu de la pièce, Madeleine terminait sa toilette. Elle resta un moment assise, à se lécher les babines, évaluant le choix de genoux qui s'offraient à elle sur le canapé, regardant tantôt Vince, tantôt Cass, avant de choisir Vince pour atterrir sur lui avec un ronronnement bruyant et satisfait.

Cette dernière trahison sembla mettre Cass à bout.

— C'est terminé, explosa-t-elle, trop c'est trop ! Demain je prends une journée de congé et je vais suivre cette saloperie de chat partout. Je vais trouver cette femme gorgée d'*Obsession* et elle va m'entendre. Je suis même prête à en venir aux mains, s'il le faut.

— Tu veux dire prête à sortir tes griffes, s'étrangla Vince en pouffant de rire.

— Ha, ha ! Très drôle !

Elle le frappa à la jambe avec le talon de sa chaussure.

— Je suis sérieuse, Vince. Je veux récupérer ma chatte. Et j'y arriverai. Par tous les moyens.

Sur ce, elle se leva et effectua une sortie théâtrale.

Vince et Madeleine échangèrent un regard stupéfait, puis s'absorbèrent de nouveau dans l'écran de télévision.

25.

Cass suivait le bout de la queue orange de Madeleine, qui sautait par-dessus les murs des jardins, disparaissant sous les haies, s'éclipsant aux coins des rues.

La chatte se reposa un moment sur une poubelle à roulettes, examinant les environs avant de reprendre son chemin.

Devant le 44 Wilberforce Road elle ralentit un peu l'allure, et fit un nouvel arrêt sur la pelouse pour se refaire une beauté, avant de monter l'escalier et de gratter vigoureusement à la porte.

Cass, tendue, attendait que quelqu'un vînt lui ouvrir, mais au bout de quelques instants Madeleine sauta sur un mur, où elle s'étala en prenant sa pose « je suis contente d'être là, admirez-moi ».

Cass en était écœurée. Qui était cette femme si spéciale que Madeleine acceptait d'attendre l'air réjoui, plantée dehors par un froid et humide après-midi d'automne ?

Le temps s'écoula avec suffisamment de lenteur pour que Cass pût observer tout le déménagement de l'appartement d'à côté, et enfin, à une heure et demie, un couple s'arrêta devant la maison et s'apprêta à entrer. Cass retint son souffle, avec le sentiment d'être une épouse sur le point de surprendre l'infidélité de son mari.

La femme était dotée de chevilles fines, puis s'élargissait au fur et à mesure que l'on remontait, à la manière d'un triangle inversé. Elle portait une robe d'été rétro imprimée des années cinquante avec un épais collant noir, un manteau en astrakan de la même époque et des baskets rouges. Elle arborait aussi une sorte de turban sur la tête, et fumait une cigarette bleue qui tranchait sur son rouge à lèvres rouge sang.

Son petit ami faisait environ dix centimètres de moins qu'elle et était deux fois moins épais. Il était vêtu d'un jean déchiré, d'une veste western à franges en daim et d'une casquette de base-ball crasseuse. Ses cheveux longs et raides pendouillaient de chaque côté de son visage, et il n'avait pour ainsi dire pas de sourcils.

C'était le genre de gens qui ne changeaient leurs draps que s'ils renversaient quelque chose dessus. Cass frissonna.

— Mon Dieu, faites que ce ne soient pas eux, je vous en prie, faites que ce ne soient pas eux, marmonna-t-elle dans son giron alors qu'ils montaient les marches de l'escalier.

— Mou-Shou ! Chéri !

La grosse femme se jeta sur Madeleine et l'enveloppa dans un nuage de fumée de cigarette. Sur ce, l'animal fit le dos rond, sur la pointe de ses pattes, s'étira et laissa la femme repoussante le prendre dans ses bras pour le faire entrer dans la maison.

La porte claqua derrière le trio et Cass sursauta.

Mou-Shou ?

Ils appelaient sa chatte Mou-Shou ?

Incrédule, elle s'éloigna du mur du jardin, un peu ankylosée. Elle était si furieuse qu'elle avait du mal à respirer. En fait, si furieuse qu'elle fut incapable de faire autre chose que demi-tour et rentrer chez elle très, très lentement, en pensant à tout ce qu'elle aurait voulu dire au couple de tarés qui avaient volé sa chatte.

26.

Julia, inconsolable, foudroyait Joy de ses yeux courroucés par-dessous le bonnet en plastique qui protégeait ses cheveux soumis à un énergique traitement au henné.

— Tu ne peux pas déménager, enfin, c'est impossible ! Tu es la meilleure locataire que j'aie jamais eue. Bella, dis-le-lui, toi. Dis-lui qu'elle ne peut pas s'en aller.

Bella souleva un coin du bonnet et en sortit une mèche de cheveux cuivrés pour l'examiner à la lumière et la remettre sous le plastique.

— Julia dit que tu ne peux pas t'en aller, dit-il. Donc, tu ne peux pas t'en aller.

— Je suis vraiment désolée, expliqua Joy, mais c'est un peu curieux d'être fiancée à quelqu'un et de ne pas vivre avec lui. En plus, quand je me suis installée ici, tu te doutes bien que je n'avais pas la moindre idée que je me marierais trois mois plus tard.

— Ça, c'est sûr, lança Bella, évidemment. C'est le genre de chose qu'on ne peut pas savoir.

Il se blottit à un bout du canapé et se mit à tripoter ses gants en plastique.

George et Joy s'étaient décidés la nuit dernière. À quoi bon traîner, attendre un jour d'été lointain au ciel peut-être – ou, qui sait, peut-être pas – d'un bleu limpide, où l'air embaumerait. S'ils étaient assez spontanés pour se fiancer après huit semaines, pourquoi ne pas y aller franco et se marier dans la foulée ? La veille de Noël n'avait plus aucun sens pour George depuis la mort de sa mère, et ce serait une date sensible pour Joy et sa mère cette année. Pourquoi ne pas en faire un jour qui mériterait d'être fêté, et créer ainsi un nouvel anniversaire ?

Joy avait été surprise par la proposition, sans y être opposée. Elle avait seulement ressenti un pincement d'incertitude quand George avait suggéré, à juste titre d'ailleurs, que s'ils se mariaient à la fin de l'année, ils devraient songer à s'installer ensemble. Wilberforce Road était le symbole de son indépendance. C'était là qu'elle rentrait quand elle avait trop bu après une soirée avec ses collègues, là qu'elle traînait sur le canapé, en se tripotant les doigts de pied devant des nullités à la télé (George ne regardait que des vidéos ou les infos). C'était l'endroit où elle disait tous les gros mots qu'elle voulait (George avait décrété dès les débuts de leur relation que jurer était « la forme la plus abjecte de la communication » et Joy avait immédiatement proscrit quelques mots de son vocabulaire). L'endroit où elle buvait de la bière et tenait des conversations idiotes sur les stars des feuilletons télé et les styles de coiffures. Jusqu'à aujourd'hui, sa vie d'adulte avec George avait représenté un aspect de sa vie parmi d'autres. Quand elle emménagerait avec lui, cela en deviendrait le seul et unique.

Cependant, elle se voyait mal lui dire : « Je suis prête à me marier avec toi, mais vivre avec toi ? Non, merci. » Aussi avait-elle acquiescé d'un signe de tête et répondu : « Je donnerai mon préavis à Julia demain. »

Et le navire s'était encore un peu plus éloigné des lumières du port.

Julia pointa vers le chat le bout de sa cigarette Sobranie rose.

— Mou-Shou sera bouleversé. N'est-ce pas, Moushy ?

Joy ébouriffa la tête du chat et sourit. Elle n'avait rien à voir dans le choix de ce nom. Un nom de plat chinois ! C'était vraiment débile et Joy était certaine qu'il y avait du Bella là-dessous, mais dans l'état d'esprit où elle se trouvait en ce moment elle n'était pas prête à entamer un débat sur le sujet. Mou-Shou. Dim Sum. Nem. Canard laqué. Peu importe…

— Il s'en remettra, affirma-t-elle. Il se débrouillera bien sans moi cinq jours sur sept, tout comme aujourd'hui.

— Oui, mais il n'est pas comme d'habitude. Il vient tous les jours, tu sais. Il va dans ta chambre, il te cherche. Il s'installe sur le canapé et t'attend. Il m'ignore complètement, ce petit salopard, soupira Julia en examinant ses cheveux dans la glace.

Elle avait une grosse éclaboussure orange vif sur la joue gauche, qu'elle frotta avec son doigt enduit de salive.

— J'ai pensé faire installer une chatière. La pauvre bête était trempée quand j'ai enfin ouvert la porte hier. Dieu seul sait combien de temps elle a attendu dehors.

— Tu es bien consciente que ce n'est pas notre chat, quand même ? lui rappela Joy.

— Oui, je sais. Il appartient à la personne parfumée au patchouli qui sent aussi le curry. Mais il préfère être ici, c'est sûr.

— Comment peux-tu dire ça ? fit Joy en ricanant.

— Eh bien, c'est évident, sinon il n'y passerait pas autant de temps. Et nous ne lui donnons même pas à manger. Enfin, bref, la question n'est pas là. Tu nous quittes. La ravissante, belle et précieuse Joy nous quitte, renifla-t-elle avec emphase. C'est trop triste !

Bella haussa un sourcil épilé, de toute évidence pas du tout attristé à la perspective de ne plus être obligé de partager sa Julia adorée avec quelqu'un de plus mince et plus joli que lui.

— Je crois que tu es folle, commenta celui-ci, de te marier avec quelqu'un que tu viens à peine de rencontrer.

— Bell ! hurla Julia d'un air scandalisé. Ne dis pas ça ! Ne l'écoute pas, dit-elle à Joy, il est jaloux, c'est tout. C'est merveilleux que tu te maries. La chose la plus merveilleuse, la plus romantique ! Et la veille de Noël, en plus. Tu seras en velours rouge ? Avec de la fourrure blanche ? Et une cape ?

— Oh, et pourquoi pas aussi une longue barbe blanche, pendant que tu y es ? ajouta Bella, se dépliant hors du canapé pour aller vérifier l'état des cheveux de Julia.

— Non, ni fourrure ni cape, expliqua Joy, ignorant la dernière remarque. Je vais me faire faire une tenue. J'ai des photos. Vous voulez voir ?

— Oooh, oui !

Joy sortit quelques pages arrachées à une revue spécialisée qu'une collègue lui avait apportée, et les tendit à Julia.

— Je veux quelque chose de court, continua-t-elle. C'est juste un mariage civil, alors je préfère ne pas en faire trop.

— Oh, j'aime bien celle-ci. Très Jackie O., dit Julia en montrant une petite robe-chemisier style années soixante avec d'énormes boutons.

Entendant mentionner le nom de son idole entre toutes, Bella se coula à côté de Julia sur le canapé en couinant « fais voir, fais voir », et dans la demi-heure suivante ils se plongèrent dans une débauche de robes, bagues et fleurs.

La semaine précédente avait d'ailleurs également été une débauche de robes, bagues et fleurs. À chaque fois qu'elle avait annoncé la nouvelle à quelqu'un, on avait immédiatement commencé à lui poser mille questions sur les petits détails du mariage. Bien que Joy n'eût jamais vraiment été le genre de fille à s'exciter là-dessus, loin de fantasmer durant son adolescence sur le tulle et les diadèmes, et tablait toujours sur quelque chose de simple et discret, elle se laissait malgré elle gagner par l'enthousiasme des autres.

Fondue dans le paysage de ColourPro depuis plus d'un an, Joy avait soudain accédé au statut de célébrité. Jacquie et Roz avaient fait une affaire personnelle d'annoncer la nouvelle à tout le monde : clients, serveuses du magasin de sandwiches, coursiers, directeur. Même la femme de ce dernier était au courant. Joy n'aurait jamais cru que le mariage était une chose si importante pour les gens, et à quel point une nouvelle aussi banale procurait du plaisir à des personnes qui la connaissaient à peine, et se prenaient alors de passion pour des détails qu'elle considérait comme insignifiants.

Les gens avaient également commencé à l'inonder d'infos, à coups de magazines spécialisés sur le mariage, de listes d'endroits de réceptions, d'offres d'organisation de l'enterrement de la vie de célibataire, de conseils et félicitations. Les gens lui souriaient, l'atmosphère vibrait un peu plus en sa présence. Sa mère avait souri pour la première fois depuis un mois quand elle était allée chez celle-ci lui annoncer la nouvelle. Tout le monde au travail semblait dégager un peu plus d'énergie. Jusqu'à l'acide Bella qui s'adoucissait légèrement à la perspective de participer à la conception de la robe.

— Confie-la-moi, je t'en prie !

Joy n'avait jamais vu Bella dans un état pareil. Il en était presque souriant.

— Je suis vraiment bon, hein ? fit-il en s'adressant à Julia. Dis-lui à quel point je suis bon. Montre-lui ce bustier que je t'ai fait pour cette soirée sexy. Allez, vas-y !

Julia s'arracha au canapé et partit vers sa chambre, ondulant de son imposant postérieur, arborant des chaussettes à poils longs imitant la fourrure.

— Sans rire, je suis vraiment bon. D'accord, je n'ai fait aucune école de stylisme, mais ma mère m'a appris à coudre, elle était ouvrière dans la couture, super qualifiée, et tiens, dit-il en prenant le bustier des mains de Julia, regarde ces finitions.

Elle examina la volumineuse pièce de satin rouge, impressionnée. Elle était réellement bien confectionnée, rebrodée de petites paillettes rouges et d'entrelacs de dentelle noire.

— Ce sont de vraies baleines, expliqua-t-il en montrant l'envers du bustier et les coutures. Comme on faisait autrefois, dans les règles, tu vois.

— Bella, remarqua Joy en passant les doigts sur les crochets de fermeture, je ne comprends pas. Pourquoi fais-tu ce boulot de portier, avec un talent pareil ? C'est incroyable.

Bella haussa les épaules et remit ses gants en caoutchouc.

— À vrai dire, je ne sais pas trop. Il faut croire que j'aime traîner dans les théâtres. Sentir le public. L'excitation du maquillage.

— Tu aurais même pu être costumier. Bon sang, réfléchis. Tu pourrais créer des tutus pour le Royal Ballet. Rends-toi compte !

— Nooon, je crois pas, dit-il, haussant de nouveau les épaules avant de retirer le bonnet de Julia.

— Pourquoi ?

— Je sais pas. Ça me ressemble pas vraiment. Bref, reprit-il en changeant de sujet, je peux faire ta robe, ou pas ?

— Oui, pourquoi pas ? Je n'ai pas un gros budget, malheureusement.

— Eh bien, dans ce cas, je ne te prendrai pas trop cher. Deux cents livres, ça te va ? Plus le tissu et les accessoires.

— Incroyable ! Tu es sûr ?

— Absolument, affirma-t-il. Bien, Miss Julia, il est temps de vous rendre à la salle de bains, sinon vos cheveux vont virer au fluo.

Sur ces mots, il conduisit Julia hors du salon, laissant Joy méditer en solitaire sur cette délégation de la création de sa robe de mariée, concrétisation de ses premiers pas hésitants sur la grande et longue route qui la conduirait au jour de son mariage.

Dans son lit ce soir-là, Joy repensa à Bella, qui la trouvait folle de se marier avec quelqu'un qu'elle connaissait à peine. Elle était peut-être folle, qui sait ? Joy avait perdu son aptitude à différencier fantasme et réalité, et tout le scénario des fiançailles regorgeait désormais de tant d'énergie positive qu'il lui était impossible d'envisager le moindre aspect négatif. Comme celui de quitter sa jolie petite chambre bien chauffée de Wilberforce Road pour s'installer définitivement dans l'horrible et glacial appartement de George. Ou qu'elle n'eût rencontré aucun de ses amis, et lui aucun des siens. Ou encore cette vague sensation de faire un faux pas, dont elle n'avait toujours pas réussi à se débarrasser. Elle tenait cependant une chose pour certaine : dans cette période de sa vie où tout était gris, vide et morne, George était apparu et lui avait rendu toutes ses couleurs.

Désormais, la clarté émanant de ces fiançailles était si vive qu'elle lui avait occulté tout le reste, y compris son égarement qui croissait de jour en jour.

27.

Pardon, maman, c'est trop tard pour le pot !

Tiffany Rose est une grande fille maintenant, et quand le besoin s'en fait sentir, elle sait aller sur le pot. Pourtant, même les grandes filles peuvent encore s'oublier. Un seul regard dans les grands yeux bleus de Tiffany Rose, et vous ne pourrez que lui pardonner sa petite bêtise. Tiffany Rose est un enchantement, des pointes de ses cheveux blonds soyeux jusqu'à ses petits pieds chaussés de bottines en cuir véritable.

Vince songeait qu'un jour il existerait une cérémonie de remise des prix pour ce genre de choses, et que s'il y avait la moindre justice en ce bas monde, il recevrait le premier prix. Du genre Le Commercial Ringard et Aigri de l'année.

Personne n'en avait cru ses yeux dans le bureau de Melanie le lundi matin, en découvrant Tiffany Rose installée sur la table de réunion, sa jupe en popeline de coton relevée jusqu'en haut des cuisses, une culotte tire-bouchonnée autour de la cheville, assise sur un petit pot en plastique garni d'une flaque dans un coin, Dieu merci pas d'un jaune réaliste, mais discrètement transparente. En relevant bien sa jupe, ils constatèrent que les créateurs l'avaient dotée d'un derrière rebondi, et laissé suggérer l'esquisse d'une petite fente sur le devant.

« Berk, la vache, c'est vraiment dégueulasse », tel avait été l'avis général.

— C'est sûrement illégal, avait même observé quelqu'un.

Pendant ce temps, Vince avait installé cette petite muse de porcelaine sur son bureau et attendait que les mots se forment dans son esprit.

— Vince, appela une voix de l'autre extrémité du bureau, téléphone pour toi. C'est Cass.

— Cass, fit Vince en prenant l'écouteur, heureux de la diversion.

— Je l'ai trouvée.

— Qui ?

— La femme. Celle d'*Obsession*.

— Ah, oui ! Et alors ?

— Et alors, elle habite sur Wilberforce Road, elle est très grosse, elle a un mec tout petit et hideux qui ressemble à une fille.

— Et que leur as-tu dit ?

— Rien. Je me suis dégonflée. Je me suis contentée de les espionner depuis l'autre côté de la rue. Ils l'appellent Mou-Shou.

— Qui ?

— Madeleine. Je les ai entendus lui parler, et ils l'appelaient Mou-Shou.

— Comme le plat chinois au porc ?

— Oui, siffla-t-elle. Comme le plat au porc. Bon Dieu, ils lui ont donné un nom de viande. Pourquoi pas Cœur de filet, pendant qu'on y est ? Ou... ou... Rumsteck ! Je suis si furax que je pourrais... je pourrais... oh bon sang, je suis hors de moi !

— Qu'est-ce que tu vas faire ?

— J'y retourne ce soir. Je vais leur mettre les points sur les i, une fois pour toutes. Et je veux que tu viennes avec moi.

— Moi ? Pourquoi ?

— Parce qu'ils ont des sales gueules et que je ne veux pas y aller toute seule.

— Et qu'est-ce qu'il pourrait bien t'arriver ?

— Bah, je n'en sais rien. Une fois, j'ai lu un livre sur une fille qui s'est fait prendre en stop par un couple qui avait l'air tout à fait normal, et qui en fait l'a gardée prisonnière dans un coffre sous leur lit pendant dix ans. Le monde est plein de tarés qui fichent la trouille. Pourquoi prendre des risques ?

— OK, acquiesça-t-il, mais je ne suis pas très doué pour les confrontations. Promets-moi que tu ne vas pas péter les plombs.

— Bien sûr que si, je vais péter les plombs. Ils ont kidnappé ma chatte, qu'est-ce que tu crois ?

— Cass, tu n'es pas censée être une hippie ?

— Si, et alors ?

— Eh bien, qu'est-ce que tu fais du bon karma, de la gentillesse, tout ça…

— Tout ça, c'est des conneries, coupa-t-elle. Là, c'est la guerre.

Cass et Vince ne se rendirent pas au 44 Wilberforce Road ce soir-là. Un vent mugissant balaya Finsbury Park vers sept heures du soir, accompagné d'une pluie horizontale, faisant dégringoler la température jusqu'à moins deux degrés.

— Nous irons demain soir, décréta Cass devant ses fourneaux, le cou enroulé d'une écharpe et affublée d'un chapeau, en train de touiller une mixture verdâtre à l'odeur âcre dans une poêle fumante.

— Demain soir, c'est impossible. Je suis pris. Vendredi soir aussi.

— Bon, alors on ira ce week-end. Samedi après-midi ?

— Pourquoi n'envoies-tu pas plutôt un petit mot ? Comme ça tu n'auras pas besoin de la voir ?

— Non, refusa Cass. C'est trop facile. Je veux voir le blanc de ses yeux. Je veux qu'elle ressente la pleine puissance de ma fureur.

— Parfait, concéda Vince, vaincu. Samedi après-midi. On ira samedi.

28.

Joy regarda sa main gauche et joua avec l'anneau en argent qu'elle portait à l'annulaire. Il était incrusté d'une douzaine de petits diamants disposés autour d'une pierre plus grosse, et avait appartenu à la femme d'un écrivain célèbre, d'après le propriétaire moustachu du magasin de bijoux anciens de New King's Road où ils l'avaient achetée.

— Ne t'occupe pas du prix, avait précisé George. Choisis simplement celle que tu préfères.

Il s'avéra que sa préférée avait coûté très exactement le quart de la liasse de billets de cinquante livres pliée dans le portefeuille de George, et il avait déclaré que Joy ne lui coûtait pas cher.

La bague avait été le centre des attentions durant toute la semaine.

— Fais voir.

Elle tendait alors docilement la main gauche, d'un geste quelque peu maniéré, et une fille invariablement surexcitée poussait des cris d'admiration en orientant la bague dans toutes les directions pour lui faire accrocher la lumière.

— Elle n'a pas une grande valeur, avait jugé Bella. Je croyais que tu avais dit qu'il était riche.

La bague avait été choisie et payée en liquide, la confection de la robe avançait, les bans avaient été affichés à l'hôtel de ville de Chelsea, une annonce passée dans les pages des faire-part du *Daily Telegraph* (une idée de sa mère), les derniers cartons remplis de ses affaires étaient entassés dans le coffre de la voiture de sa mère, et dans une heure elle laisserait pour toujours sa vie de célibataire derrière elle.

Joy se sentait curieusement inerte en vidant sa jolie chambre, décrochant les cadres des murs et les photos du bord du miroir, avant de jeter les rebuts de dix semaines de sa vie. Si elle pensait trop à ce qu'elle était en train de faire, il lui faudrait cesser de penser à tout le reste, et alors… eh bien, il était trop tard pour changer quoi que ce soit, aussi la question ne se posait pas.

Elle observa sa mère qui descendait l'allée en direction de sa Volvo, transportant un carton de chaussures. Elle avait l'air d'avoir rajeuni de dix ans depuis l'installation de Joy à Wilberforce Road il y avait un peu plus de deux mois. Barbara avait eu à peine assez de souffle pour porter quelques cartons, et maintenant elle faisait des allers-retours d'un pas décidé entre l'appartement et la voiture, chargée comme une mule sans même transpirer.

Elle avait perdu quelques kilos depuis qu'Alan était parti. Elle s'était mise à faire à pied tous les jours les cinq cents mètres jusqu'aux magasins du coin où elle prenait son journal ou un ticket de loto, juste pour sortir de chez elle et faire quelque chose. Et comme rien ne l'obligeait à faire la cuisine, surtout pour elle toute seule, elle avait tendance à se nourrir de soupes en sachets et substituts de repas complets.

Elle avait aussi changé de coiffure, et essayé un nouveau salon, pour voir. C'était toujours une coupe un peu mémé, mais plus floue, plus chaude, moins apprêtée.

Elle n'avait pas mis longtemps à se remettre du choc du départ d'Alan. Toni et lui ayant déménagé dans une nouvelle maison à six kilomètres de chez elle, elle n'était plus obligée de voir par la fenêtre de leur chambre leurs silhouettes qui se déshabillaient le soir, ou Alan aider galamment Toni à monter dans sa Jag côté passager, ou encore de le croiser tout guilleret, en train de pousser un chariot au supermarché alors qu'il avait toujours refusé de le faire pour elle. Elle avait enfin eu le sentiment qu'elle pourrait reprendre le cours de sa vie.

— Voilà, dit Joy en se perdant dans l'étreinte moelleuse de Julia, c'était fantastique. Court, mais vraiment très agréable.

Julia la relâcha et la regarda avec affection.

— Tu es une fille très spéciale, dit-elle, et George a beaucoup de chance.

— On se voit la semaine prochaine pour ton deuxième essayage, l'assaillit Bella en lui piquant des baisers d'oiseau sur les deux joues, avant de se reculer tout aussi vivement. Et n'oublie pas de nous inviter à ton enterrement de vie de jeune fille.

— Promis, assura-t-elle.

Elle s'installa dans la voiture de sa mère, boucla sa ceinture et fit de grands signes d'adieu à Julia et Bella, avec l'étrange impression d'avoir oublié quelque chose.

Elle se tortura l'esprit pendant les quarante minutes du trajet de Finsbury Park à Stockwell sans parvenir à mettre le doigt dessus.

Elle y parvint seulement quand elles arrivèrent dans l'allée d'accès derrière l'immeuble de George et qu'elle le vit sourire avec enthousiasme derrière la fenêtre de la cuisine au troisième étage. Ce qu'elle avait oublié là-bas, c'était elle-même.

29.

— C’est là, dit Cass en enfonçant ses mains dans les poches de son manteau afghan.

Elle s’arrêta devant l’une des vastes maisons en briques rouges de Wilberforce Road.

— Très sympa, lança Vince d’un ton appréciateur.

Cass le toisa d’un air glacial et s’avança résolument vers l’escalier.

— Allez, viens, ordonna-t-elle, impatiente. Finissons-en avec cette histoire.

Vince sifflota nerveusement, tout bas, pendant qu’ils attendaient que quelqu’un réponde à la porte. Quelques instants plus tard, une grosse femme boudinée dans un T-shirt trop court, des chaussettes roses en angora aux pieds fit son apparition. Ses cheveux orange vif étaient attachés en queue-de-cheval, et elle fumait une cigarette verte.

— Bonjour, leur dit-elle avec un grand sourire.

— Bonjour, répondit Cass, les poings sur les hanches. Je m’appelle Cass, lui, c’est Vince. Nous vivons là-bas, indiqua-t-elle à la femme en pointant son doigt derrière elle, sur Blackstock Road. Nous sommes venus vous parler de ma chatte.

— Ah oui ?

— Oui. Madeleine. Le gros persan tigré. C'est ma chatte.

— Oh, c'est complètement dingue ! C'est une fille ! Bella ! Bella ! hurla la femme dans son couloir. Tu sais quoi ? Mou-Shou est une fille ! Nous croyions que c'était un mâle, expliqua-t-elle en se retournant vers eux. Voulez-vous entrer ?

L'appartement était haut de plafond et en désordre. Des verres à vin et des cendriers débordants parsemaient le décor. Un gros duvet était replié sur le dossier d'un canapé rouge, et à l'autre bout de la pièce un homme très fluet était lové dans le coin d'un fauteuil en cuir très large, enroulé dans une couverture, en train de manger un biscuit au chocolat.

— Je te l'avais dit que c'était une fille, déclara-t-il à Julia en dépliant une jambe maigrichonne, considérant Vince et Cass sans cacher son dédain.

— Voici Vince et Cass. Ils habitent sur Blackstock Road. Mou-Shou, pardon, Madeleine, est leur chatte.

Julia leur adressa un sourire, que Vince lui rendit avec exagération pour désamorcer l'attitude hostile de Cass.

— Voici mon ami Bella.

Vince et Cass se tournèrent dans un même mouvement pour reconsidérer la créature fluette dans le fauteuil. Il avait les cheveux longs, des sourcils épilés certes, mais c'était indubitablement un homme.

—Voulez-vous du café ? proposa Julia, écrasant sa cigarette dans un cendrier rempli de mégots multicolores.

— En fait, expliqua Julia, ce n'est pas une visite de courtoisie.

— Oh, fit Julia, déconcertée.

— Non. Je suis venue vous dire d'arrêter de nourrir ma chatte. Enfin, ça ne se fait pas. Je l'ai depuis cinq ans. J'ai payé toutes les notes de vétérinaire, en prenant des jours de congé pour l'y emmener, je l'ai nourrie, aimée, j'ai été là pour elle quand elle avait besoin de moi. Vous voyez, Madeleine et moi, nous avons ce lien, là. (Elle se martela la tempe avec son doigt.) Vous comprenez ? Ce n'est pas un simple chat, c'est, comment dire… ma meilleure amie. Et depuis que vous avez commencé à lui donner à manger je ne sais quelle saloperie que vous avez choisie, je ne la vois presque plus, et même quand elle revient il y a cette… distance. Ce n'est plus comme avant. Quiconque s'y connaît un peu en chats sait pertinemment qu'on ne nourrit pas les chats des autres. C'est grossier, cruel et je veux que vous arrêtiez !

Cass était écarlate quand elle reprit son souffle à la fin de sa tirade. Ses mains tremblaient et elle s'était mise à pleurer.

Vince retint sa respiration, à l'écoute du silence absolu qui s'était abattu dans la pièce. L'homme tout maigre prénommé Bella s'était rétracté dans sa couverture et ne piochait plus dans son paquet.

— Oh, ma pauvre, pauvre chérie, s'exclama Julia en se précipitant sur Cass bras grands ouverts. Je ne savais pas !

Elle pressa Cass contre son volumineux giron et la serra très fort.

— Si seulement j'avais su, ne serait-ce qu'un instant… oh, mon Dieu, je me sens mal, terriblement mal !

Cass éclata franchement en sanglots et s'enfonça encore plus dans le T-shirt de Julia.

— Bella, demanda Julia, du café, s'il te plaît, chéri, et bien fort.

Elle conduisit Cass vers le canapé et la fit asseoir.

— Bien, dit-elle, dites-moi ce qu'on peut faire pour résoudre tout ça.

— Je vous l'ai dit, balbutia Cass, arrêtez de lui donner à manger.

— Mais, chérie, nous ne lui donnons pas à manger ! Je ne ferais jamais une chose pareille ! Dès l'instant où elle a fait son apparition à ma porte, je l'ai prévenue, je lui ai dit : tu es très jolie, mais nous ne te donnerons rien à manger, pas question. Pourtant elle revenait tout le temps. Elle est amoureuse de ma locataire, voyez-vous.

Cass considéra Bella avec stupéfaction.

— Non, pas de lui. De Joy.

— Joy ?

— Oui. La belle Joy. Mon ex-locataire, soupira-t-elle.

Cass et Vince échangèrent un regard.

— En fait, elle a déménagé ce matin. Nous sommes très tristes.

— C'est étrange, dit Cass, songeuse. Nous sommes à la recherche d'une fille qui s'appelle Joy.

— Vraiment ?

— Oui. Quand même, je ne pense pas… est-ce que cela pourrait être elle ?

— Bien sûr que non, marmonna Vince.

— À quoi ressemble-t-elle, votre Joy ?

— Filiforme, décrivit Julia, cheveux noirs. Très jolie, très pâle.

Cass adressa à Vince un regard interrogateur. Il haussa les épaules et hocha la tête.

— Quel âge ?

— Dans les vingt-cinq ans, quelque chose comme ça.

— Et son nom de famille ?

— Downer.

— Oh, mon Dieu! gémit Cass, qui plaqua sa main sur sa bouche, saisie de palpitations.

— C'est elle? demanda Julia, c'est bien la même personne?

— Oui, souffla Cass.

— Étrange, commenta l'homme qui s'appelait Bella en revenant dans la pièce avec des tasses de café.

— Putain de merde! lâcha Vince.

— Du sucre? fit Bella en posant bruyamment les tasses sur une table.

Cass se leva et se mit à arpenter frénétiquement la pièce.

— Rendez-vous compte, nous ne faisons que de parler de cette fille. Elle est apparue lors d'une séance de tarots que j'ai faite à Vince, et il a avoué qu'il était toujours amoureux d'elle…

— Je ne suis pas amoureux d'elle, coupa-t-il.

— … et que c'était pour ça qu'il merdait dans ses relations sentimentales, alors il a décidé de la retrouver. J'ai même acheté une boule de cristal, vous savez, pour chercher cette mystérieuse Joy, alors qu'elle était là sous notre nez. Ici, pratiquement au coin de la rue. La vache, c'est le truc le plus dément de ma vie.

— Du sucre? insista Bella, qui perdait patience.

— Vince, tu peux croire un truc pareil? interrogea Cass en s'écroulant sur le canapé, tremblante d'excitation.

— Non, c'est incroyable.

Il ne savait que penser. Il huma l'air inconsciemment, à la recherche d'une preuve matérielle de la présence récente de Joy dans cet appartement étrange, avec ces gens bizarres.

— Comment est-elle… euh, comment était-elle? bredouilla-t-il. Elle va bien?

— Elle va se marier, assena Bella tout à trac.

— Oh ! s'exclama Vince.

— Le mois prochain. Avec un mec qu'elle a rencontré par les petites annonces.

— Oh ! répéta Vince.

— Vous plaisantez ? intervint Cass.

— Non, c'est vrai, assura Julia en arrachant la cuillère des mains de Bella pour se verser une bonne dose de sucre dans son café. Elle a emménagé il y a deux mois, puis elle a rencontré ce type qui s'appelle George par petite annonce, et il l'a tourneboulée. Elle s'est fiancée la semaine dernière, et maintenant ils se marient. Franchement, c'est la chose la plus romantique que j'aie jamais connue…

— Enfin, elle n'est pas un peu jeune pour se marier ? objecta Vince en déglutissant avec peine. Elle n'a que vingt-cinq ans, quand même. J'aurais cru…

Il ne poursuivit pas. Qu'est-ce qu'il s'était imaginé ? Que quelqu'un d'aussi spécial que Joy, une fille jeune et séduisante comme elle, n'aurait pas attiré les mâles ? Que chaque homme qu'elle rencontrait ne tombait pas fou amoureux d'elle au point de l'épouser sur-le-champ ? Bien sûr qu'elle allait se marier, c'était évident.

— Elle est jeune, d'accord. Mais elle est très mûre.

— Et il est comment, ce George ?

— Je ne l'ai jamais vu, dit Bella. J'imagine qu'il a trois yeux et une verrue au bout du nez.

— Bell ! réprimanda Julia. Arrête d'être aussi méchant. Je suis sûre qu'il est pas mal.

— Je parie que non. Il ressemble à une hyène, j'en suis sûr.

— Oh, mon Dieu, ne faites pas attention ! dit Julia. Il est affreux, c'est tout. Non, je suis sûre que George est divin. Et Joy est raide dingue de lui, c'est tout ce qui compte.

— Quand se marie-t-elle ? osa demander Vince.

— La veille de Noël, persifla Bella. À l'hôtel de ville de Chelsea. Viendrez-vous empêcher la cérémonie ?

— Euh, non, répondit Vince, interloqué par cette suggestion.

— Oh, vous devriez ! Vous devriez faire irruption au moment où l'officier d'état civil enjoint toute personne pouvant pour une raison légitime empêcher le mariage de se faire connaître, et proclamer : « Elle ne peut pas l'épouser, il ressemble à un phacochère et il n'a pas le chauffage central ! »

— Quoi ?

— Eh bien, c'est ce qu'elle a dit. Elle a dit que son appartement ressemblait à une chambre froide de boucher. Et c'est au sud de Londres, ajouta Bella avec un haussement d'épaules théâtral. Rendez-vous compte, habiter au sud de Londres sans chauffage ! Berk ! C'est inimaginable. Après, vous l'empoignez et vous enfilez King's Road tous les deux en courant aussi vite que vos petites jambes vous le permettront.

— Bella ! l'admonesta encore Julia. Tu vas arrêter tes horreurs, oui ou non ?

— Non, trêve de plaisanterie, qu'est-ce que tu vas faire ? demanda Cass.

— Rien, dit-il. Elle est heureuse, c'est tout ce qui compte.

C'était tout ce qui comptait, effectivement. Il avait trop attendu, voilà tout. Joy vivait au coin de la rue, prête à être cueillie, à tomber amoureuse, et il était arrivé neuf semaines trop tard. Quelqu'un dans la Grande Salle de Réunion des Cieux avait de toute évidence sérieusement examiné son dossier et décidé à cette occasion de ne pas lui offrir de promotion.

Ils restèrent encore une demi-heure à gloser sur l'incroyable coïncidence en buvant le café de Julia, fort à réveiller les morts. Au moment de partir, vers quatre heures, Cass et Julia étaient les meilleures amies du monde, et Bella avait fini tout son paquet de gâteaux sans en offrir à personne.

Elles s'échangèrent leurs numéros de téléphone sur le pas de la porte et se promirent de rester en contact. Bella leur adressa un signe d'adieu mollasson depuis sa couverture pleine de miettes.

— On se verra la veille de Noël, dit-il à Vince, en se tapotant le bout du nez. À l'hôtel de ville de Chelsea. N'oubliez pas.

— Je ne crois pas, le détrompa Vince avec un pauvre sourire.

— Oh, allez, haut les cœurs ! La vie est trop courte.

— Non, dit Vince. Je vais laisser tomber. Ça ne devait pas se faire, voilà tout.

— Vous le regretterez, conclut Bella d'un air boudeur.

Sur le chemin de Blackstock Road, les derniers mots de Bella repassaient en boucle dans la tête de Vince, qui se demanda si celui-ci n'avait pas raison.

30.

Joy ressentit un frisson d'excitation en prenant la Victoria Line à Oxford Circus ce jeudi soir-là. Elle se rendait au studio de Bella, sur Seven Sisters Road, pour son second essayage. C'était la première fois depuis plus d'une semaine qu'elle refaisait le trajet vers le nord après son travail, et pour une raison indéfinissable elle en éprouvait un plaisir nostalgique. Non qu'elle ne fût pas satisfaite de vivre à Stockwell, c'était très agréable, George et elle étaient très heureux, mais c'était agréable de disposer d'un peu d'espace, et d'un point de vue distancié d'où considérer sa nouvelle vie. Son nouveau trajet pour rentrer chez elle semblait refléter d'une manière pathétique la direction générale que sa vie avait prise ces trois derniers mois, à l'opposé de ce qu'elle aurait imaginé. Au lieu d'aller vers le nord selon son habitude, elle allait désormais vers le sud.

Elle s'assit et regarda les autres voyageurs, ressentant une impression d'appartenance réconfortante, celle de se retrouver parmi ses semblables, les gens du Nord de Londres. Elle étudia son reflet dans la vitre obscure de l'autre côté du wagon pendant que le train allait de King's Cross à Highbury et Islington. Son nouveau statut d'étrangère était-il perceptible ?

Puis elle examina sa bague, le seul signe tangible du nouveau monde qu'elle habitait, et la tripota dans tous les sens jusqu'à Finsbury Park.

En voyant le studio de Bella, elle comprit pourquoi il était toujours fourré chez Julia.

Dans une chambre qui ne devait pas excéder neuf mètres carrés ne se trouvaient pas moins de trois portants à vêtements, une armoire et une commode. Des vêtements étaient empilés sur le sol, suspendus à des crochets sur les murs, d'autres encore étaient accrochés à la tringle des rideaux, sur la porte et au-dessus du radiateur. Il y avait même un sèche-linge en plastique sous l'évier, croulant sous les pantalons, chaussettes et autres soutiens-gorge à baleines.

— Je les collectionne, expliqua-t-il. Ils me parlent. « Bella, me disent-ils, Bella, emmène-nous chez toi. Nous voulons venir vivre avec toi. » Je ne peux pas résister, conclut-il en caressant une robe de cocktail en mousseline couleur citron vert.

Il lui prépara un thé au micro-ondes avec un sachet, et y versa du lait, qu'il gardait au frais sur le rebord de sa fenêtre. C'était trop gras, sans doute du lait entier, qui avait un peu tourné, mais Joy but son thé poliment et se percha au bord du lit de Bella, en veillant à ne pas écraser un chapeau en plumes d'autruche.

— J'ai vraiment la chose la plus incroyable à te raconter, commença Bella.

Il retira du lit le chapeau en plumes et vint se serrer contre Joy. Il en frétillait d'excitation.

— Oooh, et qu'est-ce que c'est ?

— Si je te dis le nom de « Vince », qu'est-ce que tu me réponds ?

Joy s'étrangla avec son thé.

— Alors tu sais de qui je parle, hein ?

— Je ne sais pas, fit Joy en essuyant le liquide qui avait dégouliné sur son menton. De qui veux-tu parler ?

— Grand, beau mec, séduisant. Toujours amoureux de toi.

— Comment ?

— Tu sais très bien de qui je veux parler. Je le vois à ta tête.

— Eh bien, effectivement, il y a eu un Vince…

— Oui, grand, beau mec, séduisant, toujours amoureux de toi et qui habite sur Blackstock Road.

— Bella, tu veux bien reprendre ? Je ne sais plus où j'en suis.

— OK.

Bella croisa ses jambes sur le lit.

— Voilà qu'on sonne à la porte samedi après-midi, juste après ton départ. C'est une sorcière hystérique avec un chapeau en patchwork, accompagnée d'un mec sublime. Ils entrent et elle commence à hurler sur Jules à propos de ce foutu chat…

— Du chat ?

— Oui. Mou-Shou. Il se trouve que le chat est à elle, et que c'est une femelle, au fait. Bref, elle y va de son couplet : oooh, ma chatte, c'est le centre de mon charmant petit monde félin et vous êtes horrible de l'avoir laissée entrer ici et bla bla bla… Jules lui explique que si la chatte est toujours là c'est parce qu'elle a craqué pour toi, Joy. À ce moment-là, la sorcière couine : « Oooh, Joy, nous cherchons une fille qui s'appelle comme ça ! » Et il se trouve que le type, Vince, sortait avec toi, et pense être toujours amoureux de toi. La sorcière lui a tiré les cartes, a regardé dans des boules de cristal et a fait Dieu sait quoi d'autre pour essayer de te retrouver afin qu'il puisse te déclarer sa flamme. Et il était là, dans ton appart, exactement une heure après ton départ. Ce n'est pas le truc le plus dingue du monde, ça ?

— Oh, non, gémit Joy, se plaquant une main sur la bouche, c'est incroyable. Vince Mellon ! Je n'arrive pas à y croire.

— Alors, qu'est-ce que tu vas faire ? Tu vas le voir ?

— Je ne sais pas. Enfin… c'est pas vrai ! Il a vraiment dit qu'il était toujours amoureux de moi ?

— Oui ! Non. C'est la fille qui a dit qu'il était amoureux de toi, et il l'a juste contredite mollement. En fait, je pense plutôt qu'il était gêné, c'est tout.

— Cette fille, alors, ce n'était pas sa petite copine ?

— Non, juste une amie.

— Vince Mellon ! (Elle soupira, posa son menton dans ses mains et se remémora son visage.) Mon Dieu, il était sublime.

Elle revit ses doux yeux noisette, le mouvement de ses cheveux qui retombaient sur son front, sa tête bien plantée sur ses épaules larges. Elle n'avait pas pensé à lui depuis si longtemps qu'elle avait presque oublié qu'il existait en chair et en os. À chaque fois qu'elle songeait à lui, elle frissonnait, gênée, et arrêtait le cours de ses pensées avant qu'elles ne laissent filtrer l'image de son père brutalisant la mère de Vince.

Elle ne savait toujours pas dans les détails ce qui s'était passé ce soir-là. Seulement que sa mère était toute moite de honte, et prononçait les mots « dégoûtant », « honteuse » et « humiliée » alors que son père était agressif, sur la défensive et répondait par « s'amuser un peu », « réaction exagérée », « trop bu », « allumeuse » et « racaille des classes ouvrières ».

C'était sa mère qui avait eu l'idée de partir la nuit même.

« Je ne pourrai plus jamais regarder cette pauvre femme dans les yeux », avait gémi sa mère en jetant des vêtements dans une valise, tandis que le père de

Joy examinait le pansement qu'il avait sur le nez dans le miroir, image parfaite de l'auto-apitoiement.

Joy avait failli frapper à la fenêtre de la chambre de Vince avant de partir pour lui dire au revoir et lui donner sa lettre, mais elle avait changé d'avis à la dernière minute et l'avait coincée sous un caillou, sur les marches de l'escalier.

Joy mit presque six mois à accepter que Vince ne la contacterait pas. Elle préférait mettre ça sur le compte de sa loyauté envers sa mère plutôt qu'à un manque d'affection pour elle. Elle ne lui en voulait pas, quel homme sensé aurait voulu avoir des relations avec une famille comme la sienne ?

Étant donné qu'ils n'avaient pas rompu, et que cette relation s'était lentement évaporée dans la brume des jours qui passaient, elle n'en avait pas eu le cœur brisé, mais avait éprouvé plutôt un étrange sentiment de désir pour quelque chose qu'elle était incapable de décrire avec précision. Dans son cœur, Vincent Mellon existait comme un montage flou, tacheté de soleil, où se mêlaient odeurs de fête foraine, cris de mouettes, mains moites, pièces de Monopoly et la sensation de tomber vraiment amoureuse pour la première fois de sa vie. Quand elle racontait dans quelles circonstances elle avait perdu sa virginité à l'âge de dix-huit ans, avec un homme qu'elle avait rencontré à Hunstanton, c'était de lui qu'elle voulait parler. Il faisait partie intégrante de son histoire, mais celle-ci vivait dans sa propre dimension, distincte du reste, comme un film ou un livre.

Sauf que là, il habitait juste au coin de la rue. Il existait toujours. En trois dimensions. Elle eut du mal à avaler sa salive.

— Comment allait-il ? demanda-t-elle.

— Bien, j'imagine. Enfin, je ne sais pas comment il est, d'habitude.

— Comment était-il habillé ?

Pourquoi avait-elle demandé cela ? Pour mieux se le représenter, sans doute.

— Avec un jean. Un pull gris. Un manteau gris. Très minimal. Très chic. Sacrément sexy.

— Tu lui as dit que j'allais me marier ?

— Ouais. Tu aurais dû voir sa tête. Le pauvre en était tout secoué.

— Non ?

— Si. Il ne s'en remettait pas, de se prendre ça en pleine tronche. Je lui ai dit de venir à ton mariage et de t'enlever.

— Non, tu n'as pas fait ça !

— Bien sûr que si !

— Bella, c'est épouvantable !

— Il ne viendra pas. Ne t'inquiète pas. Mais j'ai pensé qu'il méritait au moins d'avoir ce choix. Et en parlant de choix… (Il sortit un sac en cuir de sous son lit et l'ouvrit.) Tiens. Toi aussi, tu mérites d'avoir le choix.

— Qu'est-ce que c'est ?

— Son numéro de téléphone. Juste au cas où tu changerais d'avis sur Georget Cochonnet.

Joy considéra la feuille toute froissée.

— C'est son écriture ?

— Non, la mienne. Je l'ai noté pour toi.

Elle examina les chiffres sur le papier, comme s'ils étaient des hiéroglyphes magiques, la clé des portes d'une civilisation secrète.

— Qu'est-ce qui te fait croire que je vais changer d'avis ?

— Je ne sais pas, fit Bella en haussant les épaules. Tout ça est plutôt soudain, tu ne trouves pas ? Je me demandais si tu ne te précipitais pas là-dedans tête baissée à cause de ton père ?

— De mon père ?

— Ouais. Tu vois, tout ce truc de mariage, c'est peut-être une manière de gérer la séparation de tes parents ?

Joy fronça les sourcils.

— Parce que lorsque mon père est mort, j'ai un peu pété les plombs, reprit Bella. J'étais obsédé par un homme marié. Complètement inaccessible. En fait, je mourais d'envie d'un peu de stabilité, d'un peu d'attention, tu vois. Et je me demandais si tu ne cherchais pas la même chose. Si tu n'essayais pas de remplacer ton père, un truc de ce genre.

— Je sais que ça a l'air horrible, avoua Joy, mais je m'en fiche un peu. Il ne me manque pas. Pas du tout.

— Bon, je n'étais pas vraiment proche de mon père non plus, mais tes parents font partie de toi, ils ont une influence sur ce que tu es, que ça te plaise ou non. Abandonner tout ça laisse un grand vide. C'est tout naturel de vouloir le combler.

Joy acquiesça, et laissa courir ses doigts sur le numéro de téléphone de Vince.

— Je ne sais pas, dit-elle. J'ai envie d'être triste, mais je ne le suis pas. Ma mère a l'air de s'en sortir très bien, il ne lui manque pas, et ça vaut presque mieux, dans un certain sens. Et George… C'est l'homme le plus doux, le plus gentil, le plus intelligent que j'aie jamais rencontré. Il m'aime, il est aux petits soins pour moi, il me respecte… et, oh… il me fait jouir… conclut-elle avec un sourire gêné.

— Oh, je t'en prie, ironisa Bella.

— Non, sérieusement, qu'est-ce qu'une fille peut demander de plus ?

— Et toi ?

— Quoi, moi ?

— Oui, toi, est-ce que tu l'aimes ?

— Bien sûr, fit Joy en baissant les yeux.
— Autant qu'il t'aime ?
— Oui, affirma-t-elle.
— Vraiment ?
— Évidemment. Sinon je ne l'épouserais pas, tu ne crois pas ?
— Et tu l'aimes autant que tu aimais ce Vince ? insista-t-il en montrant le numéro de téléphone sur la feuille.

Joy posa ses yeux sur le mot et les lettres qui formaient son nom. Elle se souvint des palpitations de son cœur la première fois qu'elle l'avait vu, de l'intensité de son désir de le déshabiller, d'être nue avec lui, son impression de pouvoir lui dire tout ce qu'elle voulait et d'être totalement comprise, faire tout ce qu'elle voulait et être totalement acceptée. Elle se souvenait comme tout avait été facile, ouvert et lumineux, comme d'être dans une vaste pièce toute blanche avec toutes les fenêtres ouvertes. Elle se souvenait de la sensation de sa main sur son épaule nue, comme ils se sentaient bien en se promenant sur le front de mer, et à quel point elle était totalement persuadée d'avoir trouvé l'homme de sa vie dans un village de camping-cars de Hunstanton.

— Eh bien, c'est différent, expliqua-t-elle. C'était un flirt d'été. J'étais adolescente. On ressent les choses plus intensément, à cet âge-là.

— Bon, conclut Bella en faisant la moue, peut-être que lorsque de l'eau aura coulé sous les ponts et que tu auras un peu de temps pour réfléchir à tout ça, tu décideras d'attendre. Et un jour, tu repenseras à ce bon vieux Vince, tu te demanderas où il en est, et ce qui aurait pu se passer entre vous. Et tu auras ce choix, ajouta-t-il en montrant la feuille de papier.

Ils restèrent quelques instants silencieux. Une porte claqua sur le palier. Joy regardait fixement la feuille.

Elle la plia en deux et la glissa dans la poche de son manteau.

— Merci, je vais garder ça précieusement.

Et Vince, consumé d'amour, séduisant et si proche, fut soigneusement mis de côté. Ils purent enfin se concentrer sur la question non moins épineuse du choix de la parfaite nuance crème pour sa robe de mariée.

Tout était éteint dans l'appartement quand Joy rentra ce soir-là, à dix heures moins le quart. Elle entra dans la chambre sur la pointe des pieds, s'attendant à discerner la silhouette de George sous la couette, mais le lit était tout plat.

Elle ouvrit la porte du salon et le trouva sur le canapé, en train de lire un livre à la lumière d'une bougie. Il ne leva pas les yeux à son arrivée.

— Il y a eu une coupure de courant ? demanda-t-elle en retirant son manteau.

— Non, répondit-il, tournant lentement une page.

— Pourquoi tout est éteint ?

— J'aime bien ça, dit George.

— Tu vas bien ? lui demanda-t-elle en s'asseyant près de lui, posant sa main sur son genou.

— Oui, je vais bien.

— Tu es sûr ?

— Oui, siffla-t-il, je vais bien.

— Est-ce que tu es contrarié… fâché contre moi ?

— Non, je ne suis pas fâché contre toi. Je lis, c'est tout.

— Tu veux que je te laisse ?

— Ça m'est égal, fit-il en haussant les épaules.

— Bien, dit Joy, désormais sûre que George était furieux contre elle, déchirée entre le désir de le laisser mariner dans son jus et celui de savoir quel était son problème.

Elle déambula quelques instants dans l'appartement, feignant d'être très cool, puis n'y tint plus.

— George, commença-t-elle en revenant dans le salon d'un pas décidé, de toute évidence, quelque chose ne te plaît pas, et si c'est quelque chose que j'ai fait, je veux que tu me le dises.

George soupira et ferma son livre, comme si Joy était la personne la plus pénible qu'il ait eu le déplaisir de rencontrer.

— Je me disais simplement que c'est vraiment très grossier de dire à quelqu'un que l'on va rentrer à une heure précise, et d'apparaître comme une fleur une heure plus tard que prévu sans une explication.

Joy regarda l'horloge sur la cheminée et se sentit très gênée.

— Je n'avais pas dit à quelle heure je rentrerais, se justifia-t-elle.

George soupira de nouveau et reprit son livre.

— George, je n'avais pas dit que je rentrerais tôt. J'avais dit que j'irais chez Bella…

— Bella… hum…

— Quoi ?

— C'est ridicule, un homme qui s'appelle Bella !

Joy soupira et préféra ignorer la remarque.

— J'ai dit que j'irais chez Bella pour l'essayage de ma robe et que je rentrerais ensuite.

— Ce qui laissait à penser que tu rentrerais à une heure décente.

Joy regarda de nouveau la pendule, sidérée.

— Il est à peine dix heures !

— Et il ne t'est pas venu à l'esprit que j'aurais pu avoir des projets pour ce soir ?

— Euh… non. Pourquoi en aurais-tu fait, alors que tu savais que je ne serais pas là ?

— Oh, je n'ai vraiment pas envie de poursuivre une conversation aussi ridicule. Je vais me coucher.

— Non, objecta Joy en le saisissant par le bras. Tout cela est stupide. Il faut qu'on en parle.

— Non, refusa-t-il en se dégageant. Ce n'est pas la peine.

Il sortit vivement de la pièce et claqua la porte.

Joy resta figée un instant, incapable de comprendre ce qui venait de se passer. Puis elle s'écroula sur le canapé et contempla, incrédule, l'affreux salon de George. La première des craintes indéfinissables qu'elle tentait d'ignorer depuis deux mois venait enfin de prendre forme.

À dix heures trente le lendemain matin un énorme bouquet dans des teintes raffinées d'automne mêlant bordeaux, doré et roux fut livré à ColourPro Reprographics, adressé à Miss Joy Downer.

Je suis si heureux de t'avoir trouvée. Je ne veux jamais te perdre. Je t'aime. Je t'adore. Je te vénère.

Malgré l'absence flagrante du mot « pardon », Joy décida de considérer cela comme de plates excuses, et de faire comme si la nuit précédente n'avait jamais existé.

31.

Rien à faire, l'inspiration ne venait pas aujourd'hui. Vince avait beau regarder la petite Katy-Clare au fond de ses yeux bleus expressifs, admirer ses cheveux châtains brillants, il ne voyait absolument pas ce qu'il pouvait pondre d'original sur elle. Chaque description qui lui venait à l'esprit avait déjà été utilisée. Certes, les collectionneurs de Coalford Swann et les lecteurs du supplément couleur du *Sunday Mirror* ne gardaient certainement aucun souvenir précis de ses tournures de phrases d'il y avait deux ans, exaltant le sourire espiègle de Millicent Amanda ou les adorables fossettes de Tabitha Jane, le problème n'était pas là. Il aurait fort bien pu puiser dans son répertoire, mais c'était une question de fierté personnelle.

Quelque chose bloquait le flot de sa sève créatrice ce matin-là, quelque chose d'étrange qui flottait dans l'atmosphère. Polly, la secrétaire de Melanie, d'une humeur bizarre, s'affairait dans tous les sens et avait refusé de participer aux papotages habituels des pauses à rallonge du vendredi. Melanie elle-même était restée enfermée dans son bureau la majeure partie de la journée avec le directeur du personnel, vêtue d'un strict tailleur noir, assorti d'un air sinistre. L'équipe du marketing était du coup en proie à une sorte d'hystérie feutrée, comme un courant électrique sous-jacent de panique, et personne n'avait l'air de travailler.

Vince décida de se soustraire momentanément aux vibrations inquiétantes de son bureau et appela Magda.

— Mags, c'est moi.

— Salut, Moi. Comment vas-tu ?

— Mal. Tout le monde a l'air bizarre.

— Les affaires, comme d'habitude, plaisanta Magda.

— Non, c'est pire que d'habitude.

— Ça, ça m'a l'air impossible.

Magda n'était jamais venue dans les bureaux de Vince, mais trouvait que l'activité consistant à réunir une bande de jeunes diplômés en dessous de la trentaine pour leur faire pondre des idées destinées à faire vendre d'immondes poupées en porcelaine était pour le moins étrange.

— Qu'est-ce que tu as envie de faire demain ? demanda-t-elle. On fait nos courses de Noël ?

Vince râla intérieurement. Non qu'il détestât le shopping, loin de là. Il aimait bien se balader à Covent Garden ou Kensington High Street, essayer manteaux et chaussures par-ci, par-là, regarder les CD et explorer les librairies. Les courses de Noël, c'était une autre paire de manches. C'était le pentathlon du shopping, associant cinq disciplines : mémoire, endurance, force, patience et classement des priorités. Il fallait avoir un tas de personnes différentes en tête, avec leurs goûts, leurs préférences. Vous trouviez le cadeau parfait pour quelqu'un, et réalisiez qu'il était trop lourd ou encombrant pour être trimbalé le reste de la journée. Ou bien, arrivé au bout d'Oxford Street, vous décidiez que le cadeau que vous vouliez pour votre mère se trouvait en fait au début de la rue. Non, c'était l'enfer. À la seule pensée d'accomplir une tâche aussi effrayante en compagnie de Magda, la Reine du shopping, il en avait déjà mal au crâne.

— Tu sais, se défila-t-il, j'ai promis à maman, ou c'est tout comme, que je verrais Kyle demain.

— Oh, mais c'est parfait ! Il n'a qu'à venir avec nous !

— Comment ?

— Mais oui ! Nous pourrons lui montrer les décors de Noël, et l'emmener chez Hamleys voir le Père Noël. Oh, ça va être génial !

En fait, en réfléchissant bien, Vince trouvait l'idée excitante, étrangement. Il n'avait jamais emmené Kyle nulle part sans sa mère ou Chris. Et il serait probablement trop stressé pour prendre tout seul en charge un petit garçon dans le quartier du West End, mais si Magda était là… et Kyle l'aimait beaucoup. De plus, pour aller chez Hamleys le moindre prétexte était bon.

— C'est une excellente idée, approuva-t-il. Je vais d'abord appeler maman et voir si elle est d'accord.

Pendant un instant, Vince se sentit plein d'optimisme et d'enthousiasme. Jusqu'à ce que Magda gâche tout.

— Ça va être marrant, dit-elle, de sortir avec Kyle et toi. Comme une vraie petite famille.

Il n'y avait rien de mal à dire cela, bien sûr, mais le ton qu'elle avait employé, débordant de désir de maternité et de mélancolie avait retourné l'estomac de Vince. Ce n'était pas celui d'une femme qui appréciait une relation sans contraintes, pour le plaisir. Ou qui se contentait de sexe et de rigolade. C'était celui d'une femme qui voulait des bagues en diamants et des projets d'avenir.

Cela lui rappelait une fois de plus qu'il persévérait sur une fausse route, découragé, et qu'il lui faudrait bien à un moment ou un autre faire demi-tour et revenir à son point de départ.

L'étrange atmosphère au bureau de Vince s'expliqua après le déjeuner.

Melanie annonça une réunion du service à quinze heures, événement inédit un vendredi après-midi.

L'équipe pénétra dans son bureau en échangeant regards et haussements d'épaules interrogateurs. Gill Pearson, la terrifiante directrice du personnel, vêtue d'un chemisier à pois bleu marine, était campée en bout de table, affichant un sourire affable.

— Bonjour, tout le monde, dit-elle. Merci à tous d'être venus si promptement.

Son sourire était si large qu'il avait l'air plaqué artificiellement sur sa figure.

Vince tripotait le bout de sa cravate et scrutait l'assemblée. Chacun se livrait à de petites activités trahissant le stress : qui se rongeait les ongles, se tortillait des mèches de cheveux, prenait son stylo-bille pour une baguette de percussion, fourrageait dans ses papiers. Tout le monde savait que rien de bon ne se profilait. Les directeurs du personnel étaient là pour ça.

— Comme vous vous en êtes peut-être rendu compte, Coalford Swann Collectibles a vécu une baisse substantielle de ses bénéfices ces dix-huit derniers mois. Cela n'est en aucun cas imputable à la qualité du produit, ou à l'implication et au travail assidu de notre service, qui est irréprochable. L'économie n'est tout simplement pas en assez bonne santé pour permettre les dépenses de luxe de nos clients, et les objets de collection sont toujours en première ligne pour faire les frais de ce genre de situation. Il nous a donc fallu examiner les chiffres.

Vince se contracta de partout.

— Coalford Swann est renommé dans le monde entier pour la qualité de son marketing et de sa publicité. Et c'est justifié. Melanie a travaillé incroyablement dur ces trois dernières années pour constituer la meilleure équipe de marketing dans cette branche. Voilà pourquoi notre décision a-t-elle été si pénible à prendre.

Bon Dieu, pensa Vince, allez, accouche.

— Les services marketing et publicité cesseront de fonctionner dès lundi matin. C'est pourquoi je suis sincèrement désolée de vous annoncer que vos postes sont supprimés dès ce soir. Je vous recevrai tous individuellement dans l'après-midi, aussi j'apprécierais si vous vouliez bien retourner à vos bureaux et y attendre que j'aie pu m'entretenir avec vous. En attendant, veuillez ne pas divulguer cette nouvelle. Une annonce officielle sera faite lundi matin. Et aussi, puis-je me permettre de vous dire combien moi-même et les autres directeurs ont apprécié votre travail soutenu et votre engagement durant ces années.

Sur ces propos elle leur adressa un sourire crispé, rassembla ses dossiers et quitta la pièce.

Dès que la porte se fut refermée, toute l'équipe se détendit comme un élastique que l'on relâche et émit un énorme soupir collectif.

— Putain de merde, lança Demetrius.

— Merde, renchérit Sian.

— Fantastique ! s'exclama Billy.

Vince ne savait que penser. Il avait tellement imaginé ce genre d'événement, rêvé du flot d'adrénaline que libérerait cette liberté soudaine, des choses qu'il pourrait faire, des endroits où il irait. Finalement, en réalité, il se sentait vaguement blessé. Ils ne voulaient pas de lui. Ils n'avaient pas fait d'exception pour lui. Ils étaient juste heureux de le laisser partir dans le soleil couchant, et de le remplacer par une personne anonyme d'une agence quelconque qui leur écrirait leurs argumentaires. Il avait été largué. Par quelqu'un qu'il n'aimait même pas. Et il se sentait démoli.

Son entretien avec Gill La Terreur dans l'après-midi aida un peu à panser les plaies. Ils lui donnaient trois mois de salaire non imposables et des références super élogieuses. Il n'aurait pas à faire son préavis, récupérait tous ses congés, y compris ceux de l'année en cours, intégralement payés. En d'autres termes, il touchait une jolie petite somme et des vacances imprévues. Sous cet angle, Vince ne put s'empêcher de ressentir une légère euphorie.

Magda, se promit-il, accroche-toi, ma fille, ce soir c'est champagne.

32.

Joy et George dînaient dans un restaurant chinois de Norbiton. Pour elle, ce n'était qu'un quartier qu'on traversait en voiture pour aller ailleurs, et elle n'aurait jamais songé à y faire autre chose, mais la vie, comme elle le comprenait vite, était étrange et imprévisible.

Elle mangeait des gambas, avec des baguettes. Avant, elle n'avait jamais maîtrisé cette technique, s'en étant très bien passée jusque-là, mais George avait été horrifié la première fois qu'ils étaient allés ensemble dans un restaurant chinois, quand elle avait demandé des couverts. Du coup, elle s'était sentie obligée d'apprendre.

Il lui avait appris à tenir la baguette du haut comme un crayon, et à reposer celle du dessous dans le creux du pouce et de l'index, puis, sans bouger celle-ci, utiliser celle du dessus pour pincer. George lui avait appris aussi beaucoup d'autres choses ces dernières semaines.

Comment déboucher une bouteille de champagne (tourner la bouteille, pas le bouchon, faire sauter le bouchon dans sa main, pas au plafond) et comment le boire (tenir la flûte par le pied, sinon votre main réchauffe le liquide dans le verre).

Comment commander dans les restaurants chic (ne demander que l'ingrédient principal du plat, par exemple : « je vais prendre l'agneau », et pas « je vais prendre le filet d'agneau au couscous et aubergines épicées ») et goûter le vin (s'il n'est pas bouchonné, on dit « parfait » et on repose son verre, sans plus de commentaires).

Il lui avait appris à raffiner un peu son vocabulaire, sans être trop explicite, bien sûr, cela eût été par trop grossier, elle assimilait plutôt par osmose, en lisant entre les lignes. Elle réalisait que George, qui se considérait comme libéral et libéré, était collet monté en ce qui concernait les bonnes manières et la tradition. Il sourcillait quand il entendait quelqu'un jurer tout haut près de lui, il s'attendait à un service impeccable où qu'il allât et se plaignait ouvertement si ce n'était pas le cas. Il avait horreur du laisser-aller des banlieues, des accents régionaux et des coquilles dans les journaux.

Il n'était pas snob à proprement parler, mais de toute évidence une partie très importante de la société vivait en marge de sa sphère personnelle. Les gens qui lisaient la presse à scandales et partaient en voyages organisés. Ceux qui lavaient leur voiture et mangeaient dans les stations-service. Étrangement, Joy avait l'impression qu'il avait trouvé une stimulation nouvelle dans le fait qu'elle était venue jusqu'à lui depuis cet univers mystérieux. Il avait semblé fasciné par la maison de ses parents quand Barbara avait insisté pour organiser une fête de fiançailles, intrigué par la vie dans ce cul-de-sac de l'Essex, par le flot ininterrompu de gens qui portaient des noms tels que Rita et Derek, vêtus uniformément en tenues décontractées Marks & Spencers, par les friands à la saucisse et les sandwiches au jambon industriels en guise de canapés, et le couvercle des toilettes recouvert d'une housse synthétique à poils longs.

Il s'était moqué, affectueusement mais avec un peu de condescendance, quand la mère de Joy avait suggéré de passer un faire-part dans la rubrique des annonces de mariages du *Telegraph*. Il avait utilisé des mots tels que « plébéien », « arriviste » et « maladroit », tout en tournant son vin dans son verre avant de le boire.

Joy apprenait beaucoup de choses sur George au fil du temps. Des bonnes, des moins bonnes. Et elle était sur le point d'en apprendre une nouvelle.

— Bien, commença-t-il en la dévorant des yeux, ma jolie future femme, as-tu déjà pris contact avec ta banque pour effectuer les changements sur ton compte ?

— De quoi parles-tu ?

— Eh bien, de ton nouveau nom. Il faudra aussi que tu fasses changer ton passeport, n'oublie pas.

Joy sentit sa gorge se serrer. Avec son vœu d'adolescente de ne pas se marier avant ses trente ans, elle avait aussi décidé que si un jour elle se mariait, il était hors de question qu'elle prît le nom de son mari. C'était archaïque et démodé. Et contre tous ses principes. Son nom était son identité ; il était qui elle était. Celui qu'on avait appelé tous les matins à l'école, celui qu'elle inscrivait sur tous les formulaires. Ce n'était pas un grand nom, il ne la remplissait pas d'une fierté ancestrale, mais c'était le sien, et elle voulait le garder.

— Euh, George...Tu comprends certainement que je n'ai pas la moindre intention de changer de nom ?

Joy ne savait pas trop à quelle réaction s'attendre de la part de George. Toutefois, elle n'aurait pas imaginé qu'il se mettrait à rire.

— Oh, très drôle ! fit-il en éclatant de rire.

— Non, George, je suis sérieuse. Je me suis juré, depuis toujours, que je ne changerais jamais de nom.

Le sourire s'effaça du visage de George et fut remplacé par une expression d'horreur incrédule.

— Enfin on se marie ! Tu dois changer de nom.

— Non. Pas aujourd'hui, et pas à mon âge.

— Si. C'est extrêmement important.

— Mais pourquoi est-ce si important ? Je ne comprends pas.

— Bon Dieu ! On se marie. Tu vas être ma femme. Tu ne peux pas porter un nom différent du mien. Tout le monde se ficherait de moi.

— Qui, exactement ? demanda Joy en fronçant le nez.

— Qui ? aboya-t-il. Mes amis. Mes collègues. Ma famille.

— Oh, George, ils s'en ficheront pas mal, que je porte ton nom ou pas.

— Bien sûr que non ! Ils penseront que tu ne me respectes pas.

— Te respecter ? George, nous sommes en 1993. Ces idées n'ont plus cours depuis belle lurette.

— Peut-être dans ton monde, siffla-t-il, et Joy choisit d'ignorer cette allusion détournée à leurs origines sociales différentes, mais dans le mien, le mariage se définit par l'union officielle, légale, qui lie deux personnes. Nous devenons comme un seul être. Nous devenons une famille. Avec un seul nom que nous partageons.

— D'accord, alors pourquoi ne prenons-nous pas le mien ? Soyons tous les deux des Downer.

— Oh, ne sois pas ridicule !

— Pourquoi est-ce ridicule ? Tu viens de dire que dès que nous serons mariés nous partagerons un seul nom. Partageons donc le mien !

Il ricana et coupa de petites tiges d'oignons verts avec ses baguettes.

— Là, tu es infantile.

— Pourquoi ? Qu'est-ce qui cloche, avec mon nom ?

— Ton nom ne me pose pas le moindre problème. Il se trouve seulement que c'est le tien. Ce n'est pas comme cela que ça fonctionne. De plus, ce serait irrespectueux envers ma défunte mère.

— Ta défunte mère ! Et que fais-tu de mes parents vivants ?

— Oh, arrête, c'est trop facile.

— Mais c'est toi qui as commencé.

— Oh, oh, voilà que ça se transforme en vulgaire pugilat…

— Prenons un nom composé, proposa Joy dans une tentative de compromis.

— Mon Dieu, non !

— Pourquoi pas ?

— Il faut vraiment que tu poses la question ? À part le fait que c'est complètement inhabituel, Downer-Pole, je n'ai jamais rien entendu d'aussi horrible.

— Que dire de Joy Pole[1], dans ce cas ? Ça fait carrément grossier.

— Ah, soupira George, je vois. Nous voici au cœur du problème. Cela n'a aucun rapport avec tes idéaux féministes élevés. Tu n'aimes pas mon nom, c'est tout.

— Si, j'aime bien ton nom. Et si j'avais vraiment envie de prendre ton nom, je le prendrais, quel qu'il soit. C'est juste que je refuse de changer le mien. Parce que je ne crois pas que quiconque, sans considération de sexe, devrait être obligé de changer de nom pour quelque raison que ce soit, d'ailleurs. Je ne serais plus moi-même.

George haussa les sourcils avec une expression sardonique, et se tamponna les coins de la bouche avec sa serviette.

— Moi, moi, moi, marmonna-t-il dans sa barbe.

— Pardon ?

---

1. *Joy Pole* : littéralement, « bâton de jouissance » en anglais.

— Rien, fit-il, rien du tout.

Et un lourd et impénétrable silence s'installa entre eux.

Cette conversation avait tant inquiété Joy qu'elle avait du mal à rassembler ses idées. Elle ne savait que penser de l'énorme différence de leurs systèmes de valeurs, ou de la pédanterie et du snobisme de George, et allait jusqu'à douter de leurs affinités et de leurs sentiments respectifs.

Joy n'avait jamais aimé la confrontation et nourrissait une peur du silence presque pathologique. Et la combinaison des deux lui était insupportable. Elle était aussi terrifiée par la conclusion inéluctable de sa réflexion, nourrie par ses doutes : ils étaient tous deux en proie à une étrange folie et sur le point de commettre une terrible erreur. Celle de se marier. Que ce fût exact ou non, elle n'était pas prête à y faire face. Aussi, au lieu de considérer ces questions d'une manière lucide et adulte, Joy décida-t-elle de les esquiver totalement et de changer de sujet.

— Nous devrions choisir nos alliances la semaine prochaine, s'exclama-t-elle, rompant le silence d'une façon aussi incongrue que quelqu'un pris de boisson à un enterrement. Il semble qu'il faille s'y prendre six semaines à l'avance, à peu près.

— Oh, dit George, une légère trace de contrariété flottant encore au coin de ses lèvres, parfait. Où faut-il aller ?

— Tu sais, n'importe quel bijoutier peut faire l'affaire pour des alliances.

— Bien, approuva George, parfait. Nous irons samedi.

— En fait, avoua Joy, j'avais prévu d'aller en ville samedi. Pour les courses de Noël.

— Parfait. Alors nous ne commanderons pas les alliances samedi.

— Je peux y aller dans la matinée, proposa-t-elle, sentant poindre un autre conflit. Très tôt, et revenir pour le déjeuner. Comme cela nous pourrions y aller l'après-midi.

— Bien. Parfait. Samedi après-midi.

— Bien, répéta Joy en serrant très fort sa serviette sur ses genoux. Parfait.

Comme un autre silence menaçait de les engloutir, elle entretint la conversation.

— Ces gambas sont absolument fantastiques, tu ne trouves pas ?

Son petit navire, pour s'échapper, naviguait héroïquement dans des mers dangereuses.

Le lendemain après-midi un coursier se présenta à ColourPro avec un petit paquet enveloppé dans du papier doré, adressé à Miss Joy Downer.

Roz et Jacquie ouvrirent des yeux ronds tandis qu'elle le déballait pour y découvrir une boîte en cuir noir. À l'intérieur y reposait un beau bracelet Art déco en marcassite, qui scintillait sous les spots halogènes.

Le petit mot qui l'accompagnait disait :

Pour ma Joy chérie, je suis si honoré de t'épouser et si impatient de t'appeler mon épouse. Tu embellis mon monde. Je t'aime, comme un fou, comme un perdu, infiniment... pour toujours.

— Oh, mon Dieu, gémit Roz, serrant le mot dans une main, l'autre pressée sur son cœur, tu es la petite enfoirée la plus chanceuse dans ce putain de monde entier.

33.

On était à deux semaines de Noël, et le grand magasin Selfridges bourdonnait telle une ruche débordant de clients joyeux. Des couples, de jeunes familles et des bandes de copains déambulaient, transpirant sous leurs vêtements d'hiver, armés d'une détermination impressionnante. Si l'on exceptait sa visite hebdomadaire au studio de Bella à Finsbury Park, c'était la première fois que Joy sortait seule depuis son installation avec George il y avait trois semaines, et au lieu de se sentir libre et sans entrave, elle se trouvait toute petite et perdue, comme si elle avait cessé de faire partie intégrante de la société, et qu'on allait lui demander d'en sortir.

George avait fait un peu la tête ce matin-là au moment où elle partait. Il n'avait rien dit clairement, mais il avait moins fait preuve d'humour, et s'était montré plus laconique qu'à l'habitude.

— Tu vas bien ? avait-elle demandé.

— Oui, très bien. Pourquoi me le demandes-tu sans arrêt ?

— Je ne sais pas, on dirait que tu m'en veux.

— Mais non.

Il aurait pu le lui prouver en lui souhaitant de passer un bon moment, en la prenant dans ses bras devant la porte ou en lançant une plaisanterie. Il n'avait rien fait de tel, se contentant de rester assis au bord du lit, enroulé dans son drap de bain, à regarder ses pieds comme un chiot abandonné.

Joy avait reposé son sac à main et s'était assise à côté de lui.

— George, qu'y a-t-il ? Tu as toujours l'air fâché quand je sors sans toi.

— Je t'assure que je ne suis pas fâché.

— Alors, qu'est-ce que c'est ? Pourquoi est-ce que tu boudes comme ça ?

— Je boude ?

— Oui, exactement.

— Mon Dieu, s'était-il énervé en sortant du lit, je suis debout depuis moins d'une heure, je n'ai même pas encore pris mon café et tu m'accuses déjà. Je ne peux pas supporter ça.

Il était allé dans la cuisine l'air furieux, et elle l'avait entendu remplir la bouilloire.

— Alors, avait-elle insisté sur le pas de la porte, tu n'es pas fâché. Tu es juste fatigué ?

— Oui, avait-il sifflé, sans la regarder.

— Bon, j'aime mieux ça. Prends-moi dans tes bras.

Elle lui avait passé les bras autour du cou, et l'avait senti se crisper à son contact. Il était resté inerte.

Qu'est-ce qu'il y a ? Parle-moi ! avait-elle eu envie de hurler.

Mais Joy n'avait pas l'habitude de remettre en question le comportement des autres, ni de demander des explications. Elle était plutôt du genre à apaiser, à éliminer la cause du déplaisir de l'autre, à tout arranger. Aussi avait-elle fait un câlin à George, et lui avait promis de ne pas rentrer tard, gâchant le plaisir de cette journée avant même d'avoir mis les pieds dehors.

Maintenant elle fonçait dans Selfridges, le temps s'écoulant entre ses doigts comme des grains de riz.

Elle avait acheté une robe de chambre en batiste toute simple et un pot-pourri pour sa mère. Pour Maxine, sa meilleure amie d'école, qui vivait à San Diego, une boîte en métal en forme de bus londonien remplie de toffees fourrés, et pour sa cousine Tracy un livre sur les iguanes, car elle en faisait collection.

Il était déjà midi, et c'était là en tout et pour tout son maigre butin. Elle n'avait rien acheté pour George, qui était pourtant son objectif principal de la journée. Elle laissa tristement retomber l'étiquette de prix d'une cravate en soie beaucoup trop chère et prit une décision.

Un wok.

Elle allait lui en acheter un. Un vrai, à Chinatown, en acier, à la base bien arrondie. Et des paniers pour la cuisson vapeur. Et puis des baguettes, des bols pour le riz. Il adorerait.

N'ayant pas le temps d'aller à Chinatown à pied, elle sauta dans un bus devant Selfridges dans l'intention de descendre à Piccadilly Circus.

Le niveau inférieur était bondé à parts égales entre passagers et sacs de courses. Elle empoigna ses sacs dans une seule main et entreprit de monter l'étroit escalier qui conduisait à l'impériale. Elle se trouva une place assise sur la gauche du bus, et après avoir casé ses sacs regarda par la fenêtre. Les trottoirs d'Oxford Street étaient bondés. Le flot humain était si considérable qu'il lui devenait impossible de respecter les feux de circulation, et les pauvres automobilistes en faisaient les frais.

Le ciel au-dessus des toits d'Oxford Street était d'un blanc crayeux. Les éclairages de Noël suspendus en travers de la rue se balançaient doucement en grinçant au passage du bus. Au coin d'Oxford Street et Regent Street un homme vêtu d'une doudoune faisait griller des châtaignes au-dessus d'un brasier rougeoyant, et les vendait aux touristes dans des cornets en papier. Excitée, Joy savoura sa petite bouffée de liberté. Elle adorait prendre le bus. Dans le métro, il n'y avait rien à voir, à part le sol et des gens tous plus laids les uns que les autres. Alors que le bus était un théâtre permanent, et après son sentiment de claustrophobie dans Selfridges il lui était agréable de respirer un peu.

Le véhicule tourna à droite dans Regent Street. Joy regarda les crânes des passants en dessous d'elle, essayant d'imaginer leurs vies. Devant Hamleys, son regard balaya brièvement un autre passant qui se tenait devant la porte d'entrée, pour immédiatement revenir se fixer sur lui.

Un homme. Extrêmement séduisant. Un homme séduisant avec un pardessus gris anthracite et un Levi's 501.

Vincent Mellon.

Son cœur bondit, et elle se redressa, tendue comme un arc.

Il avait une main dans la poche, l'autre serrait quantité de sacs de shopping. Il se tourna lentement pour regarder le décor de la vitrine, une famille de dinosaures robots disposés sur une colline couverte de neige derrière une vitre arborant le logo de Jurassic Park, puis il se détourna de nouveau.

Le bus s'arrêta, coincé par une longue file de voitures. Joy réalisa qu'elle pouvait très bien récupérer ses sacs, descendre du bus et aller lui dire bonjour. C'était peut-être une sorte de signe. Peut-être n'était-elle pas censée le regarder, mais aller lui parler, pour tourner la page du livre et connaître la suite de l'histoire. Tout cela lui traversa l'esprit en deux secondes à peine. Il lui fallut encore quatre ou cinq secondes pour envisager toutes ses raisons de ne pas descendre. Elle serait gênée, ne saurait pas quoi dire. Lui aussi. Elle n'avait pas le temps. Elle serait en retard.

Au moment où elle se convainquit que c'était bien plus qu'une coïncidence d'avoir en ce moment précis son numéro de téléphone dans sa poche, qu'il y avait peut-être une raison à la présence de Vince, cinq secondes de plus s'étaient écoulées. Elle vérifia que la circulation était toujours bloquée et s'apprêtait à se lever de son siège quand les portes de Hamleys s'ouvrirent sur une jolie fille avec un petit garçon dans les bras. Elle était grande et mince, vêtue d'une veste en cuir brillant avec un jean. Ses cheveux noirs mi-longs et soyeux étaient retenus par des lunettes noires relevées comme un bandeau. Elle regarda Vince d'un air radieux, qu'il lui rendit. Elle lui tendit le petit garçon et se haussa sur la pointe des pieds pour l'embrasser sur la joue. Le petit garçon serra Vince dans ses bras, la jolie fille glissa sa main dans le creux de son bras et tous les trois s'éloignèrent en direction d'Oxford Circus tel le parfait cliché de la famille branchée.

Joy se décramponna de ses sacs de courses et reprit son souffle.

Évidemment, se dit-elle, évidemment.

Vince était marié, il avait un beau petit garçon. Bien sûr.

Sa femme avait l'air d'un mannequin.

C'était logique.

La première fois qu'elle l'avait vu à Hunstanton, elle avait cru qu'il n'était pas à sa portée. Il devait être un peu désespéré d'avoir presque dix-neuf ans et d'être toujours vierge. En plus, il n'avait pas eu beaucoup le choix au camping de Seavue Holiday. Il avait dû se dire qu'elle ferait l'affaire pour un flirt d'été, avait profité qu'elle fût morte d'envie de coucher avec lui, puis trouvé sa lettre le lendemain et été totalement soulagé de ne pas être obligé de donner suite.

Mais alors, à quoi rimait donc l'histoire que lui avait racontée Bella ? Sur cette amie à la boule de cristal et aux cartes de tarot ? Et le fait qu'il serait amoureux d'elle ?

C'était donc une plaisanterie ? Ils s'étaient fichus d'elle. Il avait peut-être tout raconté à son amie sur la fille avec qui il avait perdu sa virginité et ils s'étaient moqués d'elle, de son obsédé de père, de son horrible famille et de sa lettre pathétique et ridicule, avec sa déclaration d'amour éternel. Tout était logique.

Lui, il avait évolué, il était passé à des mannequins sculpturales et pulpeuses, alors qu'elle avait dégringolé vers des comptables grincheux réduits à trouver l'amour par petites annonces. Elle repensa à Stuart Bigmore, Vivica et leur ruine en Andalousie, et à leurs projets de fonder une famille. Elle imagina leurs enfants, de jolis petits anges éthérés aux yeux noirs. Puis elle pensa à Ally. Il avait sans doute aussi rencontré quelqu'un, une jolie femme en Nouvelle-Zélande, avec qui il voudrait passer le reste de sa vie, avoir des enfants. Quelqu'un d'extraordinaire. De spécial. Complètement différent d'elle.

Durant des semaines elle avait vécu dans l'illusion qu'elle était en quelque sorte supérieure à George, qu'elle était trop bien pour lui. Aujourd'hui, alors qu'elle regardait Vince et sa jolie famille s'engouffrer dans le métro, sa vie se remit en perspective. George et elle se ressemblaient, ils étaient faits l'un pour l'autre. Maintenant, en pensant à lui, elle était rassérénée car elle se savait aussi belle à ses yeux que la fille brune qui avait donné un fils à Vince, aussi spéciale que Vivica, fantasque et artiste, qui avait pris Stuart sous son aile et lui avait fait quitter le pays si jeune, et assez extraordinaire pour qu'il veuille l'épouser, être avec elle et aucune autre.

Elle glissa sa main dans la poche de son manteau et sentit la feuille de papier. Elle la sortit, contempla le numéro de téléphone de Vince pendant un moment, puis la plia en deux, en fit une petite boule et la laissa tomber par terre.

Ensuite, elle prit Vince Mellon, le rangea dans une petite case de son esprit, l'étiqueta « passé » et envisagea son avenir avec un œil neuf.

34.

Vince rompit définitivement avec Magda la semaine suivante.

Cela se produisit alors qu'elle avait débarqué chez lui avec des catalogues de voyages, et s'était enthousiasmée sur Ténérife. Suggérant juin. Et le terrifiant complètement.

Il s'en était suivi une de ces discussions atroces du style « il faut qu'on parle », « ça n'a rien à voir avec toi, c'est de ma faute ». Magda avait pleuré du début à la fin, de grosses larmes brillantes qui maculaient son visage de mascara marron tout boueux. Pour Vince, c'était là le pire, quand les filles pleuraient. Non seulement vous vous considériez comme un parfait salaud, mais cela les enlaidissait, et quand une fille était laide vous étiez désolé pour elle, et ce sentiment changeait toute la dynamique de l'événement. La fille cessait d'être un être humain au sens propre, et devenait objet de pitié asexué, comme un vieux bossu ou un chiot avec une patte cassée.

L'horrible scène avait duré environ quatre heures. Quatre heures totalement inutiles, selon l'avis de Vince. Tout ce qui devait être dit l'avait été les dix premières minutes. Après cela, cela n'avait été qu'hypothèses sans objet, récriminations, ruminations et questions. Cependant, étant donné que la rupture avait eu lieu chez lui, il n'avait eu d'autre choix que de la laisser dire jusqu'à ce qu'elle s'arrête. Lui demander de partir aurait nettement franchi les limites de l'acceptable.

Il y avait eu là-dessus trente pénibles minutes d'attente du taxi qu'il avait appelé, dont vingt sans rien à se dire. Puis elle était partie. Il l'avait regardée partir, comme une centaine de fois auparavant, pour surveiller le chauffeur, vérifier qu'il n'avait pas une tête de violeur sadique et mémoriser le numéro d'immatriculation. Ensuite il avait laissé retomber le rideau, débarrassé sa tasse vide et des verres à vin. Enfin il était allé au lit. Célibataire et tout seul.

Célibataire et au chômage.

C'était la première fois que ces deux choses lui arrivaient depuis ses dix-neuf ans. Et que les deux se produisent en même temps lui faisait un effet très curieux.

Il se réveilla le lendemain matin pleinement conscient que personne ne se souciait de savoir où il était. Il n'y aurait aucun coup de fil joyeux de Magda pour lui demander ce qu'il était en train de faire, ni de coup de fil au bureau pour expliquer son absence. C'était comme s'il avait soudain cessé d'exister. La sensation était aussi terrifiante que libératrice.

Il consacra cette semaine à faire toutes les choses qu'il avait toujours eu envie de faire s'il ne devait pas travailler. Il lut un livre entier en une journée. Il repassa cinq chemises, six pantalons et un drap. Il alla au supermarché et mit quarante-cinq minutes à décider ce qu'il se ferait à dîner. Il but de la bière à midi. Il retrouva des amis pour déjeuner, qui sentaient le bureau et le métro, satisfait de les voir se presser pour regagner leur travail à toute allure à treize heures. Il découvrit des magasins dont il n'avait jamais soupçonné l'existence à Finsbury

Park, et rentrait chez lui avec des bocaux aux senteurs exotiques remplis de pâte de piment et d'étranges légumes qu'il ne savait pas comment préparer.

Après quelques jours, la nouveauté commença à perdre de son attrait et il se souvint des autres choses dont il avait toujours rêvé s'il n'avait pas été accaparé par le boulot le plus crétin du monde.

Écrire un livre.

Apprendre quelque chose de nouveau.

Voyager.

Un travail qui le rende vraiment heureux.

Il se procura une brochure de cours du soir, mais n'alla jamais plus loin que d'en entourer quelques-uns, avant de la laisser disparaître sous un coussin du canapé.

Il acheta un livre intitulé *Comment écrire un best-seller* et s'arrêta à la fin de l'introduction.

Il prit quelques catalogues chez Voyageurs du Monde, réalisa qu'il n'avait pas les moyens de partir, et les donna à Cass.

Il acheta le *Guardian* et chercha le job parfait dans les petites annonces d'emploi, pour découvrir qu'il n'existait pas, et dans le cas contraire il ne l'aurait pas décroché de toute façon, car il était trop jeune et inexpérimenté.

Chaque jour, sans faute, il s'inventait un prétexte pour passer devant le 44 Wilberforce Road et jeter un coup d'œil à la porte.

Il ne savait pas trop ce qu'il cherchait. Il n'ignorait pas qu'elle avait déménagé, vivait quelque part dans le sud de Londres. On ne sait jamais, espérait-il, elle aurait pu oublier quelque chose, ou revenir faire une visite, ou avoir changé d'avis.

De temps à autre il voyait Julia, la grosse femme. Il se cachait s'il tombait sur elle, peu désireux de devoir expliquer sa présence, ou de lui parler tout court. Il aimait bien la voir, toutefois. Cela lui faisait chaud au cœur d'apercevoir quelqu'un qui avait été si récemment proche de Joy. Il se sentait rattaché à elle en quelque sorte, comme s'il avait pu la voir au cas où elle l'aurait désiré. Non que l'envie lui en manquât. Mais ce n'était pas dans ses projets du moment, de toute évidence. Il avait complètement raté le coche.

Cass, évidemment, n'avait pas arrêté de gloser sur l'Incroyable Coïncidence, et était désormais totalement convaincue que Madeleine avait non seulement été un célèbre moine dans une vie antérieure, mais avait aussi vécu des dizaines de vies antérieures et été quelqu'un d'une extrême sagesse, importante et mystique au cours de chacune d'elles. Elle était furieuse que Vince ne marche pas dans les traces de Madeleine et ne cherche pas à contacter Joy.

— Elle est amoureuse de quelqu'un, bon Dieu ! Elle va se marier.

— Et alors, grommela-t-elle, qu'est-ce que ça peut faire, qu'elle se marie ? Quel est le rapport avec le reste ? Je te parle de destin. Le destin veut que vous soyez ensemble. Tu ne peux pas ignorer les signes. Dès l'instant où tu as mis cette lettre dans ma main, non, en fait, à l'instant même où tu as prononcé son nom, je le savais. Qu'elle et toi étiez faits l'un pour l'autre. C'était flagrant. D'une évidence absolue. Et Madeleine l'a compris aussi. Elle l'a trouvée pour toi, elle a retrouvé l'amour de ta vie. Et tu vas envoyer balader ça ?

— Qu'est-ce que tu attends de moi ?

— Que tu la fasses changer d'avis, bien sûr.

— Non, je ne peux pas. Je ne peux pas bouleverser toute sa vie, comme ça.

— Il le faut ! C'est indispensable ! Elle fait une terrible erreur, et tu dois l'arrêter.

— Et si je le faisais vraiment ? Si je la voyais, lui disais de ne pas épouser ce George, qu'elle m'écoutait et qu'ensuite nous nous rendions compte une semaine plus tard que nous n'avons rien en commun ?

— Ce ne sera pas le cas.

— Comment le sais-tu ?

— Parce que c'est sacrément évident, espèce de crétin ! Tu t'imagines que c'est dans l'habitude des chats de traîner avec les ex-petites amies des gens, quand leurs propriétaires sont justement en train de chercher ces personnes ? Tu ne crois pas au destin ? Aux signes ? À la magie ?

— La magie ?

— Oui, la magie. Tout n'est pas forcément logique, tu sais. Ou régi par des coïncidences. Il y a des choses mues par des forces échappant à notre contrôle.

Vince en était certain, il existait des hommes que rien n'arrêtait pour être avec la femme qu'ils aimaient, prêts à briser des mariages et démolir les vies des autres, mais il n'était pas de ceux-là. Ce n'était pas son style. Il était trop prudent. Ou peut-être ne ressentait-il pas les choses avec assez d'intensité.

Pourtant, quelque chose ne tarderait pas à arriver pour changer à jamais sa façon de les ressentir.

Le samedi matin, Vince emporta quelques affaires et prit le train pour Enfield. Chris allait passer le week-end à Blackpool, invité à un enterrement de vie de garçon, et Vince avait promis à sa mère de venir l'aider à s'occuper de Kyle.

Ils venaient de coucher le petit garçon et allaient se commander une pizza quand Kirsty était sortie des toilettes complètement livide.

— Je saigne, dit-elle, et beaucoup.

Vingt minutes plus tard, Kyle en pyjama dans la voiture de Kirsty, ils étaient tous en route vers le Chase Farm Hospital.

— À combien de semaines en êtes-vous ? demanda l'obstétricien en train d'examiner Kirsty.

— Trente-six.

— Et vous avez un problème de santé en ce moment ?

— Non, pas vraiment. J'ai eu une légère indigestion. Mais rien de grave.

— Hummmm, réfléchit l'obstétricien en retirant son gant en caoutchouc. On dirait un décollement du placenta.

— Un quoi ? demanda Vince.

— Un décollement du placenta signifie que celui-ci a commencé à se détacher de la paroi de l'utérus…

— Et le placenta, qu'est-ce que c'est ? continua Vince, qui avait déjà entendu ce mot, mais aurait eu bien du mal à le définir.

— Le placenta est ce qui relie la maman au bébé, c'est par là qu'elle le nourrit, donc s'il se détache, cela pourrait créer un sérieux problème.

Vincent regarda Kirsty, dans l'espoir qu'elle comprenait exactement la signification de cela. Mais l'expression de son visage trahissait qu'elle était aussi perplexe que lui.

— Le bébé va bien ? murmura-t-elle.

— Nous allons faire des examens.

Vince considérait avec étonnement son gros ventre connecté à tout un tas de machines. Il n'avait jamais été en présence d'un ventre nu de femme enceinte, et n'arrivait pas à décider s'il trouvait cela beau ou franchement dégoûtant.

— Je ne peux pas accoucher maintenant, vous savez, suppliait Kirsty devant la sage-femme qui surveillait les appareils. Mon mari est à Blackpool, je ne peux pas accoucher maintenant.

— Le problème n'est peut-être pas là, la calma la sage-femme, nous en saurons plus dans un instant.

Kirsty prit la main de Vince et la serra si fort qu'il en eut les larmes aux yeux. Soudain, la pièce fut envahie d'un bruit qui lui serra la gorge.

Un battement insistant.

Une palpitation cardiaque.

— Le cœur du bébé est parfait, dit la sage-femme. Aucun signe de souffrance fœtale.

— Oh, mon Dieu, souffla-t-il, c'est le bébé ?

— Oui, répondit la sage-femme, et il va bien.

— Ouah, incroyable, ça a l'air si…

— Réel ? suggéra la sage-femme.

— Oui, c'est étonnant.

— Eh bien, conclut la sage-femme en débranchant l'écouteur à ultrasons du ventre de Kirsty, faisant disparaître le bruit de cette nouvelle vie sur-le-champ, le bébé va bien. Mais vous perdez beaucoup de sang. Je crois que nous allons devoir déclencher l'accouchement.

— Comment ? Maintenant ? se plaignit Kirsty.

— Nous allons voir ce qu'en dit M. Patel, mais s'il est d'accord avec moi, il va falloir agir vite. Vous ne pouvez pas continuer à saigner comme ça.

— Mais je vous l'ai dit, mon mari est à Blackpool. Je ne peux pas avoir le bébé sans lui, je ne peux pas…

— Je suis désolée, madame Jebb, mais à moins que votre mari ne puisse être ici dans les heures qui viennent, je ne crois pas que nous ayons le choix.

L'obstétricien confirma l'avis de la sage-femme, et en quelques minutes la décision de déclencher l'accouchement de Kirsty fut prise.

Le père de Kirsty arriva une heure plus tard et emmena Kyle. Vince laissa un message urgent aux chambres d'hôtes à Blackpool où séjournait Chris. Il ne pouvait plus rien faire d'autre que d'attendre que sa mère accouche.

Il attendit encore quatre heures sans que rien de significatif ne se passe. Des gens défilaient pour examiner Kirsty, énonçant des mesures comme s'ils étaient des tailleurs professionnels. Un anesthésiste vint planter une aiguille dans son dos, ce qui terrorisa Vince, mais sembla grandement soulager sa mère. Vers minuit, la sage-femme informa Kirsty qu'elle pouvait commencer à pousser.

Vince avait décidé qu'il se débrouillerait pour trouver un prétexte afin de s'échapper. Mais à l'instant où il s'apprêtait à partir, sa mère lui prit la main et lui chuchota à l'oreille : « Tu restes avec moi, mon chéri, n'est-ce pas ? »

Elle avait l'air si terrifié et si seule qu'il accepta.

Trois personnes restaient mobilisées au chevet de Kirsty, comme si le bébé allait sortir comme un boulet de canon et qu'elles devaient se tenir prêtes à le rattraper. M. Patel fit irruption et déclara que tout était en bonne voie. Vince ne savait pas où se mettre, partagé entre l'envie de voir le bébé arriver et la gêne de voir le sexe de sa mère.

— Voilà la tête, annonça une infirmière rousse toute souriante, vous voulez voir ?

— Euh… hésita-t-il.

— Oh, allez, insista-t-elle. Vous êtes aussi sorti par là. Il n'y a pas de raison d'avoir peur.

Il jeta un coup d'œil à sa mère pour s'assurer qu'elle n'était pas opposée à ce qu'il regarde, mais elle se concentrait tellement qu'elle semblait avoir oublié sa présence.

— Allez, Kirsty, c'est super, encourageait la sage-femme en lui écartant les genoux. Vous y êtes presque, Kirsty, poussez encore une ou deux fois. Oh, regardez, il a plein de cheveux noirs ! s'exclama-t-elle, ravie.

À cette précision, Vince n'y tint plus et regarda. Juste au moment où la tête du bébé sortit.

— Oh mon Dieu, bredouilla-t-il, c'est incroyable.

— Bien, Kirsty, la tête est sortie. Encore une petite poussée et votre bébé sera là.

— Mon Dieu, répéta Vince, maman, c'est dingue ! Il a des cheveux. Pousse, maman, pousse !

Vince se cramponna à la cuisse dénudée de sa mère et oublia totalement qu'il contemplait son sexe, complètement bouleversé à l'idée de connaître ce nouvel être. Quelques secondes plus tard, une petite personne glissa dans les mains de la sage-femme. Vince la regarda, sidéré, pendant qu'on la nettoyait avec une serviette blanche.

— Qu'est-ce que c'est ? Qu'est-ce que c'est ? haleta Kirsty.

— Une petite fille, dit la sage-femme, une jolie petite fille.

— Oh, mon Dieu, s'exclama Kirsty, plaquant sa main devant sa bouche en étouffant un sanglot. Une petite fille ! J'ai une petite fille !

— Êtes-vous d'accord pour que votre fils coupe le cordon, Kirsty ?

Kirsty acquiesça d'un hochement de tête.

— Oh, tu es sûre ? fit Vince, déboussolé à l'idée de cette responsabilité.

— Bien sûr, se moqua sa mère en riant. Qui d'autre, sinon ?

— O.K. Qu'est-ce que je dois faire ?

La sage-femme tendit à Vince une énorme paire de ciseaux.

— Coupez simplement ici, entre les deux bandes, expliqua-t-elle.

Il coupa doucement le tuyau pâle, ressentant l'énormité de son geste dans un drôle de brouillard. Quand la petite personne fut installée sur la poitrine de Kirsty, celle-ci lui sourit en lui disant : « Salut, ma petite reine, ça fait longtemps que je t'attends. »

La sage-femme emmena la petite reine se faire peser.

— Deux kilos et six cent trente-cinq grammes, annonça-t-elle avec fierté. Énorme, si l'on considère qu'elle est arrivée pas mal en avance.

Elle posa les pieds du bébé sur un tampon encreur, prit ses empreintes, puis l'enveloppa bien serrée dans une couverture blanche et la tendit à sa mère.

— Tu es magnifique, murmura celle-ci à son nouveau bébé, absolument magnifique. Ton papa va être fou de toi quand il va te voir.

Vince considéra le petit visage d'Esquimau qui pointait de la couverture et se sentit submergé par des vagues de quelque chose d'indéfinissable.

— Tu veux la prendre ? proposa Kirsty.

Vince hocha la tête, et tendit les bras vers le petit paquet.

— Coucou, petite sœur, dit-il doucement devant les yeux noirs d'encre tout près de lui, je suis ton grand frère, ton très, très grand frère.

Les yeux d'encre clignèrent et une petite bouche s'arrondit en signe de surprise. En la regardant, Vince ressentit l'attraction la plus puissante qu'il eût jamais ressentie pour quelqu'un de toute sa vie, plus fort que pour Kyle, et même plus fort que pour sa mère. Il comprit soudain le sens profond du mot « relation ». Il avait vu cette personne arriver au monde. Il avait vu son corps se séparer de celui de sa mère, il l'avait coupée de sa source de vie originelle. Elle était réellement, totalement, et pour toujours une partie de lui-même, et l'amour débordant qu'il ressentait pour elle remit instantanément sa vie sur les rails.

À part cela, rien n'était important. C'était la vraie essence de la vie, de l'existence. C'était à cela que servait l'amour.

— Comment allez-vous l'appeler ? demanda la sage-femme.

— Ashleigh, dit Kirsty, Ashleigh Rose.

— Ah, s'extasia-t-elle, c'est très joli.

Vince sourit à Ashleigh Rose, qui enregistrait son visage dans son cerveau tout neuf, et décida qu'il était grand temps qu'il se reprît en main.

35.

L'enterrement de la vie de jeune fille de Joy ne prenait pas la tournure qu'elle avait imaginée.

Après des semaines de discussions où avaient foisonné les projets de cars spécialement affrétés, boîtes de nuit réservées, limousines grand luxe, week-ends à Amsterdam et Chippendales, elle s'était retrouvée chez George, devant des pizzas. Avec George. Et son meilleur ami Wilkie. Ainsi que Marian, sa dealeuse.

Tout le contraire d'une soirée d'enterrement de vie de jeune fille.

Joy ne comprenait pas ce qui s'était passé. Tout avait commencé à aller de travers lorsque George avait soupiré avec dédain devant les suggestions avancées pour ce genre de soirée.

— Je n'ai absolument aucune intention de me livrer à cela. Cette tradition est proprement révoltante.

— Alors tu n'as pas envie de voir tes amis ? Bien rigoler pendant une soirée ?

— Je peux le faire n'importe quand. Je n'ai pas besoin de la déguiser d'un nom ridicule et de la transformer en fiasco.

— Enfin, il n'y a aucune raison que ce soit un fiasco. Tu pourrais simplement aller dîner dehors.

— Non. J'ai toujours trouvé cela de mauvais goût, sous quelque forme que ce soit.

— Oh, avait soupiré Joy, sentant les prémices d'un abîme s'ouvrir entre eux.

— Que cela ne t'empêche pas de t'amuser. J'avais une idée, en fait. Je me disais que tu aimerais peut-être faire ta soirée ici, avait-il proposé avec un sourire enthousiaste en lui prenant la main.

— Ici ? s'était étonnée Joy, considérant le salon, son moral chutant brusquement à zéro.

Cependant elle avait bien compris que pour George, il s'agissait d'une offre et pas d'une suggestion. Il lui proposait son appartement. C'était un cadeau. Alors qu'il existait sans doute cent manières différentes de décliner gentiment, elle n'en avait trouvé aucune à ce moment précis.

— Ah, je n'y avais pas pensé. Mais toi ? Qu'est-ce que tu ferais ?

— Bah, avait-il répondu avec légèreté, je trouverai bien quelque chose, ne t'inquiète pas.

Ses amies avaient été un peu surprises en apprenant le plan de la soirée, mais avaient héroïquement rebondi sur l'idée, avec enthousiasme, papotant sur les tenues qu'elles porteraient, les cocktails qu'elles prépareraient, les jeux qui seraient organisés. Quelqu'un proposa même un télégramme vivant, option strip-tease. Joy avait peu à peu commencé à se convaincre que la soirée pourrait être assez sympa.

Et puis, deux jours avant le jour J, George lui avait annoncé que son copain Wilkie était en ville pour le week-end, qu'ils voulaient fumer ensemble et que le seul endroit envisageable à cet effet était l'appartement. Pour réparer ce nouvel accroc avant qu'il ne se transforme en problème, elle avait fini par négocier une espèce de soirée hybride, qui regrouperait enterrement de vie de garçon et de vie de jeune fille. Elle essaya de se remémorer la conversation, pour retrouver l'instant précis où elle avait consenti à un compromis aussi bizarre, mais elle ne voyait toujours pas comment cela avait pu se produire.

Wilkie était arrivé le premier. Petit, nerveux, un peu trop chevelu, chaussé de lunettes à monture métallique, il portait un vieux pull-over plein de bouloches sur un polo blanc, et s'exprimait avec un léger accent d'Édimbourg, si doucement que Joy ne comprenait qu'un mot sur trois de ce qu'il disait. C'était un copain d'école de George, reporter scientifique pour un grand journal écossais. Joy le trouva charmant, à part la légère odeur de moisi qui l'accompagnait. Apparemment il semblait considérer George comme le chef de la bande, et avait l'air de régresser vers l'adolescence en riant de bon cœur au moindre propos de George, même s'il n'était pas vraiment comique.

Dix minutes après son arrivée, Marian la dealeuse fit son entrée. Elle portait un pull étrange tricoté main dont la matière ressemblait à de la paille, et une jupe longue en jean pleine de poils de chat. Ses cheveux incroyablement longs enroulés sur sa tête formaient une sorte de champignon, et son eye-liner avait dégouliné sur ses joues.

Joy, qui était dotée de la capacité de s'entendre avec à peu près n'importe qui, de n'importe quel milieu, aurait pu se satisfaire de cet échantillon disparate de gens, finalement tout à fait fréquentables, pour passer une plaisante soirée, mais elle se sentait terriblement nerveuse à la perspective de la violente collision chimique entre humains qui se produirait sous peu.

Joy avait beaucoup pensé ces dernières semaines à la façon dont se passerait la première rencontre entre

George et ses amis à elle. Elle se l'était représenté faisant la connaissance de ses amis de l'université, tout ce qu'il y avait de plus charmants et normaux. Elle avait rêvé de repas pleins de gaieté dans des brasseries chaleureuses, de verres pris dans des pubs intimes et enfumés. Toutefois, elle n'avait pas prévu une Julia arrivant à la porte sanglée dans une veste projetant ses seins en avant comme deux énormes entremets sur un rebord de fenêtre, suivie de Bella en robe pailletée rouge, perruque longue descendant jusqu'à la taille et talons qui le juchaient jusqu'à un mètre quatre-vingts. Tous les deux s'étaient enroulés dans des boas à plumes roses et arboraient le clin d'œil classique à ce genre de soirée, des vibromasseurs accrochés à des chaînes en guise de pendentifs. Ils avaient certainement déjà fait honneur à quelques verres avant de démarrer la soirée, car ils tambourinaient à la porte en criant d'une voix suraiguë.

Joy n'avait jamais vu Bella en travesti : la transformation était stupéfiante. La sexualité de Bella était plutôt ambiguë dans son apparence de tous les jours, son comportement discret et sa silhouette androgyne. Mais le fait de revêtir une robe l'avait transformé en la personne la plus efféminée et homo que Joy eût jamais vue. Il parlait deux fois plus fort que d'habitude, avec d'insupportables effets maniérés produits par sa bouche vermillon.

— J'ai mis des sous-vêtements chauds, lui chuchota-t-il en aparté en lui donnant un grand coup de coude dans les côtes, je suis prêt.

— Chut, l'admonesta-t-elle sur-le-champ, George est ici.

— Comment ? Ton George ? Il est ici ?

— Oui, avec des amis. Ils, euh… passent la soirée avec nous.

— Répète un peu ?

— George et ses amis restent. Ici. Avec nous.

— Mais, ma chérie, ils ne peuvent pas, c'est ton enterrement de vie de jeune fille ! se récria Julia, horrifiée, le visage tout crispé.

— Je sais, je sais, siffla-t-elle, mais que pouvais-je faire ? C'est son appart. Je ne pouvais quand même pas lui dire de dégager.

— En fait, ce n'est pas tout à fait son appart, précisa Julia. C'est le vôtre, vous y vivez tous les deux.

Joy haussa les épaules en signe d'impuissance. Julia et Bella échangèrent un regard, qui laissa Joy imaginer ce qu'ils pensaient de sa capacité à mener un homme.

— Bah, soupira Julia, au moins voilà l'occasion de le rencontrer, cet énigmatique George.

Sur ce, ils se ruèrent dans le couloir et firent irruption dans le salon où George, Wilkie et Marian partageaient une bouteille de vin blanc en bavardant paisiblement.

— Qui de vous deux est l'heureux veinard, le super veinard de George ? entonna Bella campé à l'entrée de la pièce, une main sur la hanche.

Wilkie déglutit si violemment qu'on aurait dit qu'il allait recracher sa pomme d'Adam, et Marian se contenta d'écarquiller les yeux.

— Euh, bonsoir, dit George, qui en cet instant eut plus que jamais l'air d'un comptable. George, c'est moi.

— Georget Cochonnet, mignonnet et propret ! couina Bella en se jetant sur George les bras grands ouverts. Nous avons tellement entendu parler de toi !

Il planta deux gros baisers sur les joues de George en lui laissant des traces de rouge à lèvres, que celui-ci essuya aussitôt du revers de sa main.

— Salut, fit Julia en se précipitant vers George, seins ondulants, je suis Julia. Joy louait une chambre dans mon appartement. Oh, mon Dieu, ça me donne l'air d'une vieille, de dire ce genre de trucs. Enfin, vous comprenez, ça fait un peu bourgeois. C'est divin de faire votre connaissance !

George devint livide au moment où Julia le prit dans ses bras, lui écrasant la poitrine contre ses seins.

— Euh... je suis très content de vous rencontrer, réussit-il à articuler tout en s'extrayant en douceur du giron de Julia.

Julia examina la pièce, sur le point de faire un commentaire, qui ne vint pas. Bella rajusta son boa en plumes.

— Une taffe ? proposa Marian en passant à Bella la fin d'un joint.

— Oh, non, répondit-il avec dédain, c'est dégoûtant, ce truc. Je n'y touche jamais.

— Ça ne fait rien, dit Marian, déçue.

La pièce résonna un instant du terrible silence de gens qui s'interrogent sur la suite à donner à une conversation, jusqu'à ce que la sonnette de la porte d'entrée retentît, fort à propos. Joy soupira de soulagement, croisant les doigts pour que ce fût Dymphna et Karen, ses charmantes amies normales de Bristol, mais elle ouvrit sur Roz et Jacquie, qui vacillaient déjà sous l'effet de l'alcool et apportaient des préservatifs gonflés comme des ballons ainsi que deux bouteilles de tequila.

— Aaaaah ! Youpiiiii ! On te souhaite un super enterrement de vie de jeune fille !

Elles s'engouffrèrent à l'intérieur, lui lancèrent un voile de mariée bon marché en nylon sur la tête, et lui accrochèrent à son insu des autocollants d'apprenti conducteur dans le dos.

— Putain de cauchemar, pour trouver cet endroit ! s'exclama Roz en considérant le couloir humide d'un air dubitatif. Le chauffeur de taxi a dit qu'il ne nous emmènerait au sud que si on lui montrait nos seins.

Alors on est descendues et on a pris cette saleté de métro. La vache, on gèle, ici. Tu as laissé une fenêtre ouverte ?

Joy les débarrassa de leurs manteaux, révélant leurs minijupes et leurs hauts en lycra très échancrés.

— Non, murmura-t-elle, il fait froid, c'est tout. Il fait plus chaud par ici, précisa-t-elle en indiquant le salon, nous y avons mis un radiateur.

— Ouah, merci, fallait pas ! ironisa Jacquie, lui tendant une bouteille de tequila avant de serrer ses bras maigrichons autour de sa poitrine.

Dans le salon, Roz et Jacquie firent plutôt profil bas durant les présentations, de toute évidence horrifiées de s'être déguisées en bimbos et d'avoir traversé la moitié de la ville pour se retrouver dans une pièce hideuse pleine de ringards.

— Super, dirent-elles à l'unisson en considérant la pièce, désappointées, avant de battre en retraite à toute vitesse vers le havre de la cuisine. Sur ce, Joy resta complètement partagée entre rester dans le salon, où Bella rendait George fou d'inquiétude en passant vigoureusement ses CD en revue comme s'il était dans un magasin d'occasions, aller s'assurer à la cuisine que Roz et Jacquie se sentaient bien, et y préparer des verres pour tout le monde. Elle conclut qu'ils survivraient sans elle quelques minutes et alla s'occuper des verres.

— Ton George, il ne reste pas, hein ? demanda Roz en l'attrapant vivement par le bras.

— Si.

— Tu te fous de moi, renchérit Jacquie. C'est ta soirée, merde !

— Je sais. Mais il m'a mise devant le fait accompli, et je me suis mal débrouillée.

— La vache, tu es sérieuse, comprit Jacquie, qui renifla et alluma une cigarette.

— Je suis vraiment désolée. Ça va bien se passer, je te le jure.

Tout en prononçant ces mots, Joy réalisait qu'elle dégringolait dans leur estime. En réfléchissant au ridicule de la situation qu'elle avait laissé George créer, alors que cette soirée était censée être son dernier moment de liberté, elle ne pouvait sincèrement pas leur en vouloir.

À l'arrivée de Dymphna et Karen dix minutes plus tard, il était trop tard, leur normalité passa inaperçue au milieu des invités hors normes de Joy. La soirée était un désastre, et ne tenait plus qu'à un fil. La jeune femme ressentait des picotements sur tout son corps tellement elle était mal à l'aise.

Julia, Bella, Karen et Dymphna faisaient de leur mieux pour prétendre que cette soirée était un enterrement de vie de jeune fille acceptable, et parlaient un peu trop fort, sur le point de déraper vers l'excès. Roz et Jacquie fumaient comme des pompiers dans un coin, sans cacher leur déception. George restait installé avec Marian et Wilkie, sans esquisser le moindre effort pour engager la conversation avec ses amis.

Les gens bruyants le devinrent de plus en plus au fil de la soirée, les calmes de plus en plus calmes. Quand Bella passa une compilation disco des années soixante-dix et se mit à danser sur la table basse, Joy ressentit le besoin impérieux de sortir de la pièce.

Elle alla laver quelques verres à la cuisine, en contemplant son reflet dans la fenêtre de la cuisine d'un air absent. Elle était déchirée entre deux vies, celle pré-George et celle avec George. Comprenant qu'il n'y aurait aucun point où les deux mondes pourraient coexister, elle fut envahie d'appréhension.

— Hello, ma chérie, fit Julia en arrivant derrière elle, lui passant la main dans les cheveux, ça va ?

— Oui, fanfaronna-t-elle, super.

— Tu t'amuses ?

— Génialement bien !

— Parfait. George est charmant.

— Tu trouves, vraiment ?

— Oui. Et il n'est pas moche du tout, tu sais.

— Sans rire ?

— Oui. Il est bien. Je ne sais pas ce qui t'inquiétait.

— Je suis sincèrement désolée, commença Joy, désolée qu'il soit là. Désolée de ne pas avoir mieux organisé les choses.

— Allons, allons, ce n'est pas la fin du monde. Et tout le monde passe une bonne soirée.

— Non, vraiment, je me sens super mal. Vous avez tous fait tellement d'efforts, et moi je n'ai rien fait. Je n'ai même pas acheté de cocktails, se lamenta-t-elle avec un geste vers le réfrigérateur.

Ce n'était que trop vrai. Elle avait eu toute la journée pour préparer, essayer d'enjoliver l'appartement, au lieu de cela elle avait passé la journée au lit avec George. C'était leur activité habituelle le samedi. La veille, George achetait un tas de choses pour le petit déjeuner : croissants, pains de luxe, miel exotique venu du bout du monde, et ils restaient au lit, à faire la grasse matinée pour éliminer les effets des deux ou trois bouteilles de vin qu'ils avaient bues la soirée précédente, écouter la radio, faire l'amour et bavarder. Toute la journée. Jusqu'au moment de sortir dîner. Ce jour-ci avait beau être différent, avec une fête chez eux, Dieu seul sait pourquoi aucun des deux n'avait eu l'idée de rompre l'habitude et de s'en occuper. George avait acheté une caisse de vin, et semblait considérer que cela suffisait à la fête. La logique un peu perturbée de

Joy lui avait fait conclure que proposer un tour au supermarché pour faire des provisions de gâteaux apéritif et de cocktails revenait à suggérer que pousser un chariot dans un magasin avait plus de charme que de passer la journée au lit avec lui, et que ses amis étaient plus importants à ses yeux que lui, aussi avait-elle repoussé l'idée et s'était-elle laissée vivre.

— Tu es sûre que ça va ? insista Julia en la regardant bien en face.

— Oui. Juré. Ce n'est pas ce que j'attendais, c'est tout.

— Tu gardes à l'esprit que tu peux changer d'avis, hein ?

— Comment ?

— Pour te marier. Tu sais bien que personne ne t'en voudrait.

— Oh, Julia, se récria-t-elle avec un rire cassant.

— Sérieusement, mon chou. Si tu as le moindre doute, ne le fais pas. C'est trop important pour ne pas être sûr de soi à cent pour cent.

À ces mots pleins de gentillesse, Joy sentit ses larmes monter, suivies par une irritation pénible dans sa gorge. Elle se détourna pour arranger les verres sur l'égouttoir.

— Je ne veux pas dire que tu devrais avoir des doutes, continua Julia, comprenant qu'elle l'avait vexée par inadvertance. C'est juste que si tu en as, tu devrais les prendre en considération, agir.

Joy saisit alors que Julia lui suggérait implicitement qu'elle faisait une erreur, qu'elle lui tendait une perche pour revenir sur la terre ferme, mais la perspective de parler de sa sottise imminente ici, ce soir-là, maintenant, était trop pour elle.

— Bon, dit-elle doucement en contrôlant sa gorge serrée, j'entends bien ce que tu me dis.

— Je le dis toujours à mes amis avant qu'ils ne se marient, dit Julia, soudain confuse.

Joy sourit, soulagée que Julia fît marche arrière.

— Merci, tu es la personne la plus gentille du monde.

Elle passa son bras autour des épaules nues de Julia et l'attira contre elle.

— Non, se défendit Julia, c'est toi. Et tu n'ignores pas ce qu'on dit des filles gentilles, n'est-ce pas ?

— Qu'est-ce qu'on dit ?

— Que ce sont les dernières qui restent. Oh, et aussi qu'elles ont des cancers. Alors ne sois pas trop gentille, d'accord ?

Sur ce, Julia passa son bras sous celui de Joy et elles retournèrent dans le salon, juste à temps pour voir Bella se laisser tomber sur les genoux de George, enrouler ses bras autour de son cou et lui dire des horreurs de sa voix la plus aiguë.

— Joy a dit que tu étais vraiment moche, mais tu sais quoi ? Je ne te trouve pas moche du tout. Tu ressembles tout à fait à un joli ours en peluche bien rebondi.

Joy écouta les échos des éclats de rire de Julia et Bella après leur départ de l'appartement à minuit, qui attrapèrent un taxi pétaradant en bas de l'immeuble. Elle referma doucement la porte et retourna dans le salon.

George était assis les genoux remontés jusqu'au menton, entouré de bouteilles vides, en train de fumer un joint. Il ne se tourna pas vers elle quand elle entra dans la pièce, mais continua à regarder dans le vide en exhalant d'épais nuages de fumée. Joy s'installa en équilibre au bord du canapé et le regarda. Elle ne savait par où commencer, par où s'excuser. Tout ce qui lui venait à l'esprit semblait voué à aggraver la situation, aussi lui parut-il plus prudent de ne rien dire. Elle posa une main sur le genou de George, ce qu'il ignora. Il s'écoula un instant de silence, puis George écrasa son mégot et déplia ses jambes.

— Bien, dit-il en se penchant pour éteindre une lampe, je dois avouer honnêtement que c'était la soirée la plus épouvantable de toute ma vie. Bonne nuit.

Il quitta la pièce brusquement, laissant Joy assise dans le noir à contempler un cercle orange qui consuma un reste de papier à cigarette avant de se transformer en cendre incolore.

36.

Bella retira une épingle de sa bouche pour l'enfoncer solidement dans le tissu crème.

— Tu as perdu du poids, dit-il en tirant sur la robe. Tu ne peux pas continuer comme ça, sinon je n'aurai plus rien à coudre.

— Je n'y peux rien, se justifia Joy en équilibre instable sur une chaise installée au centre de la pièce. Je n'ai pas faim, c'est tout.

— Ah oui, et pourquoi ? Parce que tu es malheureuse, voilà la raison.

— Je ne suis pas malheureuse.

— Si, ça se voit.

— Non. Je me marie dans quatre jours. C'est stressant. Il y a tellement de choses à organiser. Et puis d'abord, pourquoi serais-je malheureuse ?

— Parce que tu vis dans un bouge dégueulasse au sud de Londres, parce que ton premier amour est marié à un top-modèle, parce que ton fiancé ne t'a pas adressé la parole depuis tes piètres excuses…

— Bell… implora Joy, tu promets de ne pas en parler à Julia, d'accord ?

— Bien sûr que je ne lui dirai rien, dit Bella en haussant les sourcils. Nous ne voulons pas crever son énorme et délicieuse bulle romantique toute rose, n'est-ce pas ?

— D'abord, ce n'est pas exact qu'il ne m'adresse pas la parole, simplement il utilise le minimum de mots quand il s'adresse à moi. Et je ne peux pas vraiment lui en vouloir. Après tout, quel homme ne serait pas furax de découvrir que sa future femme s'est répandue partout en racontant qu'il était moche ?

Blêmissant, Bella haussa les épaules.

— Ouais. Je suis vraiment désolé pour ça. Je ne devrais pas boire. Ça ne me réussit pas. Mais tu n'avais qu'à lui dire que je racontais n'importe quoi, c'est tout. Moi, ça m'est égal.

— Cela aurait aussi été un mensonge, de toute évidence. Pourquoi dire un truc pareil, si ce n'est pas vrai ? George n'est pas débile. Si j'avais essayé de nier, cela n'aurait fait qu'empirer les choses.

— Alors tu penses que ça va durer encore combien de temps, cette stratégie du silence ?

— Oh, mon Dieu, râla Joy, je n'en sais rien.

— Il faudra bien qu'il te reparle à un moment ou un autre, ou alors il ne pourra pas donner son consentement, et tout ça… (Bella indiqua la robe) aurait plutôt l'air complètement débile, tu ne crois pas ?

— Écoute, il finira par céder. C'est sa manière de réagir, voilà tout. Il a été blessé. Et je ne peux absolument rien dire pour arranger ça. Même si je lui annonce que j'ai changé d'avis, qu'il est l'homme le plus séduisant du monde, ça n'effacera pas le fait que je pensais qu'il était moche. Je m'attends à tout moment qu'il annule le mariage, mais il continue à s'y préparer.

— Et toi ?

— Quoi, moi ?

— Tu t'y prépares toujours ? Tu veux toujours le faire ?

— Évidemment.

— Tu l'aimes toujours ?

— Absolument. Il n'est peut-être pas parfait, il lui arrive d'être mal luné et coincé, mais c'est quand même la meilleure relation de ma vie.

— Oui, mais…

Bella retira la dernière épingle de sa bouche et la piqua dans l'ourlet de la robe.

— … tu dis que c'est la meilleure relation de ta vie, ce qui ne veut pas dire que ce sera la meilleure de toute ta vie. Tu pourrais rencontrer quelqu'un demain, qui te fera tourner la tête, qui ne te fera pas seulement te sentir spéciale, mais aussi pleinement toi. Quelqu'un avec un appartement bien chaud, avec des cheveux raides. Quelqu'un d'un peu plus… toi. Je n'arrive vraiment pas à comprendre pourquoi tu te contentes d'un pis-aller…

— Un pis-aller ? s'étonna Joy, considérant Bella.

— Oui. Parce que, Joy, ma douce, je sais que ce n'est ni le moment ni l'endroit pour dire ça, mais je pense que tu pourrais avoir bien mieux que Georget Cochonnet.

Joy se raidit, sur la défensive.

— Bon, trancha-t-elle, c'est toi qui le dis, mais en fait, le pourrais-je vraiment ? Prétendre à mieux que George ? Je croyais que c'était possible. Quand je l'ai rencontré, il avait l'air de venir d'une autre planète, je le trouvais inférieur à moi, mais il est en fait environ cent fois plus intelligent que moi, il est très bien foutu, il est super bon au lit, il est romantique, sensible et gentil. Il a perdu toute sa famille, il a dû se prendre en charge depuis qu'il a dix-huit ans et ce n'est pas surprenant qu'il soit un peu mal luné de temps en temps. De plus, je ne suis pas parfaite moi-même. Si je prends la décision d'attendre l'homme idéal, où cela va-t-il me mener, de toute façon ? Ce genre d'homme finit toujours par vous quitter, ils trouvent toujours quelqu'un de mieux que vous, quelqu'un de plus beau.

— Quel genre d'homme, selon toi ?

— Des hommes comme Vincent Mellon. Stuart Bigmore. Des hommes comme mon salaud de père…

— Ah, nous y voilà, dit Bella en croisant les bras, ton père…

— Oh, je t'en prie, ne recommence pas avec ça. Cela n'a rien à voir avec mon enfoiré de père.

— Évidemment que si. Au contraire. Sinon, comment expliquerais-tu qu'une semaine après qu'il eut quitté ta pauvre mère bafouée pour une femme plus jeune et glamour, une semaine après que tu l'as exclu de ta vie, tu aies bizarrement accepté une demande en mariage de la part d'un homme que tu connaissais à peine et qui ne te plaisait pas à cent pour cent ? Parce que tu te dis que si l'on te place sur un piédestal, tu ne finiras jamais comme ta mère. Le seul problème avec les piédestaux, madame Pole, c'est qu'on risque d'en dégringoler.

Il saisit les pieds de la chaise où elle était perchée et la secoua de gauche à droite.

— Je ne suis pas sur un piédestal, râla-t-elle en se raccrochant à l'épaule anguleuse de Bella, et je n'ai pas peur de finir comme ma mère.

Elle descendit précautionneusement de la chaise.

— Tout ce que je veux, c'est rendre George heureux et avoir une vie plaisante. Et je crois qu'une fois marié toute cette insécurité et ces bouderies s'arrêteront, car il sera certain alors que je ne partirai pas avec quelqu'un d'autre et ne le quitterai pas.

— Tu penses réellement ça ?

— Oui, oui. Il a besoin d'une preuve d'engagement. C'est tout…

— Bah, insista Bella, tu sais ce qu'on dit. Engagement à la va-vite, regrets éternels. C'est ton enterrement.

Joy le cloua du regard et entreprit de retirer sa robe.

— Tu ne veux pas voir de quoi tu as l'air avec ? demanda Bella.

— Non, pas encore. J'attendrai qu'elle soit entièrement terminée.

— Comme tu voudras, dit Bella en l'examinant avec admiration, ajustant d'un soupçon la ligne du décolleté, mais crois-moi, tu es officiellement la plus jolie créature que j'aie jamais vue. En fait, si tu avais des couilles, je t'épouserais moi-même.

George ne recommença à adresser la parole à Joy normalement que deux jours plus tard, quand elle rentra avec sa robe de mariée dans un immense sac blanc.

Faisant fi de la tradition, Joy disparut dans la chambre et enfila la robe pour George, en avant-première. Elle monta sur le lit pour essayer de se voir en pied dans le petit miroir sur le mur opposé, mais elle n'eut droit qu'à une portion tronquée de sa silhouette, des genoux aux épaules.

— Tu es sûr que tu veux voir ? cria-t-elle derrière la porte du salon.

— Sûr et certain !

— Ta-dam ! s'exclama-t-elle en faisant son entrée. Qu'en penses-tu ?

— Oh là là ! s'écria George en se levant du canapé. Oh là là !

— C'est joli ? Je n'ai pas très bien vu dans le miroir.

— Joli ? fit-il en lui tournant autour d'un air approbateur, c'est absolument stupéfiant. Tu ressembles à… mon Dieu, je ne trouve pas les mots. Tu es spectaculaire. Viens ici, ajouta-t-il en lui ouvrant les bras. Je suis l'homme le plus heureux de la Terre. Béni des dieux.

Il l'embrassa sur le haut du front et Joy le serra dans ses bras, sentant toute la tension de la semaine passée la quitter sur-le-champ. Il lui avait pardonné. Il l'aimait toujours, la désirait toujours. Il la trouvait toujours belle et parfaite. Elle était toujours la fille de ses rêves.

Elle se raccrocha à lui comme si sa vie en dépendait, dans sa belle robe neuve, telle une princesse aux pieds nus en lin crème, sans se demander une seconde pourquoi il était si important pour elle de rester la fille dont rêvait George Pole, sans voir plus loin que l'approbation dans les yeux de son futur mari.

37.

Vince écouta plus attentivement que d'habitude le bulletin météo pour la veille du jour de Noël.

Sec, froid et ensoleillé.

Parfait, se dit-il, le temps idéal pour un mariage.

Les prévisions se révélèrent exactes quand il se réveilla le lendemain matin : un ciel bleu immaculé, griffé par une seule traînée d'avion. Il tenta de faire la grasse matinée, mais il était trop agité. Il entendit Cass ronfler dans la chambre d'à côté à travers la cloison de la salle de bains. Madeleine y dormait sur le tapis, son nouvel endroit de prédilection. Il observa du coin de l'œil son ventre qui montait et descendait au rythme de sa respiration. La chatte étendit les pattes et fit paresseusement ses griffes sur le tapis turquoise. Soudain elle se tourna vers lui et le scruta d'une façon déconcertante.

— Qu'est-ce qu'il y a ?

Madeleine émit un miaulement plaintif.

Elle ne lui parlait pas, bien sûr. Elle ignorait ce qui lui trottait dans la tête, évidemment. Pourtant cela suffit à Vince pour s'habiller à la va-vite, se coiffer vaguement et prendre le premier métro pour Sloane Square.

King's Road à la veille de Noël était bondée d'adolescents. Ils flânaient en petits groupes, se tenant par le bras, libérés de leurs pensions pour les vacances et revendiquant leur territoire. Ils n'achetaient pas de cadeaux à leurs amis ou leurs familles, mais choisissaient leurs tenues pour leurs fêtes bruyantes entre copains.

Vince ne regardait pas les vitrines. Il n'était pas tenté par les costumes structurés et les vêtements de créateurs qui habillaient des mannequins en plastique aux traits anguleux. Il n'avait qu'une destination à l'esprit et s'y dirigeait d'un pas résolu : l'hôtel de ville de Chelsea.

Il vit un jeune couple quand il s'arrêta sur le trottoir d'en face devant Habitat, mettant sa main en visière devant ses yeux. Un rondouillard venait d'épouser une femme maigre comme un clou. Elle portait un chapeau avec des plumes marron et une robe moulante en velours violet, il arborait une queue-de-pie, sans chapeau. Ils semblaient nager dans le bonheur tandis que des gens âgés vêtus de manteaux visiblement coûteux leur lançaient des confettis.

Vince consulta sa montre. Il était 10 h 30. Il traversa la rue à toute vitesse, se baissant pour éviter de figurer sur les photos des jeunes mariés, et chercha le bureau de l'officier d'état civil.

— Excusez-moi, comment puis-je savoir l'heure du mariage de quelqu'un ? demanda-t-il.

On lui indiqua un panneau d'affichage vitré. Les bans, bien sûr. De petites cartes étaient punaisées à l'intérieur sur du feutre vert, annonçant tous les mariages célébrés dans le quartier. Il passa les listes en revue.

Et trouva :

Joy Mary Downer
George Edward Forbes Pole
24 décembre à 12 h 15

Il partit à la recherche d'une cafétéria où il avala trois tasses de thé et un muffin au chocolat. À midi, il régla ses consommations et retourna se poster devant le magasin Habitat.

Les escaliers de l'hôtel de ville étaient déserts et jonchés de confettis. Au bout de quelques instants, une Mercedes de couleur sombre décorée de rubans blancs s'arrêta au pied des marches et un homme à l'air jeune en descendit. Il portait un costume noir avec un gilet brodé de couleurs vives et une cravate en satin. Les cheveux bruns, presque frisés, il semblait prendre la vie au sérieux. Il sourit à la personne qui était encore dans la voiture, se retourna et arrangea sa cravate. Il paraissait plus doux quand il souriait, un peu comme un vétérinaire ou un pédiatre. Vince remarqua qu'il se racla la gorge. Il avait l'air nerveux, mais heureux. Comme un homme sur le point de se marier.

Un homme plus petit, jeune lui aussi, descendit ensuite, vêtu du type de costume qu'on porte pour les entretiens d'embauche, et de chaussures à semelle de crêpe peu appropriées à cette circonstance.

Les deux hommes gravirent les marches de concert en échangeant des plaisanteries. Arrivé à la porte, le plus grand, le futur marié, se retourna pour jeter un coup d'œil dans la rue avant d'entrer. S'il s'agissait de George, comme Vince le supposait, Joy s'était bien débrouillée. Il serait sans doute attentionné. Il avait l'air correct, intelligent et gentil. Il ferait sans doute un bon époux. Vince approuva à son corps défendant.

D'autres invités arrivèrent. Vince reconnut la grosse femme et l'homo de Wilberforce Road. Elle explosait dans du tweed couleur vert acide, bardée de perles gigantesques, et lui avait l'air maladif et engoncé en costume anthracite, les cheveux tirés en arrière par une queue-de-cheval.

Cinq minutes plus tard, à midi et quart, une autre Mercedes apparut, blanche, légèrement plus grande que la première. Le chauffeur descendit prestement pour ouvrir la portière arrière.

Vince retint son souffle.

On aurait dit une créature tout droit sortie d'un rêve. Ses cheveux noirs, coupés au carré, étaient relevés d'un côté par une petite rose crème, et elle avait choisi pour ses lèvres un mauve fruité. Elle portait une robe crème toute simple, au-dessus du genou, ornée de trois énormes boutons recouverts de tissu. Elle serrait contre sa poitrine un petit bouquet de roses crème et mauve noué par un ruban mauve. C'était l'épouse idéale. Jeune, pure, simple, fraîche. Si toutes les jeunes mariées lui ressemblaient, songea Vince, les hommes auraient bien moins peur du mariage.

Elle était suivie de Barbara, légèrement plus mince que dans son souvenir, mais toujours un peu transpirante, en tailleur bleu pâle avec un chapeau tambour perché sans la moindre élégance sur le haut de son crâne. Elle tira sur l'ourlet de la robe de Joy et ajusta un pendentif à son cou. Vince scrutait toujours la voiture, s'attendant à voir émerger l'abominable Alan, mais le chauffeur claqua la portière, reprit le volant et repartit.

Il regarda Joy gravir les marches de l'hôtel de ville. Une voiture qui passait klaxonna, et elle se retourna pour remercier le chauffeur, gênée, se sentant un peu ridicule. Ce fut l'image qui se grava dans la mémoire de Vince pour les six ans qui suivirent : une belle jeune femme dans une robe en lin épurée, toute rose d'excitation, se retournant pour sourire à un étranger le jour de son mariage.

Les portes de l'hôtel de ville se refermèrent derrière Joy et sa mère, et Vince entra chez Habitat. Puisqu'il était là, autant en profiter pour acheter le cadeau de Noël de Chris, un service de verres à whisky.

Chez Al et Emma, dans la cuisine, 1 h 27 du matin

— Alors tu n'as rien dit ? hurla Natalie d'un ton horrifié.

— Non. J'ai acheté les verres et je suis rentré chez moi.

— Tu n'as même pas attendu de les voir ressortir ? D'être sûr qu'ils étaient vraiment mariés ?

— Non, j'avais vu tout ce que j'avais besoin de voir. Il avait l'air d'un mec bien, et elle semblait super heureuse. Je n'étais pas allé là-bas pour la harceler. Je voulais juste voir, c'est tout.

— Mais tu pensais toujours que c'était la femme de ta vie ? Tu l'aimais toujours ?

— Je ne sais pas, répondit Vince en haussant les épaules. C'était chouette de la revoir. Et de savoir qu'elle était heureuse. Je ne crois pas avoir réalisé combien elle comptait pour moi jusqu'à ce que je la revoie une fois encore.

— Tu l'as revue ?

— Oui. Il y a trois ans. Le jour où Jess m'a annoncé qu'elle était enceinte.

— C'est pas possible !

— Oh que si !

Mai 1999

LE MAUVAIS BUS

38.

Vince n'avait pas eu de relations sexuelles depuis onze mois quand il avait rencontré Jess.

Pas de petite amie depuis quinze.

Sa dernière relation sérieuse s'était terminée quand il avait fait sa demande en mariage.

« Putain ! », telle avait été la réponse paniquée à son désir sincère. « Bon Dieu, merde ! » Elle avait dit qu'elle y réfléchirait, mais comme elle ne s'était toujours pas décidée au bout de trois semaines, ils avaient pris cela comme le signe qu'ils n'étaient pas destinés à vieillir ensemble, et ils s'étaient séparés. Vince en avait vraiment eu le cœur brisé. Pulvérisé. Il le rapiéça momentanément avec quatre aventures d'une nuit, puis décida de complètement laisser tomber l'idée d'une vraie relation.

Il vivait désormais à Enfield. Il avait passé presque six mois à chercher un emploi à Londres après avoir été licencié de Coalford Swann, mais, étrangement, personne n'avait envie d'engager quelqu'un dont la seule expérience se résumait à trouver comment décrire des poupées de porcelaine. Sa prime de licenciement avait fondu comme neige au soleil et il avait été obligé de donner son préavis pour l'appartement de Finsbury Park et revenir à Enfield. Un beau jour, alors qu'il feuilletait le journal local, il était tombé sur l'annonce d'une auto-école qui recherchait un moniteur.

Voiture à disposition. Salaire correct, si l'on n'était pas avare de ses heures. Même si apprendre à conduire aux gens n'était pas la carrière dont Vince avait rêvé, c'était toujours mieux que d'aligner des mots pour faire acheter aux gens des choses dont ils n'avaient pas besoin.

Il en était donc là, à presque trente-deux ans. Partager un appartement minuscule d'Enfield avec un étudiant de cinquante ans prénommé Clive, gagner sa vie en apprenant aux gens à conduire. Et il avait déjà commencé à perdre ses cheveux. Pas au point que cela se remarquât, mais ils tombaient inéluctablement. Ils semblaient le faire en cercle décroissant en partant de l'extérieur, lui laissant supposer qu'à un certain âge il ne lui resterait qu'une petite touffe sur le sommet du crâne, comme un troll.

Il avait l'impression de franchir la limite de l'âge mûr, et d'être sur le point de perdre sa séduction. Personne n'avait craqué pour lui depuis une éternité, les filles ne soutenaient plus son regard cette fameuse seconde de trop qui les trahissait. Il n'était que le « moniteur d'auto-école », et il se vivait comme tel. Il avait même commencé à s'habiller comme eux. Il avait eu la classe, voilà qu'elle l'abandonnait. Comment allait-il se trouver une copine ?

Aussi, quand Jess s'était installée dans sa Vauxhall Corsa un mardi après-midi ensoleillé et avait papillonné, littéralement papillonné des cils pour lui, avait-il ressenti une décharge d'énergie sexuelle qu'il ne se croyait plus capable de ressentir.

— Salut, avait-elle dit. Vincent Mellon ?

Elle le jaugea brièvement, comme on le ferait pour évaluer les dimensions d'une pièce qu'on avait en projet d'aménager.

— Super nom, conclut-elle.

— Oh, bredouilla-t-il, merci. C'est… euh… celui de mon père.

— Ouais, approuva-t-elle en coinçant une petite mèche blonde fofolle derrière son oreille, c'est l'usage pour les noms de famille, habituellement.

Et elle éclata de rire, d'un gros rire franc et bruyant, que Vince trouva incroyable.

Jess n'était pas du tout hésitante comme les apprentis conducteurs. Elle passait les vitesses comme une pro en bavardant, avec l'aisance d'un conducteur de taxi.

Elle était grande, dans les un mètre soixante-dix-sept. Ses cheveux châtains à hauteur d'épaule, striés de mèches blondes, étaient retenus en queue-de-cheval par une pince en plastique. Sa peau offrait un éclat doré naturel, et Vince apprit par la suite qu'elle le rehaussait grâce à une houppe trempée dans un pot de poudre de perles multicolores.

Elle n'était pas son genre de fille. Physiquement elle n'était pas aussi originale ou féminine que ses ex. Elle n'était pas branchée mode, et s'habillait essentiellement avec des pantalons de sport taille basse en jersey attachés par des cordons, ou des jeans délavés, qu'elle assortissait de tee-shirts moulants et de tongs. Elle ne semblait pas posséder de chaussures à talons, et le seul bijou qu'elle portait se résumait à un petit pendentif en forme de cœur en argent. Elle allait à des séances d'UV une fois par semaine et portait des strings blancs, qui dépassaient de ses pantalons.

Elle était plus dure que toutes les filles qui l'avaient fait craquer auparavant. Elle avait subi deux avortements toute jeune et avait évoqué des histoires de drogue, Ibiza, des boîtes de nuit et des liaisons nulles, mais elle avait changé du tout au tout à la trentaine et désormais se consacrait au yoga, à la gym Pilates, au célibat et se nourrissait de poisson à la vapeur. Elle se définissait elle-même comme une « hédoniste réformée ».

Quand elle expliquait sa décision tardive d'apprendre à conduire, à trente et un ans, c'était du Jess tout craché.

— Je ne pensais même pas à conduire, avant. J'étais tout le temps défoncée.

Elle était responsable de la station de radio de l'hôpital de Chase Farm, et était payée des clopinettes. Elle habitait à Enfield, au-dessus d'une animalerie, dans un studio qui sentait un peu la paille imbibée d'urine. Elle le partageait avec un chat noir nommé Pacha et deux poissons rayés baptisés Es et Whizz, sans compter bon nombre de plantes vertes qui survivaient dans un état de semi-déshydratation permanent.

Vincent apprit tout cela en dix jours, depuis sa première leçon de conduite où elle avait bavardé non-stop pendant leurs circuits dans les petites rues d'Enfield, jusqu'au dimanche matin où il se réveilla dans son appartement après une nuit d'ébats sexuels mémorables.

Leur célibat avait été à la fois un point commun et une incitation à se sortir de cette situation. Ils parlèrent de sexe comme deux personnes au régime tournicotant autour d'une montagne de profiteroles, respectueux de leur self-control mutuel, attendant silencieusement la permission de s'abandonner.

— Mon Dieu, s'exclama Jess en s'écroulant sur son oreiller, rappelle-moi pourquoi je n'ai pas fait ça depuis deux ans ?

Vince fut incapable de trouver une seule bonne raison. Il ne se souvenait pas d'avoir vécu d'expérience sexuelle aussi exceptionnelle et était persuadé que si cela avait été le cas, il se serait bien gardé de s'en abstenir pendant presque une année.

Jess était le genre de fille qui connaissait des trucs, utilisait des accessoires et proférait des obscénités en faisant l'amour. C'était la première fois de sa vie que Vince n'avait pas eu, ne fût-ce qu'un instant, l'impression de contrôler les manœuvres, et il avait adoré ça.

Il s'attendait plus ou moins à ce qu'elle le jette le lendemain matin, en lui balançant ses chaussures devant le nez d'un geste négligent, son manteau sur le bras, mais au lieu de cela elle lui avait préparé un petit déjeuner, des œufs pochés à la perfection, sur des toasts de pain complet, avec de la crème aigre et une bonne rasade de sauce chili.

— Une variante des œufs à la mexicaine, façon Jessie, avait-elle annoncé en revenant au lit se glisser à côté de lui. Je peux te regarder crever les jaunes ?

Peinte en blanc, sa chambre était juste assez grande pour accueillir l'énorme lit qui gênait l'ouverture de la porte. Elle avait accroché un tirage sur toile de la photo d'un arum au-dessus du lit, et la fenêtre donnait sur la devanture d'une chaîne de bookmakers. La petite cuisine, blanche également, était encombrée de grosses bouteilles d'huile et de vinaigre, et de pâtes de luxe avec des emballages design en carton. La salle de bain était également exiguë et blanche, et un bourdonnement impressionnant s'y déclenchait quand on y allumait la lumière à l'aide d'un antique cordon. Une minuscule table en frêne dans la salle à manger était décorée de bougeoirs en chrome dont le pied était artistiquement tordu, et deux petits canapés jaunes semés de coussins étaient installés devant une télé posée sur une commode d'un quelconque style ethnique.

Elle louait l'appartement à une amie qui vivait à Sydney, et il était impossible de dire où s'arrêtaient les goûts de celle-ci et où commençaient ceux de Jess, mais le mode de vie de cette dernière tendait incontestablement au bazar absolu. Du linge séchait sur les radiateurs et les dossiers de chaises. Les journaux du dimanche étaient ouverts en désordre sur la table basse, une assiette maculée d'une substance graisseuse et orange trônait sur le dessus de la télé.

— Comment t'es-tu fait ces cicatrices ? demanda-t-elle en laissant courir son doigt sur la ligne de sa mâchoire.

— Je ne savais pas que ça se voyait encore, répondit-il.

— Si, on les voit à peine, mais elles sont là.

— C'est de la chirurgie esthétique, expliqua-t-il. J'étais prognathe, comme ça – il fit avancer sa mâchoire inférieure, comme il l'avait fait des milliers de fois. On m'a enlevé un peu d'os à cet endroit.

— Ouh, fit-elle en tressaillant.

— Je ne t'aurais pas crue si chochotte, remarqua Vince en pointant son doigt vers les tatouages qu'elle arborait sur le haut du bras et la hanche.

— Ce ne sont que des piqûres, se justifia-t-elle, pas des coupures. Il y a une énorme différence entre piquer et couper. Alors, tu avais l'air de quoi, avant ? Tu étais vraiment moche ?

— Ouais. Pas très classe. On ne peut pas dire que les filles me couraient après.

— Oh, tant mieux ! dit-elle en lui caressant le menton. Au moins, ça t'a donné l'occasion de développer ta personnalité. Si tu avais été aussi séduisant toute ta vie, tu aurais été superficiel et rasoir.

Je suis superficiel et rasoir, eut envie de répliquer Vince. Rien ne m'intéresse, je n'ai ni hobby, ni ambition. Je n'y connais rien en politique ou en sport, je ne sais pas ce qui se passe dans le monde. Je me contente de regarder la télé et d'apprendre aux gens à conduire. Cependant il décida qu'il valait mieux ne pas gâcher ce compliment et resta bouche close.

— J'ai toujours pensé que je perdrais ma virginité avec une femme dans ton genre, dit-il.

— Comment ? Tu veux dire... s'exclama Jess, atterrée.

— Non ! Je veux dire, avant de l'avoir perdue. Je m'imaginais que ça se passerait avec quelqu'un comme toi, avec de l'expérience, et... et... que ça branche pas mal. Tu comprends ?

— Oooh ! fit-elle, les yeux tout brillants. J'aurais bien voulu. C'est un petit fantasme à moi : déflorer un jeune homme inexpérimenté. Quelle fille a eu cette chance ?

— Joy, répondit-il abruptement.

— Joy ? Quel âge avait-elle donc, avec un prénom si vieillot ?

— Elle n'avait que le prénom de vieillot. Elle avait mon âge.

— Et c'était ?

— Dix-huit ans. Elle était vierge aussi.

— Oh, mon Dieu ! Ça a dû être une catastrophe !

— Non, en fait, c'était génial. Vraiment, vraiment génial.

— Je ne te crois pas ! Comment est-ce possible ? Alors que vous ne saviez quoi faire ni l'un ni l'autre ?

— Je ne sais pas, c'était génial, c'est tout.

Ils passèrent le reste de la matinée au lit et firent l'amour cinq fois. Ils n'étaient ensemble que depuis dix heures et Vince savait déjà que ce serait l'expérience sexuelle la plus fabuleuse de sa vie. Quelle que soit la suite des événements, il était convaincu qu'il évaluerait toutes ses conquêtes futures à l'aune de ses relations avec Jess. Puis il réalisa instantanément que cette histoire ne pourrait pas être seulement celle d'une nuit, une expérience pimentée dont il chérirait le souvenir pour se la repasser lors de ses longues soirées d'hiver solitaires. Jess et lui avaient plus en commun que le besoin physiologique de mettre un terme à leur état de célibataires, ils étaient en phase. Il y avait entre eux une tendresse, une gentillesse. Ils se racontaient leurs histoires de famille et leurs souvenirs d'enfance. Jess n'avait pas de secrets pour lui, à tel point qu'elle semblait le mettre au défi de l'apprécier en dépit de toutes ses erreurs.

Ils prirent un bain ensemble, Jess lui lava les cheveux en lui massant doucement le cuir chevelu, du bout des doigts. Ils déjeunèrent dans un café en face de chez elle en se caressant les pieds sous la table. Après le repas, Vince suggéra qu'il devrait peut-être rentrer chez lui. Jess le regarda et lui demanda simplement :

— Pourquoi ?

Alors il ne rentra pas et ils passèrent le reste de la journée ensemble, puis la nuit, et quand Vince rentra dans son appartement sinistre trois jours plus tard pour prendre du linge propre, il était complètement, totalement, follement amoureux.

39.

Vince eut la certitude que Jess serait la mère de ses enfants le jour où elle fit la connaissance de ses jeunes frère et sœur.

Il avait eu des petites amies qui avaient été gentilles avec Kyle et Ashleigh. Elles les avaient câlinés, tenus dans leurs bras, avaient joué avec eux dans le jardin, leur avaient acheté des cadeaux, plaisanté avec eux au téléphone. Il y avait même eu des chouchoutes. La dernière, celle-qui-avait-dit-non, avait connu un gros succès avec Ashleigh, car elle savait la coiffer avec des trucs compliqués pour la faire ressembler aux ados des feuilletons télé. Et la précédente avait été la préférée de Kyle parce qu'elle inventait de super histoires de dragons.

Mais à l'instant où Jess posa les yeux sur Ashleigh et Kyle, une alchimie étrange se produisit. Elle se transforma en une personne magique. Ses yeux se mirent à briller et elle perdit sa carapace de dureté. Ashleigh et Kyle furent attirés vers elle comme par une force magnétique. En fait, elle n'eut rien à faire pour se gagner leur affection, ce fut instantané.

— Tu vas te marier avec mon frère ? demanda Ashleigh en grimpant sur les genoux de Jess, pour jouer avec une mèche de ses cheveux.

Jess sourit sagement.

— Eh bien, ça dépend. Je ne le connais que depuis quelques jours. Tu crois que je devrais ?

— Oui, renchérit Kyle, tu devrais. Parce que sinon il se retrouvera tout vieux et tout seul.

— Tu crois donc qu'il ferait un bon mari ? fit Jess tout en réprimant un sourire.

Kyle et Ashleigh hochèrent tous deux la tête avec vigueur.

— Oui, décréta Ashleigh, c'est sûr. Il est vraiment malin et gentil, et puis d'abord il aime les animaux et les petits enfants.

— Et moi, je pourrais être une bonne épouse à ton avis ?

— Ouais, assura Kyle. Tu serais parfaite.

Le garçon devint tout rouge et se sauva à toute vitesse. Jess et Vince se sourirent par-dessus l'épaule d'Ashleigh.

— Vincent a déjà failli se marier, une fois, reprit Ashleigh. Il lui a demandé si elle voulait bien et elle a dit non.

— Oui, il me l'a raconté. Quelle andouille, hein ?

— Ouais, approuva Ashleigh, les yeux écarquillés, surprise par sa franchise. Je l'aimais beaucoup aussi mais maintenant je la déteste.

— Tu as bien raison, dit Jess. Il faut toujours être loyal envers sa famille. Surtout envers ton grand frère.

— Ouais. Elle était affreuse. Et d'abord, je ne l'ai jamais vraiment aimée. Je faisais semblant parce qu'elle me coiffait bien. Mais ça n'a plus d'importance parce que maintenant il t'a, toi, et que s'il te demande de l'épouser, tu diras oui.

— Eh bien, on a besoin de temps pour bien se connaître avant de faire une chose aussi sérieuse que de se marier. Mais peut-être qu'un jour, quand ton frère et moi nous aurons passé plus de temps ensemble, nous pourrions nous marier.

Elle leva les yeux vers Vince et lui adressa un clin d'œil, qu'il lui rendit. Alors que ce genre de conversation à peine onze jours après leur rencontre aurait dû le terrifier, rien de tel ne se produisit. C'était étrange, incroyable, parce qu'il désirait exactement la même chose.

— Elle est super, approuva Kirsty en chargeant le lave-vaisselle après un repas animé.

Jess avait été entraînée dans la chambre d'Ashleigh pour jouer avec sa maison de Barbie, et Kyle regardait un DVD dans le salon.

— Super bouffe ! se réjouit Chris en se frottant le ventre.

Chris avait pris de l'ampleur ces dernières années, lentement mais sûrement. Il avait conservé ses longues jambes musclées et ses larges épaules, mais ses tablettes de chocolat n'étaient plus qu'un vague souvenir, bien au chaud sous une respectable petite couche de graisse.

Kirsty, quant à elle, était toujours aussi svelte, avec une silhouette remarquablement jeune pour ses quarante-neuf ans, en jean taille quarante et un petit haut en tricot bleu pâle à manches trois-quarts. Elle disait que c'étaient les enfants qui la faisaient rester jeune, mais de toute évidence, on lui avait légué de bons gènes.

— Comment se fait-il qu'elle apprenne à conduire si tard ?

— C'est une hédoniste réformée, cita Vince en jetant à la poubelle de la sauce figée. De vingt à trente ans, elle a été à côté de ses pompes.

— Ça ne m'étonne pas, dit Chris en riant, ça se voit.

— Qu'est-ce que tu veux dire ?

— Je ne sais pas. Elle a juste cette petite lueur dans les yeux, un peu excitée, du genre à vous attirer des histoires.

— Tu crois ?

— Oui, mais dans le bon sens. Et elle est extra avec les gosses.

— Oh, tu trouves aussi ? fit Vince en souriant.

— Regarde-toi, le taquina Kirsty, te voilà tout rêveur.

— Eh oui, renchérit Chris, regardez-moi ça ! Vincent est tout chose !

— Oh, va te faire voir ! se défendit Vince en lui lançant une serviette en papier froissée, avec un grand sourire.

Jess revint, Ashleigh cramponnée à sa main.

— Jess m'a appris le yoga. Regardez !

Elle releva lentement son pied le long du mollet de sa jambe opposée et resta en équilibre, tout en joignant les paumes de ses mains.

— Ça s'appelle l'arbre.

— Ah, l'arbre, c'est ça ? dit Chris. Et à la prochaine étape, tu vas me demander des saletés de sandwiches macrobiotiques pour ton déjeuner !

Il adressa une grimace à Ashleigh, qui lui tira la langue et entraîna Jess dans le jardin pour apprendre d'autres positions.

Vince les regarda un moment par la fenêtre. Kyle arriva un instant plus tard et demanda ce qu'elles faisaient. Il les rejoignit sur-le-champ et se contorsionna pour imiter les mouvements fluides de Jess.

Le soleil commençait à décliner, projetant au milieu du jardin des ombres pétillantes à travers les jeunes pousses d'un petit saule pleureur. Le chat des voisins, installé sur le mur mitoyen, jouait avec un petit papillon vert. C'était le second week-end clément de l'année, assez chaud pour se mettre en tee-shirt, mais pas encore assez pour les pieds nus, la terre sous les jeunes pousses étant encore imprégnée de la froidure d'hiver.

Vince observa Ashleigh en train de se mettre dans la position du lotus. Elle en était encore au stade de sa croissance où les filles sont toutes en jambes et anguleuses, les femmes qu'elles deviendraient pointant timidement leurs formes, pas encore prêtes à prendre le devant de la scène. Vince fut pris d'un accès de tristesse en réalisant que dans quelques années à peine Kyle et Ashleigh seraient adolescents, et leur enfance un souvenir lointain. Lorsque cela se produirait, il n'y aurait plus d'enfant dans sa vie. Aucun de ses amis n'en était arrivé à ce stade. Ils profitaient toujours de leur vie de jeunes adultes, dépensant leur argent en vacances de luxe, restaurants et taxis. Les enfants n'étaient guère qu'un sujet de conversation, un vague concept, quelque chose d'inévitable mais de lointain. « Nous allons essayer d'en faire un l'année prochaine, quand nous aurons acheté quelque chose de plus grand / obtenu une promotion / serons mariés / aurons arrêté de fumer. »

Alors qu'il observait Jess en train de placer correctement les jambes de Kyle, avec douceur, grande, forte, saine et pleine de vitalité, Vince voyait déjà qu'elle n'était pas comme ses amis. Elle ne se raccrochait à rien, n'avait pas peur de perdre quoi que ce soit. Il se la représentait enceinte de huit mois, en train de se caresser le ventre, rayonnante de santé et d'hormones. Elle ne se plaindrait pas de perdre sa liberté, de ne pas pouvoir se saouler, de ses transformations physiques. Elle s'épanouirait en tant que mère. Elle rayonnerait. Soudain, l'idée d'implanter un bébé dans ce corps grand et fort, de la rendre mère, apparut à Vince comme la chose la plus sexy et excitante qu'il eût jamais imaginée.

Vince avait senti la graine de la paternité naître en lui du jour où il avait posé les yeux sur Kyle. Cette graine avait pris racine quand il avait vu Ashleigh venir au monde trois ans plus tard. Et là, dans la cuisine de sa mère, par un dimanche après-midi ensoleillé, pour la première fois de sa vie il se sentait réellement prêt à être père.

— Ils sont super, déclara Jess pendant leur trajet de retour. De vrais petits anges.

— Je sais, dit Vince en souriant avec fierté. Maman et Chris ont fait du bon boulot. Ce sont des gosses extra.

— Quelle responsabilité, non ? Mettre des enfants au monde. Il y a tellement de façons de tout faire foirer.

— Oui, c'est le challenge le plus difficile de tous.

— Tu ne t'es jamais demandé si tu pourrais le relever ? Si tu as ce qu'il faut pour ça ?

— Si, répondit Vince en haussant les épaules. J'y pense. Et je dois dire que je ne serais pas mauvais. Je me suis beaucoup entraîné.

Jess hocha la tête, lèvres serrées.

— Tu as de la chance, dit-elle. Je n'ai jamais eu beaucoup de contacts avec les enfants. Aucun de mes amis n'en a et quand j'étais enceinte, avant, je veux dire, je n'étais absolument pas prête. La pensée de renoncer à mon indépendance, d'avoir un enfant qui hurle avec des couches à changer cramponné à moi toute la journée m'horrifiait. Mais ces derniers temps… – Vince la regarda, qui souriait. – Oh, je ne sais pas, c'est sympa, non ? D'avoir des enfants, d'être une famille. C'est vraiment…

— Je crois que c'est pour ça que nous sommes faits, tous autant que nous sommes, la taquina-t-il.

— Oui, répondit-elle pensivement. C'est exactement ça, non ?

Elle se détourna pour regarder par la vitre, et ils continuèrent le trajet dans un silence contemplatif.

40.

Ils commencèrent à essayer de mettre un bébé en route deux mois plus tard. C'était encore un peu tôt dans leur relation, mais une fois découvert leur désir mutuel de devenir parents ils décidèrent que cela ne servait à rien de traîner. Ils ne le dirent à personne. Les amis de Vince en étant encore au stade des demandes en mariage, aucun d'entre eux n'aurait imaginé que Vince et Jess passent outre cette formalité et aillent directement à l'essentiel. Ils ne s'occupaient ni des dates d'ovulation, ni de température. Ils se contentaient de suivre le conseil de la mère de Jess : faire l'amour le plus souvent possible.

Ils s'étaient sentis étrangement libérés la première fois qu'ils avaient eu des rapports non protégés, submergés par l'idée de faire précisément ce que dictait la nature, en accord avec l'Univers. Ils avaient tous les deux été totalement incrédules quand Jess eut ses règles le mois suivant.

— C'est pas vrai, avait soupiré Jess en ouvrant une boîte de tampons, vous passez la moitié de votre vie sexuelle à éviter à tout prix d'être enceinte, c'est vraiment impensable de faire l'amour cinquante fois sans préservatif et de ne pas avoir un bébé.

Pourtant, ils n'avaient pas été tristes la première fois. Trop rapide. Ils se sentaient toujours au stade expérimental.

Quand Jess eut ses règles le mois suivant, ils furent moins déconcertés.

— Ce n'est pas vraiment surprenant, dit Jess. Tu sais, deux avortements, toutes ces drogues… je ne suis probablement pas aussi fertile que je le devrais.

Au troisième mois ils se préparèrent philosophiquement à une longue attente.

— Même s'il faut encore une année, je n'aurai que trente-trois ans à la naissance du bébé. C'est encore assez jeune.

Ils continuèrent donc à faire autant l'amour que possible et arrêtèrent de s'imaginer que chaque symptôme ressenti par Jess à l'approche de la date de ses règles était un signe de grossesse.

Ils ne vivaient même pas encore ensemble officiellement. Vince passait la plupart de son temps dans l'appartement de Jess, parce qu'il était dix fois plus agréable que le sien et que Clive n'y vivait pas, mais il payait toujours sa part de loyer et y dormait de temps à autre quand Jess n'était pas là. Il n'avait pas les clefs de chez elle et n'y restait pas quand elle était absente. Il n'avait même pas sa brosse à dents, il se servait de celle de Jess.

On aurait dit qu'ils attendaient inconsciemment que le test de grossesse fût positif avant de s'engager d'une manière plus formelle. La suggestion implicite de cet arrangement étant que s'ils n'arrivaient pas à concevoir, ils s'éloigneraient l'un de l'autre aussi facilement qu'ils s'étaient trouvés. Quand bien même cela aurait dû donner à Vince le temps de la réflexion, et semer le doute dans sa conscience, ce ne fut pas le cas, car il était amoureux fou.

Jess avait une flopée d'amis masculins. La plupart d'entre eux étaient des ex. Kevin était son petit ami de l'adolescence, et le père d'un des bébés dont elle avait avorté. Aujourd'hui il était marié et vivait à Brighton avec sa femme et leurs deux enfants. Ils se téléphonaient de temps en temps et prenaient un verre ensemble quand Kevin passait à Londres sans sa famille. Vince l'avait rencontré. Grand, énergique, légèrement bedonnant, il ne représentait aucun danger.

Carl était l'un de ses ex d'Ibiza. Il y vivait toute l'année et téléphonait parfois quand il était défoncé pour lui dire qu'il l'aimait. Jess souriait toujours quand elle raccrochait et secouait la tête d'un air désespéré.

— Il est dingue, disait-elle sur un ton affectueux, complètement dingue. Je plains sa copine, sincèrement.

Vince avait vu une photo de Carl tout jeune, avec des cheveux longs en broussaille et un bermuda trop grand. Il était beau mais avait l'air superficiel. Il vivait aussi à mille kilomètres d'ici, avec un mannequin. Carl n'empêchait pas Vince de dormir.

Il ne s'en faisait pas beaucoup non plus à propos de Bobby, l'homme qui avait convaincu Jess de rester célibataire. Il avait quarante-cinq ans et venait d'épouser la femme qu'il avait refusé de quitter pour Jess. Il l'avait tellement démolie psychologiquement qu'elle avait passé trois mois en thérapie après leur rupture. Une partie de cette thérapie impliquait de dîner avec lui de temps en temps, et de discuter de choses « neutres ». « Je me demande bien ce que j'ai pu lui trouver, disait Jess en revenant de ces soirées, plus ça va, plus il ressemble à un crapaud. »

Le seul ex de Jess qui inquiétait un peu Vince était Jon Gavin. Il avait été l'amour de sa vie, et le père de son second bébé. Elle parlait toujours de lui en mentionnant son prénom et son nom, Jon Gavin, parce qu'il y avait eu trois autres John dans la bande de copains avec qui elle traînait à vingt ans. Jon Gavin avait été le comparse de leurs quatre cents coups à Ibiza, celui avec qui elle faisait la fête toute la nuit, celui qu'elle associait systématiquement au « bon vieux temps ».

De nombreuses photos de lui étaient accrochées un peu partout dans l'appartement. Il était grand, mince, séduisant, avec un charme à la Paul Newman que même les autres hommes ne pouvaient nier. Producteur de musique, il vivait dans une maison avec studio d'enregistrement sur la plage, à proximité de Los Angeles. Le plus inquiétant n'était ni la belle gueule ni le boulot branché, mais le fait que Jess ne le critiquait jamais. Si seulement elle avait dit une fois un tout petit truc négatif, comme d'avouer qu'il avait des pieds horribles ou qu'il ronflait, Vince aurait été un peu plus détendu. Mais c'était loin d'être le cas.

— Je l'adore, proclamait-elle, je l'adore absolument. Il est la personne la plus incroyable que je connaisse. J'aimerais bien que tu le rencontres, je sais que tu l'adorerais aussi.

Selon Vince, la seule chose qui plaidait en la faveur de Jon Gavin était son éloignement physique. Il était profondément reconnaissant envers Jon Gavin d'avoir choisi de vivre de l'autre côté de l'Atlantique et l'aurait volontiers payé pour qu'il y restât toujours.

Aussi, quand Vince retrouva Jess un soir au pub en face de son appartement, et qu'elle annonça, rayonnante : « Je viens d'avoir une nouvelle géniale, Jon Gavin revient à Londres », Vince dut respirer à fond à trois reprises pour se reprendre avant de savoir comment il devait réagir.

— Comment ça se fait ? réussit-il à articuler.

— Je ne sais pas, répondit-elle encore tout éclatante d'excitation, un truc de boulot… J'y crois pas, tu vas enfin rencontrer Jon Gavin !

— Oui, fit Vince, c'est super. Quand est-ce qu'il revient ?

— Lundi prochain ! Je vais le chercher à l'aéroport, pour lui faire la surprise.

— Sympa, c'est une bonne idée.

— Je t'aurais bien demandé de venir aussi, mais tu vois…

Vince ne voyait pas vraiment, il ne pouvait que supposer et hocha la tête.

— Non, non, assura-t-il, pas de problème. Je comprends.

— De toute façon, tu le rencontreras mardi.

— Ah oui ?

— Quand tu viendras.

— Oh, c'est vrai.

— Je lui ai proposé d'habiter chez moi. Juste jusqu'à ce qu'il s'installe et trouve un endroit.

— Quoi ? C'est sérieux ?

— Oui. Ça te pose un problème ?

Vince avait envie de dire que oui, c'était un putain de problème, en fait. Mais au stade où il en était de sa relation avec Jess, il tenait à ce qu'elle le trouve vraiment sympa, et serein avec un S majuscule dans ce genre de situation.

— Non, pas du tout. Ce n'est pas un problème. C'est seulement que… on ne va pas être un peu serrés ? À trois chez toi ?

— Non, répliqua-t-elle d'un ton moqueur, avec bonhomie. Jon ne prend pas beaucoup de place.

Elle dit cela, d'ailleurs tout ce qu'elle disait sur Jon était de la même teneur, comme si c'était encore une de ses qualités uniques à rajouter à la panoplie de celles dont il était déjà doté.

— Enfin, où va-t-il dormir ?

— Sur le canapé, dit-elle.

— Oh, bien.

Il se voyait déjà avec eux sur le canapé, devant un DVD. Puis Jon se mettrait à bâiller vers neuf heures, Jess bondirait pour déplier le canapé avec lui. Il s'imaginait planté devant la porte de la salle de bain, attendant de se brosser les dents, et Jon émergeant drapé d'une serviette, tablettes de chocolat et pectoraux frémissants en avant. Puis il eut une idée géniale.

— Je viens de penser à un truc ! s'exclama-t-il, rasséréné. Pourquoi Jon n'irait-il pas chez moi ? Il aura sa propre chambre, et c'est à cinq minutes d'ici.

Vince s'attendait à ce que le visage de Jess s'illumine de plaisir à cette proposition ; elle se renfrogna au contraire.

— Oh, se récria-t-elle, non ! Je ne crois pas. Cet appartement est tellement sinistre. Et je ne vois pas comment Jon ferait avec ce cher vieux Clive.

Elle avait prononcé ce nom comme si c'était un mot d'argot pour une maladie sexuellement transmissible, et pour la première fois de sa vie, Vince eut envie de défendre son lugubre colocataire.

— Qu'est-ce qui ne va pas chez Clive ?

— Oh, allez, fit Jess avec un air interrogateur, tu le sais très bien. Il est vieux et bizarre…

— Il n'est pas bizarre.

— OK, il n'est pas vraiment bizarre, mais il a une drôle de manière de s'habiller et il parle… si… lentement… qu'on… a… envie… de… se… jeter… par… la fenêtre. Et puis ça fait quatre ans que je n'ai pas vu Jon. Je veux qu'il reste chez moi. Il fait du bien à mon âme. Il me rend heureuse.

Vince déglutit avec peine. Jess n'essayait pas délibérément de le contrarier, il le savait très bien. Elle était dénuée de fourberie, ne jouait pas à ces petits jeux. Selon elle, les gens étaient responsables de la gestion de leurs propres sentiments. Ce n'était pas à elle de censurer ses actes, de se réprimer. C'était à l'autre de se comporter en adulte et de l'assumer. Elle n'avait aucune envie de prendre en charge les angoisses des autres, et pour cette raison Vince se forçait à respirer avec calme et à rester raisonnable, alors qu'il mourait d'envie de piquer une crise et de partir en claquant la porte.

— Je vois, conclut-il. C'était juste une idée.

Jess le regarda, ravie, et lui serra la main.

— Mes deux mecs préférés, sous le même toit. C'est trop excitant !

Au moment où elle prononça ces mots, un compte à rebours se déclencha dans la tête de Vince, égrenant sans pitié les secondes jusqu'au lundi soir… jusqu'à Jon Gavin.

41.

George attendait à côté de sa voiture devant la gare.

Il portait la chemise de sa tenue de mariage, qui avait eu lieu six ans plus tôt. Il avait défait les deux boutons du haut et la blancheur du piqué de coton contrastant avec son teint olivâtre lui donnait l'air élégant et décontracté. Il avait aussi changé de coupe. Ses cheveux étaient plus courts, ça lui allait bien. Il avait les mains crispées autour d'un gros bouquet de fleurs blanches impossibles à identifier de loin, des lys, sans doute.

Joy réajusta son manteau bien serré contre elle et sourit avec hésitation. Elle portait un sac en plastique du magasin Selfridges contenant des affaires de toilette, son pyjama et son journal intime. Elle avait tout préparé le vendredi, alors que George était au jardin, remplissant le sac à toute allure, galvanisée par l'adrénaline. Elle avait oublié sa crème hydratante et avait dû utiliser celle de sa mère, qui sentait les vieilles maisons humides. Elle avait eu l'intention de revenir chercher le reste de ses affaires, de remplir le coffre de sa voiture et retraverser Londres.

Et voilà qu'elle rentrait, quelle réussite ! La déception l'envahissait par petites touches. Envers elle-même. Toute cette préparation, le subterfuge, le courage qu'elle avait dû rassembler pour quitter la maison le vendredi au moment du déjeuner, toute la concentration, la tension et la terreur absolue de prendre ce train trois jours auparavant, tout cela pour rien. Un coup de fil de George et elle était accourue. Une simple conversation de dix minutes pleine de promesses de changement et d'amélioration, de déclarations d'amour et d'adoration. Il n'avait fallu que cela.

George avait acheté des fleurs.

Elle était de retour à la case départ.

Elle montra sa carte de transport au jeune homme aux cheveux teints de plusieurs couleurs qu'elle voyait tous les jours en allant travailler, celui qu'elle croyait ne plus jamais être obligée de voir, et respira un grand coup. En s'approchant de George elle se sentit timide, empruntée. Quels muscles utilisait-on pour se composer un visage souriant ? Elle ne s'en souvenait pas.

Il la contempla, ravi, de petites rides de bonheur illuminant son visage.

— Tu es superbe, dit-il en lui tendant les fleurs tout en lui prenant son sac d'un geste fluide, absolument superbe.

Elle lui adressa un sourire crispé, ne sachant plus trop comment prendre un compliment de George après tant d'années.

— Tu as mis la chemise du mariage, remarqua-t-elle en jouant avec l'un des boutons.

— Oui. J'attendais une occasion pour la remettre, celle-ci m'a semblé aussi valable qu'une autre. J'ai trouvé un confetti coincé sous le col. C'était un fer à cheval porte-bonheur. J'ai été frappé. Plutôt stupéfiant, non ? C'est génial de te revoir, dit-il en souriant, tout en lui ouvrant la portière, vraiment génial. Tu m'as manqué.

Joy s'installa dans la voiture et lui sourit.

— Tu m'as manqué aussi, déclara-t-elle.

Étrangement, c'était vrai. Ses longs silences pénibles ou leurs ébats rituels du samedi soir ne lui avaient pas manqué. Ni l'étroitesse de leur vie commune ou le dénuement quasi total dans lequel ils avaient fini par se retrouver. C'était lui, qui lui avait manqué. Dans les journées précédant son départ, alors qu'elle considérait l'énormité de ce qu'elle s'apprêtait à faire, elle avait ouvert la penderie, reniflé un costume de George, et en sentant son odeur elle avait enfoui son visage dans la veste avant de l'inonder de larmes.

Une autre fois, elle avait jeté un coup d'œil sur la nuque de George, la douceur de son cou, le début de la petite tache écarlate que l'on devinait à la naissance de ses cheveux, un épi rebelle qui formait un drôle d'angle, et se le représenta soudain avec une netteté sidérante lorsqu'il était enfant, un petit garçon solitaire sans parents, sans amis, sans personne à part elle. Elle avait eu envie de se lever et le serrer dans ses bras, poser sa tête sur son épaule, mais il l'aurait regardée comme si elle avait perdu la tête et l'aurait repoussée. Ils ne s'étreignaient plus.

Elle aurait dû interpréter cela comme les signes qu'elle n'était pas prête à partir, et que même si chaque parcelle de son corps mourait d'envie d'échapper au monde étriqué, désordonné, froid et oppressant où elle s'était retrouvée, sa tête n'était pas prête à faire le grand saut vers le rivage. Elle avait dérivé si longtemps en mer qu'elle en avait perdu la faculté de marcher sur la terre ferme. Elle ne se souvenait pas comment vivre sans George. Elle était perdue avec lui, et sans lui.

— Bien, dit George en bouclant sa ceinture. J'ai réservé au nouveau restaurant japonais. Ça te va ?

— C'est parfait, répondit-elle, j'ai envie de poisson.

— Bon, conclut-il, excellent. Mais d'abord, on va te ramener à la maison.

42.

Jon Gavin débarqua le même jour que les règles de Jess, les quatrièmes depuis qu'ils essayaient de concevoir.

Il était installé sur le canapé quand Vince arriva ce soir-là à 19 heures. Il se leva immédiatement et lui serra vigoureusement la main.

— Vince, c'est un honneur de te rencontrer enfin.

— Oui, dit Vince en plongeant son regard dans les yeux les plus bleus qu'il ait jamais vus de sa vie, pour moi aussi.

— Jessie n'arrête pas de t'encenser, Vince par-ci, Vince par-là…

Il sourit et relâcha la main de Vince.

Jessie ? De quel droit l'appelait-il Jessie ? Vince l'avait fait une fois et elle l'avait rabroué en lui expliquant que seul son père avait le droit de l'appeler ainsi.

— Eh bien, ça fait plaisir à entendre, dit-il en lui rendant son sourire.

Jon était plus petit que sur les photos, mais c'était le seul élément de son physique susceptible de réconforter Vince. Il était habillé relax, en pantalon baggy et pull gris clair en laine. Il avait le crâne presque rasé, non pas parce qu'il perdait ses cheveux, car ils étaient épais et en couvraient toute la surface, mais parce que ça lui allait bien, qu'il avait une ossature incroyable et la tête d'une belle forme. Il était rasé parce que cela faisait ressortir ses yeux d'un bleu indécent, de même que ses cils épais et sombres.

Il avait même de beaux pieds.

Cette partie de l'anatomie qui plus souvent qu'à son tour était dépourvue de charme esthétique, que l'on s'attendait à trouver horrible et que l'on tolérait ainsi, était chez Jon, comme le reste de sa personne, hâlée, bien faite et de bon goût.

Vince regretta de ne pas avoir soigné son apparence vestimentaire ce matin-là. Passant toute la journée en voiture, sa préoccupation principale était le confort. Il regretta aussi de ne pas être allé chez le coiffeur. Ses cheveux avaient l'air plus épais quand il venait de se les faire couper. Il se sentait empâté, anglais, chauve et vieux. Complètement nul.

Jess émergea de la cuisine en pantalon de coton et petit gilet ajusté, sans soutien-gorge. Vince ne put s'empêcher d'admirer ses seins. Hier, ils lui appartenaient, aujourd'hui il les partageait avec un autre homme.

— Bonsoir, beau gosse, claironna-t-elle en lui plantant un gros baiser sur la joue, tout en lui caressant la fesse droite. Je vois que vous avez fait connaissance ?

Ils sourirent tous deux en hochant la tête.

— Ces saletés de règles viennent de commencer, râla-t-elle en mettant le couvert. Là, à peine une demi-heure avant ton arrivée.

— Oh, lâcha Vince en jetant un coup d'œil à Jon pour voir comment il réagirait à cette déclaration pour le moins personnelle et inattendue.

Il ne parut absolument pas effarouché.

— Oh, merde, Jess, je suis désolé, fit-il.

— Euh… est-ce que Jon… tu lui as dit… ?

— Oui, répondit-elle d'un ton léger.

— Je croyais que nous ne devions en parler à personne.

— Non, c'est toi qui as dit ça. Moi, j'ai juste choisi de ne pas le faire. Jusqu'à maintenant.

— Oh, fit Vince, je vois.

— Hé, attends, intervint Jon, ne t'en fais pas. Si vous essayez de rester discrets, vous pouvez me faire confiance. Je serai une vraie tombe.

— Non, non, ça va. C'est que, tu vois, si les gens sont au courant, ils commenceront à se demander pourquoi ça prend aussi longtemps et ça va rajouter de la pression, alors que nous voulons que tout ce truc reste un plaisir, tu comprends ?

— C'est logique, dit Jon. Je comprends très bien. Je trouve ça fantastique. Je suis si content pour vous, les amis. La petite Jessie va être maman ! – Il l'enveloppa d'un regard chaleureux, qu'elle lui rendit. – Personne ne le mérite plus que toi.

Soudain ils se jetèrent l'un sur l'autre et restèrent enlacés pendant une bonne vingtaine de secondes.

— Oh, Jon, roucoula Jess, les bras passés autour de sa taille, c'est si bon de t'avoir ici.

— C'est bon d'être ici.

Il l'embrassa sur le front, puis l'étreignit de nouveau. Ils se câlinaient bruyamment sous le nez de Vince qui les regardait en se sentant terriblement de trop.

— Promets-moi que tu ne t'en iras plus jamais.

— Ah, tu sais que je ne peux pas promettre ça. Mais je promets de ne plus rester aussi longtemps absent entre deux visites.

— Ça ira pour cette fois, conclut-elle en souriant, s'écartant de lui non sans lui tapoter doucement la fesse de la paume de la main.

Vince se racla la gorge, non pour attirer l'attention sur lui, mais parce qu'il était réellement gêné. Il avait l'impression de regarder des amants de fraîche date. Et avait presque envie de quitter la pièce en s'excusant. Au lieu de cela, il se laissa tomber dans le canapé et prit le magazine de bord de la compagnie aérienne avec laquelle Jon avait voyagé.

— Comment s'est passé… euh… ton vol ? réussit-il à lui demander en feuilletant machinalement les luxueuses pages de papier glacé.

— Bien, dit Jon en le rejoignant sur le canapé. Pas trop mal. Il y a eu un peu de turbulences, sinon c'était tranquille.

— Virgin, c'est une bonne compagnie ? demanda-t-il en montrant le magazine.

Pourquoi avait-il demandé ça ? De toute façon, il était incapable de réfléchir. Et il n'avait aucune intention de prendre l'avion dans un proche avenir, mais l'image de la main de Jess sur le cul de Jon occupait tout son esprit, telle une vidéo mise sur pause, et il ne trouvait rien d'autre à dire.

— Ouais, répondit-il, super. Ils ont l'Upper Class, ce n'est pas véritablement une première classe, c'est plutôt une classe affaires, mais pour le prix, c'est correct.

Vince avala sa salive. Jon était le genre de type qui voyageait en première classe sans se poser de question. Il l'avait craint. Il soupçonnait que ce pull en laine discret et simple était bien plus cher qu'il n'en avait l'air, et que son pantalon ne venait pas de chez Gap. Et ce petit clou en argent dans le lobe gauche de son oreille ressemblait de plus en plus à du platine.

C'était un gars d'origine modeste qui avait réussi.

Il était séduisant, riche et en pleine ascension.

Il était chaleureux, amical et sûr de lui.

Il était tout ce que Vince n'était pas. Et tout ce qu'il voulait être.

— Bon, j'espère que vous avez faim, vous deux. J'en ai fait assez pour au moins huit mâles affamés.

— Qu'est-ce qu'on mange? demanda Vince en se frottant les mains, pour se forcer à être enthousiaste.

— Des spaghettis avec des boulettes de viande.

— Oh, ma belle! clama Jon, mon plat préféré! Tu t'en souviens, c'est incroyable!

— Comment aurais-je pu oublier? rétorqua Jess avec un clin d'œil avant de disparaître dans la cuisine.

— Ouah! fit Vince, la voix un peu chevrotante dans son effort pour cacher sa contrariété, tu es à l'honneur. D'habitude, c'est légumes et poisson vapeur.

— Bah, dit-il en haussant les épaules, tu devrais peut-être essayer de quitter le pays pendant quatre ans.

Il sourit à Vince, comme pour montrer qu'il plaisantait, mais cela n'avait de toute façon aucune importance.

Vince était engagé bien trop loin dans l'Avenue de l'Insécurité pour qu'on lui indique le chemin du retour.

43.

Jon était parfait. Absolument parfait, en tout.

Il ne se baladait pas avec une serviette riquiqui autour de la taille en sortant de la douche, et ne gênait pas Vince et Jess. Il ne parlait pas pendant qu'ils regardaient *Les Sopranos* à la télé, et ne s'intéressait pas aux émissions du matin. Il ne squattait pas le téléphone, ne flirtait pas avec Jess. Il ne frimait pas avec son boulot branché et ne faisait pas étalage de son fric.

Son canapé était replié chaque matin avant même que Vince et Jess aient ouvert un œil, les coussins replacés dans l'exacte position où ils étaient la veille. Il arrosait toutes les plantes desséchées de Jess, et avait réussi à les ramener à la vie. Il savait faire du bon thé et était toujours de bonne humeur, celle-ci déteignant sur Vince et lui donnant un petit coup de fouet quand il quittait l'appartement de Jess le matin.

Il avait même complimenté Vince sur ses talents de moniteur d'auto-école.

— Ça alors, avait-il assuré, je n'aurais jamais cru vivre assez longtemps pour voir Jess au volant, et encore moins survivre avec Jess au volant ! Elle est vraiment douée, en fait. Tu dois être un super instructeur.

Vince n'avait pas voulu lui dire que Jess avait ça dans le sang et que ses leçons n'y étaient pour rien. Au contraire, il avait souri avec nonchalance en savourant l'appréciation.

Vince vacillait sur une corde raide entre l'amitié et la haine. Il y avait des jours où il avait envie de lui taper dans le dos et de lui dire à quel point il était génial. Et d'autres où il aurait voulu lui balancer de l'acide dans la gueule.

Au moment de sa vie où Vince se sentait enfin homme, où tout se mettait finalement en place, Jon avait fait irruption et Vince avait commencé à tout mettre en question. Il avait accepté l'idée que quelqu'un d'aussi sexy, cool et charismatique que Jess se retrouve avec lui parce qu'il ne la percevait que dans un seul contexte. Sans Jon, Jess était simplement une animatrice radio mal payée qui était locataire d'un petit appartement d'Enfield, pratiquait le yoga trois fois par semaine à l'église du coin, faisait ses courses dans un supermarché discount, conduisait une Micra, se coupait les cheveux elle-même et aimait faire l'amour très souvent.

Aux côtés de Jon, cependant, elle devenait soudain une créature exotique qui aurait pu épouser un producteur de musique à succès et passer sa vie entre L.A., Sydney et Le Cap. Elle aurait pu avoir des cartes de crédit platinum, des boucles d'oreilles en diamants et de beaux enfants avec des cheveux magnifiques. Et son coach de yoga personnel, un chef spécialisé en macrobiotique, une Jeep 4X4. Avec Jon, tout ce qui la concernait était différent. Vince et elle n'y avaient aucun sens en tant que couple, et le projet de fonder une famille en devenait presque risible.

Sur le fond, dans le monde de Jon, Jess était complètement hors de sa portée.

— Pourquoi Jon et toi vous êtes-vous séparés ? lui demanda-t-il une nuit.

Il retint sa respiration, dans l'espoir d'une réponse qui calmerait ses angoisses : Jon était impuissant, ou il ne lui plaisait plus, ou c'était un sérial-killer brutal, ou n'importe quoi d'autre. Il aurait dû se douter qu'il n'obtiendrait pas ce qu'il voulait.

— Je ne sais pas, à vrai dire, répondit-elle en laissant courir son doigt le long des replis de l'oreille de Vince. Jon était vraiment ambitieux quand il était plus jeune. Moi, j'avais juste envie de m'amuser. Je crois que nous avons suivi des chemins différents, qui nous ont éloignés.

— Ah, lança-t-il en essayant de prendre un ton blasé, c'est vraiment ironique, non ?

— Qu'est-ce qui est ironique ?

— Que vous vous soyez séparés parce que tu voulais trop faire la fête et que maintenant tu sois si sobre. Si vous étiez restés ensemble un peu plus longtemps, vous vous seriez peut-être retrouvés.

Dis non, pensa-t-il, la mâchoire serrée, dis non. Fais-moi un beau rire cynique et démolis mon hypothèse. Crache dessus. S'il te plaît.

— Hum… hésita-t-elle. Je n'ai jamais réellement réfléchi à ça. C'est possible, j'imagine. Enfin, tu sais, la vie a ses propres impératifs. Jon et moi nous sommes quittés, il y avait une raison. Toi et moi nous sommes rencontrés, il y avait une raison. Tout cela est prédestiné, non ? Pas la peine de se demander « et si… ».

Vince hocha la tête, mais en son for intérieur il enrageait. Quelle connerie ! Il avait horreur de tout ce baratin sur le destin. Cass, son ancienne colocataire, avait essayé de le lui faire ingurgiter. Tout ce délire avec Joy et son crétin de chat. Elle avait tenté de le persuader que c'était un signe, que cela avait un sens, alors que cela voulait simplement dire que Joy avait choisi de vivre dans le même quartier de Londres que lui pendant un moment, et que le chat de Cass avait bon goût concernant les gens.

Si le destin pouvait unir deux personnes, il pouvait les séparer aussi facilement, et donc les réunir de nouveau avec la même facilité. Il n'y avait ni commencement ni milieu ni fin au destin. Il n'était ni gentil, ni manipulable. Il était gouverné par le hasard, et terrifiant. Il faisait ce qu'il voulait. Et s'il avait envie de ramener Jon dans la vie de Jess afin qu'elle se demande subitement ce qu'elle fichait à essayer de faire des bébés avec un loser comme Vince, il le ferait.

— Donc, si Jon était revenu il y a six mois, avant que je t'aie rencontrée, qu'est-ce qui se serait passé ?

Jess émit un bruit signifiant qu'elle était bien plus intéressée par la perspective de dormir que de s'embarquer dans une discussion « avec des si ».

— Tu vois, insista Vince, il n'y a pas de truc moche entre vous, c'est ça le truc. Vous êtes les meilleurs amis du monde, c'est un mec sublime, vous étiez amoureux. Qu'est-ce qui t'aurait retenue ?

— Oh, bon sang, je ne sais pas. Je ne le vois plus du tout comme ça aujourd'hui. C'est un copain. C'est Jon… tout simplement.

Exactement, songea Vince. C'était là toute la question. Jon était tout simplement Jon, la perfection même.

44.

Joy rangea sa carte du magasin dans son portefeuille et prit son sac de courses.

Une pluie drue s'était soudain mise à tomber. Les gens s'agglutinaient à l'entrée du supermarché en scrutant le ciel à travers les portes vitrées, leurs gros sacs de provisions avachis à leurs pieds.

Joy déplia le parapluie qu'elle avait eu la précaution d'emporter. On entendait les « pschitt » des pneus de voitures sur le bitume mouillé et les gens se hâtaient plus qu'à l'habitude. Un homme dépassa Joy en la bousculant d'un coup de coude.

Ça ne sert à rien de courir, eut-elle envie de lui crier, d'après les études existantes on n'a que cinq pour cent de chances d'être moins trempé si l'on court sous une averse que si l'on marche.

Joy avait fait les courses pour le dîner, puisque c'était ce soir son tour de le cuisiner. George faisait la cuisine les lundis, mercredis et vendredis, et Joy les mardis, jeudis et samedis. Le dimanche, ils sortaient dîner en ville. Ce soir elle allait préparer une recette prise dans un livre, de grands bols de soupe de poulet et nouilles. George se remettait d'un rhume et cela lui avait paru de circonstance.

Joy s'étonnait de la vitesse à laquelle ils étaient retombés dans leurs vieilles habitudes.

Les deux premiers jours, George avait été exemplaire. Il était convenu avec elle que les choses devaient changer. Il avait promis qu'il travaillerait sur ses sautes d'humeur. Il était même allé jusqu'à proposer que la mère de Joy vienne déjeuner le dimanche. Ils procédèrent à un grand ménage dans la maison, parlèrent vacances et ébauchèrent des projets d'avenir. Ils firent même l'amour un mardi. Leur relation leur paraissait toute neuve, comme s'ils étaient revenus aux premiers jours, quand George l'adorait, avant qu'il n'eût décrété qu'elle était la cause de tous ses ennuis.

Puis, au fil du temps, tout retomba. La maison retrouva son état d'abandon. Les résolutions n'aboutirent à rien. George se replia sur lui-même. Et la vie continua comme si Joy n'avait jamais fait son sac pour l'abandonner à sa prison urbaine.

Ils vivaient désormais à Esher. Ils y avaient déménagé trois ans auparavant quand George avait décidé de quitter son travail pour écrire son grand roman anglais. C'était un petit cottage avec deux pièces en rez-de-chaussée et deux pièces à l'étage sur l'artère principale, qui avait coûté la moitié du prix de vente de son trois pièces de Stockwell. L'argent qui restait avait été placé sur un compte qui produisait de forts intérêts afin de financer le long congé sabbatique de George, censé durer un an. Il s'était installé plein d'espoir, tout excité quand il avait branché son ordinateur et fait craquer ses doigts devant le clavier. Il était convaincu qu'au début de l'année suivante il se retrouverait devant un gros manuscrit et un contrat d'édition. Mais au mois de janvier suivant il en était à la onzième page du quatrième remaniement de son roman, ayant entre-temps abandonné trois livres en cours de route, remis à plus tard.

L'argent avait commencé à manquer quelques mois plus tôt, et il avait été contraint de reprendre la comptabilité pour éviter de s'endetter, ses clients allant du fleuriste du coin à un professeur de piano et un coiffeur à domicile. Il détestait chaque instant de son travail, furieux de l'intrusion de ces éléments étrangers du monde extérieur dans son temps d'écriture et son cocon domestique.

George et Joy n'avaient jamais d'invités chez eux. La mère de Joy prétendait le comprendre, mais était ouvertement vexée que l'homme qu'elle avait vu avec tant de joie épouser sa fille six ans auparavant ne lui eût jamais proposé de partager ne fût-ce qu'un plat de pâtes, et ne lui rendît visite qu'en coup de vent, toujours de passage. Quand Barbara réussissait à les coincer par extraordinaire pour un déjeuner du dimanche, George se mettait à consulter sa montre et toutes les pendules de la maison dès sa dernière bouchée de crumble avalée, sans essayer de cacher son malaise d'être aussi loin de son foyer rassurant.

Aussi bien élevé que George prétendît l'être, il pouvait se montrer incroyablement grossier.

Julia et Bella étaient venus un vendredi soir, quelques semaines auparavant. C'était de toute évidence une mission de sauvetage maquillée en un « on ne faisait que passer » impromptu. Joy et George venaient de finir de dîner et allaient regarder une vidéo. La sonnette de la porte d'entrée retentit et George entrouvrit les rideaux de la fenêtre de devant, tout crispé d'irritation.

— Oh, mon Dieu, pesta-t-il en laissant le rideau retomber, ce sont tes amis épouvantables. Cette horrible petite créature et la bonne femme qui parle fort, avec les énormes seins.

— Julia et Bella ? Tu plaisantes ?

— Malheureusement non.

Joy sentit sa gorge se serrer. Cela faisait presque deux ans qu'elle ne les avait pas vus. Ils lui téléphonaient de temps en temps, mais ils avaient fini par se fatiguer de lui proposer des sorties qu'elle refusait inévitablement. Joy avait laissé tomber sa vie sociale depuis un bon moment. Elle ne valait pas les longs silences, les bouderies et le ressentiment qu'elle impliquait. Il était plus facile de décliner, tout simplement, et de rester à la maison avec George. Cela allait mieux quand elle travaillait encore en ville à ColourPro. Elle voyait des gens à l'heure du déjeuner. Désormais elle vivait dans le Surrey, et cette dernière petite fantaisie n'était même plus envisageable. Elle ne voyait donc désormais que George.

En toutes autres circonstances, dans une relation avec un homme normal, elle aurait été surprise mais enchantée par l'irruption inopinée de deux de ses plus vieux amis sur le pas de sa porte. Alors qu'en cet instant l'idée d'une arrivée impromptue envoyait une décharge de terreur dans la moindre cellule de son corps.

— Tu les as invités ?

— Non ! se récria-t-elle, bien sûr que non !

L'idée était ridicule. Sa maison était hermétique au monde extérieur. Les seules personnes qui en franchissaient le seuil étaient les plombiers et les employés du gaz. Leurs vendredis soir avaient pris une tournure rituelle. Joy s'imaginait que la plupart des couples qui partageaient le même toit suivaient eux aussi leurs routines, mais avec une sorte de flexibilité interne, comme les gratte-ciel conçus pour s'adapter aux vents violents. Les leurs étaient si rigides et strictes que le moindre soupçon de changement pouvait détruire tout l'édifice et le réduire en une masse informe d'échardes et de débris coupants.

La sonnette se fit de nouveau entendre. Joy ouvrit la bouche pour parler, mais George lui intima le silence en posant son doigt sur ses lèvres.

Joy referma la bouche.

Tout ce qu'elle disait et faisait désormais tendait vers un seul but : contenter George. Même sa façon de s'habiller dépendait de son avis. Quand les mini-jupes étaient revenues à la mode deux ans auparavant, George avait exprimé sa gêne que Joy exhibât autant ses jambes, aussi avait-elle immédiatement réintégré ses pantalons. Elle aurait pu défendre sa position en adoptant l'attitude de celles qui font ce qui leur chante, mais elle savait exactement où cela l'aurait menée, et elle n'avait ni l'énergie ni la conviction d'aller jusque-là.

Elle était soumise en ce qui concernait tous les aspects de sa vie avec George. Elle ne voyait plus ses amis, ne disait plus de gros mots, ne regardait plus d'âneries à la télé, ne se teignait plus les cheveux, n'évoquait plus son passé ou sa famille. Elle prononçait désormais tous les « h » et tenait son couteau correctement. Elle avait systématiquement et chirurgicalement supprimé de la vie de son mari toute source potentielle de déplaisir et d'irritation, et dans ces circonstances extrêmes ils avaient sauvé ce qui restait de leur mariage. Livrés à leurs propres règles, selon leur routine et sans la moindre incursion du monde extérieur, ils menaient une vie plaisante et agréable. Ils regardaient des vidéos tous les soirs, soignaient leurs repas, lisaient de bons livres et discutaient pendant des heures de politique, de philosophie et de choses importantes autour d'un excellent vin. Ils ne se disputaient jamais et la vie s'écoulait paisiblement, si bien que Joy en était arrivée à se fâcher contre ses amis qui tentaient de la détourner de l'emprise de son foyer.

La plupart avaient renoncé il y avait des années, mais Julia s'obstinait : « Nous allons à un concert à Wembley, il faut que tu viennes, chérie. Je vais te prendre un billet. Bella et moi allons à Stratford ce week-end, dans un B & B ravissant. Je t'en prie, dis que tu viendras. Rejoins-nous en ville, nous allons essayer un nouveau bar dans Rupert Street. » Chaque fois Joy était obligée de trouver un prétexte pour refuser qui ne sous-entendît pas qu'elle s'inclinait devant la volonté de George.

Julia avait quand même pu forcer Joy à accepter, à de rares occasions. Cette décision était invariablement suivie par des jours d'angoisse, où elle se galvanisait pour trouver la force de dire à George qu'elle sortait. Quand elle avait décidé du moment propice pour cette annonce tant redoutée, elle passait au moins cinq minutes à respirer profondément et préparer à l'avance les paroles exactes qu'elle prononcerait. Puis elle se résolvait à les lâcher sur un ton qu'elle espérait nonchalant, les assortissant de promesses de ne pas rentrer tard. La conséquence en était invariablement l'humeur massacrante de George, qui durerait des heures, parfois des jours, en un crescendo qui atteindrait son paroxysme le jour de sa sortie et s'évanouirait le lendemain au moment même où ils ouvriraient l'œil, et que la routine recommençât. Ce processus était devenu si pénible pour Joy qu'elle ne considérait plus les invitations comme des éléments plaisants de la vie d'adulte, mais comme une interruption de son harmonie domestique durement acquise.

Bella et Julia, quand ils débarquèrent ce soir-là à l'improviste, avaient dans l'idée de voir une amie que le mari ne laissait pas aller jouer dehors. Ils ne pouvaient en aucun cas comprendre les implications et ramifications de leur acte, et quand bien même Joy le leur eût expliqué, ils n'auraient pas pu imaginer ce qu'elle subissait. Elle pouvait évoquer ses silences interminables, mais ils l'auraient dénigrée avec un désinvolte « Bah, ignore-le, c'est tout. Il est grand, maintenant. Il n'en mourra pas. » Elle pouvait tenter d'expliquer l'effet de ces silences sur elle : elle se sentait exclue, abandonnée, emprisonnée, oppressée, et l'atmosphère que cette humeur conférait à son environnement : morne, gothique, lourde, interminable, mais ils ne comprendraient non plus jamais pourquoi elle laissait tant George influer sur son moral.

À la vérité, Joy ne le comprenait pas non plus. Elle avait réalisé depuis très longtemps qu'il était fondamentalement malheureux, et que la seule chose qui l'empêchait de sombrer, c'était elle. Elle était la clé de tout, et sans sa soumission, George se rapprochait d'un endroit où il n'y avait aucune raison de vivre ni d'exister, où rôdait l'idée de suicide, que Joy connaissait mieux que quiconque. Elle lui trouvait des circonstances atténuantes parce qu'elle reconnaissait sa façon d'appréhender le monde. Elle restait avec lui, car si elle partait personne ne l'empêcherait de tomber.

Joy contempla les silhouettes floues de Julia et Bella à travers la vitre opaque de la porte d'entrée, et sentit son sang pulser dans ses veines.

— Bon sang, murmura-t-elle, je ne pige pas ce qu'ils font ici.

— Je ne les fais pas entrer, chuchota-t-il, assis sur l'accoudoir du canapé, bras croisés.

— Comment ?

— Je suis désolé, mais il est plus de vingt et une heures, et je trouve qu'il est très impoli de venir chez quelqu'un sans être invité.

— Mais ils ont fait tout ce chemin…

— Ce n'est pas mon problème, dit-il en jetant un coup d'œil à la porte. Ils auraient dû nous prévenir.

La sonnette retentit de nouveau et le couvercle de la boîte aux lettres se souleva, pour laisser apparaître les quatre doigts d'une main.

— Nous savons que vous êtes là ! roucoula Bella. On vous voit !

George considéra la porte d'un air horrifié, et Joy haussa les épaules à son intention. Puis elle se composa une expression de surprise ravie et alla ouvrir.

— Oh, mon Dieu, gloussa-t-elle, qu'est-ce que vous faites là, tous les deux ?

— Nous étions à la gare de Waterloo pour dire au revoir à la sœur de Julia, et puis nous avons vu un panneau d'horaires avec la destination d'Esher, le train partait dix minutes plus tard, alors nous nous sommes dit, et merde, on y va, allons rendre visite à notre adorable petite Joy ! Oooh, j'adore votre petite maison, dit-il en scrutant le décor. C'est vraiment mignon.

— Oh, oui ! fit Julia en écho derrière Bella, enveloppée d'une senteur d'air froid et de pubs enfumés. C'est très joli, très familial.

George resta assis à sa place, absent, le regard perdu dans l'écran de la télé éclairé par une image sur « pause » de la vidéo qu'ils s'apprêtaient à regarder.

— Oh ! s'extasia Julia. Vous regardez *Quatre mariages et un enterrement* ! J'adore !

— Non, la détrompa George, c'est juste la bande-annonce.

— Ah bon, fit Julia en faisant volte-face vers lui, qu'elle venait de remarquer dans le coin du canapé. George, salut ! Comment vas-tu ?

— Très bien, marmonna-t-il.

Un temps de silence imperceptible s'installa tandis que Julia attendait en vain qu'il poursuivît la conversation.

— Nous ne vous dérangeons pas, n'est-ce pas ?

— Euh… non, intervint Joy. C'est juste une vidéo.

Julia et Bella hochèrent la tête et examinèrent le décor.

— Je vous en prie, reprit Joy, se remettant enfin de sa stupéfaction pour réaliser qu'elle avait des invités, asseyez-vous.

Elle retira du canapé la pile de journaux de la semaine et débarrassa les assiettes de la table basse.

Ils s'installèrent tous deux en se serrant sur le petit canapé et Joy vit leur bonne humeur se dégonfler comme des ballons de baudruche au fur et à mesure qu'ils absorbaient la tension palpable de l'atmosphère. George changea de place pour s'asseoir en tailleur par terre, où il se mit à feuilleter un magazine pris au hasard.

— Puis-je vous offrir un verre ?

— Qu'est-ce que tu as ? demandèrent en chœur Julia et Bella.

— Du vin. De la bière. De l'eau.

— Je prendrais bien un verre de vin.

— Nous n'avons pas de vin, lança George.

— Si, on en a.

— Non, nous n'en avons pas.

— Ah, c'est vrai, se désola Joy en essayant de ne pas avoir l'air furieux. Non, on n'en a pas, j'avais oublié.

— Ne t'en fais pas, la rassura Julia, une bière, ça ira très bien.

Elle leur apporta une bouteille de Hoegaarden à chacun et s'assit par terre.

— Alors, commença Julia, tu as l'air en forme.

— Merci, dit Joy, toi aussi.

— Et toi, George, je ne t'avais pas vu depuis le jour de votre mariage ! Je dois avouer que la vie de couple semble te réussir. Tu es superbe.

George leva les yeux de son magazine et lui adressa un sourire crispé avant de se replonger dedans.

Sur le visage de Julia l'expression d'intérêt amical se figea et le silence retomba. Joy commença à réaliser que George allait gérer cette invasion dans sa routine du vendredi soir en prétendant l'ignorer. Il avait de toute évidence décidé que s'il ne montrait aucune hospitalité envers ces gens non seulement ils partiraient plus tôt mais aussi ils ne seraient pas enclins à revenir.

La conversation était empruntée et artificielle. Il était impossible de bavarder normalement avec George furax dans un coin, feuilletant son magazine avec ostentation. Cette visite était avec tant d'évidence destinée à vérifier comment allait Joy, voir quelle vie elle menait, qu'une fois les invités certains que George était bien tyrannique et antisocial comme ils s'en doutaient, et que Joy était aussi profil bas et soumise qu'ils le craignaient, il ne subsisterait plus la moindre raison pour qu'ils s'éternisent. Toutefois, le sketch de la visite impromptue devait être bu jusqu'à la lie, aussi restèrent-ils stoïques tous les trois jusqu'à ce que fût avalée la dernière goutte de bière et que l'excuse du dernier train ne s'offrît enfin pour prétexter leur départ.

Joy les reconduisit à la porte.

— Je suis désolée, souffla-t-elle.

— De quoi ?

— De… ça. De tout. Vous savez, c'est seulement que…

— Ne t'en fais pas, la coupa Julia en la serrant très fort dans ses bras. N'oublie pas que nous sommes là. Nous sommes toujours là. Quand tu veux, n'importe quand, d'accord ?

— Oui, la remercia Joy, reconnaissante. Merci.

— Nous sommes désolés d'avoir débarqué sans prévenir, ajouta Bella, se préparant à l'embrasser sur les joues selon sa vieille habitude. Nous avions vraiment envie de te voir.

— Je sais, dit Joy, pas de problème.

— Je fête mes trente ans la semaine prochaine, continua-t-il. J'ai réservé une table chez Mezzo, mercredi soir. Tu veux venir ?

Joy se força à sourire et sentit des larmes lui picoter le nez.

— Je ne sais pas, répondit-elle, je verrai. Je vous le dirai.

Il lui sourit, l'air résigné et déçu.

— Super, conclut-il.

Puis ils partirent bras dessus, bras dessous, en direction de la gare et du retour à la réalité. Vers un monde rempli de soirées d'anniversaire, d'amis et de spontanéité. Vers un monde que Joy avait quitté depuis longtemps. Une fraction de seconde elle eut envie de leur courir après en criant : « Emmenez-moi, je veux venir aussi ! » Au lieu de cela elle rentra chez elle, se préparant à affronter un nouveau très long et pénible silence.

George ne lui adressa pas la parole ce soir-là. Il ne lui parla pas jusqu'à dix-sept heures le lendemain, mais quand il sortit de sa bouderie et redevint correct c'était trop tard, Joy avait déjà décidé de partir. Le mercredi soir, assise devant la télé, elle avait imaginé de joyeux convives autour d'une table de Mezzo, les chanceux qui avaient inscrit « Anniversaire Bella » sur leur agenda, pris le métro pour Tottenham Court Road et Leicester Square, dans leurs plus beaux vêtements, enchantés d'une soirée où l'on boirait, mangerait et s'amuserait. Elle se voyait en train de porter un toast à Bella, puis Julia ferait un discours ponctué du « pop » d'un bouchon de champagne qui sautait. Elle s'était imaginé tout le déroulement de cette fête, et cela suffit à la convaincre qu'elle ne voulait plus refuser d'invitations aussi longtemps qu'elle vivrait.

Plus encore, cette épouvantable soirée avec Julia et Bella lui avait fait comprendre qu'elle ne pouvait plus vivre avec un homme si terrifié par le monde extérieur qu'il en refusait d'offrir du vin à des invités. Pour Joy, partager du vin avec des amis était fondamental, normal, évident et plaisant. La pensée de ne plus jamais pouvoir le faire lui était insupportable.

Aussi avait-elle fait son sac et était-elle partie.

Puis elle était revenue.

Et se retrouvait deux semaines plus tard à la case départ, dans Esher High Street, sous la pluie. Rien n'avait changé. Elle n'allait pas plus accepter d'invitations à des soirées qu'avant son départ. Elle était prise au piège, par les angoisses de George et sa propre faiblesse. Et pour la toute première fois depuis qu'elle avait posé les yeux sur George, il y avait tant d'années, elle arrêta de se voir comme une femme perdue en mer sur un bateau à la dérive et accepta que cette vie fût son destin. Avec George, en banlieue, et un travail dans un labo photo. Personne n'allait la sauver. Il n'y avait ni alternative, ni existence parallèle. C'était là sa vie, son voyage. Tout en digérant cette découverte angoissante, elle observa les gens d'Esher et vit deux femmes qui se dirigeaient dans sa direction. Elles étaient de son âge, au début de la trentaine, plutôt pas trop mal, avec des vêtements neutres, poussant chacune une poussette. Celles-ci étaient surchargées de sacs de courses, les bébés cachés par des housses en plastique trempées de pluie. Elle scruta les femmes et fut frappée par une nouvelle chose, plus violemment encore. Elle comprit soudain que sa seule manière de survivre à ce voyage était de devenir comme une de ces femmes. De devenir mère. Parce qu'un bébé était la seule chose logique dans le scénario de sa vie.

Elle devait avoir un bébé.

George la respecterait de nouveau. Elle se respecterait elle-même. Elle saurait qui elle était. Elle ne serait plus perdue.

Sur ces pensées, elle quitta la rue principale et rentra chez elle, vers George et son destin.

45.

Jon et Vince allèrent ensemble au pub la semaine suivante. C'était l'idée de Jon. Jess était au yoga, c'était le premier lundi après le passage à l'heure d'été. La ville d'Enfield vibrait d'une légère excitation à la perspective d'une heure de jour supplémentaire. Les gens étaient à l'extérieur des pubs, en manteau, savourant les premiers balbutiements de l'été. Jon et Vince choisirent le King's Head, sur la place du marché, et commandèrent des pintes de Heineken Export.

Jon n'avait pas du tout l'air déplacé avec son crâne rasé, sa boucle d'oreille et ses fringues branchées. Il aurait pu aussi bien passer pour un vendeur sur les marchés, spécialisé en lingerie grande taille, CD au rabais ou fraises de saison. Comme Vince, il resterait un gars d'Enfield pur sucre, et comme Vince il en était parti à la première occasion pour aller voir ailleurs. À la différence de Vince il avait fait carrière, s'était taillé une réputation, était respecté dans sa branche et avait sans doute accroché dans ses toilettes les récompenses qui le prouvaient. Il avait vécu dans plusieurs pays, travaillé avec des gens différents, en grimpant à chaque fois. Vince, quant à lui, était parti à Londres avec la vague idée de travailler dans les médias, était revenu à Enfield quand ça n'avait pas marché et décroché un boulot subalterne, dont le seul avantage était de lui conférer un vague statut d'adulte. Jon avait un an de moins que Vince, mais au bas mot dix de plus en termes d'expérience de la vie et de statut social.

— Alors, commença Vince, quels sont tes projets ?

— Tu veux dire, à Londres ?

Vince hocha la tête.

— Aucun, à vrai dire. Je fais une petite pause.

— C'est marrant, fit Vince avec un petit sourire crispé, de quitter une maison sur la plage en Californie pour venir souffler à Enfield.

— Ouais, approuva Jon en souriant, c'est le monde à l'envers, non ? Vivre dans un endroit somptueux, en fait, ça ne vous empêche pas d'aimer l'endroit d'où vous êtes originaire. Ça vous le fait même apprécier encore plus.

— Dans quel quartier d'Enfield as-tu vécu ?

— Turkey Street.

— Turkey Street ! Mince alors ! s'exclama Vince, haussant un sourcil à l'évocation de l'un des quartiers les plus durs d'Enfield. Tu as vraiment fait du chemin !

— Ouais, fit Jon en riant, je ne peux pas dire que je rencontre beaucoup de gens de mon quartier dans mes voyages !

— Et tes parents, ils vivent toujours ici ?

— Oui. Ma mère, en fait. Je serais bien allé chez elle, mais elle craque avec ses ados. Quatre, entre quatorze et dix-huit ans. Dans un trois pièces. Tu vois ça ?

— Ce sont tes frères et sœurs ?

— Oui, enfin, des demi-frères et demi-sœurs. Ma mère a refait sa vie. Les quatorze premières années j'étais tout seul, puis elle a rencontré Richard et a eu quatre enfants coup sur coup. On est passés de deux à sept en l'espace de cinq ans. Rien de plus stimulant pour me pousser le cul hors de chez nous et me lancer dans le vaste monde !

— C'est drôle, dit Vince, il m'est arrivé pratiquement la même chose. J'ai vécu quatorze ans avec ma mère, et puis elle a rencontré Chris et aujourd'hui ils ont deux enfants. Mais eux ont attendu que j'aie quitté la maison pour les avoir, Dieu merci. J'avais vingt-trois ans à la naissance de Kyle.

— C'est un peu plus civilisé, comme ça tu peux les apprécier. Au moins ils ne t'ont pas empêché de dormir, n'ont pas abîmé tes disques ni vomi sur ta chemise préférée. Bon Dieu, soupira-t-il, c'était un cauchemar, ça m'a pratiquement dégoûté des gosses pour toujours.

— Tu n'as donc jamais pensé à fonder une famille ?

— Oh, si, bien sûr ! J'adorerais avoir une famille. C'est mon prochain grand projet.

— Ah, je vois.

— Je n'ai pas rencontré la fille idéale, c'est tout. Pas encore.

— Donc Jess et toi n'y avez jamais pensé, après le... tu sais...l'avortement ?

— Elle t'en a parlé ?

— Oui.

Il fit un sourire sans joie assorti d'un signe de dénégation.

— Non, expliqua-t-il, l'avortement a été le mot de la fin, pour nous. Jess était déchaînée, à l'époque. Elle n'était pas prête à être mère. Cela aurait été un désastre. Elle a avorté en partie parce qu'elle ne s'était pas rendu compte qu'elle était enceinte avant dix semaines de grossesse, et vu la quantité de drogues et d'alcool qu'elle a dû ingurgiter pendant cette période, Dieu sait quel effet cela aurait eu sur le bébé. Non, Jess n'a jamais été du genre maternelle. Enfin, jusqu'à aujourd'hui. (Il leva son verre devant Vince en le saluant.) Je dois avouer, poursuivit-il, que je suis plutôt impressionné de constater à quel point tu as réussi à l'assagir.

— Je n'y suis pour rien. Elle était comme ça quand je l'ai rencontrée. C'était juste le bon moment.

— Oui, je vois ce que tu veux dire. C'est Jessie qui mène la danse. Elle l'a toujours fait. Elle est de ces gens-là, tu vois, un peu comme un conducteur de bus.

— Comment ça ?

— Disons que la vie est un trajet à travers la ville. Il y a des gens qui sont des chauffeurs de taxi, leur destination est dictée par leurs passagers. D'autres sont plutôt conducteurs de bus. Ils fixent le trajet. Les gens peuvent monter et descendre, mais le bus ne va finalement que dans une seule direction, et un passager ne peut rien y changer. Jess, c'est ça.

Vince acquiesça, se rendant compte que, bien que la comparaison de Jon fût un peu ridicule, elle lui correspondait tout à fait.

— Mais cela étant dit, cela veut dire énormément de choses sur toi, le fait qu'elle t'ait choisi. Avoir un bébé, c'est énorme. Elle doit te trouver sacrément spécial pour vouloir partager cette partie du trajet avec toi.

Une sonnette se mit à tinter violemment dans la tête de Vince.

— Une partie du trajet ? s'indigna-t-il.

— Oui, répondit Jon après un moment. C'est comme ça, avec Jess, et j'espère sincèrement que tu ne penses pas que je dis ça par jalousie, ou un truc de ce genre, parce que vraiment, mon pote, crois-moi, ce n'est pas le cas. Mais avec Jess, si tu ne veux pas les mêmes choses qu'elle en même temps qu'elle, pour le reste de vos vies, tu te retrouveras éjecté du bus à un moment ou un autre. Et s'il monte quelqu'un qui veut vraiment les mêmes choses, eh bien, tu vois…

Vince hocha la tête, nerveux.

— Tu dois te préparer à jouer les seconds rôles dès maintenant si tu veux que ça marche. Jess est le patron. Accepte cela, accepte-la, accepte tout ce qu'elle fait, et ça ira comme sur des roulettes. Sinon… j'essaye juste de t'inciter à être prudent. C'est dangereux, de tomber amoureux de Jess. Et je suis bien placé pour le savoir…

Vince pâlit légèrement. Il était déchiré entre l'envie de balancer son verre à la tête de Jon et de lui demander de s'expliquer plus clairement. Il ne réussit qu'à prendre son verre vide et proposer mollement à Jon une autre consommation.

— Pardon, Vince, je suis allé trop loin, c'est ça ? Je parle trop, c'est mon grand défaut. Ça ne me regarde pas. Toi et Jess, vous êtes super ensemble, vous aurez des bébés extra et c'est tout ce qui compte. Fin de l'histoire.

Vince hocha la tête et emporta les verres vides au bar, la tête bourdonnante de bus et de bébés.

Il repensa à la première fois que Jess était montée dans sa voiture, quand elle s'était présentée. Qu'avait-elle vu en découvrant Vince ? Un homme sexy, plein d'énergie, ou un donneur de sperme ? L'homme avec qui elle voulait passer le reste de sa vie ou quelqu'un qui lui donnerait ce qu'elle voulait, tout de suite ?

Il pensa à leur vie ensemble. Était-ce une histoire d'amour ? Lui, il l'aimait, il en était sûr. Et elle se comportait comme si elle l'aimait. Elle s'occupait de lui, pensait à lui. Elle était affectueuse et chaleureuse. Était-elle engagée, cependant ? Était-ce bien, de faire un bébé ensemble alors qu'ils se connaissaient à peine ? Jess serait une mère géniale, Vince n'en doutait pas. Mais le serait-elle pour fonder une famille ?

Il s'examina dans le miroir sculpté au-dessus du bar. Il avait l'air fatigué. Et vieux. Il était vieux. Plus de temps pour tergiverser. S'il voulait une famille, autant s'y mettre tout de suite.

Il relégua les réflexions de Jon et ses vagues doutes personnels au fin fond de son esprit et tendit au barman un billet de cinq livres.

46.

Vince était dans sa voiture devant le 10, Ladysmith Road.

C'était un samedi matin à neuf heures et demie, et il attendait que Charlene Okumbo émerge pour sa leçon de conduite. Charlene avait dix-sept ans, c'était sa troisième leçon. Vince l'aimait bien parce qu'elle papotait non-stop sur elle-même, ses amis et sa vie. Du coup, il se sentait vaguement connecté avec les jeunes d'aujourd'hui.

Elle était aussi invariablement en retard de dix minutes, aussi Vince coupa-t-il le contact et sortit-il son téléphone pour appeler Jess.

— Oh, salut, Jon, c'est Vince.

— Tout baigne, mon pote ? Comment ça va ?

— Bien, merci. Jess est là ?

— Oui, je crois, attends, je vais voir…

Vince l'entendit l'appeler dans le couloir.

— Une seconde, mon pote. Jess ? Jess ? (Il y eut un silence.) Euh… Vince, on dirait qu'elle n'est pas là.

— Quoi ?

— Ouais. On dirait qu'elle n'est pas rentrée de la nuit. Son lit n'est pas défait.

— Tu te fous de moi.

— Non, sérieux. Elle n'est pas là.

Vince sentit sa gorge se serrer. Jess avait dit qu'elle sortait la veille avec des collègues de travail. Ils devaient prendre quelques verres au pub, et elle se coucherait tôt.

— Je ne comprends pas, continua Jon. Quand je l'ai laissée, elle a dit qu'elle prenait juste un dernier verre et qu'elle partait.

— Quand tu l'as laissée ? Quoi ? Tu veux dire que tu y étais ?

— Oui.

— À son pot avec ses collègues ?

— Ouais. Je n'avais rien de prévu alors elle m'a proposé de l'accompagner.

— Ah, fit Vince, d'accord.

Il se contracta de jalousie. Lui non plus n'avait rien de prévu, mais Jess avait établi très clairement au tout début de leur relation que sa vie professionnelle était totalement séparée de sa vie privée. Il n'avait jamais rencontré ses collègues de la station de radio et n'avait jamais insisté parce qu'il trouvait cela justifié, il approuvait le fait qu'ils eussent des vies sociales indépendantes, trouvait cela très sain, preuve de maturité. Jess faisait beaucoup de choses sans lui, et cela ne le dérangeait pas. Mais l'idée qu'elle eût invité Jon à l'une de ses sorties du vendredi soir alors qu'il mangeait de la pizza avec Chris et sa mère devant un épisode de *Friends* lui donna envie de jeter quelque chose de très dur contre un mur.

— Tu veux que je l'appelle ? proposa Jon.

— Non, trancha Vince, non. Je vais le faire. Tu crois que je devrais m'inquiéter ?

— Non, assura Jon, je suis sûr qu'elle va très bien. Elle a sans doute un peu trop bu et est restée chez quelqu'un.

— Elle a bu ?

— Oui. Quelques verres.

— Jess ne boit jamais d'alcool.

Jon se mit à rire.

— La nuit dernière, elle buvait. Demain elle ne boira plus du tout. C'est tout Jess. Elle fait ce qui lui chante.

Vince se renfrogna à ce nouvel aperçu d'une intimité qu'il avait de plus en plus l'impression de ne pas partager avec sa petite amie, soupira et coupa son téléphone.

— Bonjour, bonjour ! lança Charlene avec enthousiasme en apparaissant à la portière.

Vince soupira de nouveau et se força à sourire.

— Vous allez bien ? s'inquiéta-t-elle.

— Oui, dit-il en se glissant sur le siège passager pour laisser la place à Charlene. Il faut juste que je passe un coup de fil rapide. Je suis vraiment désolé, je n'en ai pas pour longtemps.

— Pas de problème, fit-elle en s'installant, puis vérifiant son eye-liner dans le rétroviseur.

Vince pressa son portable très fort contre son oreille et écouta la sonnerie.

— Vince ! Mon ange !

— Salut, lança-t-il, déconcerté par son exubérance. Où es-tu ?

— Je suis chez Frank.

— Frank ? Qui est-ce ?

— Frank. Franco. C'est un chef, tu vois.

— Non, grommela-t-il, je ne vois pas. Qu'est-ce que tu fous là-bas ?

— Oh, je t'en prie, ne me cherche pas, Vincent…

— Je ne te cherche pas, siffla-t-il, je m'inquiète pour toi, c'est tout. Que s'est-il passé hier soir ? Jon m'a dit que tu étais censée rentrer chez toi…

— Ouais, bon. C'est vrai, mais quelques-unes des filles allaient à l'Éros…

— Tu es allée à l'Éros ?

Vince se refusait à admettre l'idée d'une Jess à l'hygiène de vie irréprochable, adepte de soupes japonaises, transformée en fêtarde à l'Éros un vendredi soir.

— Ouais. C'était génial. Je n'y avais pas mis les pieds depuis des années. Et on est tombés sur Franco, c'est un cuisinier de l'hôpital.

— Ah, d'accord.

L'image d'un Italien basané et musclé vêtu en tout et pour tout d'une toque de chef et d'un tablier vint brièvement titiller les neurones de Vince.

— On a discuté, pris une ligne ou deux. Et tout d'un coup il était quatre heures du matin. Je n'ai pas pu avoir de taxi alors je suis rentrée avec Frank. Heureusement qu'il était là.

Vince ne savait pas par quel bout commencer à poser des questions sur cette histoire choquante. Sur le fait qu'elle eût invité Jon à l'une de ses soirées si personnelles ? Ou bu de l'alcool ? Pris de la drogue ? Ou encore, qu'elle fût allée dans l'appartement d'un Italien sorti d'on ne sait où, au petit matin ? Il tournait et retournait des millions de reproches et d'inquiétudes dans sa tête.

— Jess, bon sang… bredouilla-t-il.

— Qu'est-ce qu'il y a ? Tu n'es pas fâché contre moi, j'espère ?

— Jess, reprit-il en essayant d'avoir l'air posé et raisonnable, je ne peux pas te parler maintenant. Je suis en train de donner une leçon. Je te vois ce soir, d'accord ?

— Tu as l'air furieux. Tu es furieux ?

— Oui, je suis furieux.

— Oh, Vince ! Ne me fais pas la leçon. J'ai super mal au crâne, je n'ai pas besoin de ça.

— Écoute, on se voit plus tard, conclut-il avant de raccrocher.

— Ouah, dit Charlene en lui jetant un regard oblique, bouche bée, ça craint.

— Hmmm.

— Vous voulez en parler ?

Vince considéra son téléphone, puis Charlene. Oh que oui, il avait envie d'en parler !

— Si tu voyais quelqu'un, et que cette personne sortait un vendredi soir sans toi, mais avec son meilleur ami du sexe opposé, puis se retrouvait dans une boîte où elle prendrait de la drogue, alors que vous êtes en train d'essayer de faire un bébé, rencontrait une autre personne du sexe opposé, collègue de travail, et rentrait avec cette personne à quatre heures du matin, qu'est-ce que tu ferais ?

Charlene se cala un bonbon aux fruits dans la bouche et le regarda droit dans les yeux.

— Je la laisserais tomber, dit-elle simplement.

Vince la considéra une seconde, attendant qu'elle modère la rudesse de sa déclaration. Ce ne fut pas le cas.

Il hocha lentement la tête, se retourna pour tirer sa ceinture de sécurité, sentant son corps s'engourdir étrangement.

— OK, dit-il, rétroviseur, clignotant, et manœuvre.

47.

La liberté se présentait sous des formes étranges et inattendues.

La dernière fois que Joy avait eu une journée et une nuit pour elle toute seule remontait à deux ans, quand George avait passé la nuit à l'hôpital pour un ongle incarné. Cette fois-ci, elle devait la petite lucarne de liberté qu'elle s'apprêtait à savourer au désir de George de redonner un coup de fouet à sa carrière d'écrivain. Il s'était inscrit à un atelier d'écriture créative. Il en avait trouvé un à Winchester qui rentrait dans son budget, et qui promettait surtout des rendez-vous en tête-à-tête avec des agents littéraires de premier ordre. George était convaincu qu'il avait seulement besoin de rencontrer quelqu'un qui appréciât ce qu'il essayait de faire, qui défendrait son travail en gestation, et que le succès suivrait. Publier, ce n'est qu'une question de relations, expliquait-il à Joy, le tout c'était d'entrer en contact avec ces gens.

Joy avait approuvé sagement, sans trop savoir si cette théorie tenait debout, mais ne voulant rien dire ou faire qui fût susceptible de le faire changer d'avis sur ce projet, qui la laisserait seule un week-end entier.

Joy n'en revint pas quand elle entendit la porte se refermer sur George le vendredi après-midi, puis vit sa voiture s'engager sur Esher High Street. Elle s'attendait presque à ce qu'il revînt, et déboulât en disant : « À quoi pensais-je donc ? Je ne peux pas m'engager là-dedans, je devrais peut-être adresser la parole à des gens que je ne connais pas, et toi tu risquerais d'aller t'amuser quelque part. » Elle était restée prostrée dans la même position sur le canapé dix bonnes minutes, juste au cas où il reviendrait et trouverait qu'elle avait l'air de mijoter quelque chose.

Alors que ce n'était pas le cas.

Pas vraiment, en fait.

Elle avait rencontré Dymphna et Karen à Londres la veille au soir. Elles avaient pris un verre au Royal Festival Hall, puis avaient suivi le fleuve jusqu'à une pizzeria sur Gabriel's Wharf. C'était une soirée agréable, sans rien de spécial, que vivaient des milliers de gens dans la capitale, mais pour Joy, être dans un restaurant avec ses amies un vendredi soir, devant une bouteille de pinot gris sans avoir à consulter sa montre confinait à l'extase.

Ce matin-là elle s'était réveillée dans un lit vide, la journée s'était offerte à elle sans restrictions ni routine et elle avait décidé que ce qui lui plairait par-dessus tout serait de passer la journée à traîner dans Londres.

Autrefois, la ville était l'épicentre de son existence. Où qu'elle habitât, quelle que fût la personne avec qui elle sortait, quel que fût son lieu de travail, Londres avait été son immuable compagne. Solide, on pouvait compter sur elle, elle ne vous laissait jamais tomber. À ses différents quartiers correspondaient des humeurs différentes. On pouvait s'y sentir petit et anonyme, ou courageux et remarquable. Londres avait toujours été bien présente en arrière-plan, dans chaque chapitre de sa vie ces dix dernières années. Londres était son amie.

Avant de déménager à Esher, elle avait réussi à entretenir cette amitié, bien que d'une manière plutôt succincte. Mais depuis son départ en banlieue, Londres miroitait seulement derrière des fenêtres de trains et de voitures, et Joy avait à peine l'occasion de lui faire un signe.

Elle mit ses chaussures les plus confortables, acheta un titre de transport pour la journée et prit le premier train pour Waterloo.

Elle traversait Hungerford Bridge en regardant les gens qui la croisaient. Ils avaient l'air sinistre, blasés de traverser la Tamise par un matin d'avril parfait.

Vous avez tous tellement de chance, avait-elle envie de hurler, tellement, tellement ! Vous pouvez faire cela quand ça vous chante. Pour vous, c'est normal. Vous n'en profitez pas, vous devriez ! Avoir la possibilité de marcher au cœur de votre ville un samedi matin, la voir offerte à vos yeux dans toute sa splendeur, avoir une destination et personne pour vous empêcher de vous y rendre. Chérissez-en chaque instant. Savourez votre liberté.

De l'autre côté du fleuve elle se promena dans des petites rues, s'émerveillant devant les alignements de maisons de l'époque georgienne, étonnée que des gens habitent réellement dans le petit triangle secret entre Trafalgar Square, le Strand et la Tamise. Elle prit un bus au hasard, en direction de Knightsbridge, consulta sa montre, se délectant pour une fois que le temps fût de son côté. C'était encore le matin. Elle n'avait rendez-vous avec Julia et Bella qu'à dix-neuf heures. Elle avait du temps à revendre.

Des points de vue qui lui rappelaient son histoire personnelle s'offraient à elle par la vitre du bus.

Le coin de Jermyn Street et de Haymarket, où Ally et elle, complètement saouls, s'étaient bêtement engueulés à l'occasion de ses vingt-trois ans.

L'Odeon, sur Haymarket, où elle avait vu un film avec un type dont elle avait oublié le nom, le jour de la Saint-Valentin.

Le restaurant chinois situé au premier étage d'un bâtiment, tout à côté de Piccadilly, où elle avait déjeuné toute seule le jour où elle n'avait pas pu retourner travailler à cause d'une alerte à la bombe.

Le jardin de l'église de St James où elle s'était reposée par une journée d'été incroyablement chaude, et avait été abordée par un sans-abri édenté qui lui avait cité Wordsworth.

Le passage souterrain à Hyde Park où elle avait été braquée alors qu'elle cherchait le chemin pour se rendre à un match de softball entre collègues de travail.

Le petit carré de gazon près de Park Lane, celui très précisément où elle était assise quand Ally l'avait laissée tomber.

Le carrefour de Knightsbridge et Sloane Street où elle avait fini par trouver un taxi à deux heures du matin, après avoir fait à pied le trajet en hauts talons et robe de soirée depuis Islington, où elle avait été invitée à une soirée de Noël.

Chaque endroit de Londres signifiait quelque chose pour elle. Chacun abritait un souvenir, même futile et banal. C'était pour elle un affront de ne pas être libre d'aller dans sa ville à chaque fois qu'elle en ressentait le besoin. C'était une injustice en quelque sorte plus grande que de ne pouvoir voir ses amis et sa famille.

Elle descendit du bus à Sloane Square et arpenta King's Road jusqu'à l'hôtel de ville de Chelsea. Des confettis jonchaient les marches. De petites demoiselles d'honneur vêtues de robes lilas papillonnaient derrière les portes vitrées. Joy aperçut une mariée derrière elles.

Elle s'arrêta devant Habitat et observa un moment. Elle avait du mal à se représenter qu'elle aussi avait attendu l'heure de son mariage dans le hall de l'hôtel de ville, avec sa jolie robe. Qu'importe la manière dont elle avait vécu ce jour-là, ses sentiments mitigés et ambivalents, elle n'éprouvait aujourd'hui que de la joie et de l'excitation à la vision de la fille derrière ces portes. Car elle savait pertinemment que la probabilité que deux filles au monde fussent assez stupides pour se marier avec une personne dont elles n'étaient pas amoureuses était si rare qu'elle en était pratiquement inexistante.

Elle attendit la sortie du cortège avant de reprendre sa balade. La mariée était plus âgée qu'elle, sans doute au milieu de la trentaine, comme le marié, d'ailleurs. Ils avaient probablement vécu ensemble des années, avaient un crédit en commun, une voiture pour deux, une longue histoire. Ils avaient attendu de bien connaître leurs qualités et défauts respectifs, d'avoir la certitude d'être faits l'un pour l'autre. Attendu d'être adultes. Ils avaient bien fait les choses.

Joy les regarda sourire à leur photographe et disparaître dans une Jaguar de collection, puis elle se dirigea lentement vers World's End, en réfléchissant à son existence. Elle semblait plus morne que jamais à la lumière de ce beau jour léger et libre. Ces mères avec leurs bébés protégés de leurs housses en plastique dans Esher High Street lui semblaient à des années lumière de ces beaux jeunes gens qui déambulaient dans Chelsea sans but précis, et Joy se sentit complètement extérieure à la vie qu'elle menait désormais. Ni touriste, ni visiteuse, elle se retrouvait chez elle. Et elle ne voyait vraiment pas comment concilier ce sentiment avec l'avenir que le destin semblait lui réserver, avec George et des bébés, aux confins de la vraie vie.

Elle ne s'était pas ouverte à George de sa révélation concernant le bébé, et maintenant qu'elle sentait la couleur revenir à ses joues, elle n'était plus sûre qu'elle le ferait un jour.

Elle prit le bus 328 sur New King's Road, avec le vague projet de descendre à Ladbroke Grove pour se balader à Portobello. Le bus se remplissait et se vidait au fil de ses arrêts dans les petites rues d'Earl's Court et de High Street Kensington. D'autres images de son passé lui revinrent à l'esprit. Le jour où elle était venue au marché de Kensington avec l'argent de son père qui lui brûlait les doigts et l'euphorie perverse qu'elle avait ressentie en ressortant de ces petits stands sombres, chargée de sacs. Et celle d'un appartement qu'elle était allée visiter près d'Earl's Court Road, où dix Australiens se partageaient un trois pièces, avec un lit dans la cuisine.

Elle changea d'avis au sujet de Portobello quand le bus arriva à Notting Hill. Le soleil avait amené avec lui des flopées de touristes, et elle n'était pas d'humeur à se mêler à la foule. Au lieu de cela, elle prit le métro et se décida pour un tour à Covent Garden.

Pour quelle raison, elle l'ignorait. Elle n'avait pas assez d'argent pour faire du shopping et l'endroit n'était pas spécialement chargé de souvenirs qu'elle chérissait, mais la journée avançait, et elle se laissa emporter par le mouvement.

Une demi-heure plus tard elle était installée à la terrasse d'un café de Neal's Yard. Elle lisait le journal et s'apprêtait à mordre dans un sandwich italien à la tomate séchée et au jambon cru quand elle leva les yeux et vit un homme qui s'avançait vers elle avec un sourire hésitant.

— Joy ? fit l'homme.

— Oh, mon Dieu ! s'exclama Joy en laissant tomber son sandwich dans son assiette, c'est pas vrai, Vince !

48.

Il avait pris un raccourci entre Shorts Gardens et Earlham Street pour arriver à Seven Dials. Jusque-là il n'avait pas vraiment prêté attention aux gens autour de lui, absorbé par une dispute avec Jess au téléphone. Il s'était brièvement arrêté au milieu de Neal's Yard pour insister sur un point précis, et il l'avait vue.

Joy.

Sa Joy.

À la terrasse d'un café, en train de feuilleter un journal, sur le point de mordre dans un sandwich.

Il l'avait reconnue avant même de voir son visage. La délicatesse avec laquelle ses mains manipulaient le journal rebelle, la masse de cheveux sombres tranchant sur ses pommettes hautes, les pieds menus sous la table, élégamment croisés au niveau des chevilles. Il raccrocha en disant à Jess qu'il la rappellerait et rangea son téléphone dans la poche de son manteau.

Il accéléra le pas en approchant de sa table. Elle leva la tête quand il l'apostropha, et il revécut le même instant qu'à Hunstanton, le jour où il l'avait aperçue à travers la fenêtre de sa chambre, en train de lire un magazine dans une chaise longue.

Elle n'avait pas vraiment changé, les cheveux à peine plus sombres, un peu plus longs. Elle portait un jean, un pull, une veste près du corps en velours vert olive et une grosse écharpe en laine d'un rose layette. Elle avait toujours l'air chic, légèrement exotique. Elle semblait toujours trop bien pour lui.

— Ça alors ! lança-t-il, je ne croyais pas te revoir un jour.

— Moi non plus, dit-elle, rayonnante. Qu'est-ce que tu fais ?

— Oh, juste un peu de shopping, des vêtements, répondit-il en lui montrant ses sacs. Et toi ?

— Je me balade, en fait, c'est tout, dit-elle en haussant les épaules tout en repliant son journal.

— Tu es avec ton… mari ?

— Non, pas aujourd'hui. Il est à Winchester, dans un atelier d'écriture créative.

— Ah, je vois.

— Et ta femme ?

— Ce n'est pas encore ma femme, se récria-t-il en riant.

— Oh, excuse-moi. Je croyais, comme tu as un enfant, tout ça…

— Un enfant, moi ?

— Oui, dit-elle en rougissant légèrement, je t'ai vu, une fois. Il y a quelques années, devant Hamleys. Tu avais un petit garçon…

Vince se creusa la mémoire en essayant de retrouver le jour où il était devant Hamleys avec un petit garçon.

— Oh ! fit-il, se rappelant soudain, tu veux dire Kyle ! Ce n'est pas mon fils…

— Ah bon !

— Non, c'est mon petit frère.

— Tu as un petit frère ?

— Oui, et une petite sœur. Pas si petits que ça, en fait. De neuf et six ans.

— Oh, mon Dieu ! Donc, ta mère et Chris…

— Eh oui ! Ils sont toujours ensemble.

— Ouah ! C'est trop génial ! s'exclama Joy. J'ai toujours trouvé que c'était l'un des couples les mieux assortis que j'aie jamais connus.

Elle lui sourit, et il lui rendit son sourire. Puis ils restèrent silencieux un moment.

— Tu es pressé ? finit par demander Joy. Je veux dire, tu dois aller quelque part ?

— Non, dit Vince, je dois juste encore jeter un œil dans quelques magasins de vêtements.

— Tu prendrais une tasse de thé ?

— Oui, accepta-t-il en tirant une chaise, posant ses sacs sous la table. Ce serait super.

Ils appelèrent un serveur, et Vince se commanda un café au lait avec un gâteau au chocolat.

— Alors, reprit-il, tu es donc toujours mariée ?

— Oui, dit-elle avec une petite grimace, cela fera sept ans en décembre.

— Je t'ai vue, commença-t-il, sans trop savoir pourquoi il lui avouait, mais incapable de se réfréner, le jour où tu t'es mariée.

— Hein ?

— Eh oui. Ce type, le mec bizarre avec qui tu vivais, avec le nom à coucher dehors…

— Bella.

— C'est ça. Il m'avait dit que tu te mariais à l'hôtel de ville de Chelsea, alors j'y suis allé et j'ai regardé, depuis le trottoir d'en face.

— Non !

— Mais si ! Ça fait de moi un voyeur bien lamentable, tu ne trouves pas ?

— Enfin, pourquoi as-tu fait ça ?

— Je ne sais pas, répondit-il en haussant les épaules, ça avait un rapport avec le chat…

— Oh, non, ce sacré chat ! C'était vraiment dingue, que ton chat soit venu chez moi…

— Oui. Ma colocataire voyait ça comme un signe…

— Quel genre de signe ?

— Oh, je ne sais pas, le signe que nous aurions dû être ensemble, ou quelque chose de ce genre. (Il se mit à rire pour bien montrer combien il trouvait cela ridicule.) Mais ce matin-là, le matin de ton mariage, il m'a regardé et a miaulé bizarrement. L'instant d'après je me suis retrouvé je ne sais comment dans le métro pour Sloane Square.

Il haussa les épaules, un peu gêné en se souvenant que son comportement avait été influencé par un chat.

— Tu étais éblouissante, reprit-il, vraiment !

— Merci, dit Joy en rougissant un peu. Je peux te poser une question ? demanda-t-elle en laissant courir son doigt sur le bord de son assiette.

— Bien sûr.

— Il y a toutes ces années, avant que je n'épouse George, quand il y avait toute cette histoire avec le chat, mon ami Bella m'a dit que tu me cherchais. Et puis, il y a eu ce jour où je t'ai vu devant Hamleys, tu n'étais pas seul, aussi je me suis dit qu'il avait dû mentir. Mais il m'a juré que non. C'était vrai ? Tu me cherchais ?

— Oui, avoua-t-il en se contractant. C'est vrai. Cass et moi, on te cherchait.

Il ramassa le journal de Joy et se dissimula derrière.

Joy l'écarta de son visage et sourit.

— Vraiment ? insista-t-elle, l'air embarrassée, mais enchantée.

— Mais oui. Elle essayait de comprendre pourquoi j'étais si nul dans mes histoires d'amour et avait décrété que c'était parce que je n'avais jamais réellement rompu avec toi.

Joy lui fit un clin d'œil.

— Eh oui, je repense à Hunstanton, fit Vince. À nos parents. Et à ton petit mot.

— Tu n'as pas besoin de t'expliquer, se récria Joy en croisant les bras.

— Si, au contraire. Ça fait des années que je voudrais m'expliquer. Tu sais, pour ton mot, il a plu dans la nuit. Je n'ai pas pu le lire. Tout ce que j'ai réussi à déchiffrer, c'était « J'ai tellement honte ». J'ai cru que tu me larguais. Et puis j'en ai parlé à Chris quelques années plus tard. Il m'a dit ce qui s'était passé entre ma mère et ton père, alors que je n'en avais jamais rien su. Personne ne m'avait rien dit à l'époque. Je croyais que tu avais regretté ce qui s'était passé cette nuit-là entre nous, et que tu étais partie parce que tu ne pouvais plus me regarder en face.

— Oh, mon Dieu, se lamenta Joy, non ! Cette nuit-là ! Ce qui s'est passé, c'était incroyable. Tout. Ces moments que nous avons partagés. C'était… j'étais bouleversée quand nous avons dû partir. J'ai failli te réveiller pour te donner le mot, te dire ce qui se passait, mais j'ai pensé que tu serais fâché contre moi.

— Fâché ? s'étonna Vince. Enfin pourquoi donc aurais-je été fâché contre toi ?

— Je ne sais pas. Je me suis juste dit que ce serait mieux dans une lettre. Je voulais que tu aies le choix de souhaiter me revoir ou pas. Et quand je n'ai pas eu de coup de fil, je me suis dit que c'était normal, puisque même moi j'aurais préféré ne pas avoir la famille qui était la mienne.

Il y eut un long silence tandis qu'ils assimilaient les séries de quiproquos et le manque de chance qui les avaient conduits là où ils en étaient aujourd'hui.

— Mais alors, reprit-elle, quand ton chat m'a trouvée et que tu es venu à Wilberforce Road, comment se fait-il que tu n'aies rien dit ?

— Tu allais te marier trois semaines plus tard. Je n'ai pensé qu'à une chose : j'avais raté le coche.

— Mais tu es allé à l'hôtel de ville, tu as fait tout le trajet jusqu'à Chelsea. Pourquoi ne m'as-tu pas dit bonjour ?

— Je ne sais pas, c'était le jour de ton mariage. Ton jour à toi. Je ne voulais pas te perturber.

— J'étais déjà assez perturbée comme ça, je ne crois pas que ça aurait changé grand-chose ! s'exclama Joy en éclatant de rire.

Il lui lança un regard interrogateur.

— Le jour de mon mariage, c'était... – elle prit une lamelle de jambon qui débordait de son sandwich – étrange. C'est le moins qu'on puisse dire.

— Étrange, dans le bon ou le mauvais sens ? demanda-t-il en se penchant de côté pour laisser le serveur déposer sa commande.

— Le mauvais sens, je pense, dit-elle en souriant. Une cérémonie pas terrible. Un mauvais mariage.

— Non, vraiment ?

— Oh que oui ! Je me suis mariée à la va-vite. Et maintenant j'ai tout mon temps pour m'en repentir.

— Merde, Joy ! Je suis désolé. Il avait l'air vraiment bien, ton mari, vous aviez l'air si heureux, tous les deux. J'ai cru que tu avais réussi, que tu avais trouvé l'âme sœur pour faire ta vie.

— Moi aussi je l'ai cru, quand je t'ai vu avec ton frère. J'ai cru que tu avais déjà une famille. Et cette femme superbe qui était avec toi, vous êtes toujours ensemble ?

— Qui, Magda ? Oh, mon Dieu, non ! Nous nous sommes séparés environ deux semaines plus tard. Et cela aurait dû se faire bien plus tôt que ça, d'ailleurs.

— Alors, avec qui es-tu ? Qui est la femme avec laquelle tu n'es pas encore marié ?

— Je suis avec Jess.

Il se sentit tout bizarre, il aurait voulu être capable de dire qu'il n'était avec personne, qu'il était disponible, et se demandait bien pourquoi.

— Jess, répéta Joy en hochant la tête.

— Celle avec qui je parlais au téléphone. Avec qui je m'engueulais, plus précisément.

Il n'était pas trop sûr que Joy eût besoin de savoir cela, mais il voulait qu'elle sache que les choses n'étaient pas parfaites.

— Vous vous disputiez à quel sujet ?

— Oh, des… des trucs. Jess est… difficile.

— Elle est sympa ?

Sur le point d'acquiescer, Vince s'arrêta.

— Elle peut l'être, dit-il, elle peut vraiment l'être.

— Elle me plairait ?

— Probablement pas. Les filles ne l'aiment pas beaucoup, en général. Ce n'est pas une fille à copines. Elle n'est ni branchée fringues, ni potins, ni confidences. Elle peut être brusque, tu vois, dire des trucs sans réfléchir. Et elle est plutôt… égocentrique.

Joy lui lança un regard qu'il interpréta comme « dis-moi donc pourquoi tu l'aimes si elle est si épouvantable ».

— Mais elle est cool, fit-il en haussant les épaules. Elle est loyale envers ses amis. Aimante. Et vraiment géniale avec les enfants…

— Alors tu vas l'épouser ?

— Je ne sais pas, fit Vince en riant. Peut-être. Nous essayons de faire un bébé, en ce moment, donc, peut-être, finalement…

— Ouah, alors c'est vraiment du sérieux ?

— Oui. Je crois.

— Dans ce cas, sur quoi vous disputiez-vous ? insista Joy, les yeux pétillants.

— Bon sang, je ne sais pas ! Nous traversons une période difficile en ce moment. Son ami est rentré des États-Unis il y a quelques mois, et depuis qu'il est là, elle a changé. Avant elle ne buvait pas une goutte d'alcool, ne touchait à aucune drogue, faisait du yoga, mangeait diététique et se couchait tôt, la totale. Tout d'un coup, elle est devenue une vraie fêtarde. Et ce n'est pas de la faute de cet ami. C'est vraiment un mec bien. Mais on dirait qu'il a agi sur elle comme un catalyseur pour qu'elle reprenne ses vieilles habitudes. Elle devait me retrouver en ville cet après-midi, et maintenant elle va chez son nouvel ami Franco. Elle m'a assuré qu'il était gay, mais je n'en suis pas sûr. Le problème avec Jess, c'est qu'elle fait exactement ce qu'elle a envie de faire. Si ça s'accorde avec vos projets, c'est parfait. Si ce n'est pas le cas, alors…

— Et comment toutes ces soirées seront-elles compatibles avec le projet de devenir mère ?

— Voilà, c'est ça qui m'inquiète, soupira Vince en ramenant ses cheveux en arrière. Ça m'inquiète même beaucoup. Je me disais…

Il était sur le point d'avouer que peut-être ils faisaient une erreur et devraient prendre le temps de mieux se connaître avant de s'engager sur le chemin de la vie de famille, mais il se retint. Il n'était pas encore prêt à prendre ce virage.

— Oh, après tout, je ne sais pas, reprit-il en plongeant sa fourchette dans son gâteau, ça finira bien par s'arranger, non ? Je suis sûr qu'une fois qu'elle sera enceinte… Et toi ? Qu'est-ce que c'est que cette histoire de mauvais mariage ?

— Oh là là ! fit-elle avec un sourire amer, tu as toute la journée ?

— Pas toute la journée, mais j'ai au moins… trois heures, répliqua-t-il après avoir consulté sa montre.

Aussi lui raconta-t-elle une histoire triste à pleurer, celle d'une jeune femme qui cherchait de la stabilité et de la sécurité après le fiasco du mariage de ses parents, et l'avait trouvée avec un homme qui les lui avait offertes d'une main avant de les lui arracher de l'autre. Un homme qui avait confondu mariage et possession, qui ne savait absolument ni donner, ni recevoir de l'amour. Un homme qui désirait que Joy se fanât sur pied, et se réduisît en poudre afin que personne d'autre ne la désire, pas même lui.

Elle souriait stoïquement durant son récit, mais un tremblotement de sa lèvre inférieure révélait une profonde détresse et un sentiment d'amère résignation.

— Je suis même une fois allée voir un conseiller conjugal, dit-elle. Environ un an après notre mariage. C'était trop atroce, nous nous disputions tout le temps, c'était avant que je ne me sois entièrement soumise à sa volonté, quand je m'évertuais devant tout le monde à garder les apparences du fabuleux mariage de conte de fées. J'avais vraiment besoin de parler à quelqu'un, de dire ce qu'il m'arrivait. Je suis allée à Portland Place, juste derrière la BBC, et une femme charmante avec un chignon à la chinoise, orné de baguettes, m'a posé tout un tas de questions sur mon enfance et celle de George. En parlant avec elle, j'ai commencé à éprouver réellement de la peine pour George, en pensant à ce pauvre petit garçon perturbé qui n'avait personne dans la vie à part moi, personne pour se soucier de lui, s'occuper de lui, et soudain je n'ai rien pu dire de négatif sur lui. C'était si bizarre.

Elle m'a déclaré : « Vous êtes très protectrice envers lui, ou je me trompe ? » et j'ai répondu que c'était exact. Elle m'a conseillé d'essayer de lui parler, de le faire venir au prochain rendez-vous. C'était impossible, bien sûr. Si George avait su que j'avais parlé de son enfance, de notre mariage, à une parfaite étrangère, il en aurait été bouleversé. Et voilà, je n'y suis jamais retournée. Je me suis retrouvée seule.

— Et tu n'as jamais dit à personne combien tu es malheureuse ?

Elle fit un signe de dénégation.

— Même pas à ta mère ?

Elle réitéra le même signe.

— Mais tes amis, ta famille, ils doivent bien savoir que tu n'es pas heureuse.

— Oui, ils le savent. On n'en parle pas, c'est tout. C'est comme si je ne voulais décevoir personne. Ma mère qui était si fière d'être à mes côtés le jour de mon mariage, qui a accueilli George à bras ouverts dans notre famille. Mes amis qui voulaient tellement croire à cette histoire d'amour…

— Et toi ? Tu l'aimes ?

Elle leva les yeux vers lui et lui adressa un sourire gêné.

— Non, avoua-t-elle tout bas, pas vraiment. Je ne l'ai jamais aimé.

— Même pas quand tu l'as épousé ?

— Non, même pas.

— Alors, pourquoi l'as-tu épousé, dans ce cas ?

— C'est la question la plus difficile à laquelle je doive répondre. Parce que sincèrement, je n'en sais rien.

Il la considéra un moment, choqué. L'idée d'entrer dans un bureau d'état civil, de prononcer ses vœux devant votre famille et vos amis avec quelqu'un que vous n'aimiez pas lui paraissait totalement épouvantable. Il était scandalisé.

— Il faut que tu le quittes. Tu le sais, n'est-ce pas ?

Elle acquiesça d'un signe de tête.

— Ça fait plus de six ans de ta vie, Joy. Les années de la vingtaine, envolées. (Il claqua des doigts.) Comme ça ! Merde alors !

— Je sais, je sais. C'est un gros gâchis. Mais j'en suis responsable, et je dois réparer.

— Écoute, quoi qu'il puisse arriver, il faut qu'on reste en contact. J'ai besoin de savoir ce qui se passe pour toi, de savoir que tu vas bien.

— Pas de problème, l'assura-t-elle, mais tu ne peux pas m'appeler.

— Pourquoi ?

— Parce que nous n'avons pas le téléphone.

— Hein ?

— Oui, je sais. (Elle pinça les lèvres.) George considère cela comme une intrusion dans sa vie privée. Il a horreur de ça. C'est pour cela que nous n'en avons pas. Et je n'ai pas le droit de passer de coups de fil personnels à mon travail.

— C'est pas vrai, fit Vince, totalement incrédule. Tu te débrouilleras quand même pour m'appeler. Tiens, dit-il en griffonnant son numéro de portable sur une serviette en papier, promets-moi que tu garderas le contact.

— Oui, dit-elle. Mais ta copine ? Ça ne la gênera pas ?

— Oh, mon Dieu non, pas Jess. Elle me trouve nul de ne pas être resté en contact avec une seule de mes ex. Elle estime que c'est une faiblesse de caractère.

— Alors, continua Joy en pliant la serviette dans son sac, tu me trouves pitoyable ?

— À vrai dire, je ne peux pas prétendre que je comprends. En tout cas, je ne te trouve pas pitoyable. Seulement, si tu m'appelles dans un mois pour m'annoncer que tu es toujours mariée à quelqu'un qui te tient prisonnière dans ta propre maison, et que tu n'aimes même pas, alors là je pourrais commencer à croire que tu es un peu versatile.

Elle se mit à rire et se couvrit le visage de ses mains.

— Ça tombe vraiment à pic que je t'aie rencontré aujourd'hui, dit-elle. J'ai déambulé dans Londres avec toutes ces pensées en tête. Je n'ai rien pu en tirer. Alors qu'en fait, c'est tout simple. Je m'en vais, c'est tout.

— Oui, approuva Vince avec enthousiasme.

— Parce que ce n'est qu'un homme. Et il ne va ni en mourir, ni exploser.

— Il pourrait même être content.

— Oui, c'est possible. Et il n'y a aucune raison d'avoir peur.

— Aucune.

— Et je pourrai revenir à Londres.

— C'est sûr.

— Et voir mes amis.

— Absolument.

— Et faire ce que je veux, quand je veux.

— Tu pourras.

Ils furent tous deux secoués d'un grand éclat de rire qui les libéra de la tension accumulée, puis ils restèrent un moment silencieux, chacun savourant la compagnie de l'autre.

Ils bavardèrent encore pendant une heure. À propos des frère et sœur de Vince, puis ils plaisantèrent sur son travail de moniteur d'auto-école. Ils parlèrent du père et de la mère de Joy, et plaisantèrent sur son travail dans un labo photo. Et de cuisine, de films, de famille et de sentiments. En fait, ils parlèrent de tout ce dont ils auraient parlé pendant dix ans s'il n'avait pas plu cette nuit-là à Hunstanton, si Joy n'avait pas écrit son mot avec un stylo-plume, si Alan n'avait pas tripoté Kirsty et changé si dramatiquement et irrévocablement le cours de leurs vies.

À dix-sept heures, le téléphone de Vince se mit à vibrer dans sa poche, puis une sonnerie grêle sur le thème du générique des films de James Bond retentit avant que Vince ne pût répondre. Il lui adressa un sourire d'excuse, et tressaillit légèrement quand il vit le nom de Jess s'afficher sur l'écran. Il fut tenté de ne pas prendre l'appel. La grande Jess qui n'avait pas froid aux yeux, avec ses dents blanches éclatantes, ses strings qui dépassaient, ses mystérieux amis masculins et son passé trouble lui sembla soudain à des millions de kilomètres de l'endroit où il s'était retrouvé cet après-midi-là avec Joy. Jess était quelque part dans un appartement avec un homme nommé Franco qui pouvait être – ou ne pas être – gay, mais que Vince ne rencontrerait certainement jamais. Elle prenait sans doute de la drogue avec lui, ou peut-être couchait avec lui, car rien de ce qui touchait à Jess ne l'étonnait plus aujourd'hui, mais quoi qu'elle fît, cela n'avait aucun rapport avec lui.

Le téléphone sonnait de plus en plus fort. Les gens commençaient à se retourner pour chercher qui ne répondait pas à une sonnerie aussi insupportable.

Vince prit l'appel.

— Salut, mon ange. Qu'est-ce que tu fais ?

— Je prends un café à Neal's Yard. Il fut tenté d'ajouter « avec une ex-petite amie d'une beauté à couper le souffle, de qui j'étais amoureux fou », mais il se trouva trop vieux pour jouer à un niveau aussi infantile.

— Super, dit Jess. Quand est-ce que tu peux être là ?

— Dans une heure, à peu près.

— Alors je te vois chez moi, j'ai quelque chose à te dire.

— Qu'est-ce que c'est ? demanda-t-il, un frisson d'appréhension descendant le long de sa colonne vertébrale.

— Je te le dirai quand tu seras là. Et ne sois pas en retard.

Puis elle lui raccrocha au nez.

— Il faut que j'y aille, dit-il à Joy en refermant son téléphone.

— Très bien, fit Joy en haussant les épaules.

— Je suis désolé, j'étais très heureux de notre conversation.

— Ne t'inquiète pas.

— Jess m'a dit qu'elle avait quelque chose à me dire.

— Oooh, ça a l'air mystérieux.

— Hummm, fit Vince en sortant un billet de dix livres de son portefeuille. On le dirait bien.

Et voilà, songea-t-il, elle va me larguer. Elle allait annoncer que Franco et elle avaient une liaison, ou qu'elle avait compris qu'elle était toujours amoureuse de Jon, ou encore qu'elle avait tout simplement décidé que sortir avec un moniteur d'auto-école qui commençait à se dégarnir avait perdu tout son attrait. Leur relation allait prendre fin. Et une petite partie de lui-même, tout au fond, en était presque soulagée, comme si on lui retirait l'hameçon qui l'avait ferré. Il était tombé amoureux d'une certaine Jess, mais se retrouvait à vivre une histoire avec une Jess complètement différente, et même s'il était encore bêtement amoureux d'elle, il n'était plus sûr qu'elle lui plaisait encore vraiment.

— Eh bien, dit-il en regardant Joy affectueusement, tu as mon numéro, maintenant. Ne le laisse pas traîner sous la pluie.

— Non ! assura-t-elle en riant.

— Et promets-moi de m'appeler dès l'instant où tu auras décidé quoi faire.

— Je le promets. De toute façon, il faudra que j'appelle, pour savoir quelle était la grande nouvelle que Jess voulait t'annoncer. Elle est peut-être enceinte, grimaça-t-elle en enfonçant les mains dans les poches de son jean.

— Non, c'est peu probable, nous avons raté sa période de fertilité le mois dernier, elle avait la grippe.

— Ah, alors peut-être va-t-elle te demander de l'épouser, poursuivit-elle en riant un peu trop fort. Je suis si heureuse que cela soit arrivé, cette rencontre au bon moment. On dirait presque qu'elle était…

— Prédestinée ?

— Oui, comme si des forces étaient en œuvre. Le chat essayait peut-être de nous dire quelque chose, après tout.

— Peut-être, concéda Vince.

Ils se penchèrent l'un vers l'autre pour se dire au revoir, et soudain il leur parut incongru de clore un épisode aussi intime par un baiser formel sur la joue, aussi Vince ouvrit-il ses bras. À l'instant où elle se serra contre lui, des centaines de souvenirs se bousculèrent dans sa tête. Il se souvint de la sensation d'être avec elle, de son odeur, de son goût. De barbe à papa, de mollets lisses et de dunes de sable. De cartes postales, de sièges de voiture moites et de Coca-Cola tiède. Il se souvint s'être senti parfaitement épanoui pour la première fois de sa vie, comme s'il avait trouvé sa place, et qu'elle lui convenait parfaitement. Il se souvint qu'autrefois, il avait connu l'âme sœur.

Il regarda le sommet du crâne de Joy pendant qu'il la serrait contre lui, et bien que les convenances lui eussent dicté de la relâcher, son cœur ne voulait pas obtempérer. Et puis elle aussi le serrait très fort.

Ils finirent par se séparer après quelques moments et rirent nerveusement.

— Eh bien, c'était fantastique de te revoir, fabuleux, dit-il en se sentant soudain tout gêné.

— Oui, pour moi aussi, fit Joy. Je t'appellerai. Sans faute.

— Bien, j'attends ton coup de fil. Avec impatience, ajouta-t-il en reprenant ses sacs de shopping.

Puis il s'en alla, se retournant à l'entrée de Neal's Yard, pour la voir une dernière fois, et vérifier si elle le regardait aussi.

Oui.

49.

— Regarde ! s'écria Jess à l'instant où Vince franchit la porte, deux lignes ! Je suis enceinte !

Vince avait tant de fois imaginé cet instant de pur bonheur quand Jess prononcerait ces mots magiques. Malheureusement la réalité n'était pas tout à fait à la hauteur de ses espérances.

Pour commencer, Jon était dans la pièce quand elle annonça la nouvelle.

— Oh, mon Dieu, bredouilla Vince, pétrifié sur place, le bâtonnet blanc à la main, contemplant avec respect la première manifestation tangible de l'existence du bébé que portait Jess.

— Oh, super, Jess, c'est fantastique ! clama Jon en bondissant du canapé pour se précipiter sur Jess et l'étouffer dans ses bras. Vince ! Mon pote ! ajouta-t-il en tendant les bras vers Vince, qui se laissa faire et se retrouva écrasé entre Jess et Jon comme un enfant trop grand. Les amis ! Vous l'avez fait ! C'est génial ! C'est ce qu'il y a de mieux au monde !

Puis il se mit à pleurer, vraiment, comme une femme.

Vince le regarda, incrédule. Ce gros dur de Turkey Street, cet homme sophistiqué qui parcourait le monde entier, pleurait à fendre l'âme. Et ce n'était même pas son bébé. Ce fut à ce moment que Vince commença à échafauder un étrange scénario.

— Oh là là, c'est positif, c'est bien ça ? demanda-t-il en rendant le test à Jess.

— Oh oui, assura-t-elle en se dégageant de la seconde embrassade de Jon. Ces tests sont à peu près sûrs à cent pour cent, aujourd'hui. C'est officiel ! J'ai un polichinelle dans le tiroir !

Elle rayonnait d'excitation et de fierté, mais Vince se sentait étrangement apathique.

— Comment l'as-tu su ? Qu'est-ce qui t'a décidée à faire le test, je veux dire ?

— C'est l'idée de Frank, expliqua-t-elle, toute contente. J'ai dit que je ne me sentais pas très bien en me levant ce matin, et il a trouvé que j'avais l'air différente. Il m'a persuadée d'aller chercher un test de grossesse à la pharmacie. J'ai fait pipi dessus, et il avait raison !

— Quoi ? Tu as fait le test avec Frank ?

— Oui.

— Donc Frank a été le premier au courant ?

— Oui. Il était trop excité ! Tu aurais dû voir sa tête. Quand j'ai découvert que j'étais enceinte, dans son appartement. Il a dit qu'il faudrait qu'il soit le parrain. Avec toi, bien sûr, ajouta-t-elle en prenant Jon par la main avec un grand sourire.

— Bon Dieu, Jess, je n'arrive pas à croire que tu as fait le test avec Frank. Avec un étranger. Enfin, tu ne crois pas que tu aurais dû attendre ? Pour le faire avec moi ?

— Ah oui, c'est vrai ! fit Jess en se mordant la lèvre inférieure. Effectivement. Je n'ai pas réfléchi. Enfin, bon, est-ce que ce n'est pas génial ? Tu n'es pas content ?

— Bien sûr que si, je suis content. Je suis juste un peu surpris. Je croyais que nous avions raté l'occasion ce mois-ci, tu sais, quand tu as eu la grippe.

— Oh, tu sais, la période fertile, ce n'est qu'une indication. On peut même tomber enceinte quand on a ses règles. Et puis il y a quelque chose de beau là-dedans. Le fait que nous n'ayons pas essayé et que cela se soit produit quand même, comme si ce bébé voulait vraiment exister. Comme s'il avait rendu mon corps fertile rien que pour pouvoir exister.

Elle fit un sourire radieux et posa sa main sur son ventre.

— Mon Dieu, soupira Vince, alors que surgissait une nouvelle pensée dérangeante, et les drogues ?

— Quelles drogues ?

— Tu sais bien. Toute la coke que tu as prise ces derniers temps.

— Toute la coke ? Tu veux parler des deux lignes du week-end dernier et du petit soupçon que j'ai pris hier soir ?

— Oui.

— Oh, arrête, Vince. Pas la peine de s'inquiéter pour ça. Ce n'est encore qu'un tout petit paquet de cellules…

— D'accord, mais tu ne crois pas que tu devrais être sûre ? Demander au médecin ?

— Ça va pas ? Je connais mon médecin depuis que j'ai cinq ans. Il est hors de question que je lui dise que j'ai pris de la drogue.

— Tu pourrais peut-être appeler une clinique, voir quelqu'un d'impartial.

— Enfin, Vince ! C'est le moment le plus heureux de ma vie. C'est ce que nous voulions tous les deux dès que nous avons échangé notre premier regard, et depuis que tu es arrivé, tu ne fais que geindre. Tu n'es pas heureux ? Tu as changé d'avis ?

— Non ! Bien sûr que non ! Simplement, ça ne se passe pas comme je l'avais imaginé. J'aurais cru que nous aurions fait le test ensemble, seuls. Je pensais que ce serait intime, romantique. Je croyais que ce serait ce… ce grand moment. Au lieu de ça, tu as fait ton test avec un mec que tu connais depuis même pas un mois, que je n'ai jamais vu, et qui est homo, ou peut-être pas.

— Je te jure que Frank est homo.

— Bref, ensuite tu m'annonces que je vais être père devant Jon. Ne le prends pas mal, Jon, mais je suis sûr que tu comprends.

— Bien sûr, bien sûr ! fit Jon en se donnant une grande claque sur le front. Oh, non, je suis complètement lourdingue ! Je suis vraiment désolé.

Il prit vite sa veste et alla vers la porte.

— Non, protesta Jess en croisant les bras. Ne pars pas, Jon. Vince est ridicule.

— Non, vraiment, dit-il, j'y vais. Vince a raison. Je ne devrais pas être ici.

Il adressa un sourire d'excuse à Vince et sortit.

— C'est pas vrai ! s'irrita Jess en se retournant vers Vince quand la porte se fut refermée sur Jon, je ne savais pas que tu pouvais être aussi infantile !

— Infantile ? Moi ? Tu plaisantes ? Ce n'est pas moi qui suis sorti faire la fête tous les week-ends, qui ai pris de la drogue et bu de l'alcool alors que nous essayons de faire un bébé.

— Oh, je t'en prie ! Je suis sortie quatre fois le mois dernier. Je n'ai été pompette qu'une fois. Quant aux drogues, je ne pense pas que deux lignes et des poussières représentent un problème.

— Pour moi, si.

— Eh bien, dans ce cas, il est évident que nous avons des manières très différentes d'envisager l'existence. Je suis enceinte de deux semaines, Vince. Je n'ai en moi que quelques cellules qui ne vont pas être abîmées par deux ou trois verres et une ligne de coke. Si c'était vraiment le cas, alors cinquante pour cent des bébés dans le monde auraient un problème. Puisque je suis sûre d'être enceinte, je vais arrêter de boire immédiatement. Mais c'était si long d'attendre, j'avais besoin de me détendre. Maintenant, tout est éliminé, et dès aujourd'hui mon corps sera un sanctuaire. Seulement je ne vais pas te laisser me culpabiliser pour deux soirées dehors.

— Il n'y a pas que ça, dit Vince en s'écroulant sur le canapé.

— Alors, qu'est-ce qu'il y a ?

— C'est tout ça. C'est toi. C'est nous. C'est…

— Bon sang, Vince, qu'est-ce que tu racontes ?

— Je ne sais pas ce que je raconte.

— Tu fais marche arrière ?

— Non, bien sûr que non. C'est juste que… je ne sais pas. Toi et moi, nous sommes si différents. Tellement différents. Comment allons-nous élever un enfant ensemble ?

— Si, tu fais marche arrière ! C'est pas vrai !

— Non. Je considère simplement les choses dans une perspective différente. Depuis que Jon est là, j'ai vu une autre facette de ta personnalité et, pour être franc, ça m'a fichu la trouille.

— La trouille ?

— Oui. Je n'ai plus l'impression de te connaître. En fait, j'ai l'impression de ne t'avoir jamais connue.

— Bien sûr que si, tu me connais.

— Non. Je connaissais une fille qui aimait une vie calme, se coucher tôt et traîner au lit. Qui respectait son corps, peut-être même un peu trop, mais c'était celle que je connaissais.

—Je t'ai dit quel genre de personne j'étais, et quel genre de personne je suis. J'ai toujours été honnête.

— Oui, c'est vrai. Mais je croyais que cette partie de ta vie était révolue…

— Moi aussi je le croyais. Et puis, voir Jon, ça m'a rappelé le bon vieux temps, quand j'étais jeune et insouciante. J'ai dû simplement vouloir encore quelques moments comme ça, m'amuser un peu, avant de me poser définitivement.

Vince hocha la tête. Il commençait à la comprendre, mais il subsistait une part de lui-même qui n'acceptait pas tout à fait que tout rentrerait dans l'ordre, sous prétexte que Jess en avait terminé avec sa période fêtarde. Il y avait encore de nombreux éléments à prendre en considération. Les anciens amants qui l'entouraient, semblables à ces gens qui s'imposent dans des soirées sans être invités. Sa tendance à compartimenter sa vie avec une précision presque pathologique. Son incapacité à se mettre à la place des autres. Leur façon informelle de partager leur vie de couple. Et le fait qu'après presque un an, elle ne lui eût jamais dit qu'elle l'aimait…

Et maintenant, il y avait cela : deux lignes roses. Un bébé.

C'était ce qu'il avait toujours désiré, mais cela n'aurait pas pu tomber à un plus mauvais moment.

Il scruta Jess. Elle était assise sur un bout du canapé, les mains serrées entre ses genoux, et le regardait d'un air implorant. Elle avait peur. La Jess fière et téméraire avait peur. Elle s'était attendue à ce que Vince rentre et bondisse de joie quand elle lui aurait annoncé la nouvelle. Elle s'attendait à du champagne, des réjouissances. Et pas à des doutes et de la confusion. Elle vivait avec tant de certitude dans son monde à elle qu'elle était incapable de gérer l'intrusion de la réalité des autres. Elle était perdue, et terrifiée.

— Tout ira bien, n'est-ce pas, dit-elle doucement. Nous allons faire ça ensemble, hein ?

Vince respira un grand coup et prit les mains de Jess dans les siennes.

— Oui, tout ira bien, dit-il en l'attirant contre lui.

Jess se rasséréna en voyant que Vince se radoucissait.

— Alors tu veux bien montrer ta joie maintenant, s'il te plaît ?

— D'accord, acquiesça Vince en souriant, posant sa main sur le ventre de Jess.

50.

Joy étudia les papiers, puis prit un stylo-bille et commença à écrire.

1) Au deuxième jour de notre lune de miel, le défendeur a cessé de m'adresser la parole. Il ne m'a reparlé qu'au quatrième jour de notre lune de miel, en m'expliquant qu'il m'en avait voulu parce qu'un homme m'avait regardée à la sortie d'un temple. Il a soutenu que c'était de ma faute parce que j'étais en short, alors que notre guide m'avait assuré que les shorts étaient des tenues parfaitement acceptables pour visiter un temple thaï. Le défendeur a alors insinué que mon comportement était si inadmissible qu'il allait probablement envisager le divorce.

Elle soupira et poursuivit sa rédaction.

2) Trois ans après notre mariage, le défendeur et moi avons déménagé. Le défendeur s'est occupé du déménagement. Il m'a demandé ce que je voulais faire de certains effets personnels rangés dans un placard d'une chambre : journaux intimes, vieilles photos, livres de classe, etc. J'ai

dit qu'on pouvait en jeter une partie, mais que je voulais garder les albums de photos, les journaux, etc. J'ai été très claire quant à ce que je voulais conserver. Quand je suis rentrée ce soir-là, il m'a dit qu'il avait tout jeté, à part un album de photos. Il a soutenu avoir suivi mes instructions et refusa de s'excuser, alors qu'il voyait très bien à quel point j'étais bouleversée par la perte de tant d'éléments de mon histoire personnelle.

C'était plus difficile qu'elle ne le pensait. Elle devait fournir cinq exemples du comportement inadmissible de George, mais ils étaient tellement innombrables qu'elle ne savait par où commencer. George avait dit qu'elle pouvait arguer de l'infidélité comme fondement de sa demande de divorce, mais elle ne voulait pas mentir. Elle voulait que la vérité sur leur mariage fût consignée, noir sur blanc.

Elle reprit.

3) En janvier de cette année, deux de mes amis sont passés nous voir vers vingt et une heures, à l'improviste. Le défendeur a d'abord refusé de leur ouvrir, mais a dû céder après avoir compris qu'ils avaient vu que nous étions là. Ensuite il a refusé de leur adresser la parole, et quand j'ai tenté d'offrir du vin à mes invités il leur a dit que nous n'en avions pas, alors qu'il y avait une bouteille ouverte dans la cuisine. Mes invités sont partis une heure plus tard, après quoi le défendeur ne m'a pas parlé pendant plus de vingt-quatre heures.

4) En 1995, j'ai été invitée par ma mère à passer avec elle un week-end dans un centre de remise en

forme à la campagne. Elle avait besoin de se faire chouchouter, et de passer un peu de temps avec sa fille. Quand j'ai abordé le sujet avec le défendeur il a prétendu avoir des projets pour le même week-end que celui prévu avec ma mère, mais quand je lui ai demandé lesquels, il a refusé de les détailler. Au matin de mon départ le défendeur a déclaré ne pas se sentir bien et m'a suggéré d'annuler mon voyage. Il n'existait aucune manifestation visible de son indisposition, aussi ai-je persévéré dans ma décision de passer le week-end avec ma mère. Le défendeur a déclaré que mon manque d'égards était un cas de divorce, puis il a refusé de m'adresser la parole pendant presque une semaine.

5) En 1996, lors d'une conversation informelle au sujet du sexe, le défendeur a déclaré que je n'étais pas vraiment bonne au lit. Je lui ai demandé ce qu'il entendait par là et il me décrivit sans hésiter comme manquant de spontanéité, de passion et pas très sexy. Il ne comprit pas à quel point j'en fus blessée et déclara que j'exagérais quand je me mis à pleurer.

Elle relut ce qu'elle avait écrit et une vague de colère la submergea. Ces ragots, ces miettes d'anecdotes ne décrivaient en rien la tragédie totale de ces six dernières années de sa vie. Ils n'expliquaient pas comment deux personnes vivant ensemble avaient implosé dans un bourbier d'incertitude et de ressentiment. Ils ne dépeignaient pas le visage ravagé de George après que Bella lui eut dit que Joy le trouvait laid, ou le chagrin incommensurable qu'elle avait éprouvé en apprenant que ses journaux intimes sur dix années avaient échoué dans une décharge de Blackheath.

La cour voulait des exemples du comportement inadmissible de George. Elle ne s'intéressait pas aux effets que cela avait eu sur elle. En relisant son texte, elle craignit soudain que ces anonymes, dont le travail consistait à lire le récit de moments intimes vécus par des gens qui leur étaient inconnus, n'en concluent que le comportement de George n'avait pas du tout été inadmissible. Peut-être penseraient-ils qu'elle n'était qu'une pauvre idiote qui réagissait exagérément à un peu de bouderie anodine et d'enfantillages.

Elle tendit le texte à sa mère, qui regardait la télévision sur le canapé en face d'elle.

— Qu'en penses-tu ? demanda-t-elle tandis que sa mère chaussait ses lunettes.

Barbara se tourna vers elle, des larmes dans les yeux.

— Il t'a vraiment dit ça ? Que tu n'étais pas sexy ?

Joy acquiesça d'un signe de tête.

— Oh, Joy, comment un homme peut-il te regarder, toi, ma fille qui es si belle, et te dire que tu n'es pas sexy ? Je n'en reviens pas…

— Mais tu crois que ça va ? Que ça suffit pour la cour ? Pour un divorce ? Et à toi, est-ce que cela te semble suffisamment inadmissible ?

— Oh oui ! approuva vigoureusement Barbara. C'est inadmissible. Tu l'auras, ton divorce. Ne t'inquiète pas.

— Tu réalises que ta fille est en train de divorcer ?

— Non, répondit Barbara en étouffant un rire, je viens à peine de m'habituer au fait que je suis divorcée moi-même. On fait une sacrée paire, toutes les deux, tu ne trouves pas ?

Joy sourit et reprit ses feuilles des mains de sa mère. Enfin, songeait-elle, elle revenait vers le rivage. George était à Esher et elle était à Colchester. Tout ce qu'elle possédait était ici. Elle avait repris son nom de jeune fille. Et donné son préavis au labo photo. Elle finissait de monter le dossier de son divorce. Elle y était presque. Elle n'avait plus qu'à retourner à Londres, trouver un travail, récupérer sa vie, et elle serait de nouveau chez elle, sur la terre ferme.

51.

Deux semaines après que Jess lui eut annoncé la grande nouvelle, Vince regarda un documentaire sur Channel 4.

Il parlait du fait qu'un bébé sur huit était conçu par un autre homme que celui qui se croyait le père. Les femmes, apparemment, étaient programmées pour folâtrer en dehors du foyer quand elles étaient en période d'ovulation. C'était ainsi que la nature s'assurait que leurs enfants naîtraient avec un patrimoine génétique aussi varié que possible. Les réalisateurs avaient interviewé un Américain du Midwest qui avait cinq fils. L'un d'entre eux ayant été atteint d'une maladie génétique mystérieuse, il s'était avéré nécessaire de pratiquer des tests d'ADN sur tous les garçons, à la suite de quoi l'on découvrit que sur les cinq garçons, un seul était du « vrai » père, les quatre autres ayant été conçus par quatre hommes différents, dont le frère du père.

Les hommes de ce documentaire hantèrent les pensées de Vince pendant des jours et des jours, comme l'image de ces femmes déchaînées, en pleine ovulation, arpentant les rues à la recherche d'ingrédients pour leur soupe génétique. Des études avaient montré que non seulement les femmes en période d'ovulation recherchaient des partenaires autres que leur compagnon habituel, mais aussi s'intéressaient aux hommes d'apparence très virile : mâchoires carrées, torses musclés et belles dents blanches. Des hommes, en avait conclu Vince amèrement, qui n'étaient pas sans ressembler à Jon Gavin.

L'humeur de Jess, son attitude ne laissaient en rien paraître la moindre culpabilité ou le moindre doute quant à la paternité de l'enfant qu'elle portait, mais Vince ne le savait que trop bien désormais, elle était très douée pour fermer les yeux sur tout ce qui ne l'arrangeait pas. De plus, Jon avait l'air très enjoué et insouciant en ce qui concernait la grossesse de Jess. Peut-être ce bébé n'était-il pas le sien. Peut-être Jess avait-elle trouvé un bellâtre quelconque à la mâchoire affûtée dans les rues d'Enfield pour la féconder, alors même qu'elle soignait sa grippe et refusait les avances de Vince.

Bien évidemment, Vince était peut-être aussi juste un pauvre idiot paranoïaque, et le bébé était le sien. Mais jusqu'à son arrivée, jusqu'à ce qu'il puisse poser ses yeux sur lui, il devrait vivre avec cette petite graine de doute douloureuse, qui grossissait et enflait dans son cœur.

52.

Joy finit par appeler Vince trois semaines et six jours après leur rencontre à Neal's Yard.

Il n'avait pas vraiment compté les jours, mais depuis que Jess lui avait annoncé qu'elle était enceinte, le temps s'écoulait par tranches bien définies, découpées en semaines. Jess était enceinte de deux semaines quand Vince avait rencontré Joy, et presque de six quand Joy avait appelé le vendredi après-midi. Cela faisait donc trois semaines et six jours qu'il lui avait donné son numéro.

Il n'avait guère pensé à elle pendant cette période.

Le choc de découvrir qu'il était à neuf mois (ou quarante semaines) de devenir père avait en quelque sorte oblitéré son existence précédente. Tout ce qu'il avait dit, fait ou pensé dans les semaines avant la grande nouvelle s'était désintégré à la minute où Jess lui avait montré les deux lignes sur le bâtonnet en plastique blanc.

Il venait de déposer un élève au centre d'examens du code et s'apprêtait à mordre dans un croque-monsieur, attablé dans un petit café quand elle appela.

— Vince, c'est Joy.

Son cœur s'arrêta littéralement de battre, et il laissa retomber son sandwich sur son assiette.

— Joy ! Tu t'es décidée à m'appeler !

— J'avais dit que je le ferais, non ? Je suis désolée d'avoir mis si longtemps. J'ai été très prise.

— Ne t'inquiète pas, moi aussi. Alors, comment vas-tu ?

— Ça va. Très bien. Très, très bien.

— Et tu as… tu es toujours avec ton mari ?

— Non.

— Sérieusement ?

— Oui. Je l'ai quitté le lendemain de notre rencontre.

— Non !

— Mais si ! J'ai attendu qu'il rentre de son atelier d'écriture, et je lui ai dit que je m'en allais.

— Oh, mon Dieu ! Et qu'est-ce qu'il a dit ?

— Il a été cool, en fait. Je m'étais vraiment conditionnée pour lui parler. C'était incroyable, comme si j'étais possédée par un esprit démoniaque. Comme si après toutes ces années de soumission, où j'avais été terrorisée par ses sautes d'humeur, j'étais soudain quelqu'un d'autre, de fort et sans peur. Rien ni personne n'aurait pu m'empêcher de le quitter. J'étais si impatiente qu'il rentre que je faisais les cent pas dans la maison. Je n'avais qu'une seule envie : le faire, et le lui dire.

— Alors, qu'est-ce que tu as dit ? Comment lui as-tu annoncé ?

— Je lui ai dit : « George, je te quitte. » Comme ça. Et c'était bizarre, parce qu'il n'a pas du tout eu l'air surpris. Il a essayé pendant quelques minutes de me persuader de rester, sans vraiment de conviction. Et il m'a demandé s'il y avait quelqu'un d'autre. Ensuite, nous avons parlé. Pendant cinq heures, et c'était génial. C'était comme s'il s'y était attendu, comme s'il était soulagé. Je crois qu'il ressentait la même chose que moi. Quand j'étais revenue le mois précédent, il avait dû penser que les choses pourraient changer, qu'il pourrait être différent, que nous pourrions toujours correspondre à son grand idéal romantique. Mais il avait compris que c'était impossible, que nous étions allés trop loin pour revenir à notre point de départ, ou du moins ce que nous pensions être notre point de départ. Tout cela a été vraiment très, très civilisé.

— Oh là là, Joy, c'est formidable. Je suis tellement content pour toi. Tu dois te sentir super bien !

— C'est vrai. Je suis fière de m'être sortie de cette situation. De savoir que je ne devrai plus jamais rentrer là-bas. De savoir qu'il est heureux, que je n'ai pas détruit sa vie. Je viens d'envoyer tous les papiers pour mon dossier de divorce. Et je lui ai dit de garder la maison, les meubles et tout le reste. Je ne veux vraiment rien de matériel. Je veux simplement une coupure franche. Je veux ma liberté, c'est tout.

— Eh bien, tu la mérites. Je suis vraiment content pour toi.

— Et je voulais juste te remercier. Ce jour-là, quand nous nous sommes rencontrés, je crois que je n'avais jamais été au plus bas de toute ma vie. J'avais même songé à tomber enceinte, faire un bébé pour donner un but à tout ça. Depuis ma rencontre avec George, j'avais toujours cette sensation bizarre de dévier de ma route, d'être sur le mauvais chemin. Comme si j'étais un bateau ivre, au milieu de l'océan, perdu loin de tout rivage, mais toujours avec l'espoir de retrouver ma route vers la terre ferme. Juste avant notre rencontre, c'était comme si le navire avait chaviré, et que je me noyais. Alors tu es apparu à Neal's Yard, et soudain je fendais l'eau, je voyais des lumières et j'arrivais de nouveau à respirer. Tu trouves ça stupide ?

— Non, pas du tout.

— Tu m'as sauvée. Tu comprends ? Tu m'as tirée de l'eau et m'as balancée sur un canot de sauvetage.

— Comme le type à la fin de *Titanic* ? fit Vince en riant.

— Oui, exactement, comme lui, dit-elle en riant aussi.

— Eh bien, je suis heureux d'avoir pu t'aider.

— Tu étais au bon endroit, au bon moment. Quoique si tu étais entré dans l'hôtel de ville de Chelsea le 24 décembre 1993 et m'avais traînée de force dans un taxi pour me ramener chez moi, tu aurais été un vrai héros !

— Oh, arrête, je me sens trop nul !

— Mais non, je plaisantais ! J'ai eu plein d'occasions de tirer ma révérence. Je ne les ai pas saisies, c'est tout. Je voulais que quelqu'un d'autre le fasse pour moi. Tu sais, parfois, quand j'attendais George dans sa voiture, j'aurais voulu qu'on me kidnappe, qu'une grosse brute bondisse sur le siège du conducteur et m'emmène. N'importe où. Ce n'est pas tragique, ça ? conclut-elle dans un rire.

— C'est l'une des choses les plus tristes que j'aie jamais entendues, dit Vince.

— Je sais, c'est pathétique, hein ?

— Alors, où habites-tu ? demanda Vince.

— Je suis retournée chez ma mère. Pas génial.

— Oui, j'imagine. Je suis retourné chez ma mère quelque temps quand je suis revenu à Enfield. C'est bizarre, non ? On a tellement l'impression de retourner à la case départ…

— Oui, exactement. Ma mère fait de son mieux pour que tout semble aller de soi, mais ça n'a aucun effet. Je veux me trouver un appart aussi vite que possible. Redémarrer dans la vie.

Il y eut un bref silence, durant lequel Vince songea à proposer à Joy de venir s'installer dans l'appartement qu'il partageait avec Clive. Il n'y passait que deux nuits par semaine, l'endroit n'avait rien de spécial mais ce serait toujours mieux que de vivre à Colchester avec sa mère. Puis il pensa à lui, à Jess, au bébé, à tout ce qui allait lui arriver les prochains mois, et changea d'avis. Joy prit ce silence pour le signe que Vince souhaitait abréger la discussion, et reprit la parole.

— Bref, continua-t-elle, j'ai un peu trop parlé de moi. Et toi ? C'était quoi, la grande nouvelle de Jess ?

— Ah oui, fit-il en mettant un morceau de sucre dans son thé. La nouvelle. Tu avais raison.

— Elle est enceinte, c'est ça ?

— Oui.

— Oh, Vince, c'est fantastique ! C'est vraiment une super nouvelle !

— Oui, répéta-t-il en remuant machinalement le sucre dans sa tasse, jusqu'à ce qu'il disparût. C'est trop, hein ?

— Tu dois être ravi. Et terrifié aussi, j'imagine ?

— Une bonne dose de ta première supposition, et des tonnes de ta deuxième, avoua-t-il avec un sourire ironique.

— Et as-tu résolu tes problèmes, avec Jess qui faisait la fête et sortait tout le temps ?

— Ouais, en quelque sorte. Maintenant qu'elle est enceinte, elle ne va plus sortir et boire, c'est sûr. Elle se sent plutôt mal fichue, donc la question ne se pose pas pour le moment. Dieu seul sait comment les choses vont évoluer pour nous sur le long terme, mais pour l'instant ça va. C'est excitant. C'est une aventure…

Joy émit un bruit étrange, entre le reniflement et le rire.

— Quoi ?

— Excuse-moi. Ce n'est rien. Seulement, Wilkie, le témoin de George, Dieu le garde, était si troublé et déconcerté par notre mariage qu'il ne comprenait rien à rien. Et c'est ce qu'il a dit lors de son speech : « Ce sera une aventure. » Bon sang, comme il avait raison !

— Oui, bah… tout ça, ça s'apprend au fur et à mesure, je crois…

— Mais tu l'aimes, au moins ? Tu aimes Jess ?

— Oui.

— Et elle, elle t'aime ?

— Oui. Enfin, je crois. Elle ne me l'a jamais vraiment dit, mais elle le prouve. Elle est affectueuse.

— Eh bien, c'est tout ce qui compte. Si vous vous aimez, quoi qu'il arrive, vous vous en sortirez. Parce que s'il y a une chose que j'ai apprise, c'est que ce n'est vraiment pas marrant de partager une aventure avec quelqu'un dont vous n'êtes pas amoureux.

— Oui, dit Vince, je suis bien d'accord.

Il leva les yeux, et vit quelqu'un faire intrusion dans son champ de vision. C'était Terry, un autre moniteur. Il regardait Vince, l'air de l'attendre, une tasse de thé dans une main et des papiers dans l'autre. Vince tapota le siège à côté de lui et Terry s'y installa.

— Et quoi qu'il arrive entre Jess et toi, continua Joy, que vous restiez ensemble ou vous sépariez, si vous vous aimez il restera toujours cette base solide pour votre enfant.

— Oui, approuva Vince, tu as raison.

Il se sentait gêné désormais, avec Terry qui s'impatientait à côté de lui, brûlant d'entamer la conversation.

— C'est drôle, continua Joy, que les gens disent toujours que le mariage est l'engagement le plus important envers une autre personne, la plus grande décision dans la vie. C'était peut-être le cas autrefois. De toute évidence, je suis restée avec George bien plus longtemps que je ne serais restée si je ne l'avais pas épousé, mais une fois que j'ai décidé que c'était terminé, je n'ai eu qu'à remplir un formulaire de demande de divorce, et je ne serai plus obligée de revoir George, de toute ma vie. Les bébés, voilà le vrai engagement, non ? Le vrai ciment qui fait que les gens restent ensemble. Sans les bébés, ce ne sont que des paperasses…

— Oui, fit Vince, c'est vrai. Écoute, Joy, je suis vraiment désolé, mais je dois te laisser.

— Oh, bien sûr.

— Il y a quelqu'un qui veut me parler.

— Pas de problème. Je t'ai tenu la jambe bien plus longtemps que je n'en avais eu l'intention, de toute façon. Simplement, j'avais promis d'appeler et je tiens toujours mes promesses. Oh, sauf celles pour lesquelles j'ai signé sur le registre à l'hôtel de ville, il faut bien le dire !

— Je suis très heureux que tu aies appelé, dit Vince en riant. Il s'est passé beaucoup de choses pour nous deux depuis cette journée à Neal's Yard.

— Et depuis Hunstanton.

— Ah, ça oui ! Bon, on reste en contact, cette fois-ci, d'accord ?

— Absolument. J'ai ton numéro. Et maintenant tu as le mien, il est sur ton portable.

— Oh, c'est vrai ! Je vais le sauvegarder. Et je t'appellerai. On pourrait peut-être prendre un verre ensemble, un soir ?

— J'en serais ravie, dit Joy, vraiment.

— Super. Bon, alors je t'appelle ou tu m'appelles, et on mettra quelque chose au point. Sans faute.

— Parfait. J'attends ça avec impatience.

— Moi aussi. Et, au fait, bravo pour ton départ. Tu es très courageuse.

— Et moi, je te félicite. Ainsi que Jess. Vous êtes très courageux aussi !

Ils se dirent au revoir, et Vince rangea son téléphone dans sa poche avant de se tourner vers Terry.

— Une vieille copine, dit-il en guise d'explication.

Terry hocha la tête, sans cacher sa complète indifférence.

Vince prit son croque-monsieur tout ramolli et le mangea sans enthousiasme. Le fromage était froid, avec une consistance caoutchouteuse, et il n'avait plus très faim.

Il écouta Terry, qui le saoulait avec sa nouvelle serre de jardin, et pensa à Joy, libre, sans attaches, prête à prendre sa nouvelle vie à bras-le-corps. C'était comme une renaissance, un deuxième essai que la vie lui accordait. À ces pensées, il regretta de ne pouvoir se joindre à elle dans son voyage. Il aurait voulu l'aider à trouver un appartement, un boulot, célébrer avec elle chaque moment de sa nouvelle liberté.

En fait il avait beau adorer Jess, être rempli de fierté à l'idée d'être père, ce qu'il avait toujours désiré, il subsistait toujours une petite partie de lui-même, mais une partie très virulente, qui lui chuchotait avec véhémence qu'il n'avait pas pris le bon bus et ne se dirigeait pas vers la bonne destination.

Et s'il avait suivi l'analogie de Jon à propos des bus, il en aurait conclu logiquement que le jour où il était tombé sur Joy, ce même jour où Jess lui avait annoncé qu'elle était enceinte, il se trouvait en fait sur le marchepied du bus, prêt à descendre. Et si Jess ne lui avait pas dit qu'elle était enceinte, il se serait peut-être retrouvé dans le même bus que Joy. Parce que tout en lui-même lui dictait que c'était là qu'il était censé être.

Il palpa son téléphone pendant que Terry lui parlait. Il avait le numéro de Joy. Il pouvait l'appeler ce soir, s'arranger pour la voir. Refaire partie de sa vie. Pourtant il savait qu'il ne le ferait pas. Parce que Joy n'était pas seulement une « vieille copine », elle était son premier amour, son âme sœur et quelqu'un pour qui il éprouvait encore des sentiments d'une force inquiétante.

Il la laisserait décider. Si elle appelait, il la verrait. Dans le cas contraire, il l'interpréterait comme un signe. Non qu'il y crût particulièrement, mais parfois, laisser le destin décider était simplement l'option la plus facile.

Vince ne sauvegarda pas le numéro de Joy sur son portable, et Joy ne l'appela pas.

Chez Al et Emma, dans la cuisine, 1 h 50.

— Tu plaisantes ! s'exclama Natalie. Après tout ça ! D'invraisemblables chats médiums, des rencontres prédestinées, des bateaux égarés, des mauvais bus et Dieu sait encore quoi d'autre, tu as tout simplement perdu le contact ?

— Ouais.

— C'est terrible ! renchérit Emma. Vous étiez faits l'un pour l'autre, ça crève les yeux !

— Tu penses ?

— Eh, qu'est-ce que tu t'imagines ? Je sais que tu ne crois pas au destin, et à vrai dire moi non plus, pas vraiment. Mais parfois tu dois admettre que Dieu essaye de te dire quelque chose.

Vince sourit et reprit du vin. Tous les hommes avaient quitté la table les uns après les autres durant son récit. Il les entendait dans le salon, qui parlaient haut et fort de marques de médicaments et de coliques. Depuis qu'ils avaient des enfants, ils étaient devenus de vraies petites mamans.

Les filles restaient, cependant, captivées par cette histoire de manque de chance, de destins croisés et d'amours perdues.

— Tu es seul maintenant, Vince. Et si elle l'était aussi ? Que ferais-tu ?

— Mon Dieu, je ne sais pas. On irait prendre un verre, j'imagine. On réapprendrait à se connaître. On verrait ce qui s'est passé. Cela n'arrivera pas, parce que je n'ai pas gardé son numéro. Je n'ai aucun moyen de la contacter.

— Quel crétin ! dit Natalie en assenant une grande claque sur la table, de frustration. Dieu n'arrête pas de balancer cette femme sur ta route et tu ne gardes même pas son putain de numéro de téléphone ! Tu es vraiment un connard !

— Bah, se défendit Vince en souriant, si Dieu veut tellement que je me retrouve avec Joy, il la mettra peut-être de nouveau sur mon chemin.

— Ah, alors tu ne crois pas au destin, mais tu crois aux retrouvailles fortuites ?

— Il y a une différence ?

— Dieu seul le sait, bafouilla Emma, mais je vais te dire un truc. La prochaine fois qu'elle déboulera dans ta vie, tu ferais mieux de faire ce qu'il faut sinon, franchement, tu mérites bien de finir tout seul et sans amour.

Un court silence gêné s'abattit sur le groupe quand les jeunes femmes réalisèrent que la remarque était plutôt dure, au regard des circonstances actuelles de la vie de Vince.

— Oh, merde, je suis désolée, Vince, s'excusa Emma, je ne voulais pas…

— T'en fais pas, ça va.

— Alors, reprit Natalie avec précaution, en jetant un coup d'œil à Emma, que s'est-il passé ? Entre Jess et toi ? Pourquoi vous êtes-vous séparés ?

Vince sourit. Il était évident que les filles avaient passé des heures à conjecturer sur la fin brutale de son mariage avec Jess et n'avaient trouvé le courage de le lui demander qu'après avoir vidé la bouteille de cabernet sauvignon.

— Euh, n'en parle pas si tu n'en as pas envie… ajouta-t-elle, prenant son silence comme un signe d'embarras.

— Non, pas de problème, je vous assure. Ça ne me gêne pas d'en parler. Tout a commencé à aller de travers quand Lara a eu six mois…

Août 2001

L'ESPRIT ADO

53.

Lara May Mellon-James naquit dans le salon de la mère de Jess aux premières heures d'une journée venteuse de février, au son de « Smells Like Teen Spirit » de Nirvana. Vince avait chargé leurs cent chansons préférées, à Jess et lui, sur son MP3, et les avait passées en boucle pendant l'accouchement. L'idée étant que le titre sur lequel naîtrait le bébé serait sa chanson pour toute sa vie. Et Lara était arrivée juste au moment où Kurt Cobain hurlait : « Nous voilà, divertissez-nous ! »

Ni Jess, ni sa mère, ni même la sage-femme n'avaient noté la chanson qui passait dans l'excitation du moment. Jess ne demanda à Vince que quelques jours plus tard s'il avait fait attention. « Je n'en suis pas très sûr, avait-il répondu, il me semble que c'était "Wonderful World". » Un jour, il lui dirait la vérité, peut-être quand Lara serait une ado rebelle avec piercing, mais au beau milieu de la perfection existentielle portée par ce nouveau-né, il estima qu'il valait mieux qu'elle l'ignore.

La naissance de Lara marqua la fin d'une période de neuf mois de tension constante entre Vince et Jess. Jon vivait toujours chez Jess quand celle-ci était enceinte de presque huit mois, et la jeune femme refusait d'entamer toute discussion sérieuse sur une installation pour le long terme. Jon déménagea soudainement un après-midi, après une dispute que Jess refusa de détailler, alimentant ainsi encore plus les soupçons de Vince sur le fait qu'il ne serait pas étranger à la grossesse de Jess. Peu de temps avant la naissance de Lara, Vince avait considéré sérieusement la perspective de rompre avec Jess et de devenir un père à temps partiel.

Mais les jours et les semaines qui suivirent la naissance de Lara May Mellon-James s'avérèrent les plus heureux de toute la vie de Vince. Jess et lui flottaient dans une grosse bulle rose de délice et d'émerveillement, complètement oublieux du monde autour d'eux. Et tous ses doutes subsistant quant à sa paternité s'évanouirent à l'instant où il découvrit son visage. On aurait dit une version miniature de lui-même.

« C'est un truc génétique », avait expliqué Jess. La nature fait qu'un nouveau-né ressemble trait pour trait à son père afin qu'il soit sûr qu'il est de lui, et parte de bon cœur chasser quelques sangliers sauvages pour la mère. C'est futé, hein ?

Lara May avait des cheveux blonds épais, des jambes maigrelettes comme des pattes de poulet et était toute recouverte d'un fin duvet blanc.

« Elle ressemble à un caneton », avait dit Kirsty quand elle l'avait vue pour la première fois.

Jess allaita Lara immédiatement comme une pro, et Vince contemplait avec émerveillement sa petite fille collée avec confiance contre le corps de sa mère. Kirsty n'avait allaité aucun de ses enfants, et c'était la première fois que Vince voyait cela d'aussi près. Il avait vu des femmes le faire, de loin, dans des restaurants et des parcs, mais avait toujours détourné son regard, comme s'il avait surpris deux personnes en train de s'embrasser passionnément ou un homme urinant contre un mur. Mais en contemplant Lara et Jess nichées silencieusement dans un nid de coussins, Vince en avait conclu que c'était l'une des plus belles choses qu'il eût jamais vues de sa vie.

Si Vince avait été quelque peu bonne pâte avant la naissance de Lara, il se métamorphosa en marshmallow humain quand elle arriva sur Terre. Tout ce que faisait Lara l'emplissait d'émerveillement et de dévotion. Il lui donnait son bain moussant à la lavande tous les soirs et l'essuyait tendrement avec une serviette douce, qu'il attrapait à la dernière minute sur le radiateur pour qu'elle ne refroidisse pas. Il paradait fièrement dans Enfield avec Lara dans son porte-bébé, et montrait des photos d'elle à tous ses élèves, que cela les intéressât ou non.

La paternité avait répondu à toutes ses attentes, et même au-delà. Il se sentait accompli, pour la première fois de sa vie. Jess était une mère géniale, et ils n'avaient jamais été aussi heureux tous les deux. La voyant avec Lara, si douce et aimante, si forte et maternelle, lui rappelait précisément pour quelle raison il était tombé amoureux d'elle. Ils n'avaient jamais tiré au clair le sujet de leur cohabitation, mais quatre-vingts pour cent de ses possessions étaient désormais chez Jess, autant dire presque tout.

Pendant les six premiers mois de la vie de Lara, tout fut parfait. Puis, par un dimanche ensoleillé de l'été suivant, tout commença à aller de travers.

C'était la fin du congé maternité de Jess, et plutôt que de tirer son lait pour Lara, ce qui serait difficile une fois qu'elle retravaillerait, elle décida qu'il serait plus simple de la sevrer totalement. Elle supprima les tétées une à une, jusqu'à ce que le bébé prît tous ses repas au biberon.

Une fois libérée de la contrainte de l'allaitement, elle demanda à Vince de s'occuper de Lara pour la journée.

Elle retravaillait la semaine suivante et avait besoin d'une journée à elle. Vince accepta sans hésitation. Il adorait être avec Lara, encore plus depuis qu'il pouvait lui donner le biberon lui-même.

— Je vais en ville, annonça-t-elle en s'appliquant du mascara pour la première fois depuis six mois. J'ai besoin de nouveaux vêtements pour le boulot. Je ne rentre plus dans rien de ce que j'avais avant ma grossesse, expliqua-t-elle en caressant son ventre encore un peu rond. Et j'ai besoin d'une pédicure, regarde-moi ça !

Elle montra ses pieds à Vince. Ils lui semblèrent parfaits, mais selon Jess ils étaient « répugnants ».

— Après je vais retrouver Jon à Regent's Park, pour pique-niquer, continua-t-elle.

— Jon ?

— Oui.

— Jon, le vrai ?

— Oui, Jon, le vrai, lança-t-elle, agacée.

— Je pensais que vous étiez brouillés.

— Non, dit-elle en le regardant comme s'il était légèrement attardé. D'où sors-tu cette idée ?

— Du fait que tu ne l'as pas vu depuis qu'il a déménagé…

— Bien sûr que si, je l'ai vu !

— Quoi ?

— Je le vois au moins une fois par semaine. Il vient ici, ou nous allons le voir à son nouvel appartement.

— Mais quand ?

— Bon Dieu, j'en sais rien ! marmonna-t-elle en fourrant ses clés dans son sac. Dans la journée, quand tu travailles.

— Écoute, je ne comprends pas. J'en suis resté à votre engueulade et à son départ précipité. Ensuite tu n'as plus parlé de lui.

— Enfin, Vince, tu crois sincèrement que Jon et moi laisserions une stupide petite dispute briser notre amitié ?

— Je n'en sais rien. Je croyais simplement que...

— Quoi ? Que je ne le laisserais pas voir Lara ?

— Alors quand vous êtes-vous réconciliés ?

— Quand il est revenu des États-Unis.

— Parce qu'il y est allé ?

— Oui, juste après son départ d'ici. Il m'a téléphoné à la minute même où il est rentré, et est venu directement voir Lara.

— Mais pourquoi n'en as-tu pas parlé ?

— Je ne sais pas, avoua-t-elle en haussant les épaules, se baissant pour prendre Lara sur le canapé. Ça ne semblait pas important, c'est tout. Tu ne me dis pas tout ce que tu fais heure par heure...

— Parce que je ne fais rien qui vaille la peine d'être raconté. J'apprends à conduire aux gens, et puis je rentre à la maison.

— Oui. Mais tu ne me parles pas de tes élèves, de vos discussions ou des endroits où tu vas déjeuner.

— Et tu n'as pas pensé à moi ? s'indigna Vince. J'aime beaucoup Jon. J'aimerais le voir aussi. Lui montrer ma fille. Frimer un peu, tu comprends ? Pourquoi faut-il que tu le voies seule ?

Jess recoiffa les cheveux ébouriffés de Lara et lui caressa la joue.

— Écoute, dit-elle, il n'y a pas de quoi en faire une histoire. Je l'inviterai le week-end prochain. On déjeunera ensemble. Calme-toi, mon ange. Pourquoi prends-tu tout tellement à cœur ?

Elle posa sa main sur le visage de Vince et la laissa tendrement sur sa joue.

Vince se radoucit immédiatement.

— Je ne prends pas les choses à cœur, se récria-t-il en lui embrassant la paume de la main. Simplement, j'aime vraiment beaucoup Jon…

— Je sais, mon ange.

— Et je veux que nous fassions des choses en famille, tu comprends ?

— Je sais.

— Je suis si fier de vous deux, de nous.

Elle l'attira contre elle et ils se serrèrent tous ensemble.

— Écoute, dit-elle, je te le promets. J'en parlerai à Jon aujourd'hui. On organisera quelque chose pour le week-end prochain.

Elle lui tendit Lara, prit son sac et quitta l'appartement sur un joyeux « À plus tard ! ».

Vince et Lara passèrent une journée très agréable ensemble. Après sa sieste du matin, il l'emmena en voiture chez Chris et sa mère. La grand-mère de Vince était là, c'était une belle journée ensoleillée, aussi allèrent-ils tous s'installer au jardin pour regarder Chris allumer le barbecue.

— Alors, où est Jess, aujourd'hui ? demanda Kirsty.

— En ville, expliqua Vince, qui faisait sauter Lara sur ses genoux. Elle a dit qu'elle avait besoin de nouveaux vêtements avant de retourner travailler demain.

— Ah, dit la grand-mère, c'est la première fois qu'elle laisse la petite ?

— Pour une journée entière, oui, répondit Vince. Je suis déjà resté seul avec elle une heure par-ci, par-là, mais elle allaitait alors elle ne pouvait pas s'absenter trop longtemps.

— Je parie qu'elle lui manque, dit Kirsty. Elle t'a appelé toutes les cinq minutes ?

— Non, avoua Vince. À vrai dire, elle n'a pas encore appelé.

— Oh, je suis sûre qu'elle le fera, s'amusa la grand-mère. Aucune mère ne peut résister à vérifier que tout se passe bien.

Jess n'appela pas pendant tout le temps que Vince passa chez sa mère.

— Oh, c'est bon signe, assura Kirsty, ça veut dire qu'elle se détend vraiment.

À seize heures, juste avant que Lara ne se réveille de sa sieste, il envoya un texto à Jess :

Tout va bien ici. Lara dort. A pris 250 ml au déjeuner et un yaourt à la fraise. Tu rentres quand ?

Il regarda le téléphone un moment, mais rien. Elle n'avait pas répondu à son message quand il rentra en fin d'après-midi, et il fit tout son possible pour ne pas s'inquiéter. Sa mère avait raison. C'était très bon pour Jess de sortir un peu. Elle avait été une mère complètement dévouée ces six derniers mois, et mis sa propre vie de côté pour offrir à Lara un formidable début dans la vie. Elle méritait de se détendre. Il résista à la tentation de l'appeler et prépara Lara pour la coucher, mais à dix-neuf heures trente Jess n'étant toujours pas rentrée, n'ayant pas appelé non plus, Vince perdit son sang-froid et l'appela sur son portable.

Alors qu'il attendait sa réponse, il entendit la sonnerie du portable dans leur chambre et trouva l'appareil dans la poche d'un jean de Jess, posé sur le dossier d'une chaise. Il soupira profondément.

Jess était partie sans son portable. La première fois qu'elle laissait Lara une journée entière, elle n'avait même pas pensé à vérifier qu'il pourrait la joindre en cas d'urgence. Dans un sens, c'était flatteur qu'elle eût autant confiance dans les capacités de Vince à jouer les mères de substitution, mais angoissant dans un autre, qu'elle fût capable de couper le cordon ombilical si brusquement. Ces temps-ci, Vince vérifiait que son téléphone était bien chargé et qu'il l'avait en permanence sur lui. Il ne supportait pas l'idée de ne pas être en contact avec sa famille, ne fût-ce que pour une minute.

Il alla se coucher à vingt-trois heures, s'attendant à entendre la clé dans la serrure juste avant de s'endormir, mais quand Lara se réveilla un court instant une heure plus tard, il réalisa que Jess n'était pas rentrée, et perdit tout son calme.

Il se précipita dans le salon, saisit le téléphone de Jess posé sur la table basse, chercha les coordonnées de Jon et composa le numéro.

Il serrait la mâchoire dans son effort pour se retenir de prononcer les mots qu'il avait envie de hurler à la personne, quelle qu'elle soit, qui décrocherait. Le téléphone sonna quatre fois, puis l'appel fut dirigé sur une boîte vocale. Vince raccrocha brutalement puis lança le téléphone à travers la pièce. Il bouillait de rage. Cela ne le dérangeait pas que Jess s'en aille pour la journée, fasse un pique-nique romantique avec son ex par une belle journée ensoleillée, ni de s'occuper seul de leur fille toute une journée et une nuit. Ce qui le révoltait par-dessus tout, c'était qu'elle n'eût pas éprouvé le besoin ou le désir de les contacter pour savoir comment ils allaient.

Il soupira et se frotta le visage. Il était minuit et quart. Lara risquait de se réveiller et de réclamer un biberon dans six heures. Il valait mieux qu'il retourne au lit et essaye de dormir.

Il alla ramasser le téléphone de Jess au bout de la pièce et le reposa sur la table basse. Il le contempla un moment. Quels secrets contenait-il, quels messages clandestins et coups de fil en douce ?

Pendant ses longues journées de travail, Vince avait eu beaucoup de plaisir à imaginer Jess et Lara ensemble à la maison, allant faire les courses, rendre visite à sa mère, ou aux cours de massages pour bébés. Et voilà qu'il s'avérait qu'elles avaient des rendez-vous secrets avec Jon. Qu'avaient-elles fait d'autre, toutes les deux ?

Il reprit le téléphone, l'ouvrit et s'arrêta net. Lara May lui souriait sur l'écran. Jess avait pris cette photo d'elle coiffée d'un chapeau blanc au premier jour de soleil de l'année, assise dans le jardin de Kirsty. Il se rappelait très nettement ce moment. Jess avait sorti le chapeau de l'énorme sac qui les accompagnait partout, lui avait délicatement posé sur la tête et attaché sous le cou. Il se souvenait de son expression de totale adoration quand elle avait regardé sa fille assise sur une couverture, arborant son premier chapeau de soleil, et il réalisa soudain qu'il ne voulait pas savoir ce qu'il y avait dans le téléphone de Jess. C'était une mère géniale. Il était un père génial. Lara avait de la chance d'avoir des parents aussi aimants et compétents, et elle méritait de les avoir pour toujours. Ensemble. S'il commençait à fouiller dans les coins, il pourrait tomber sur quelque chose qu'il ne pourrait pas supporter, qui pourrait les séparer, et il ne le voulait pas.

Il referma le téléphone et repartit se coucher sur la pointe des pieds. Il s'arrêta en cours de route pour jeter un coup d'œil à Lara.

Elle était couchée sur le dos dans son couffin, la tête tournée sur le côté, ses petits poings à peine serrés à côté des oreilles, la respiration lente et régulière. Elle émettait de temps à autre un léger bruit de succion. Elle était magnifique, à tous points de vue. Comme sa mère.

Il permettrait à Jess cette petite entorse. Elle était avec une personne qu'il aimait bien et respectait. Elle méritait bien une bonne coupure. C'était inhérent à sa personnalité, et s'il voulait qu'ils restent ensemble pour toujours, il lui faudrait apprendre à l'accepter.

Il fit un baiser dans le vide au-dessus de la joue de Lara, puis se recoucha et sombra dans un sommeil profond.

Jess était écroulée dans le canapé quand Vince se leva à 7 heures le lendemain matin. Elle était nue depuis la taille, mais avait gardé son tee-shirt et une chaussette, rouge.

Elle ouvrit lentement l'œil gauche quand il se pencha sur elle.

— Salut, mon ange, dit-elle d'une voix rauque.

— Salut, répondit-il en forçant sur son ton sinistre.

— Tu m'en veux ?

— Non, fit-il en s'asseyant au bord du canapé, lui prenant la main pour lui caresser les doigts, pas vraiment. J'aurais quand même préféré que tu prennes ton téléphone.

— Oh, mon Dieu, soupira-t-elle, je sais. Je n'y croyais pas, quand j'ai compris que je l'avais laissé à la maison. J'étais super embêtée. Lara est réveillée ? demanda-t-elle en jetant un coup d'œil à la porte de la chambre.

— Non, pas encore.

— Je suis allée la voir quand je suis rentrée. Je n'ai pas pu résister. Je t'ai réveillé ?

Il fit non de la tête.

— Elle est trop mignonne, hein ?

— Elle est fantastique, dit-il en souriant.

— Comment se fait-il que tu ne sois pas furieux contre moi ? insista-t-elle, ravie.

— Ce n'est pas que je ne sois pas mécontent. Simplement… j'accepte. Tu as été incroyable ces derniers mois. Tu avais besoin d'air, je le comprends. J'aurais quand même voulu que tu appelles, au moins…

— Je sais. Je suis désolée. Je suis trop nulle. As-tu passé une bonne journée ?

— Super, dit-il, vraiment très, très sympa. Et toi ?

— Formidable ! s'exclama-t-elle. J'ai dépensé presque trois cents livres en fringues, et j'ai passé un moment extra avec Jon. On est allés dans une boîte à Hoxton. J'ai fêté ça avec un ou deux petits comprimés…

Vince se mordit la langue pour ne pas lui faire les remontrances qui ne demandaient qu'à jaillir de sa bouche, et fit un sourire crispé.

— … et on a fini dans l'appart d'un type à Shoreditch, un endroit incroyable, une ancienne conserverie réhabilitée, ou un truc de ce genre. Je ne suis pas rentrée avant cinq heures… –, elle jeta un coup d'œil à l'horloge du magnétoscope –, bon sang, ça veut dire il y a deux heures seulement. Oh là là, je n'ai dormi que deux heures !

Elle soupira et s'allongea de nouveau sur le canapé.

— Écoute, je vais m'occuper de Lara, tu n'as qu'à aller te recoucher un peu, proposa Vince en souriant.

— Comment ? Tu es sérieux ?

— Oui, oui, dit Vince, empli de bonne grâce, sensation qui lui plaisait beaucoup.

— Vincent Mellon, déclara-t-elle, tu es vraiment un ange.

— Je sais, je suis un pauvre abruti de saint.

— Non, vraiment. Tu es un ange, et j'ai trop de chance de t'avoir. Tu es un père étonnant et une personne belle et gentille. Je t'aime vraiment, tu le sais ?

Vince s'arrêta net, l'estomac retourné. Elle l'avait dit. Finalement, après plus de deux ans, Jess lui avait dit qu'elle l'aimait. Il essaya de prendre un air nonchalant.

— Oui, dit-il, je le sais.

— Tu crois que… ? commença-t-elle, puis elle s'arrêta brusquement.

— Quoi ?

— Je me disais que peut-être, quand Lara sera un peu plus grande, assez pour rester quelques jours chez ma mère, toi et moi on pourrait aller à Las Vegas. Que toi et moi, on pourrait… se marier ?

— Hein ?

— Oui, reprit-elle en riant, pourquoi pas ? Je n'ai jamais eu envie d'un mariage avec tralala, et j'ai toujours voulu aller à Las Vegas. Comme ça, Lara aura des parents corrects, ce que nous, nous n'avons jamais eu, je veux dire des parents mariés. Et nous aurons un peu de temps rien que pour nous. En plus, je récupérerai le nom de famille le plus génial que je connaisse.

— Jessica James, dit-il en souriant, c'est une demande officielle ?

— Euh, oui, on peut dire ça comme ça, répondit-elle en grimaçant un petit sourire.

— Putain, la vache !

— Je sais. Je m'étonne moi-même. Alors, tu me réponds, ou pas ?

— Bon sang, oui, bien sûr. Oui. On se marie.

Elle lui sourit et se leva du canapé.

— Bien, conclut-elle, maintenant je vais aller embrasser très fort ma jolie petite fille sur ses petites joues rebondies et retourner au lit jusqu'au déjeuner.

Vince regarda la mère de son enfant et sa future femme aller vers la chambre. Elle l'aimait. Elle voulait l'épouser. Jessica James qui aurait pu choisir n'importe quel homme, qui aurait pu avoir Jon Gavin et une vie de luxe, l'avait élu, lui. Et en cet instant, en dépit de tous ses doutes et préoccupations profondes sur leur avenir, c'était tout ce qui comptait.

54.

Joy allait très rarement au grenier de la maison de ses parents. On y accédait par une échelle, qu'il fallait traîner depuis un abri dans le jardin, et il était bourré d'araignées et de crottes de souris.

Mais, déménageant dans une semaine, elle voulait jeter un œil dans tout ce qu'ils avaient rapporté de Singapour, au cas où quelque chose lui plairait pour son nouvel appartement, un petit studio à Southgate. Celui-ci n'avait rien de particulier, mais il représentait son premier pas vers l'accession à la propriété. La mère de Joy lui avait donné pour l'apport personnel presque tout l'argent qu'elle avait touché à son divorce, et Joy avait dû demander une augmentation de salaire substantielle au labo photo qu'elle dirigeait afin de pouvoir rembourser les traites, mais c'était fait : le mardi 4 septembre 2001, Joy entrerait officiellement dans la catégorie des heureux propriétaires.

Avant d'oser s'aventurer dans les sombres tréfonds du grenier elle pulvérisa par la lucarne une bombe entière d'insecticide et le laissa agir deux heures. Puis elle revêtit un pull à manches longues et des gants, enfila le bas de son pantalon dans ses chaussettes, afin qu'aucun insecte ou rongeur ne risque de s'y faufiler. Elle alluma sa torche et grimpa les échelons.

Elle se souvint que c'était le jour du mariage de son père.

Il épousait Toni Moran dans une chapelle au bord d'une falaise, en Cornouailles. La mère de Joy et lui n'étant jamais passés par l'église, il avait donc droit à une cérémonie religieuse, même s'il avait forniqué et trompé sa première femme durant toute leur vie commune. L'invitation était arrivée il y avait trois mois. Elle était d'une mièvrerie hallucinante, avec des roses en papier couleur rose bonbon et une typographie toute tarabiscotée.

Alan Trevor Downer et Antonia Patricia Moran
Ont le plaisir de vous inviter
À leur mariage le samedi 24 août 2001

Joy en eut envie de vomir. C'était ridicule, de se marier à cet âge. Il serait mort avant leur cinquième anniversaire de mariage.

Barbara prétendit ne pas en être contrariée.

— Je suis heureuse pour eux, vraiment.

— Comment peux-tu dire ça ? s'indigna Joy. Comment peux-tu être heureuse pour eux ?

— Parce que tout n'est pas de la faute de ton père, soupira Barbara. Parce que je veux son bonheur.

Joy, quant à elle, ne pouvait pas le supporter. Elle répondit le jour même.

Chers Alan et Antonia,

Je vous remercie de m'avoir invitée à votre mariage. Je ne pourrai pas venir, car j'ai un rendez-vous chez le coiffeur le même jour.

Je suis sûre que vous comprendrez.

Je vous souhaite une bonne journée et une vie heureuse.

Mes amitiés,

Joy

Elle avait été contente d'elle : sèche sans être grossière, dure sans être déplaisante. Bien joué.

Barbara s'était trouvé des occupations pour la journée. Elle rentrerait tard car elle allait voir des amis à Saffron Walden. Joy s'était sentie irrésistiblement attirée par le grenier depuis le jour où elle avait reçu l'invitation de son père. Quelque chose l'y appelait. Certes, elle voulait trouver de jolis objets pour son appartement, mais il y avait plus que cela. Elle voulait découvrir quelque chose, n'importe quoi, qui expliquerait le fiasco du mariage de ses parents, et peut-être un éclaircissement sur son propre comportement incompréhensible de ces sept dernières années.

Elle balaya le grenier de sa torche. Par où commencer ? Elle distinguait les bords de cadres de photos et des dossiers de chaises. À sa gauche étaient empilées des cantines recouvertes d'autocollants de transporteurs, à sa droite des cartons. Devant elle, une lanterne en soie rouge décorée de pompons en satin noir, suspendue à un pied de lampe en chrome aux courbes typiques des années soixante, qu'elle emporterait chez elle sans l'ombre d'une hésitation. À la fois hideuse et très belle, elle incarnait pour Joy cet hybride particulier de temps et d'espace où avaient vécu ses parents à une période de leur vie.

Elle trouva aussi un petit pouf, avec des pieds évasés en laque noire, au siège en satin bleu pâle, des lampes de jardin en forme de lanternes chinoises et un service à thé traditionnel complet, comprenant une théière avec une anse en bambou.

Elle extirpa ses trouvailles du grenier comme des trophées et les déposa dans sa chambre. Disposant alors d'un peu plus d'espace, elle entreprit de déballer le contenu des cantines.

Elle tomba sur la photo presque immédiatement et dès qu'elle la vit, elle comprit qu'elle tenait la réponse à ses questions.

Elle était glissée à la fin d'un livre de recettes intitulé *La Cuisine du Hainan*. De petit format, à peine 10 × 10, dans le Technicolor clinquant des années soixante. Elle montrait un jeune homme d'environ dix-huit ans, vêtu d'un pantalon ample en toile et d'un gilet sur une chemise verte. Il posait dans un jardin très soigné, devant un palmier, appuyé sur un râteau. Il avait des cheveux noirs, des pommettes hautes, et souriait au photographe avec une affection évidente, confinant à l'adoration.

Ses yeux seuls étaient la preuve suffisante dont elle avait besoin, mais elle retourna la photo, pour confirmation.

La date avait été imprimée par le labo photo.

Août 1968. Deux mois avant sa naissance.

Il était écrit en dessous, d'une belle écriture à l'encre bleue :

Pour ma Barbara, je ne t'oublierai jamais.
Charles.

Un bruit étrange s'échappa de ses lèvres, puis elle eut le sentiment de se vider complètement, depuis le plus profond de son âme. Elle réexamina la photo en la dirigeant vers la lumière. Aucun doute. Ce beau jeune homme aux yeux bridés, aux pommettes hautes et aux cheveux noirs brillants avait été l'amant de sa mère. Et c'était son père.

La certitude de Joy était difficile à expliquer. Le jeune homme lui ressemblait, certes, mais c'était plus que cela. Joy s'était toujours sentie déplacée, distanciée de ses parents. Durant des années, elle avait nourri des fantasmes qui faisaient d'elle le fruit d'une aventure entre son père et une beauté exotique de Singapour, mais l'acte de naissance portant le nom de sa mère avait versé une douche froide sur ces pensées.

Elle avait aussi fantasmé sur sa mère, sur la personne qu'elle aurait pu être si elle n'avait pas épousé Alan, une jeune femme infantile, papillonnante, un peu dodue mais sexy, banale mais séduisante. Pourtant, elle n'avait jamais imaginé la réunion de ces deux fantasmes.

Joy alla acheter une bouteille de Veuve Clicquot un peu plus tard dans la journée, la photo de son père bien rangée dans son sac. Elle mit le champagne au frais, puis alla prendre un bain. Elle revêtit une nouvelle robe, de jolies chaussures et attendit le retour de sa mère.

— C'était le jardinier, dit Barbara, qui tenait la photo avec tendresse. Ils étaient quatre, qui s'occupaient des jardins de notre résidence.

— Quel âge avait-il ?

— Dix-sept ans, soupira Barbara, gênée.

— Non !

— Si… c'est-à-dire, dix-sept ans… quand ça a commencé. Dix-huit quand ça s'est terminé.

— Et, euh… comment est-ce que ça a commencé ?

Barbara haussa les épaules, et reposa la photo sur la table basse.

— Oh, c'était très courant, là-bas. J'avais entendu parler des femmes mariées qui séduisaient ces garçons. Pas seulement les jardiniers, mais les portiers, les livreurs… c'était fréquent. Ces femmes étaient dans un pays étranger, leurs maris étaient absents toute la journée, toute la nuit, ils travaillaient beaucoup, sortaient de leur côté. Elles étaient solitaires. Et moi aussi.

— Alors tu l'as… séduit ? demanda Joy en montrant la photo.

— Oh, non, je ne dirais pas ça comme ça. C'était plus du flirt, en fait. Il me souriait à chaque fois que je le voyais. Puis nous avons commencé à nous dire bonjour. Et nous sommes devenus amis. Je lui préparais de la limonade, que je lui descendais quand je le voyais peiner en pleine chaleur. Il cueillait des fleurs tropicales qu'il m'offrait ensuite. Il m'appelait sa « rose anglaise », ajouta-t-elle avec un sourire mélancolique. « Bonjour, ma ravissante rose anglaise », me disait-il. Au début, je croyais qu'il me taquinait, qu'il jouait avec moi.

— Il parlait donc bien anglais ?

— Oh oui, il faisait des études de commerce. Il parlait pratiquement couramment.

— Alors, la pressa Joy en serrant plus fort son verre de champagne, que s'est-il passé ensuite ?

— Eh bien, je crois que tout a commencé au moment où j'ai découvert la liaison de ton père avec cette Clarke, continua Barbara, qui avait pâli.

— Qui était-ce ?

— Ginny Clarke, cracha-t-elle, comme si le mot avait un goût amer. La première liaison de ton père. Son mari était directeur des ventes de Jaguar, plutôt décati, très gros, rougeaud… trop de gin, à mon avis. Je pense aussi qu'il devait être homosexuel. Mais pour je ne sais quelles raisons, dès notre arrivée à Singapour elle ne cacha pas qu'elle voulait Alan, et rien ne l'arrêta. C'était une période très dure pour moi. Je n'arrivais pas à avoir d'enfant, je me sentais seule, il y avait la chaleur, l'éloignement de notre pays. Quand j'ai découvert que ton père avait succombé aux charmes de cette horrible maigrichonne, qui zozotait, en plus, comme une petite fille agaçante, oh, j'ai été furieuse ! Et il y avait Charles, qui me souriait, me donnait des fleurs d'hibiscus, m'appelait sa rose anglaise. C'était inévitable, je suppose…

— Alors tu l'as invité chez toi ? Ça s'est passé dans votre appartement ?

— Il y a eu une averse, un après-midi, et je suis tombée sur lui alors qu'il cherchait à s'abriter dans le parking. Il était trempé comme une soupe, plein de boue. J'ai pris ma respiration et je l'ai invité à venir se sécher. Nous savions tous deux ce que cela signifiait, ajouta-t-elle avec un petit rire amer. Et voilà.

— C'était bien ?

Barbara rougit violemment et tripota l'ourlet de sa jupe.

— Oh, je ne sais pas. Oui, je crois. Mais c'était affreux, de faire une chose pareille.

— Non, dit Joy, c'était compréhensible.

— Non. Parce que ce n'était pas seulement par vengeance. Je ne l'ai pas fait que pour me sentir mieux, ni parce que j'étais seule. La raison principale pour laquelle je l'ai fait… – elle s'arrêta et respira un grand coup – c'était pour tomber enceinte.

Joy cessa de respirer une seconde quand elle vit ses fantasmes romantiques commencer à perdre de leur charme.

— Je ne savais pas d'où venait le problème qui nous empêchait de concevoir. Ton père refusait de voir un spécialiste, cela aurait été trop lourd pour son ego d'apprendre qu'il était responsable. Et je voulais un enfant plus que tout. J'avais trente-neuf ans, je savais que mes jours étaient comptés. Et ce garçon, ce Charles, était si jeune et plein de vitalité ! Je crains de m'être plutôt servie de lui, avoua-t-elle en se mordant la lèvre, scrutant Joy en quête de réconfort.

Cette dernière ne savait que dire.

— Nous avons couché ensemble au moins trois ou quatre fois par semaine durant l'année suivante.

Joy hocha lentement la tête, essayant de trouver une corrélation entre l'expression d'adoration sur le visage du jeune homme et le besoin primordial et physiologique de tomber enceinte.

— Tu ne l'aimais pas, même un peu ?

— Oh si ! se récria-t-elle énergiquement, je l'adorais. C'était le plus gentil, le plus doux des garçons, dont on serait fière d'être mère. Nous avions une relation très douce, très affectueuse. Ne crois pas que c'était seulement afin d'obtenir de lui ce que je voulais…

— Et que s'est-il passé, quand tu t'es retrouvée enceinte ?

— Je le lui ai dit tout de suite. Ainsi qu'à ton père. Par chance, ce mois-là, l'un comme l'autre pouvait être le père. Alan ne se serait rendu compte de rien…

— Mais Charles savait que c'était le sien ?

— Il savait qu'il existait une probabilité que ce fût le sien.

— Et cela ne le gênait pas ?

— Non, pas du tout. Il n'était pas prêt à être père. Il était si jeune, il voulait faire tant de choses. Il était heureux que ce soit Alan qui élève son enfant. Il avait le sentiment qu'il nous avait fait un cadeau.

La déception de Joy s'accentua encore un peu plus.

— J'avais espéré rentrer en Angleterre avant ta naissance, mais j'ai souffert d'éclampsie dans les dernières semaines, il a fallu que je reste alitée en permanence. Tu es donc née au Changi General Hospital. Alan a su tout de suite. À l'instant où il t'a vue, il a compris que tu n'étais pas de lui. À cause des yeux, vois-tu. (Elle prit le menton de Joy dans sa main.) De tes yeux, et de tes cheveux noirs très épais. Il t'a regardée, et il a quitté la pièce, dit Barbara en se couvrant la bouche de sa main, une larme glissant sur sa joue. Je n'ai jamais vu un homme aussi… détruit que ton père en cet instant. C'était comme s'il s'était mis à rétrécir devant mes yeux, tel un petit homme de cire fondant au soleil. Et il n'a jamais rien dit, s'étrangla Barbara, vaincue par les larmes.

Joy regarda fixement le sol. Soudain, il n'était plus question de sa mère qui vivait sa vie, avait des liaisons, suivait ses fantasmes de jeune fille immature. Mais de son père, cocufié de la façon la plus douloureuse qui soit. Il était question d'années de ressentiment refoulé et d'humiliation, d'avoir élevé l'enfant de quelqu'un d'autre pendant vingt-cinq ans sans se plaindre. Pour un homme comme son père, élevé dans la plus pure tradition machiste, affligé d'un ego fragile comme du verre, Joy n'imaginait pas de situation plus terrible.

Tout commençait à se mettre en place au fur et à mesure que la vérité pénétrait dans sa conscience. Tout devenait logique. L'attitude agressive de son père envers elle, son emprise manipulatrice sur sa femme, les liaisons, la colère permanente, l'obséquiosité de sa mère et son refus de tenir tête à Alan.

Joy était l'enfant de quelqu'un d'autre. Il avait choisi de ne rien dire, avait grincé des dents et décidé de l'élever. Pas étonnant qu'il fût agressif. Ni qu'il fût parti. Encore moins qu'il eût épousé Toni Moran sur une falaise ce matin même.

Joy vida son verre de champagne et le remplit de nouveau.

— Je te ressers ? demanda-t-elle à sa mère.

Barbara hocha la tête d'un geste sec. Elles burent toutes deux en silence. Tant d'émotions contradictoires et de questions se bousculaient chez Joy qu'elle ne savait par où commencer.

— Dis quelque chose, implora Barbara avec un pauvre sourire.

— Je ne sais pas quoi dire, marmonna-t-elle, c'est là le problème.

— Tu es en colère ?

— Non, je ne suis pas en colère. D'une certaine façon, je suis contente. Tout devient plus compréhensible. Mais… je me sens mal pour papa. De l'avoir haï toutes ces années, de ne pas avoir compris ce qu'il vivait.

— Je sais, fit Barbara. J'ai fait tout mon possible pour que tu sois plus indulgente envers lui. De toute façon, je n'aurais jamais pu te faire vraiment comprendre.

— Pourquoi ne me l'as-tu pas dit ? Tu ne l'aurais jamais fait ?

— Non, répondit-elle tristement. J'ai décidé il y a très longtemps que tu ne le saurais jamais. Je ne pouvais pas faire ça à ton père…

— Même pas après qu'il t'avait quittée ?

— Même pas. Il a fait tant de sacrifices pour nous. Et il avait beau être un père lamentable, je n'aurais pas supporté de le voir souffrir une double humiliation quand sa fille aurait découvert qu'il n'était pas assez viril pour concevoir son propre enfant, qu'il a été obligé d'élever celui de quelqu'un d'autre.

— Et moi, alors ? Tu t'es demandé ce que j'éprouvais, de savoir que mon père me haïssait, que j'étais la plus grosse déception de sa vie ? Il n'aurait pas mieux valu que je sache ?

— Oh, Joy, je ne sais pas, soupira Barbara. Quel que soit mon choix, l'un de vous en aurait pâti de toute façon, et nous aurions tous été très malheureux. J'ai pensé qu'il valait mieux ne pas troubler l'eau qui dort.

— Et mon père, Charles. M'a-t-il vue ? Sait-il que j'existe ?

— Oui, il t'a vue une fois. La veille de notre départ pour l'Angleterre, le jour où il m'a donné cette photo. Il t'a trouvée très belle. C'est lui qui a choisi ton nom.

Joy considéra sa mère d'un air surpris.

— Oui. Il a dit que tu devrais t'appeler Joy parce que tu me donnerais tant de joies, pendant des années. Et ce fut tout. Nous ne sommes pas restés en contact. Nous n'avons pas échangé nos adresses. Quand il est sorti de l'appartement ce jour-là, c'est la dernière fois que je l'ai vu.

— Qui était-il ? Était-il chinois ? Malais ? Il a l'air… comment dire… il ne ressemble vraiment à personne que je connaisse.

— Il était moitié tibétain, moitié anglais. Son père était capitaine dans la Royal Navy, sa mère couturière. Il a été élevé à Singapour par un couple chinois qui l'a adopté après la mort de sa mère, lorsqu'il était âgé de cinq ans.

— Oh, mon Dieu !

Joy se leva lentement et se dirigea vers le miroir au-dessus de la cheminée. Elle laissa courir ses doigts sur son visage, à la recherche des nuances des nouvelles origines génétiques qu'elle venait de découvrir. Le Tibet ! Elle ne savait même pas où c'était !

— Quel était son nom de famille ? reprit-elle.

— Yung. Il s'appelait Charles Yung. Enfin, c'était son nom d'adoption. Je ne connais pas son vrai nom.

— Charles Yung, répéta-t-elle. Bien. Il aurait donc, voyons… cinquante et un ans aujourd'hui ?

— Eh oui ! Ça m'est difficile de me le représenter, je le vois toujours comme un jeune homme…

— Je me demande où il est, et ce qu'il fait. Il a sûrement d'autres enfants aujourd'hui, peut-être même des petits-enfants.

— C'est plus que probable.

— Et je me demande s'il a obtenu son diplôme, s'il a réussi.

Joy avait la tête qui tournait, à force d'imaginer la myriade d'infinies possibilités que l'existence de cette nouvelle personne apportait à sa vie.

— Oh, j'en suis sûre. Il était très ambitieux. Très intelligent.

— Je veux le connaître, décréta Joy abruptement.

— Bien, parfait, approuva Barbara.

— Ça ne te gêne pas ?

— Bien sûr que non. Tant que tu es consciente des écueils. Il pourrait être mort, ou impossible à retrouver. Ou ne pas vouloir te rencontrer…

— Je sais, dit Joy, perplexe. Mais je veux quand même essayer.

Joy emporta la photo de Charles Yung dans sa chambre ce soir-là. Elle la cala contre sa lampe de chevet et la contempla jusqu'à ce que ses yeux se ferment tout seuls, paupières alourdies par l'intensité de cette journée.

Elle essaya de se représenter Charles Yung aujourd'hui. Elle voyait un homme élancé, bien conservé, dans un appartement luxueux, peut-être à Singapour, San Francisco ou même New York. Elle imaginait sa femme, peut-être asiatique, ou blonde, mais de toute façon mince et jolie. Et elle y ajoutait trois enfants, de quelques années plus jeunes qu'elle, étudiants dans des universités de l'Ivy League aux États-Unis, ou exerçant des professions dans les domaines juridique ou médical en Europe, compétents, séduisants, en plein succès. Ses frères et sœurs.

Puis elle repensa à son père. Un homme vieillissant et malheureux, qui avait vécu un mensonge pendant vingt-cinq ans, pour trouver enfin le bonheur avec une femme insouciante et jolie qui le faisait revivre pleinement. Elle les voyait enlacés sous le baldaquin de leur lit dans leur suite nuptiale en Cornouailles, et pour la toute première fois de sa vie fut heureuse pour lui. Tant mieux pour Alan, s'il pouvait grappiller quelques années de bonheur à la fin de son existence.

Réconfortée par cette pensée nouvelle, Joy sombra en douceur dans un sommeil plein de rêves.

55.

Jess et Vince se marièrent à la chapelle du Bonheur Céleste à Las Vegas, le jour anniversaire de leur rencontre. Chris était le témoin de Vince, Jon Gavin celui de Jess. Ils passèrent trois nuits au célèbre hôtel Bellagio et n'en soufflèrent mot à personne avant leur retour.

Kirsty était verte de rage envers Chris quand il revint.

— Espèce de salaud, râla-t-elle, je n'arrive pas à croire que tu es parti en me laissant m'occuper des enfants pour aller au mariage de mon propre fils !

— Je n'y peux rien, c'est lui qui m'a invité, se défendit-il avec un sourire désarmant.

Kirsty n'était pas la seule personne qui avait besoin d'être calmée. La mère de Jess pleura une demi-heure quand ils vinrent reprendre Lara en lui brandissant leurs alliances sous le nez.

— Mais tu es ma fille unique, pleurnicha-t-elle. J'ai rêvé de ce moment toute ma vie…

— Oh, maman, lâche-moi, tu veux, la taquina Jess. Tu m'as vue accoucher de ta première petite-fille, qu'est-ce que tu veux de plus ?

Leurs amis aussi avaient été sciés, et s'étaient sentis floués d'un samedi tous frais payés dans un château ou une belle demeure, à s'abreuver de champagne gratis.

Jess était superbe, vêtue d'une longue jupe crème en mousseline de soie et d'un petit haut cerise, avec des tongs brillantes, le tout rehaussé d'un camélia dans ses cheveux. Vince portait un costume en lin beige Paul Smith et une chemise cerise assortie au haut de Jess. Cette journée, parfait mariage dans le style de Las Vegas, n'avait pu empêcher Vince de se sentir un peu frustré. Jon Gavin avait réussi on ne savait comment à mettre la main sur un gramme de cocaïne, puis avait réussi à convaincre Vince et Chris d'essayer, alors que ni l'un ni l'autre n'en avait particulièrement envie. Vince n'avait jamais vu Chris dans cet état, et à vrai dire n'avait absolument pas envie de le revoir un jour ainsi.

Ils burent du champagne depuis dix heures du matin jusqu'à trois heures le lendemain, et la journée se déroula dans le brouillard. Ils avaient l'air branché, le mariage était rock'n roll, mais sur le fond il manquait de substance, ce qui laissa à Vince le sentiment de ne pas s'être marié du tout.

Il ne pouvait s'empêcher de penser que Jess avait pris cela comme un prétexte pour se débarrasser de Lara et faire la fête pendant quatre jours. Même s'il l'approuvait – après tout, être parent était certes une récompense en soi, mais on avait aussi le droit de se faire plaisir si on avait bien fait son boulot –, il aurait préféré que l'aspect fête de l'événement n'eût pas tant occulté le mariage lui-même.

Rien ne changea non plus après leur retour.

Vince n'ignorait pas qu'il était sans doute un peu naïf d'imaginer qu'être Mme Jessica Mellon aurait le moindre impact sur son comportement, au contraire cela sembla l'empirer.

Depuis le jour où elle avait pété les plombs et lui avait ensuite demandé de l'épouser, il était devenu implicite dans leur relation qu'elle sortirait tous les samedis soir. Implicite également que Vince soustrairait totalement Lara à sa vue jusqu'au dimanche soir, pendant qu'elle se remettait de ses divers excès de drogues ou gueules de bois.

Vince ne savait absolument pas avec qui elle sortait, à part Jon Gavin et un petit groupe dont il connaissait les noms en raison de leur appartenance au passé de Jess, Simone, Rio, Dexy, Todd et Puss, par exemple. Il leur trouvait la consonance de membres d'un groupe de rock glam des années soixante-dix, et il les imaginait donc en combinaisons moulantes et cuissardes à plate-forme en lurex. Ils sortaient en boîte, et plus elles étaient branchées, mieux c'était. Ils dansaient, puis trouvaient des gens chez qui ils pouvaient finir la soirée en fumant des joints, écouter de la musique pour se détendre et appeler des taxis.

— J'adore être mariée, déclara Jess un jour en regardant son alliance avec affection. C'était génial pour se débarrasser des mecs qui craignent dans les boîtes.

Ces précisions ne faisaient rien pour soulager le malaise de Vince à propos des nuits que Jess passait dehors. Non seulement il pensait à elle en train de se tortiller en jean taille basse sur un podium, mais désormais il se représentait aussi des types épais qui la harcelaient toute la nuit avec des propositions cochonnes.

Bien évidemment Vince n'était jamais invité à ces soirées. Elles étaient classées dans un compartiment très éloigné de celui « mari et bébé », de plus il n'aurait pas voulu y aller même si on l'avait invité. Vince avait horreur des boîtes, des drogues et des gens qui aimaient les boîtes et les drogues. Il n'en voulait pas à Jess de sortir. Elle travaillait dur toute la semaine et prenait Lara en charge après l'avoir récupérée chez sa mère le soir. Quand elle était en congé, elle lui préparait de délicieux repas bio, l'emmenait jouer avec d'autres enfants et au zoo. Elle méritait bien du temps pour elle. Vince aurait seulement voulu qu'elle l'utilise différemment.

Elle venait aux « petits dîners rasoirs » des amis de Vince à contrecœur, affirmant qu'elle préférait de loin les voir dans la journée, quand on pouvait comparer les enfants, parler des poussées dentaires et des colères, puis rentrer à la maison pour boire un verre de vin et se coucher tôt. Et Vince sortait de temps à autre avec ses copains, selon une petite routine tranquille incluant un pub, un curry et dodo à vingt-trois heures

Ce qui le contrariait le plus, c'était qu'en dépit des offres réitérées de baby-sitting de la mère de Jess et de Vince, même s'ils prévenaient au tout dernier moment, ils n'en profitaient jamais. Jess était toujours trop crevée.

« Oh, non, répondait-elle à une gentille proposition pour le restaurant italien du coin ou le cinéma du quartier. Je ne peux vraiment pas. Si on prenait plutôt un plat à emporter ? »

Vince comprenait qu'elle fût fatiguée. Elle menait une vie épuisante. Cependant il était froissé qu'indépendamment de la fatigue de la semaine, elle trouvât encore l'énergie de s'abandonner dans la drogue chaque samedi soir. Il était vexé qu'elle aille à des pots de départ le vendredi soir et reste dans le bar jusqu'à la fermeture. Et mortifié qu'à la veille de ses trente-trois ans elle fût allée faire la fête avec Jon et la bande, et eût passé la journée du lendemain avec lui, à boire du champagne en mangeant des crevettes roses devant un DVD. Il était contrarié que Jess eût choisi de mener sa vie sociale avec d'autres gens, et de mener sa vie au foyer avec lui. Il était peiné de ne pas être son ami…

Cependant, il supportait tout cela parce que, même si cela l'insécurisait et l'exaspérait, c'était devenu une partie du rythme de leurs vies, et il avait appris à l'accepter. Si sa femme voulait sortir en boîte avec des étrangers tous les samedis soir, se droguer et boire des litres de champagne de luxe payé par des individus douteux, puis passer le lendemain au lit, épuisée, et ignorer sa fille, très bien. Mais quand elle l'avait abordé la veille, dans l'après-midi, arborant son expression qui suggérait qu'elle allait augmenter la mise, avec sa façon inimitable de papillonner des cils, Vince comprit qu'il allait avoir des ennuis.

— J'ai une nouvelle absolument fabuleuse, commença-t-elle, et Vince saisit immédiatement que pour lui, ce serait tout le contraire.

— Jon Gavin a été engagé à l'Amnesia. Pour juillet.

— Ouh là là ! s'exclama Vince. C'est une boîte de nuit, c'est ça ?

— Oui. C'est la plus grande d'Ibiza. Et on met à sa disposition une villa de rêve dans les collines. Avec piscine, gymnase, cuisinier. Et une Lexus décapotable, tu vois, une vraie bagnole de gangster millionnaire, avec chauffeur si ça lui chante. La totale. Pour un mois entier.

Jess sautait comme une puce sur le canapé au fur et à mesure qu'elle énumérait tous ces avantages.

— Oh là là, répéta Vince, ça a l'air vraiment cool.

— Ouais, c'est trop génial. Et ce qui est encore plus génial, c'est qu'il m'a invitée…

— Oh ! fit Vince, qui sentit son estomac faire des bonds.

— Bon, pas pour tout le mois, même si j'aurais bien voulu. Mais je veux absolument y aller, au moins pour une semaine. Tu es d'accord, hein ? Ça ne t'embête pas ?

— Euh…

— Et il a dit que ça ne posait pas de problème qu'on vienne tous, tous les trois, mais je crois que ce n'est pas un environnement idéal pour Lara, avec la piscine, la drogue, tout ça. C'est bien trop dangereux.

Vince approuva d'un signe de tête.

— J'irai donc sans doute la deuxième semaine de juillet. Puss et Dex y vont aussi à ce moment-là, ce sera encore plus marrant…

Vince se retint, mais il aurait voulu lui dire : merde, Jess, tu es une femme et une mère de trente-trois ans, enfin, pas une bimbo des plages de vingt ans ! Il aurait même bien rajouté qu'Ibiza était un peu passée de mode, qu'avaler des comprimés et danser jusqu'au lever du soleil faisait un peu XXe siècle, et que Jon, ses amis stupides avec leurs noms stupides et elle étaient peut-être un peu vieux pour continuer ce genre de trucs ?

Ce n'était pas le fait que Jess voulût partir sans lui pendant une semaine qui suscitait sa rancœur. Si elle s'absentait pour un week-end entre filles, ou une virée en ville avec des copines, il n'y voyait aucun inconvénient. C'était le genre d'occupations qu'elle voulait faire sans lui qui le dérangeait. Les gens qu'elle voulait voir, et la façon dont elle allait se comporter. C'était au cœur même de leur conception radicalement opposée de ce qu'ils considéraient comme du bon temps.

Encore une fois il n'en fit rien car a) il ne voulait pas gâcher le plaisir de Jess, b) c'était sans objet parce que Jess avait déjà décidé d'y aller, et rien de ce qu'il aurait pu dire ne l'en aurait empêchée.

— Alors, s'enquit Charlene Okumbo à la fin de sa quarante-deuxième leçon, c'est comment, d'être marié ?

— C'est bien, répondit-il avec un sourire forcé.

— Il y a une différence ?

— Pas vraiment, avoua-t-il en haussant les épaules.

— Vous n'avez pas l'air si excité que ça, si on pense à… commença-t-elle en passant au point mort.

— Si on pense à quoi ?

— Je ne sais pas, votre mariage en douce, très loin, ça me paraissait vraiment romantique.

— Oh, tu sais, il y a mariage et mariage… Supposons que ton petit ami… comment s'appelle-t-il, déjà ?

— Tarif.

— Bien, supposons que Tarif et toi, vous soyez mariés…

— C'est ça, dans ses rêves !

— Bref, imaginons quand même. Et supposons que vous ayez un bébé.

Charlene renifla d'un air dédaigneux.

— Ça te ferait quoi, si Tarif te disait que son ex, qui ressemble à – il essaya de trouver une fille superbe, à la mode chez les ados – Beyoncé, a loué une villa à Ibiza, l'a invité avec plein de copains à eux pour les vacances, pour sortir en boîte tous les soirs et se bourrer de drogue ? Supposons que Tarif t'ait dit qu'il y allait, alors que tu n'es pas invitée. Qu'est-ce que tu ferais ?

Charlene avait les yeux qui lui sortaient de la tête à la description de ce scénario, totalement inimaginable pour elle.

— Je le quitterais, déclara-t-elle sans appel.

— Vraiment ?

— Ah ouais ! Enfin, c'est tout simplement inadmissible, ce genre de comportement !

— Alors, qu'est-ce que je vais faire ?

— Merde, je ne sais pas ! C'est dur. Mais si vous demandez ce que je ferais, moi, personnellement, je ne supporterais pas ce genre de connerie. Sérieusement. Bon, pour vous, c'est différent. Vous avez un gosse, tout ça. Vous êtes marié. Vous êtes vieux. Peut-être qu'il faudra que vous avaliez ça. Que vous fassiez avec. L'essentiel, c'est de savoir si vous lui faites confiance ?

Vince prit un instant pour considérer la question. C'était fondamental, mais il ne put y répondre sur-le-champ. Faisait-il confiance à Jess ? En dépit de sa tendance à compartimenter strictement sa vie, elle était toujours droite avec lui, répondait honnêtement à ses questions. Il ne doutait pas que s'il lui demandait si elle avait été infidèle, elle lui dirait la vérité. Elle était secrète, mais pas menteuse. La plupart des gens réfrénaient leurs instincts naturels pour l'adultère, sachant très bien qu'ils ne pourraient vivre dans la culpabilité et les mensonges, et que les lendemains seraient insupportables. Jess était différente. Elle pourrait tout à fait mener son existence normale avec Vince et Lara en vivant une liaison par ailleurs, elle pourrait garder sa contenance, jongler avec deux vies séparées. Et c'était ce qui le terrifiait.

— Ce n'est pas que je ne lui fasse pas confiance, répondit-il finalement, c'est plutôt que je ne la connais pas vraiment.

—Vous parlez de votre femme ? s'étonna Charlene, les yeux de nouveau ronds comme des billes.

— Oui, oui.

— De la mère de votre enfant ?

— Ouais, je sais.

— La vache, fit-elle, c'est triste.

— Je sais, répéta Vince.

— Vous savez quoi ? Vous êtes trop gentil, c'est ça votre problème. Il faut vous endurcir un peu.

— Ça, c'est sans espoir. Je suis comme ça. Je ne suis pas un dur.

— Alors, conclut-elle en ouvrant la portière, il va falloir vous trouver une fille bien gentille. Parce que celle avec laquelle vous êtes marié, si vous ne lui tenez pas tête, elle va vous bouffer tout cru. Et je vais vous dire un truc, la semaine prochaine, je me débarrasse de mes autocollants d'apprentie conductrice et vous ne me reverrez jamais, aussi vous feriez mieux de vous dépêcher de résoudre toute cette merde avant que j'arrête.

— Je vais voir ce que je peux faire, dit Vince en souriant.

— Ouais, faites ça, lança-t-elle.

Elle descendit de voiture et traversa le jardin vers sa maison d'un pas guilleret, après avoir dispensé sa sagesse et ses bons conseils du haut de ses dix-neuf ans, laissant Vince plus perplexe que jamais.

56.

Voici de quelle façon Vince « tint tête » à Jess :

— Jess, je me disais, à propos de ton séjour à Ibiza…

— Oui ?

— Sur le principe, ça ne me pose pas de problème que tu t'en ailles, mais je me disais que, peut-être… on pourrait tous y aller ?

— Vince, je te l'ai déjà dit. Ce n'est pas un endroit pour un bébé.

— Je sais. C'est pour ça que je pensais qu'on pourrait louer une villa. Pour nous trois. Près de chez Jon. Un peu plus accueillante pour un bébé. Comme ça, tu pourrais toujours sortir le soir et faire ce que tu veux, et on passerait nos journées ensemble, comme une famille.

— Oh, Vince, tu plaisantes, là ?

— Non. Pourquoi ? C'est une idée aussi stupide que ça ?

— Ce n'est pas stupide. C'est simplement que… la vie de famille, ce n'est pas à l'ordre du jour, là-bas. À Ibiza, l'idée, c'est de rester debout toute la nuit et de se détendre dans la journée. Pas de courir après un tout-petit toutes les cinq minutes.

— D'accord, mais prends Jade Jagger, par exemple, attaqua Vince, qui avait étudié la question. Elle a deux enfants et elle sort tous les soirs.

— Tout d'abord, expliqua Jess en haussant les sourcils, les enfants de Jade Jagger sont bien plus grands que Lara. Ensuite, elle a sûrement une nounou à plein-temps.

— Oui, mais c'est exactement là que je veux en venir. Je serai là, moi. Je pourrai faire la nounou. Je ne sortirai pas le soir avec toi, donc je serai en forme dans la journée pour m'occuper de Lara, et tu pourrais te reposer, lire et prendre des bains de soleil.

— Non, ça ne marchera pas comme ça. Lara n'acceptera pas que maman soit malade toute la semaine. Elle voudra que je m'occupe d'elle. Et je me sentirai trop coupable de me reposer pendant que tu feras tout. De plus, je ne veux pas être dans une petite villa insignifiante avec toi. Je veux aller dans la villa de Jon.

— Ah, fit Vince, estomaqué comme à l'habitude par le franc-parler de Jess.

— C'est ça, l'essentiel. La villa. Y vivre. C'est plus que de simples vacances. C'est une occasion unique, comme il ne s'en représentera plus. C'est comme de gagner le gros lot. Tu comprends…

Il comprenait, bien sûr. Mais cela ne l'empêchait pas d'être vexé.

— Bon, et si Lara et moi on louait une villa, reprit Vince, dans une tentative désespérée, que tu restais chez Jon, pour qu'on déjeune ensemble, de temps en temps ?

— Vince, qu'est-ce qui te prend, merde ? Tu es devenu dingue ?

— Non, répondit-il malgré l'inutilité de sa dénégation.

— Alors pourquoi est-ce que tu fais tout ton possible pour me bousiller ces vacances ?

Il haussa les épaules. Pourquoi, en effet ? En fait, il lui proposait ces solutions pour éviter d'avoir à lui dire qu'il refusait qu'elle parte.

— Je ne sais pas, dit-il. Nous ne sommes jamais allés en vacances en famille, et je me disais que ce serait sympa de partir ensemble quelque part.

— Je suis d'accord avec toi. On n'a qu'à se réserver un truc. Allons en Italie, au mois d'août. Je demanderai à ma mère de venir. Ou tu pourrais demander à la tienne. Ça sera super. Mais pour l'amour du ciel, laisse-moi aller à Ibiza, toute seule.

Sur ces mots, elle disparut dans la cuisine, et Vince l'entendit ouvrir une bouteille de vin en s'énervant dessus.

Il envisagea de l'y suivre pour continuer la conversation, en vain. Il avait tout foiré. Il ne pouvait plus discuter raisonnablement avec elle, après ce spectaculaire étalage de désespoir. « On pourrait se voir pour déjeuner ensemble » ! Cette phrase lui tournait dans la tête. Qu'est-ce qu'il avait donc dans le crâne ? Qu'était-il en train de devenir ? Et surtout, qu'est-ce que Jess avait fait de lui ?

Il soupira et se prit la tête dans les mains.

Il était une lavette. Un abruti. Un taré. Et peut-être un cocu.

Il n'avait pas l'envergure pour une femme comme Jess, il n'était pas assez fort.

— Pourquoi m'as-tu épousé ? lui demanda-t-il, quand elle revint avec un grand verre de vin blanc.

— Qu'est-ce que tu racontes ?

— Tu connais tellement d'hommes, qui sont dans le même trip que toi. Tu n'as rien en commun avec moi. Alors pourquoi m'as-tu épousé ?

— Parce que tu es le père de mon enfant. Parce que je voulais qu'on fonde une famille…

— Oui, mais ce n'est pas le cas, tu ne crois pas ? Nous sommes deux parents célibataires qui partageons un appart.

— Oh, c'est des conneries ! On fait des tonnes de trucs ensemble…

— Quoi, exactement ?

— On voit tes parents…

— Et la dernière fois qu'on les a vus, c'était quand ?

— Je ne sais plus. Il y a deux semaines…

— Le mois dernier, coupa Vince. J'y emmène Lara tous les dimanches pendant que tu es au lit. La dernière fois que tu es venue, c'était il y a plus d'un mois.

— Et on voit tes amis.

— Non. Moi, je vois mes amis. Toi, tu ne les as pas vus depuis Noël. Et je ne me rappelle même plus de la dernière fois que j'ai vu ta mère…

— Je la vois tous les jours.

— Je sais, mais pas moi. Nous n'avons rien fait en famille depuis le jour de Noël. Et toi et moi n'avons rien fait en couple depuis… depuis… en fait, je ne me rappelle pas la dernière fois que nous sommes sortis ensemble. Qu'est-ce que ça veut dire, en fait, tout ça ?

— Oh, bon sang, Vince ! s'énerva Jess, c'est à cause d'Ibiza ? Tu es jaloux, ou quoi ?

— Non, Jess, je ne suis pas jaloux. Je suis juste… seul.

— Seul ?

— Oui, c'est ça.

— Oh, Vince, ne me sors pas les violons !

— Je dis la vérité. J'ai l'impression d'être abandonné.

— Alors pourquoi ne fais-tu pas un peu plus d'efforts ? Vois tes amis ! Sors un peu !

— Ce n'est pas ce que je voulais dire. Je ne veux pas voir mes amis. Ils sont toujours en couple, par-dessus le marché. J'ai l'impression de tenir la chandelle. C'est toi que je veux voir.

— Tu me vois tous les soirs, Vince.

— Oui, mais pas comme il faut. Je n'ai que des miettes. Ce qui reste après le travail, Lara et tes précieux abrutis d'amis.

— Ah, lança-t-elle en reposant violemment son verre sur la table basse, nous voilà au cœur du problème ! Tu es jaloux. De Jon, de mes amis et tu m'en veux d'avoir une vie en dehors de cette putain de prison domestique…

— Quoi ?

— Ce que tu veux, c'est que je papillonne autour de toi en jouant à la parfaite petite femme d'intérieur, que je fréquente tes amis vieux avant l'âge qui ne parlent que de nounous et de bouffe bio. Eh bien, Vince, je suis désolée, mais ce n'est pas la femme que tu as épousée, et ce n'est pas ainsi que tu me transformeras. Parce que je vaux mieux que ça.

— Euh… pardon, mais tu crois que traîner dans des boîtes conçues pour des gens qui ont dix ans de moins que toi, bourrer ton organisme de drogues et d'alcool tous les samedis soir, c'est quelque chose dont on peut être fier ?

— Oui, parfaitement.

— Ah, alors j'ai de la peine pour toi, Jess.

— Et moi je ressens la même chose pour toi, Vince. Parce que tu estimes que ça – elle fit un geste englobant l'appartement – c'est suffisant ? Tu es persuadé que jouer au papa et à la maman, c'est la finalité de l'existence. Parce que tu ne prends jamais le temps de penser au vaste monde qui t'entoure, aux possibilités qu'il t'offre, à ses panoramas.

— Mon Dieu, Jess, je croyais que tu avais déjà exploré tout ce que tu désirais du « vaste monde ». Je croyais que tu étais prête pour le rôle de parent.

— Je suis prête. Je suis une mère fantastique, merde !

— Oui, c'est vrai. Tu es incroyable. Je n'en discute pas. Mais pour moi, avoir un bébé, c'est la plus grande aventure qui soit. Pour moi, ça c'est – il refit le même geste que Jess pour englober l'appartement – tout. C'est ce qui compte. Toi, moi, Lara. Je n'ai besoin de rien d'autre.

— Eh bien, moi, si. Et si tu ne me laisses pas l'avoir, alors…

— Alors quoi ?

— Il faudra que je m'en aille.

— Que tu t'en ailles ?

— Oui, que je te quitte. Parce que c'est ce que je suis et si tu ne peux pas l'accepter, il n'y a pas d'espoir pour nous.

— Et tu le ferais ? T'en aller, comme ça ? Parce que je ne te laisse pas jouer dehors ?

— Oui.

— Merde, Jess. Ça compte si peu pour toi, tout ça ?

— Non, ce n'est pas ça. Mais je ne supporte pas qu'on me contrôle, Vince. Et la raison pour laquelle toi et moi ça marche si bien, c'est parce que tu es le seul homme avec qui j'aie jamais été qui me laisse être moi-même. C'est pour ça que je t'aime. Que je t'ai épousé. Et que je voulais que tu sois le père de mon bébé.

— Parce que je suis une lavette, en somme ?

— Non, parce que tu es un ange.

Vince, désarçonné, sentit sa gorge se serrer. Que répondre à ça ? Y avait-il une différence entre une lavette et un ange, en fait ? Et d'aimer qu'on le qualifie d'ange, cela faisait-il de lui une lavette ? Quoi qu'il en soit, cette réponse avait éteint les prémices d'incendie allumées par cette conversation. Il soupira.

— Écoute, dit-il, tout ce que je voulais dire, c'était que j'aimerais te voir un peu plus. J'aimerais bien qu'on sorte ensemble de temps en temps.

— OK, se radoucit-elle en venant se lover sur ses genoux, lui passant les bras autour du cou. On pourrait faire ça, demander à ma mère de faire la baby-sitter. On n'a qu'à sortir demain.

— OK. Et puis, j'aimerais bien voir Jon. Tu te rappelles avoir promis que tu l'inviterais à déjeuner un week-end ?

— Effectivement, fit-elle en laissant courir son doigt sur le contour d'une oreille de Vince.

— Et tu ne l'as jamais fait. Je ne l'ai pas vu depuis le mariage. Il est tellement présent dans ta vie, que je me disais qu'on pourrait vraiment le considérer comme un membre de la famille. Tu vois…

— Absolument, ronronna-t-elle en lui caressant les cheveux, je ne pourrais pas dire mieux.

— J'aime vraiment beaucoup Jon.

— Je sais, dit-elle en lui faisant un gros baiser dans la nuque. Et je t'aime vraiment beaucoup.

Elle retira son tee-shirt. Elle ne portait pas de soutien-gorge.

— Maintenant, tais-toi et déshabille-toi.

— Oh ! s'exclama-t-il, très bien !

Quarante minutes plus tard, Vince avait les genoux tout brûlés à cause du tapis, des griffures sur le dos et avait pleinement accepté les manières fantasques et intransigeantes de sa femme.

57.

Jess ne rentra pas du tout le samedi suivant.

Vince avait l'habitude de la retrouver sur le canapé quand il se levait le dimanche matin. Elle grognait quand il ouvrait les rideaux, s'extrayait du canapé et se précipitait directement dans le lit que Vince venait de quitter.

Il l'appela sur son portable, mais tomba sur sa messagerie.

Il appela Jon, qui était aussi sur messagerie.

Il essaya de la joindre toutes les demi-heures jusqu'au déjeuner, où il commença à s'inquiéter.

Il fit manger Lara à toute vitesse, la mit dans son siège auto, un gâteau encore dans la main, et prit la direction du luxueux appartement de Jon situé dans de nouveaux immeubles en bord de canal à Walthamstow. Une voix à l'accent américain répondit à l'interphone et leur indiqua le quatrième étage.

Un homme avec une coupe Mohican leur ouvrit la porte et les considéra d'un air interrogateur.

— Salut, c'est ici, chez Jon ? s'enquit Vince.

— Oui, oui.

— Je cherche Jess. Vous savez où elle est ?

— Oui, oui, répéta le type. Elle est ici. Vous voulez entrer ?

— Oui, merci.

Ils suivirent l'Américain dans un long couloir tout blanc qui ouvrait sur une vaste pièce. Il marchait si lentement que Vince manquait lui rentrer dedans à chaque pas. Des baies vitrées ouvrant sur un balcon surplombaient le canal. Un groupe de gens y était installé, buvant de la bière à la bouteille et fumant, sous un chauffage d'extérieur en forme de lampadaire, en chrome brillant.

— Y'en a un de vous qui sait où est Jessie ? demanda l'Américain.

Les gens sur le balcon se tournèrent dans sa direction, le regardèrent, l'air amorphe, puis réagirent plus vivement quand ils aperçurent Vince et Lara derrière lui.

— Oh, elle est trop mignonne ! s'exclama une fille avec des nattes et un jean coupé en short quand elle vit Lara, se levant pour venir lui dire bonjour. Salut, ma petite poulette, couina-t-elle, l'haleine chargée de tabac. Est-ce que tu n'es pas tout simplement chou, trop, trop chou ?

Lara regarda la fille et enfouit vite sa tête contre l'épaule de Vince.

— Oh, elle est toute timide, se désola la fille.

Vince fit un sourire crispé et regarda les autres personnes. Elles étaient six, toutes plus jeunes que lui. Pas de Jon.

— Je crois qu'elle est dans la chambre, fit un type maniéré aux cheveux longs, qui portait un tee-shirt avec une cravate. C'est vous, Vince ?

— Oui, répondit-il en changeant Lara de côté quand elle commença à se tortiller.

— Super, je suis content de te connaître. Je m'appelle Rio. Voici Todd, ajouta-t-il en montrant l'Américain, et Simone, en pointant le doigt vers la fille aux nattes. Et puis Dex, et Puss.

— Je suis heureux de tous vous rencontrer, dit Vince, découvrant enfin en chair et en os ces gens aux noms stupides.

Il réalisa qu'il ne leur aurait pas prêté attention une seule seconde s'il les avait croisés dans la rue.

— Troisième porte à gauche, fit Todd avec un signe de tête en direction du couloir.

— Parfait, dit Vince, merci.

Il posa Lara, qui courut vers la chambre. La petite semblait très à l'aise dans ce lieu, et Vince réalisa soudain qu'elle y était venue très souvent, depuis son plus jeune âge. Cela le mit mal à l'aise.

— Maman ! Maman ! cria-t-elle en ouvrant la porte.

Vince la suivit et la vit se jeter sur le lit immense au milieu de la pièce.

Il s'arrêta net quand il vit que Jess n'y était pas seule.

Elle était avec Jon.

— Oh, merde ! s'exclama-t-elle, se redressant en sursaut quand Lara se précipita sur elle.

Elle avait les cheveux en bataille, du mascara partout autour des yeux et était nue.

— Bon sang, qu'est-ce que tu fais là ? demanda-t-elle à Vince.

Vince regardait tour à tour Jess et Jon. Aucun des deux n'avait la décence d'avoir l'air coupable.

— Je ne savais pas où tu étais. J'étais inquiet, dit-il laconiquement.

— Oh là là, soupira Jess, l'air désorientée, quelle heure est-il ?

— Une heure, répondit Vince.

— Merde, tu plaisantes ?

Elle se frotta le visage avec la paume de ses mains, pour tenter de se secouer.

— J'ai complètement sombré. Pourquoi ne m'as-tu pas réveillée ? demanda-t-elle à Jon.

— Je n'avais pas la moindre idée de l'heure non plus, plaida Jon.

Lara se cala confortablement entre eux dans le lit, sans avoir l'air du tout perturbée de voir sa mère toute nue dans un lit avec un autre homme. Vince les considéra tous les trois, et sentit une colère noire monter en lui.

— Bon, qu'est-ce que c'est que cette histoire ? fit-il.

— Quoi, tu imagines… ? fit Jess en le regardant, avant de se tourner vers Jon. Rien du tout, dit-elle sèchement. Il ne se passe rien.

Vince ouvrit la bouche pour parler, puis regarda Lara, assise innocemment au centre de ce triangle hypocrite, et décida d'orienter ses questions différemment.

— Pourquoi vos téléphones étaient-ils sur messagerie ? Pourquoi n'es-tu pas rentrée ?

— Oh, zut. Jon, dis-lui, toi. Moi, je n'ai pas la force.

— Nous étions dans une fête hier soir, commença Jon. À Islington. On n'aurait pas dû y aller. Ça craignait un peu…

— Dans quel sens ?

— Oh, tu vois bien, les trucs qui circulaient ne nous plaisaient pas trop.

— Quel genre ? insista Vince.

— Ce ne sont pas des choses dont j'ai envie de parler devant… – Jon regarda Lara –, tu comprends ?

— Quoi ? C'était sexuel ?

— Non, pas du tout. C'était du crack.

Vince en resta bouche bée.

— Ce n'était vraiment pas un endroit pour nous, nous nous en sommes rendu compte à l'instant où nous y avons mis les pieds. Mais nous avons décidé de rester un peu. Et puis il y a ce mec qui a commencé à être un peu… lourd… avec Jessie.

— Comment ça, lourd ? bouillonna Vince.

— Eh bien, tu vois, qui essayait de se la faire, murmura-t-il.

— Bon Dieu ! Et toi, tu étais où ?

— J'étais là. J'avais un œil sur elle. Mais il a commencé à perdre les pédales et à devenir plutôt agressif.

— Merde ! Il t'a fait du mal, Jess ?

— Mais non, fit-elle en prenant Lara sur ses genoux.

— Je ne voulais pas faire une scène. C'était trop dangereux. Alors on a fichu le camp. Et on s'est précipités vers la première station de taxis qu'on a trouvée.

— C'est là que je me suis rendu compte que j'avais laissé mon sac là-bas. Dans l'appartement, déclara Jess.

— Ton sac ? Hein ? Avec toutes tes affaires dedans ? Tes clés ? Ton portefeuille ?

— Oui, soupira-t-elle, et mon portable.

— Tu as laissé ton sac à main chez des gens accros au crack, avec tes clés dedans ?

— Oui. Et des photos de Lara, toutes mes cartes de crédit et cinquante livres. Mon permis de conduire, et mon appareil photo numérique.

— Des accros au crack ont des photos de Lara en leur possession ?

— Oui.

— Et notre adresse ? Merde, Jess, ils ont aussi notre adresse ?

— Eh bien, elle figure sur mon permis de conduire. Donc ils l'ont, oui.

— Et ça ne t'est pas venu à l'idée de me prévenir ? Tu n'as pas pensé que j'aimerais peut-être être au courant ? Pendant que je dormais avec notre bébé ?

— Merde, Vince, je suis désolée, dit Jess en se prenant la tête dans ses mains. Je n'y ai pas pensé. J'étais tellement stressée… pour faire opposition sur mes cartes et mon portable, et je me suis dit qu'on pourrait changer les serrures ce matin. Je ne pensais pas qu'ils viendraient sur-le-champ. Et puis je ne me suis pas réveillée, je ne pensais pas qu'il était si tard.

— Bon sang, Jess, ils sont probablement chez nous en ce moment. Tu réalises ? Pendant qu'on parle, ils sont en train de tout embarquer.

— Merde, Vince, qu'est-ce qu'on va faire ?

Jon sortit du lit, en caleçon, mais Vince, paniqué comme il l'était, n'en tira pas le moindre réconfort.

— Je viens avec toi, dit-il, les filles restent ici.

— Oui, dit Vince, tu as raison. Restez ici, Jess. On revient dans une heure.

Ils appelèrent un service de dépannage de serrurerie depuis la voiture.

— Je suis vraiment, vraiment désolé, mon pote, dit Jon.

— Ce n'est pas de ta faute, trancha Vince d'un ton sec.

— Non, je sais, mais j'aurais dû réfléchir, dire à Jessie de t'appeler. On était tellement défoncés quand on est rentrés…

— C'est pas un problème, marmonna-t-il, c'est pas ta responsabilité.

— Si. Vous êtes mes amis. J'aurais dû réfléchir.

— Oui, bah, tu n'es pas père. Quand on a un enfant, on pense différemment.

Vince savait que c'était un coup bas, quand on pensait à l'avortement de Jess, mais il s'en fichait.

— J'espère que tu ne crois pas… fit Jon, qui s'arrêta net.

— Quoi ?

— Pour Jessie. J'espère que tu ne m'en veux pas si elle se remet à dérailler. Je sais qu'elle était plutôt clean quand tu l'as rencontrée. Ça doit être un peu bizarre pour toi.

— Juste un peu, râla-t-il.

— C'est encore ce truc de bus, tu sais. Elle a pris le bus dans la mauvaise direction, elle conduit trop vite. Tu peux lui demander de ralentir, mais elle ne t'écoutera pas. Si tu veux descendre du bus, tu seras obligé de sauter.

— D'accord, mais je ne suis plus le seul passager. Il y a Lara, maintenant. Il faut qu'elle ralentisse, pour notre salut à tous. Peut-être que ce qui s'est passé aujourd'hui lui remettra les pendules à l'heure, qui sait ?

— Je n'y compterais pas, déplora Jon avec un sourire crispé.

Le serrurier les attendait devant la porte. Aucun drogué ne traînait dans les parages, tout était calme. Vince soupira, soulagé. Mais il ne se détendit vraiment qu'après le départ du serrurier. Et là, quelques questions pertinentes s'imposèrent dans son esprit, demandant impérativement des réponses.

Que faisait Jess dans le lit de Jon ?

Pourquoi ne lui avait-elle pas téléphoné ?

Pourquoi le téléphone de Jon était-il sur messagerie ?

Comment avaient-ils échoué chez des accros au crack ?

Il se mordit la langue et attendit. Il voulait que Jess lui réponde les yeux dans les yeux.

Apparemment, Jess avait dormi dans le lit de Jon parce qu'elle était « flippée ». Elle n'était pas toute nue, et ils n'étaient pas allés plus loin qu'un câlin sous la couette. Il n'y avait pas de quoi fouetter un chat, ils l'avaient déjà fait à de nombreuses reprises. Elle n'avait pas téléphoné parce qu'elle ne voulait pas réveiller Vince et Lara, et n'était pas rentrée parce qu'elle n'avait pas ses clés. Le téléphone de Jon était sur messagerie parce qu'il était déchargé (Jon le lui montra pour lui prouver). Et ils s'étaient retrouvés dans un repaire de crack, qui d'ailleurs n'en était pas un, il s'agissait juste d'un appartement où il s'était trouvé que des gens prenaient du crack. Tout ça parce qu'ils avaient rencontré en boîte un type sympa, classique, de la classe moyenne, qui les avait invités à une fête chez un artiste d'Islington spécialisé dans le graff'. Du coup, ils s'étaient retrouvés dans une rénovation de maison georgienne très chic, avec terrasse sur le toit, toiles grand format sur les murs. À des milliers d'années lumière d'un appartement sordide dans une cité de banlieue.

Ces réponses avaient beau dans l'ensemble être tout à fait satisfaisantes, pas une n'avait été capable de rasséréner Vince. Cette nuit pouvait sembler innocente, ce que Vince avait tendance à croire, pourtant rien ne lui ferait oublier que Jess était allée se coucher en sachant pertinemment que des gens potentiellement dangereux avaient ses clés et son adresse, et qu'elle s'était écroulée dans le lit de son ex en laissant sa fille comme une proie sans défense.

Tout en ramenant sa femme et sa fille de l'appartement de Jon, en projetant d'aller prendre le thé au parc et de rendre visite à sa mère, Vince engrangeait mentalement tous les détails de la négligence choquante de sa femme, pour s'en servir comme futures munitions le jour où il attaquerait en tant que détenteur du bon droit et de la morale.

58.

Joy appuya sur le dessus de sa valise pour essayer de la fermer.

Elle ne partait que deux semaines, mais, ignorant ce que ce voyage lui réserverait, elle s'était sentie obligée de prendre presque toutes ses possessions.

Elle revérifia dans son sac si elle avait bien son passeport, ses billets et son portefeuille. Puis elle attendit que sa mère vînt la chercher. Le trajet de métro était direct entre Southgate et Heathrow, mais Joy ne pouvait se résoudre à y passer une heure en évitant les regards des gens, et à ne pas penser à ce qu'elle était sur le point de faire. Barbara allait donc l'emmener. Elle avait aussi proposé de prendre l'avion avec elle, mais Joy savait pertinemment que c'était plus par anxiété maternelle que par désir de partager l'expérience avec elle. De plus, Joy voulait se rendre en Amérique seule.

Parce que c'était là que vivait son père.

Pas dans un appartement de San Francisco avec terrasse sur le toit, ou une demeure de Los Angeles, mais dans une maison de Columbus, dans l'Ohio, avec sa seconde femme et leur fils de dix ans.

Elle l'avait retrouvé par Internet, comme une robe de mariée d'occasion, ou une chambre d'hôtel à Bristol.

En tout, il lui avait fallu trois heures pour le trouver. C'était presque trop facile.

Elle avait dû passer en revue des dizaines de Charles Yung avant de trouver le bon. Des stars du porno, des agents d'acteurs, des professeurs d'université, des musiciens décédés, des ingénieurs. Enfin elle l'avait trouvé, sur le site web d'une petite chaîne de supermarchés du Midwest appelée *Reisens*. Il était directeur régional des secteurs de Columbus et Dayton, comprenant dix magasins. Elle le reconnut grâce à sa photo sur une page intitulée « Rencontrez nos dirigeants ! ». Il avait gardé tous ses cheveux noirs, mais arborait désormais une bande grise sur le front, un peu comme un raton laveur. Il portait des lunettes cerclées de métal, avait un soupçon de double menton, mais c'était lui, sans aucun doute. Il avait les mêmes yeux qu'elle.

Elle lui envoya un e-mail l'après-midi même.

Cher Charles,

Je m'appelle Joy, ma mère s'appelle Barbara. Je pense que vous êtes mon père. J'aimerais vous parler si c'est le cas, mais je comprendrais très bien que ce soit difficile pour vous.

J'ai trente-trois ans, je suis célibataire et je vis à Londres.

J'espère sincèrement que vous me répondrez.

Elle avait reçu une réponse le lendemain.

Chère Joy,

Oui, je suis votre père, incontestablement ! Je suis ravi que vous m'ayez contacté. J'ai beaucoup pensé à vous, surtout lors de vos anniversaires, et je me suis demandé ce que vous étiez devenue. Je vis avec Carrie, ma seconde épouse, et nous avons un jeune garçon, Curtis, qui va bientôt avoir onze ans.

J'ai deux filles adultes de mon premier mariage : Deanna, vingt-trois ans, et Debra, vingt-deux ans. Elles vivent dans le Maryland avec leur mère, et je les vois autant que possible.

Nous avons tant de choses à nous dire ! J'aimerais que nous puissions le faire dans de bonnes conditions. Peut-être par téléphone ?

Bien à vous,

Charles

Ils se téléphonèrent ensuite, à plusieurs reprises, et il fut vite évident que si Charles n'était certes pas la personne la plus fascinante du monde, il était assez bien élevé, poli et simple pour qu'une rencontre ne fût pas exclue.

Carrie n'avait pas voulu qu'elle aille à l'hôtel et insisté pour qu'elle reste chez eux.

Peu avant son départ, Joy reçut une avalanche d'e-mails de Carrie :

Nous avons un petit terrier Jack Russell qui s'appelle Barney. J'espère que vous n'êtes pas allergique aux chiens, ou que vous n'avez pas de problème avec eux ?

J'ai fait votre lit avec une couette en duvet d'oie. Faites-moi savoir si vous êtes allergique à la plume.

Je réfléchissais à votre dîner de bienvenue et je voulais m'assurer que vous mangez de la viande. En particulier du bœuf et du poulet.

Charles aimerait vous faire un repas avec de la cuisine traditionnelle de Singapour. Certains plats sont plutôt épicés. Cela vous convient-il ?

Curtis se demandait s'il pouvait vous interviewer pour le journal de son école. (Il est rédacteur en chef! Et nourrit le projet d'être grand reporter!) Toute sa classe est très excitée qu'il ait une sœur anglaise!

Surtout n'oubliez pas d'apporter des photos de vous dans votre enfance! Charles et moi aimerions voir comment vous avez grandi pendant les années « manquantes ».

De toute évidence, Carrie était ravie d'organiser les détails de cette visite exotique. Elle avait battu le rappel de ses cousins, cousins par alliance, grands-oncles et grands-tantes dans cinq États différents pour qu'ils viennent voir Joy pendant son séjour et avait, semblait-il, préparé les menus des repas pour les deux semaines que durerait sa visite.

Joy commença peu à peu à se sentir anxieuse.

Serait-ce trop oppressant ?

Trop intense ?

Se retrouverait-elle à passer plus de temps avec Carrie qu'avec son père ?

Comment Curtis se comporterait-il avec elle ?

Restait-elle trop longtemps ? Pas assez ?

Mais elle refoula ces questions et se concentra sur les aspects positifs.

Son père était vivant.

Il était normal, comme tout le monde, et désirait la voir.

Cela avait été incroyablement facile de le retrouver. Comme si le destin s'était mis de la partie. Et le moment était on ne peut plus propice.

Sa famille mettait les petits plats dans les grands pour l'accueillir.

Sa mère la soutenait à cent pour cent.

Tout était en place pour une expérience constructive, couronnée de succès.

Elle déambula dans son appartement. Son foyer. Quand elle y reviendrait, elle serait une personne différente. Peut-être plus forte. Ou le contraire. Mais différente, cela ne faisait aucun doute.

La sonnette de la porte d'entrée retentit, Joy alla ouvrir à sa mère.

L'aventure commençait.

59.

À la mi-mars, Clare, l'amie de Jess, lui annonça par e-mail qu'elle rentrait à Londres après cinq ans passés en Australie.

Clare venait de découvrir que Dave, avec qui elle vivait, et qui était l'homme de sa vie, couchait avec trois autres femmes, dont sa meilleure amie. Elle avait le cœur brisé et voulait se consoler auprès de sa maman. Elle rentrait donc dans deux semaines.

En temps normal, les péripéties que vivait cette fille à l'autre bout du monde n'auraient pas intéressé Vince. Mais cette histoire-là le touchait directement. Clare était, en effet, la propriétaire de leur appartement. Et voulait le récupérer.

Le moment n'aurait pu être plus mal choisi. Leur relation ne tenait plus qu'à un fil depuis la nuit traumatisante de l'oubli du sac à main. Jess ne pouvait plus revendiquer son hédonisme et sa quête de plaisir comme droits fondamentaux. D'avoir perdu sa supériorité sur le terrain de la morale la mettait de mauvaise humeur et la rendait désagréable. Quant à lui, Vince ne pouvait plus trouver d'excuses à la vie secrète de sa femme et ses longues absences de la maison. L'argument qu'elle le méritait, étant une mère parfaite et sans défauts, ne tenait plus la route. Du coup il était devenu intolérant et impatient.

L'atmosphère de leur petit appartement, déjà tendue, était devenue presque insupportable. Aussi n'étaient-ils préparés ni l'un ni l'autre à renégocier leur mode de cohabitation, qui n'avait d'ailleurs jamais fait l'objet d'une sérieuse discussion.

Les choix qui s'offraient à eux étaient donc les suivants :

1. Louer, ensemble.
2. S'installer chez la mère de Jess pendant qu'ils chercheraient quelque chose à acheter.
3. Supplier Clare de séjourner chez sa mère et de les laisser dans son appartement pendant qu'ils chercheraient à acheter.
4. Se séparer, divorcer, se bouffer le nez pour la garde de Lara.

Ils discutèrent des trois premières options, mais ne mentionnèrent pas la quatrième, alors qu'elle occupait leurs arrière-pensées.

Quatre jours après l'e-mail de Clare, Vince fit quelque chose qu'il n'avait jamais fait de sa vie. Il annula toutes ses leçons de la matinée, prétextant qu'il devait s'occuper de sa fille malade. Ensuite il déposa une Lara en parfaite santé à la garderie, gara sa voiture devant la gare et prit le premier train pour Euston. Il ne savait pas encore ce qu'il ferait à son arrivée, il avait répondu à une pulsion irrésistible de quitter son environnement familier et de mettre de la distance entre lui et ses dilemmes.

La British Library fut le premier bâtiment à s'offrir à lui par cette matinée de mars au froid vif. Les lignes nettes et propres de la construction l'attirèrent à l'intérieur. Il semblait si neuf, baigné de lumière, aéré, que Vince eut l'impression de disposer d'espace pour respirer.

Il déambula sans but pendant un moment, emprunta les escalators, les allées, jetant un œil distrait sur les manuscrits anciens encadrés et les œuvres d'art moderne. Un groupe d'adolescents visitait les lieux, avec une accompagnatrice très enthousiaste en robe rouge. Il les observa un moment et en remarqua un, mal dans sa peau, un peu à l'écart, qui lui ressemblait comme une goutte d'eau lorsqu'il avait le même âge.

Vince eut envie de lui parler. De lui dire que tout se passerait bien, qu'un jour de belles nanas lui adresseraient la parole, et que tout prendrait un sens. Si quelqu'un lui avait tapé sur l'épaule à la British Library lorsqu'il avait quatorze ans et lui avait annoncé qu'un jour il en aurait trente-cinq, serait marié avec une femme très belle qui aimait le sexe, qu'ils auraient une petite fille magnifique et vivraient dans un super appart à Enfield, il ne l'aurait jamais cru. Et il ne lui serait pas non plus venu à l'esprit de se poser des questions sur cette relation, n'aurait pas imaginé que l'épouse rusée sortirait trop, prendrait trop de drogue ou jouerait à la roulette russe avec la sécurité de leur fille. Il aurait simplement souri et dit : « Génial ! »

Et si cette même personne lui avait dit qu'un jour il aurait trente-cinq ans, commencerait à perdre ses cheveux, serait moniteur d'auto-école pour gagner sa vie et sur le point de se faire virer du super appart, sans aucun endroit où habiter ? Il n'en aurait sûrement pas été enchanté.

Vince réalisa en cet instant qu'il n'avait pas trouvé la bonne explication à l'échec de son mariage avec Jess. Il avait été si obnubilé de l'accuser de tout qu'il avait oublié de considérer sa propre situation. Vraiment, qui pourrait en vouloir à Jess ? Qui pourrait jeter la pierre à une femme excitante, passionnée et spontanée d'aller chercher de la stimulation ailleurs que dans sa relation ennuyeuse et pépère, pour se trouver elle-même ? Certes il était bon père, mais cela ne suffisait pas à Jess. Il lui fallait plus que de la sécurité et de la stabilité. Il lui fallait un homme dont elle pût être fière, un homme avec qui elle voulait passer du temps.

Et Vince aussi en voulait plus. Il avait trente-cinq ans. Il aurait dû pouvoir offrir une maison à sa famille, et économiser dans cette éventualité. Il aurait dû être en position de prévoir l'avenir plutôt que de rester en plan comme un vieux véhicule en panne.

Il regarda l'adolescent qui avait suscité ces réflexions et sourit intérieurement. Il serait fier de lui. Il allait trouver un boulot stimulant, qui le ferait voyager, procurerait une maison à Jess et Lara, avec un jardin, une salle de jeux et une chambre en plus pour un autre bébé. Il emmènerait sa famille en vacances au bord de la Méditerranée, se lancerait dans un hobby. La moto, ou du foot le dimanche, qui sait ? Peut-être iraient-ils tous ensemble faire du ski ou de la voile. Ou bien il apprendrait à cuisiner, jouer de la guitare. Fonderait un groupe. Écrirait un roman, ferait du yoga, peindrait…

Toutes ces possibilités auxquelles il avait oublié de penser depuis son départ de Londres pour Enfield commençaient à se bousculer dans sa tête. Il n'était pas un moniteur d'auto-école. Mais un homme. Le monde l'attendait et Jess avait raison, il avait oublié de le regarder. Il s'était encroûté dans son petit coin d'Enfield, englué dans ses habitudes. Il avait vieilli avant l'âge. Alors qu'il n'avait que trente-cinq ans.

Il se leva d'un bond. Il voulait voir Jess tout de suite. Et s'excuser de l'avoir rabaissée, de croire que la bienséance et la fiabilité étaient des substituts acceptables pour la passion et la vie. Il voulait la faire virevolter dans ses bras, lui dire qu'elle était belle et étonnante. Il voulait faire des projets avec elle, il voulait un autre bébé, trois, quatre. Qu'elle aime sa vie avec lui autant que sa vie sans lui. Qu'elle le voie comme elle voyait Jon. Il la voulait, elle. Il l'aimait.

Il sortit de la bibliothèque, triomphant, sentit le doux soleil de printemps lui caresser le visage tandis qu'il se hâtait vers la station d'Euston.

Quand Vince arriva à la station de radio une heure plus tard, Jess mangeait une salade de pâtes.

— Vince ! s'exclama-t-elle, surprise, en laissant retomber sa fourchette, qu'est-ce que tu fais ici ?

— J'ai réfléchi, commença-t-il à toute vitesse, de peur de perdre son élan, sur tout. Sur nous. Je t'aime, Jess. Je t'ai toujours aimée, et je t'aimerai toujours. Je ne veux pas te perdre. Et je dois accepter ma part de responsabilité dans ce qui s'est passé entre nous ces derniers mois. Je n'étais pas à la hauteur de mon potentiel. Je n'ai pas fait d'efforts. Et je veux qu'on recommence de zéro.

— Vince, je…

— Je suis prêt à faire tout ce qu'il faudra, à te rendre heureuse, à faire que ça marche…

— Oh, mon Dieu, Vince…

— On pourrait aller vivre à Ibiza ! Ou prendre une année sabbatique et naviguer en Méditerranée. Tous les trois. Je ne veux plus être moniteur d'auto-école. Ni être ce type vieillissant et rasoir. Je veux changer. Je veux être l'homme de tes rêves…

— Vince, j'ai quelque chose à te dire, coupa Jess en posant ses mains à plat sur la table.

— Quoi ?

— Je suis enceinte, dit-elle en baissant les yeux.

Vince resta coi en digérant cette nouvelle inattendue. Puis il fit un grand sourire.

— Mais, Jess, c'est fantastique ! C'est incroyable ! C'est exactement ce qu'il nous faut ! Un nouveau départ, un nouveau bébé ! Oh, mon Dieu, c'est parfait ! Tu es parfaite ! Viens là ! fit-il en se levant, bras tendus vers elle.

Elle n'esquissa pas le moindre mouvement.

— Non, Vince, continua-t-elle doucement, ce n'est pas parfait, parce que le bébé… n'est pas de toi.

Chez Al et Emma, dans la cuisine
1 h 58 du matin

— Jess est enceinte, et il n'est pas de toi ? suffoqua Natalie en retirant la main qu'elle avait mise devant sa bouche.

— Ouais, soupira Vince, qui reprit son verre de vin.

— Merde, dit Emma.

— Merde, répéta Natalie.

— Il est de qui, alors ? demanda Claire. De Jon Gavin ?

Vince fit non de la tête. Les filles furent de nouveau interloquées.

— De qui alors ? insista Claire.

Vince sourit. Il se réjouissait presque de l'effet de cette nouvelle choquante sur ses amis. Il se sentait étrangement utile de pouvoir injecter un peu de tension dramatique dans leurs vies monotones.

— C'est celui de Bobby. L'ex juste avant moi, expliqua-t-il. Le vieux qui ne voulait pas quitter sa copine pour elle. Celui qui l'a envoyée en thérapie. Le type marié. Le moche.

— Nooon, gémit Natalie.

— Si ! Pendant tout ce temps où je flippais à cause de Jon Gavin, je n'avais jamais envisagé qu'elle pouvait toujours en pincer pour ce vieux moche…

— Tu vois, persifla Emma, c'est ça, le problème avec les hommes. Vous partez du principe que les femmes sont aussi superficielles que vous. Que nous sommes aussi obsédées par l'aspect physique que vous.

— Oui, renchérit Claire, parce que le vieux avait beau être moche, c'est celui qui a eu le gros lot, non? Celui qui lui a démoli la tête. Celui qu'elle ne pouvait pas avoir. Et Jon Gavin aurait pu être aussi sexy que Brad Pitt, il ne lui demandait pas d'efforts. Elle n'avait qu'à claquer des doigts pour qu'il accoure.

Les filles approuvèrent de concert.

— Elle est enceinte de combien? demanda Natalie.

— De huit mois, elle accouche le mois prochain.

— Et elle avait une liaison avec lui? voulut savoir Emma.

— Depuis la naissance de Lara, à peu de chose près, confirma Vince. Ils se retrouvaient dans le même hôtel tous les quinze jours, dînaient, montaient et couchaient ensemble, puis rentraient chez eux. Je croyais qu'elle était au yoga…

— Oh, mon Dieu, fit Emma, c'est vraiment nul!

— Je sais, dit Vince.

— Alors, que va-t-elle faire? Elle lui a dit qu'elle attendait un enfant?

— Oui. Il voulait qu'elle se fasse avorter. Elle n'était pas d'accord. Elle va le garder, vivre chez sa mère et l'élever toute seule.

Vince s'arrêta, suffoqué par une vague d'émotion.

— Et Lara? interrogea Claire, l'air horrifiée. Comment cela va-t-il se passer pour elle?

— Elle passera quatre jours chez moi par semaine, les trois autres chez Jess.

— Oh! Et toi, qu'en penses-tu? De ne plus vivre avec Lara?

— J'essaye de ne pas y penser, en fait. Tout ça, c'est si… tout est de ma faute. Je n'aurais jamais dû m'engager avec Jess. Je savais depuis le début qu'elle n'était pas faite pour moi, mais j'étais si flatté et désireux de fonder une famille, et elle était tellement géniale au lit, ajouta-t-il avec un sourire amer. Je l'aimais plus qu'elle ne m'aimait, c'était le problème. Un déséquilibre fondamental. Ce genre de relation ne dure jamais, quels que soient les efforts qu'on fasse. Et maintenant elle est enceinte et amoureuse d'un homme qui ne l'aimera jamais comme elle l'aime. C'est une série de cercles vicieux, et la seule manière d'y mettre un terme est de trouver quelqu'un qui vous aime comme vous l'aimez. Regarde, comme toi avec Al, et toi avec Simon. Pas de combat pour le pouvoir. Pas d'insécurité. Et une bonne dose d'amitié. Parce qu'on ne peut jamais être ami avec quelqu'un si on l'aime trop…

— Puis-je ajouter quelque chose ? demanda Emma, de plus en plus saoule. J'ai envie de le dire depuis des années. Et je ne devrais probablement pas le dire maintenant. Mais je suis complètement pétée, alors merde, j'y vais : je n'ai jamais aimé cette Jess. Dès l'instant où je l'ai vue, je me suis dit : « Toi, je ne t'aime pas. »

— Moi non plus, enchaîna Natalie en levant timidement la main. Elle ne t'arrivait pas à la cheville.

— Puis-je moi aussi abonder dans votre sens ? dit Claire, à la grande surprise de Vince, car il ne l'avait jamais entendue critiquer quiconque depuis qu'il la connaissait.

— Vraiment ? s'étonna-t-il.

— Oui. Elle n'est pas horrible, ou un truc de ce genre. Seulement je l'ai toujours trouvée un peu… égocentrique. Tournée sur elle-même. C'est tout.

Vince hocha la tête. Il avait toujours pensé que Jess n'était pas du genre qui plaisait aux autres femmes, mais il était un peu choqué de l'entendre dire d'une manière aussi catégorique.

— Toutefois, ajouta Claire, conciliante, c'est la mère de ton enfant et nous ne devrions pas casser du sucre sur son dos. Ce n'est pas très respectueux.

— Et puis, reprit Vince, tout n'est pas toujours noir ou blanc, n'est-ce pas ? Jess n'est pas méchante. Elle n'était simplement pas faite pour moi.

— Et toi ? Qu'est-ce que tu vas faire ?

— Très bonne question ! répliqua-t-il, d'un ton morne.

Il arrivait tout juste à se faire à l'idée que sa femme était enceinte d'un autre, que sa fille ne vivrait avec lui qu'à mi-temps, mais retourner vivre chez sa mère, partager la chambre de Kyle et continuer à donner des leçons de conduite, c'était au-dessus de ses forces.

— Je vais partir un peu en vacances, continua-t-il. J'ai besoin de passer deux semaines tout seul sur une plage, dans un endroit tranquille. Pour décider ce que je vais faire de ma vie.

— Oh, c'est une idée fantastique ! s'enthousiasma Emma. Et on ne sait jamais, tu pourrais rencontrer quelqu'un !

— Ça m'étonnerait, fit Vince, je n'ai pas l'impression que c'est ce dont j'ai besoin en ce moment dans ma vie.

Simon entra dans la cuisine et vint s'asseoir sur les genoux de sa femme.

— Alors, quel est le sujet de vos commérages ce soir, les filles ? demanda-t-il alors que Natalie le repoussait gentiment.

— La vie, l'amour, le destin et tout ce qui va avec, répondit-elle.

— Oh, merde ! s'exclama-t-il, nous, nous avons parlé des retraites pendant une heure et demie. J'aurais dû rester avec vous.

Les autres hommes les rejoignirent un par un, et la conversation s'épuisa. On appela des taxis, on récupéra les manteaux et la soirée tira à sa fin.

Emma et Al raccompagnèrent Vince à la porte. Emma le serra dans ses bras.

— Accroche-toi, lui murmura-t-elle dans l'oreille, tu es le mec le plus gentil que je connaisse. Tu l'auras, ton happy end, j'en suis certaine.

Vince hocha la tête et se dirigea vers son taxi. Il se retourna pour leur faire au revoir d'un geste de la main.

— Et, au fait, cria Emma, garde un œil sur les chats !

Il lui sourit, puis monta. Direction : la maison de sa mère et un sac de couchage par terre dans la chambre de Kyle.

Octobre 2003

HAPPY END

60.

En général, Cass n'achetait pas de magazines féminins. Elle les méprisait. Selon elle, ils étaient à l'origine de tous les cas d'anorexie, boulimie et divers troubles du comportement dans le monde occidental, aussi fit-elle une entorse à sa règle lorsqu'elle en acheta un sur le quai de la gare de Northampton, pour son trajet jusqu'à Londres.

L'un des gros titres avait attiré son attention :

INTERNET A CHANGÉ MA VIE !

Elle était dans le même cas. Elle avait rencontré Hayden par Internet. Hayden Moses, trente-six ans, paysagiste, aussi beau à l'intérieur qu'à l'extérieur. Ils étaient tombés amoureux fous, se connaissaient depuis dix-huit mois et venaient d'acheter en commun un cottage dans la campagne du Northamptonshire. Cass revenait à Londres pour faire ses valises et ses adieux à la ville.

Elle ouvrit un paquet de graines de citrouille et feuilleta une vingtaine de pages regorgeant de filles de dix-sept ans anorexiques vêtues de robes aussi chères que des vacances, jusqu'à ce qu'elle tombe sur l'article qui l'intéressait.

Elle parcourut assez vite les deux premiers témoignages, mais le troisième la captiva. C'était l'histoire d'une femme de trente-quatre ans, qui vivait à Londres, avait monté son entreprise sur Internet et s'appelait Joy Downer.

Ce ne pouvait être qu'elle. C'était un nom inhabituel, l'âge correspondait et la photo d'une fille menue, stylée, aux cheveux noirs avec des traits légèrement orientaux ressemblait parfaitement à la description que Vince lui en avait fait.

Cass enfourna une grosse poignée de graines de citrouille et commença sa lecture.

J'ai trouvé mon père, puis je me suis trouvée

Joy Downer, 34 ans, divorcée, vivait chez sa mère et travaillait dans un labo photo quand une découverte qu'elle fit par hasard dans le grenier de ses parents changea pour toujours le cours de sa vie. Aujourd'hui elle dirige Retrouvez-les/retrouvez-vous.com, *le site web anglais le plus dynamique de recherche et de réunion pour les amis, les familles et les amants.*

« Mon mariage a été un désastre, raconte Joy. Je me suis mariée à la va-vite, sans réfléchir aux conséquences, et bien sûr tout alla très vite de travers. Mes parents aussi avaient vécu une union difficile. Ils avaient fini par divorcer, et le jour du remariage de mon père, je me suis retrouvée en train de fouiller dans le grenier de mes parents. Après quelques minutes, j'avais trouvé une photo qui, j'en fus persuadée, était l'explication de toute cette confusion dans ma vie. C'était celle d'un jeune homme séduisant, d'origine asiatique, et je fus certaine, dès l'instant où je vis la photo, que cet homme était mon vrai père. Ma mère me raconta plus tard qu'il était jardinier dans la résidence où elle vivait à Singapour, qu'ils avaient vécu une liaison passionnée, et qu'il était effectivement mon père. Je ne sais pourquoi, je ne fus pas surprise par la découverte. Je m'étais toujours sentie déplacée, comme si je ne faisais pas tout à fait partie de mon environnement. J'étais comme un caméléon humain, essayant toujours de me conformer à ce que les autres attendaient de moi, sans jamais être en accord avec moi-même. Quand j'ai appris la vérité sur mon père, j'ai éprouvé le désir irrépressible de le rencontrer.

Ma mère m'a encouragée et dès le lendemain je suis allée voir sur Internet si je pouvais le retrouver. Je ne savais que son nom et son âge, mais je l'ai trouvé en moins de trois heures. Je lui ai envoyé un e-mail sur-le-champ, auquel il a répondu le lendemain même. Il m'a paru chaleureux et amical. J'ai très vite organisé un voyage pour aller le voir ainsi que sa famille à Columbus, dans l'Ohio.

J'ignorais ce qui m'arriverait en Amérique, mais à l'instant où j'ai passé la douane à Columbus et vu mon père qui m'attendait, j'ai su que j'avais fait le bon choix. Il était tout ce dont j'aurais pu rêver : d'une bonté naturelle, doux, intelligent et très attaché à la famille. Sa femme m'a accueillie très chaleureusement et cela avait beau être un peu étrange au début de se retrouver dans un pays étranger, dans une maison étrangère, j'ai vite eu le sentiment de faire partie de la famille. J'ai prolongé mon séjour jusqu'à deux mois afin de passer le plus de temps possible avec mon père. Nous avions tant de choses en commun ! Des petites choses, comme d'aimer observer les gens, nous tripoter les doigts de pied et avoir l'odeur du scotch en sainte horreur. Nous avons les mêmes façons d'être, et ses pieds ont exactement la même forme que les miens !

Quand je suis rentrée chez moi, je me suis sentie différente, comme si j'avais enfin trouvé ma place. Aussi, au lieu de chercher un nouveau poste dans un labo photo, forte de ma confiance en moi toute neuve, j'ai décidé d'essayer autre chose. Rechercher mon père sur Internet m'a inspirée. J'avais eu de la chance, je n'avais mis que trois heures à le retrouver. Mais cela aurait pu me prendre beaucoup plus longtemps, ou j'aurais pu ne pas le trouver du tout. Je me suis dit qu'au lieu d'errer au hasard d'un moteur de recherche à l'autre, pour localiser quelqu'un, ce serait formidable si un site web le faisait pour vous. J'ai parlé de ce projet à mon père en Amérique, qui l'a trouvé fantastique, à tel point qu'il m'a proposé de me prêter l'argent pour me lancer ! Huit mois plus tard, le site était opérationnel. Aujourd'hui nous avons plus de dix mille connexions par jour, et nous avons réuni des centaines de gens, depuis des anciens collègues et des amours de jeunesse jusqu'à de vieux copains et des enfants adoptés. Si nous ne trouvons pas la personne que vous cherchez, vous ne payez rien. J'ai dix employés et nous venons d'obtenir une récompense de la chambre de commerce.

C'est génial d'aller travailler chaque jour en se disant que ce que je fais a un effet sur la vie des gens. Pour la première fois de ma vie, je suis satisfaite professionnellement, et j'ai compris à quel point il est désolant de laisser des personnes importantes pour vous vous filer entre les doigts. Il y a deux ans, j'ai retrouvé l'homme que je croyais être mon vrai père, celui qui m'a élevée. Je n'aurai jamais une relation normale avec lui, mais cela m'a réconfortée de le voir après tant d'années, et de savoir qu'il est heureux.

Internet est une chose incroyable. Je suis chaque jour stupéfaite par son effet sur les gens jusqu'au niveau le plus intime. Je ne sais pas où je serais aujourd'hui sans lui. En fait, je dois reconnaître que je dois mon bonheur au web. »

Cass n'était pas si enthousiaste envers ce qu'offrait le monde moderne. Elle avait souvent le sentiment qu'elle aurait été plus heureuse dans un environnement plus médiéval, avec moins de néons clignotants et plus d'artisanat (sans toutefois oublier l'hygiène). Mais elle faisait une exception pour Internet. C'était une chose réellement remarquable, tellement humaine !

Elle revint à la photo de Joy et la contempla un moment. Elle était incroyablement jolie, avec ce style enfantin, éthéré, qui lui était si particulier. Elle comprenait sans difficulté que Vince eût été dingue d'elle. Ils auraient été parfaits, ensemble. Un couple de rêve. Comme elle et Hayden. Elle compatit pour eux, quelle tristesse d'être séparé de son âme sœur ! Pauvre Vince, pauvre Joy ! Tout le monde devrait avoir ce qu'elle avait avec Hayden.

En regardant l'image de cette fille aux jolis yeux, Cass remonta dix ans en arrière, quand elle était célibataire et insouciante dans son appartement de Finsbury Park, que Madeleine était encore vivante et qu'elle était convaincue de tomber raide morte le jour de son trentième anniversaire. Elle repensa à Vince, à son doux sourire, quand il avait continué à sortir avec Magda au moins six mois de plus qu'il n'en avait l'intention, tout simplement parce qu'il était trop gentil pour la quitter. Elle se demanda ce qu'il était devenu, et s'il avait trouvé une fille qui l'appréciât vraiment.

Puis elle ferma les yeux, joignit ses mains en serrant très fort et adressa une prière à Carlos, son guide spirituel âgé de cent cinquante ans, pour que Vince lise le numéro d'octobre de *Company*, qu'il envoie un e-mail à Joy et qu'ils soient enfin réunis.

61.

Vince n'avait pas du tout envie de rentrer. Il sentait le soleil du Portugal l'abandonner comme des pellicules de peau morte se détachant fragment par fragment tandis qu'il se dirigeait vers le contrôle des passeports à Gatwick. À chaque pas, il laissait un peu plus derrière lui la douce chaleur et la détente de ses vacances. Son sac pesait lourdement sur son épaule, et à la perspective de ce qui l'attendait, il était accablé de découragement. Il aurait voulu faire demi-tour, remonter dans l'avion et se retrouver à temps à l'aéroport de Faro pour un dîner en bord de mer.

Ces deux semaines de congé n'avaient rien changé. Il vivait toujours chez sa mère, était toujours en train de divorcer, était toujours moniteur d'auto-école. Dans deux semaines, son bronzage aurait disparu, et ce serait comme s'il n'était jamais parti.

Il avait eu beaucoup de temps pour réfléchir au Portugal.

Il avait envisagé tout ce qu'il aimerait faire de sa vie, mais c'étaient exactement les mêmes choses que celles auxquelles il avait pensé quand il avait été licencié de chez Coalford Swann. Des fantasmes stupides d'adolescent, d'être à la fois comblé dans sa créativité et honteusement riche. Il avait un enfant. Nulle part où habiter. Il avait besoin de gagner de l'argent, et vite.

Il montra son passeport à un agent mort d'ennui, et émit un gros soupir. Le seul côté positif de son retour était qu'il allait revoir Lara. Elle lui avait terriblement manqué.

Il attendit avec les autres passagers que s'affiche sur le panneau électronique le numéro du tapis roulant où les bagages de son vol allaient arriver. Il scruta les visages de ses compagnons de voyage, qui avaient semblé animés, cosmopolites il y avait trois heures à peine sous la lumière du Portugal, et qui s'étiolaient désormais au fil des minutes, pendant l'attente résignée de leurs bagages, dernière étape avant de regagner leurs foyers.

Il accrocha alors le regard d'une fille qu'il n'avait pas vue au départ de Faro. Menue, avec des cheveux bruns raides effilés, coupés au carré, elle était vêtue d'une minijupe en jean, d'un débardeur bleu et croulait sous des sacs de vodka achetés en duty-free. Elle semblait avoir la trentaine, et était un peu trop maquillée. Elle avait quelque chose de vaguement familier, mais Vince n'arrivait pas à mettre le doigt dessus.

Elle le regardait d'un air interrogateur et il se détourna. Quand il posa de nouveau ses yeux sur elle, elle le scrutait toujours de la même manière. Il rougit. Soudain elle se dirigea vers lui.

— J'y suis, dit-elle en lui souriant. Vous êtes Vince, c'est bien ça ? Vince, avec un drôle de nom de famille ?

Vince regarda autour de lui pour vérifier que personne ne suivait cet échange embarrassant.

— Euh… oui, dit-il.

— Je le savais ! s'exclama-t-elle. Je suis très physionomiste. Un talent, un don, ajouta-t-elle en le regardant d'un air enchanté, avec un sourire de ses dents jaunâtres un peu de travers.

Il lui sourit poliment. Elle avait quelque chose de dérangeant, qui sonnait faux.

— Je suis désolé, fit-il, je vois pas…

— Non, non, non, le rassura-t-elle en lui tapotant le bras, vous n'êtes pas censé vous souvenir de moi. Pas de problème. J'ai beaucoup changé depuis notre dernière rencontre. Vous vous rappelez, oh, ça doit bien faire dix ans, vous vous rappelez d'un chat ? Un gros chat roux prénommé…

La fille s'arrêta, essayant de se remémorer le nom de l'animal.

— Madeleine ? suggéra-t-il.

— C'est ça ! s'excita-t-elle. Sauf que nous, nous l'appelions Mou-Shou, et nous croyions que c'était un mâle.

De vagues souvenirs affleurèrent à la mémoire de Vince, puis se précisèrent.

— Vous ne seriez pas… ?

— C'est ça ! Bella ! C'est moi ! La nouvelle version, améliorée, coupa-t-elle en agitant sa chevelure.

— Oh, mon Dieu ! Vous êtes si…

— Je sais, c'est extra, non ? Je me suis fait opérer l'année dernière, murmura-t-elle. Dieu merci ! Il n'a fallu que vingt ans pour que ça se fasse ! Et maintenant, je suis moi. Enfin. Le seul problème, c'est que plus personne ne me reconnaît, ajouta-t-elle avec un rire nerveux. Alors, et vous, qu'est-ce que vous devenez ?

Vince était encore sous le choc de la transformation de Bella, et tout remué de parler pour la première fois en tête à tête à un transsexuel.

— Euh… en fait, je suis en train de divorcer.

— Oh, mon pauvre ! Et ça se passe mal ?

— Non, pas trop mal. Enfin, aucun divorce ne se passe bien.

— Oh, je ne sais pas. Le divorce de Joy a été positif, par exemple. Vous le saviez, que Joy et ce type horrible avaient divorcé ?

— Oui, je l'ai su la dernière fois que nous nous sommes parlé. Elle était sur le point de le faire.

— Dieu merci ! Ça a été un soulagement, je peux vous le dire. Je ne sais pas ce qui lui était passé par la tête. Ce type n'était absolument pas fait pour elle ! Son divorce a été ce qu'elle a fait de mieux. D'ailleurs, ce George s'est déjà remarié, et il a un enfant. Joy s'est épanouie depuis qu'ils se sont séparés. Elle a acheté un appartement, a trouvé un bon boulot. Et elle a retrouvé son vrai père.

— Son vrai père ?

— Oh oui, quelle histoire ! Elle avait trouvé une photo dans le grenier de sa mère. D'un beau jeune homme, avec des mots doux écrits au dos. Il s'est avéré que sa bonne vieille maman dodue avait eu une liaison torride avec un garçon assez jeune pour être son fils. Qui, en fait, est son père.

— Merde ! Vous plaisantez ?

— Non. Joy l'a retrouvé par Internet et est allée le voir aux États-Unis l'année dernière. Depuis, elle est transformée. Elle est si confiante en elle, une vraie battante !

— Comment ça ?

— Eh bien, d'avoir quitté George, trouvé son père, maintenant elle sait qui elle est, elle a une identité. Je vous parle de cela en connaissance de cause ! ajouta-t-elle en souriant.

— Vous êtes donc toujours en contact avec elle ?

— Oh oui ! C'est drôle, parce qu'elle ne m'avait pas vraiment plu quand j'avais fait sa connaissance. Je ne sais pas pourquoi. Je ne me sentais pas à l'aise avec elle. Mais au fil des années, elle est devenue une de mes amies les plus proches. C'est la personne la plus charmante que je connaisse. Et Dieu sait que je suis difficile, en ce qui concerne les gens. Qu'est-ce qu'ils peuvent bien fabriquer avec nos bagages, bon sang, j'ai horreur de ça, pesta-t-elle en regardant le panneau d'affichage. Je la vois ce soir, ajouta-t-elle.

— Qui ça ? Joy ?

— Oui, je vais dîner chez elle avec Jules. Vous vous souvenez d'elle ?

— Cette femme… euh… imposante ?

— Oui. Julia. Celle avec les gros nichons. C'est bien ça. Et le petit ami de Julia, je veux dire, son fiancé. Elle se marie au mois de juillet, dit-elle en souriant.

Vince lui sourit en retour. Il ne savait que dire. Il avait du mal à intégrer l'idée que Joy existait toujours, et connaissait ces gens qui pour lui appartenaient plutôt au domaine du rêve, dans une très lointaine partie de son existence. Cette période insouciante de sa vie lui semblait totalement irréelle, et irrémédiablement révolue.

— Et que fait Joy, en ce moment ? demanda-t-il.

— Elle habite à Southgate. Elle travaille à son compte, elle a créé un site web. Elle a de petits bureaux à Palmers Green, avec quelques employés. Elle se débrouille vraiment bien…

— Ça alors ! dit Vince d'un ton admiratif. Et est-elle, euh… avec quelqu'un ?

— Non. Seule, et célibataire. Pourquoi, vous êtes toujours intéressé ?

— Mon Dieu, non, se récria Vince en blêmissant. Pas de cette façon. Je veux dire…

— C'était bizarre, hein, cette histoire de chat ? coupa Bella. Ça fichait la trouille. J'ai essayé de dire à Joy que vous la cherchiez, à cette époque, mais elle ne m'a pas crue. Elle m'a dit qu'elle vous avait vu avec une femme superbe et un enfant, et que je me fichais d'elle. Ensuite elle a épousé cet homme étrange, et voilà. Je ne l'ai pas revue pendant des années.

— Je l'ai vue juste avant sa séparation, expliqua Vince. À Covent Garden. On a bavardé. Elle l'a quitté le lendemain.

— Bon sang, vous avez des antennes tous les deux, on dirait ? Et ça recommence. Encore une coïncidence étrange. Le destin essaie peut-être de vous faire comprendre quelque chose ?

— Peut-être, fit-il en haussant les épaules.

— J'ai une idée. Pourquoi ne pas venir dîner ce soir ?

— Quoi ?

— Je suis sérieuse. Ce serait tellement génial de voir sa tête quand elle vous ouvrirait la porte !

— Mais je ne peux pas ! Je ne suis pas invité !

— Oh, on s'en fiche ! Vous vous prenez pour qui ? Un vampire ? Et puis Joy fait toujours trop à manger, de toute façon. Et ça fait trop longtemps qu'elle est seule. Elle va finir vieille fille, si ça continue. Allez, venez, ce sera super.

— Je ne sais pas, bredouilla Vince. Je viens juste de rentrer de vacances, il faut que je défasse ma valise, et je veux voir ma fille…

— Votre fille va bien finir par se coucher, non ?

— Euh, oui.

— Alors vous la mettez au lit, et vous sautez dans un taxi. Vous arriverez à temps pour le plat principal.

— Je suis très fatigué…

— Fatigué ? protesta-t-elle. Joy Downer, la fille la plus ravissante du monde, celle de votre première fois, une belle fille célibataire qui prépare le meilleur risotto aux champignons du nord de Londres vous attend à Southgate et vous, vous êtes fatigué ? Vous allez rentrer dans un appartement tout vide et vous coucher ?

Vince réfléchit un moment. Il n'allait pas seulement dans un appartement vide. Il allait voir sa fille une demi-heure avant qu'elle aille au lit, échangerait des questions et réponses acerbes avec Jess, puis rentrerait chez sa mère pour dormir dans la chambre d'un ado de treize ans.

Soudain, la perspective d'un risotto fait maison et d'une bouteille de vin dans un environnement convivial lui sembla le remède parfait à la déprime du retour de vacances. Quant à l'idée de revoir Joy, il ne savait trop qu'en penser. Il se remémora son visage boudeur d'adolescente de dix-sept ans vêtue de surplus de l'armée, la revit en mariée rayonnante vêtue de lin crème, et la dernière fois qu'il l'avait vue, en citadine chic avec jean et lunettes de soleil, au bord de récupérer son indépendance. Il se souvint de son envie de la suivre sur le chemin qu'elle allait emprunter, après leur conversation ce jour-là. Avant que la vie n'ait commencé à lui peser, et qu'il l'ait de nouveau oubliée.

Mais elle refaisait son apparition, pour la troisième fois dans sa vie depuis Hunstanton. C'était peut-être trop une coïncidence pour en être réellement une. Cass avait peut-être eu raison autrefois. Les filles au dîner de l'autre fois également. Il méritait de finir tout seul et sans amour s'il ne faisait pas ce qu'il fallait.

— Tenez, reprit Bella, qui sortit un carnet de son sac. Je vais vous donner son adresse. À vingt heures, mais ne vous en faites pas si vous êtes en retard, précisa-t-elle en déchirant une feuille pour la donner à Vince. Oh, regardez, voilà enfin mes bagages, fit-elle en regardant le panneau. Bref, rentrez chez vous et réfléchissez.

Mais, à mon avis, vous devriez vraiment venir. À tout à l'heure ! cria-t-elle en s'éloignant, son sac sur l'épaule.

Vince la regarda s'éloigner, toujours indécis.

Il plia la feuille de papier et la glissa dans la poche de sa veste.

Il attendrait d'être rentré chez lui pour se décider.

62.

— Rouge ou blanc ? cria Joy vers le salon.

— Du blanc, s'il te plaît, répondit Bella.

— Jules ?

— Comme ça t'arrange.

— Mick ?

— Tout me va.

Joy versa généreusement du pinot gris dans trois verres à vin et les apporta à ses invités.

— Regardez-moi ces couleurs insolentes, dit-elle en montrant Bella, c'est indécent.

— Et je te signale que je suis comme ça partout, persifla Bella en souriant, au cas où tu te poserais la question. Sur la moindre parcelle de mon corps.

— Alors, tu as rencontré quelqu'un ?

— Non, pas vraiment, pas dans ce sens-là. Mais j'ai effectivement rencontré quelqu'un. Un homme, à l'aéroport…

— Ah, je vois…

— Pas un inconnu. Un ami à toi, dit-elle en glissant un regard à Joy. Un vieil ami.

— Oh, mon Dieu, qui était-ce ?

— Quelqu'un de grand, et séduisant. Qui vient de divorcer. Et à qui j'ai donné ton adresse.

— Tu as donné mon adresse à quelqu'un que tu as rencontré à l'aéroport ? Bella, c'est terrible !

— Mais non ! Je l'ai invité à dîner, et s'il vient je te jure que tu ne trouveras pas ça terrible du tout !

— Oh, Bella, mais qui est-ce ? Dis-le-moi !

— Non. C'est une surprise.

— Et s'il ne vient pas ?

— Alors nous n'en parlerons plus jamais.

— Non ! protesta Joy, Bella, tu ne peux pas me faire ça !

— Oh que si, affirma-t-elle en croisant ses jambes avec ostentation. Enfin, si j'étais toi, je ne m'en ferais pas. Il va venir. Je le sais.

— Donne-moi un indice.

— Non.

— Allez, s'il te plaît !

— Non, rien à faire.

— Oh là là ! De quoi j'ai l'air ? demanda Joy en se précipitant devant son miroir.

— Tu es éblouissante. Maintenant, tu t'assois et tu te détends.

— Me détendre ? Comment veux-tu que je me détende après ce que tu viens de m'annoncer ? (Joy s'assit, puis bondit de nouveau comme un ressort.) Ce n'est pas George, au moins ?

Même trois ans après l'avoir quitté, Joy faisait encore des cauchemars où elle se retrouvait dans une église ou une chapelle, sur le point d'épouser George, tout en étant pleinement consciente de l'avenir lamentable qui l'attendait.

— Bien sûr que ce n'est pas George ! Allez, arrête de parler de ça et va donc nous faire le dîner.

Joy obéit et réintégra la cuisine.

Elle sortit un bouquet de sauge fraîche du réfrigérateur et se mit à en déchirer les feuilles, la tête ailleurs.

Elle savait qui venait dîner.

C'était Vince.

Qui d'autre, sinon ?

Elle avait rêvé de lui avec une netteté incroyable la semaine précédente. Ils avaient une petite fille et vivaient dans un endroit chaud, dans une grande maison blanche. Ils tenaient de longues conversations passionnées autour d'une grande table en chêne, et mangeaient du gâteau au chocolat avec des marshmallows dedans. Dans ce rêve, elle ne s'était jamais sentie aussi heureuse de sa vie.

Elle avait été très triste à son réveil le lendemain matin en réalisant que ce n'était qu'un rêve. Il avait été si réel, si joyeux. Il était exactement comme elle aurait voulu que soit sa vraie vie, et depuis elle pensait tout le temps à Vince.

À l'instant où Bella avait parlé d'un homme grand et séduisant, elle avait su que c'était lui, et qu'il viendrait. Parce qu'il le fallait. Parce que tout le reste de sa vie avait fini par se mettre en place. Parce que c'était le bon moment, parce qu'elle était prête. Et parce que c'était la seule chose logique.

Elle mit la sauge dans le risotto et attendit que l'on sonne à la porte.

63.

Vince paya son taxi et resta un moment devant la maison de Joy. La fenêtre du devant était encadrée d'une guirlande lumineuse, avec des rideaux en mousseline. Il distinguait la lueur vacillante de bougies à l'intérieur. C'était de loin la maison la plus accueillante de la rue, celle qui lui aurait attiré l'œil s'il était passé devant. Il se serait demandé qui l'habitait, ce que faisaient les occupants.

Et lui, que faisait-il en ce moment même ?

Chris l'avait convaincu de venir, et l'avait menacé de représailles s'il ne le faisait pas. Si quelqu'un d'aussi pragmatique que Chris se mettait à tenir des discours sur le destin, Vince n'avait plus qu'à y croire aussi.

En quittant Lara ce soir-là, il réfléchit que chacun de ses actes commençait à prendre un sens, une résonance, un peu comme des pas de danse. Tandis qu'il se rapprochait de sa destination, il n'eut plus aucun doute. Et le moment était parfait.

Un homme passa devant lui. Il promenait un petit chien blanc avec des taches marron, ressemblant comme une goutte d'eau à celui que Joy et lui avaient caressé devant le Seaside Holiday Home Park, il y avait si longtemps. Il se rappela ce qu'elle avait dit à ce moment-là : « J'aime les gens qui aiment les chiens. Ne fais jamais confiance à quelqu'un qui ne les aime pas. C'est ma devise. »

Vince se souvint avoir regardé la main de Joy qui avait caressé l'animal, et du sentiment qui l'avait pris par surprise. Cette certitude soudaine, miraculeuse, qui l'avait submergé : l'amour au premier regard.

Galvanisé par ces réflexions, il sonna à la porte.

FIN ?

NON, ÇA N'EST QUE LE DÉBUT

Remerciements

Merci, comme toujours, à Judith et Sarah. Je n'aurais jamais pu terminer, et encore moins publier mes livres si vous ne m'aviez pas aidée dès le début. Je vous en supplie, ne quittez jamais le pays, ne mourez pas, et ne devenez pas aveugles.

Un grand merci également à Sihobàn qui a fourni un travail colossal en essayant d'adapter au mieux possible mon calendrier capricieux. Merci d'avoir fait en sorte que tout le monde accouche, menstrue, épouse, divorce et vieillisse à des moments à peu près raisonnables. Finalement, personne ne mérite d'être enceinte pendant un an.

Merci aussi à Oh Paxton pour la jolie couverture, à Rob pour ses bons mots et à Louise, la Meilleure Éditrice du Monde©. Je remercie également Mel, sans qui il n'y aurait pas de livre, littéralement. Et enfin, merci à Amélie, dont l'arrivée m'a transformée en une grande et méchante machine à écrire, capable aujourd'hui de cracher 5 000 mots, avant même l'heure du déjeuner. Merci d'être une adorable petite fille et pour ces merveilleuses siestes pendant lesquelles je parvenais à écrire encore 1 000 mots. Tu es mon ange.

Lisa Jewell
dans Le Livre de Poche

Ralph's Party (inédit) n° 30819

Deux copains d'enfance partagent un appartement. Débarque une ravissante colocataire. Il n'en faut pas plus pour que cette jolie maison victorienne du sud de Londres se retrouve sens dessus dessous, dans la plus pure tradition des vaudevilles amoureux. Résumons : au rez-de-chaussée. Ralph tombe amoureux fou de Jemima, qui croit, elle, être sous le charme de Smith, lequel nourrit une passion pour la bimbo du dernier étage. Mais cette dernière fricote avec le type du premier dont la femme a peut-être des vues sur… Bref, les portes claquent, les quiproquos abondent, les dialogues fusent. Dans cette comédie moderne au goût acidulé, l'amour, l'ambition, l'amitié sont au rendez-vous. Londres dévoile ses secrets les plus branchés. Et l'humour a bien entendu droit de… city.

\

Lisa Jewell
RALPH'S PARTY
INÉDIT